BIBLIOTECA

MARY HIGGINS CLARK

MARY HIGGINS CLARK

Nacida en Nueva York en el seno de una familia de origen irlandés, Mary Higgins Clark está considerada como la reina indiscutible del género de misterio. Desde que en 1964 iniciara su carrera literaria, el reconocimiento de crítica y público a su talento ha sido unánime. Su capacidad para crear la intriga así como la extrema habilidad que demuestra para elaborar complejas redes y mantener al lector en continua tensión han cautivado a millones de personas. Entre los numerosos galardones que ha recibido destaca el Grand Prix de Littérature de Francia, que le fue otorgado en 1980.

UN GRITO EN LA NOCHE

Jenny se sentía dichosa y feliz compartiendo su vida con Erich Krueger, un afamado pintor dotado de un irresistible encanto personal, a quien había conocido en una exposición de arte. Instalados en la fastuosa mansión Krueger, lo que parecía un futuro pleno de felicidad pronto empieza a truncarse con el extraño comportamiento de Erich, aún abrumado por el recuerdo de su madre, fallecida en extrañas circunstancias. Poco a poco, un hálito de desesperación y muerte se apoderará del lugar, un horror que parece tener su origen en un macabro suceso ocurrido tiempo atrás.

MARY HIGGINS CLARK

UN GRITO EN LA NOCHE

Traducción de
Lorenzo Cortina

CÍRCULO DE LECTORES

Esta es una obra de ficción. Nombres, caracteres, lugares e incidentes son producto de la imaginación de la autora. Cualquier parecido con hechos reales o personas, vivas o muertas, es pura coincidencia.

A la feliz memoria de
mis padres y hermanos,
Luke, Nora, Joseph y John Higgins,
que infundieron alegría a mi juventud.

AGRADECIMIENTOS

Doy especialmente las gracias al doctor John T. Kelly, profesor de psiquiatría y profesor y director asociado del Departamento de Práctica Familiar y Salud Comunitaria, Facultad de Medicina de la Universidad de Minnesota, por su generosa y experta ayuda para trazar e interpretar las personalidades psicopáticas que aparecen en este libro y en *La cuna caerá*.

PRÓLOGO

Jenny comenzó a buscar la cabaña al amanecer. Durante toda la noche había permanecido inmóvil en la cama de cuatro columnas, incapaz de dormir, en aquella opresiva y aterradora casa. Incluso después de semanas de saber que aquello no llegaría, sus oídos seguían oyendo el grito del bebé hambriento. Sus pechos seguían aún llenos, dispuestos a dar la bienvenida a sus pequeños y ansiosos labios.

Finalmente, encendió la lámpara de la mesilla de noche. La habitación se iluminó y el cuenco de cristal emplomado que se encontraba encima de la cómoda reflejó la luz. Las pequeñas pastillas de jabón de pino que llenaban el cuenco arrojaron un mágico tinte verdoso sobre un antiguo espejo de plata y unos cepillos.

Se levantó de la cama y comenzó a vestirse, eligiendo la larga ropa interior Windbreaker, que solía llevar debajo del traje de esquiar. Había encendido la radio a las cuatro. El informe del tiempo no había cambiado para la zona de Granite Place, Minnesota; la temperatura era de –11 °C. Los vientos soplaban a un promedio de 45 kilómetros por hora.

No importaba. Nada importaba. Aunque se helase hasta la muerte en la búsqueda, intentaría encontrar la cabaña en alguna parte de aquel bosque de arces, robles, pinos noruegos y matorrales muy crecidos. En aquellas horas insomnes había urdido un plan. Erich podía andar tres pasos por uno de ella. Su natural paso largo le había hecho siempre, de forma inconsciente, andar más deprisa que ella. Solían hacer bromas al respecto.

–¡Eh, aguarda a una chica de ciudad! –acostumbraba protestar ella.

En una ocasión había olvidado la llave al dirigirse a la cabaña y regresó a la casa a buscarla. Había tardado cuarenta minutos. Esto significaba que, para él, la cabaña estaba, por término medio, a unos veinte minutos andando desde el linde de los bosques.

Nunca la había llevado allí.

–Haz el favor de comprenderlo, Jenny –le suplicó–. Cualquier artista necesita un lugar donde poder encontrarse en absoluta soledad.

Hasta ahora no había intentado buscarla. Los que ayudaban en la granja tenían absolutamente prohibido ir a los bosques. Incluso Clyde, que había sido encargado de la granja durante treinta años, alegaba no saber dónde se encontraba la cabaña.

La pesada y encostrada nieve había borrado cualquier clase de huellas, pero hacía posible que ella llevase a cabo la búsqueda con unos esquíes. Debía tener cuidado de no perderse. Con los densos matorrales y su propio y raquítico sentido de la orientación, podía muy fácilmente caminar en círculo.

Jenny lo había pensado y por ello decidió llevarse una brújula, un martillo, tachuelas y trozos de tela que clavaría en los árboles como guía para encontrar el camino de regreso.

Su traje de esquí estaba en el piso de abajo, en el armario de enfrente de la cocina. Mientras calentaba el café, acabó de abrochárselo. El café ayudó a que su mente comenzara a centrarse. Durante la noche había estado considerando hacer una visita al sheriff Gunderson. Pero este seguramente se negaría a ayudarla y, todo lo más, se la quedaría mirando con aquella expresión de especulativo desdén.

Se llevaría un termo de café. No tenía la llave de la cabaña, pero rompería una ventana con el martillo.

Aunque Elsa no se había presentado desde hacía dos semanas, la amplia y vieja casa aún relucía, como prueba visible de sus estrictas pautas de limpieza. Cuando acudía solía arrancar el día corriente del calendario que se hallaba pegado en la pared al lado del teléfono. Jenny había bromeado sobre aquello con Erich.

–No solo limpia lo que nunca ha estado sucio, sino que elimina cada día de la semana por la noche.

Ahora Jenny arrancó el viernes 14 de febrero, arrugó la hoja y se quedó mirando la de debajo, con las letras mayúsculas de sábado 15 de febrero. Se estremeció. Habían transcurrido casi catorce meses desde el día en que conoció a Erich en la galería. No, eso no podía ser. Había pasado toda una vida. Se frotó la frente con la mano.

Su cabello castaño se había oscurecido hasta resultar casi negro durante el embarazo. Lo sintió sin vida mientras lo remetía debajo de su gorro de lana. El espejo con marco de concha, a la izquierda de la puerta de la cocina, constituía un toque incongruente en aquella sólida cocina con paneles de roble. Se miró en él. Tenía profundas ojeras. Normalmente de un tono entre acuoso y azul, sus ojos reflejaron unas pupilas muy dilatadas e inexpresivas. Las mejillas aparecían tirantes. La pérdida de peso desde que diera a luz la había dejado demasiado delgada. El pulso le latió en el cuello mientras se subía la cremallera del traje de esquí. Veintisiete años... Le parecía tener aspecto de, por lo menos, diez años más y se sentía un siglo más vieja. Si al menos superase aquel entumecimiento... Si por lo menos la casa no fuese tan silenciosa, tan pavorosa y espantosamente tranquila...

Se quedó mirando el horno de hierro fundido, empotrado en una pared de la cocina. La cuna, rellena de madera, se encontraba de nuevo a su lado, una vez recuperada su inutilidad.

De forma deliberada estudió aquella cuna, obligándose a absorber la conmoción de su presencia en la cocina; luego le dio la espalda y cogió el termo. Lo llenó de café y a continuación reunió la brújula, el martillo, las tachuelas y los trozos de tela. Tras meterlos en una mochila, se puso una bufanda alrededor del rostro y sus botas de esquí, se enfundó en las manos unos mitones forrados de piel y abrió la puerta.

El fuerte y mordiente viento pareció burlarse de su bufanda. El apagado mugido de las vacas en el granero de la granja le recordó los agotados sollozos de una profunda tristeza. El sol estaba saliendo, destellando contra la nieve, discordante en su belleza rojo-dorada, como un dios muy lejano al que no afectaba aquel hiriente frío.

Ahora, Clyde se hallaría inspeccionando la vaquería. Otras manos recogerían el heno del henil para alimentar a la veintena de reses Angus, incapaces de apacentar bajo la densa nieve y que habitualmente se dirigían allí en busca de alimento y cobijo. Media docena de hombres trabajaban en aquella extensa granja, aunque no había ninguno cerca de la casa: todos asemejaban pequeñas figuras recortadas contra el horizonte...

Los esquíes se hallaban junto a la puerta de la cocina. Jenny bajó con ellos en la mano los seis escalones del porche, los arrojó al suelo y se los encajó. Gracias a Dios, había aprendido a esquiar bien el año anterior.

Eran más de las siete cuando comenzó a buscar la cabaña. Se limitó a esquiar unos treinta minutos en cada dirección. Empezó en el punto donde Erich desaparecía siempre en los bosques. Las altas ramas eran tan enmarañadas que el sol apenas penetraba. Después de haber esquiado en línea recta cuanto le fue posible, giró a la derecha, cubrió unos treinta metros más, giró a la derecha, cubrió otros treinta metros, giró de nuevo a la derecha y comenzó a regresar hacia la linde del bosque. El viento cubría sus huellas casi con tanta rapidez como pasaba, pero en cada punto en que había girado tuvo la precaución de clavar un trozo de tela en un árbol.

A las once regresó a la casa, tomó un plato de sopa caliente y se puso unos calcetines secos. Se obligó a ignorar el hormigueante dolor en la frente y manos y salió de nuevo.

A las cinco de la tarde, medio helada, con los inclinados rayos del sol casi desvaneciéndose, estaba a punto de abandonar por aquel día, cuando decidió ascender una colina más. Fue entonces cuando dio con ella, con la pequeña cabaña de troncos y tejado de corteza que había sido construida por el bisabuelo de Erich en 1869. Se la quedó mirando, mordiéndose los labios mientras una brutal decepción se deslizaba en ella como un estilete.

Las persianas estaban echadas; por fuera la casa presentaba el aspecto de estar cerrada a cal y canto, como si nadie la hubiese ocupado durante muchísimo tiempo. La chimenea aparecía cubierta por la nieve; y no había luces encendidas.

¿Realmente había esperado que, cuando la descubriese, la chimenea humearía, las lámparas traslucirían su resplandor a través de las cortinas y sería capaz de acercarse a la puerta y abrirla?

Había una placa metálica clavada a la puerta. Las letras se habían difuminado, pero aún podían leerse:

PROHIBIDA LA ENTRADA.
LOS TRANSGRESORES SERÁN DENUNCIADOS.

Firmaba Erich Fritz Krueger y estaba fechado en 1903.

Se veía una estación de bombeo a la izquierda de la cabaña y un retrete medio oculto por unos pinos de grandes ramas. Trató de imaginarse al joven Erich yendo allí con su madre.

–Caroline amaba la cabaña tal y como estaba –le había contado Erich–. Mi padre quería modernizar este viejo lugar, pero ella no deseaba oír hablar del asunto...

Sin percatarse del frío, Jenny esquió hacia la ventana más cercana. Tras hurgar en la mochila, sacó el martillo y rompió el cristal. Las astillas de vidrio le arañaron las mejillas. No fue consciente del hilo de sangre que se le heló en cuanto comenzó a resbalarle por el rostro. Con cuidado, metió la mano, corrió el pestillo y alzó la ventana.

Tras quitarse los esquíes, trepó por el bajo alféizar, apartó la persiana y penetró en la cabaña.

Esta consistía en una sola habitación de unos doscientos metros cuadrados. Había una estufa Franklin de pared, con leños apilados cerca de ella. Una desteñida alfombra oriental cubría la mayor parte del suelo de pino. Un sofá de amplios brazos y alto respaldo de terciopelo, con unos sillones a juego, se arracimaban alrededor de la estufa. Una larga mesa de roble y unos bancos aparecían junto a la ventana delantera. Una rueca tenía aspecto de funcionar aún. Un macizo armario de roble contenía la vajilla de porcelana y las lámparas de petróleo. Una empinada escalera conducía hacia la izquierda. Muy cerca, varias canastas contenían montones de lienzos enrollados.

Las paredes eran de pino, sin nudos, tan lisas como la seda y cubiertas con cuadros. Entumecida, Jenny los contempló uno a uno. La cabaña era un museo. Incluso aquella escasa luz no podía ocultar la exquisita belleza de los óleos y las acuarelas, los carboncillos y los bosquejos en tinta china. Erich aún no había empezado a mostrar su mejor obra. «¿Cómo reaccionarían los críticos cuando viesen aquellas obras maestras?», se preguntó.

Algunos de los cuadros estaban ya enmarcados. Debían de ser los primeros que pensaba exponer. El henil en una tormenta invernal. ¿Y qué había de diferente en él? La coneja, con la cabeza alzada, a punto de huir hacia el bosque. El ternero buscando a su madre. Los campos de alfalfa, con flores azules, dispuestos ya para la cosecha. La Iglesia Congregacional con los fieles apresurándose hacia ella. La calle mayor de Granite Place, que sugería una serenidad intemporal...

Incluso en su desolación, la sensible belleza de la colección confirió a Jenny una momentánea sensación de quietud y de paz.

Se inclinó sobre los lienzos sin enmarcar del montón más cercano. Una vez más, la admiración sofocó todo su ser. Las increíbles dimensiones del talento de Erich, su habilidad para pintar paisajes, personas y animales con igual autoridad; la alegría del jardín veraniego con el anticuado coche de bebé, el...

Y entonces lo vio. Sin comprender, comenzó a correr entre las otras pinturas y bosquejos de los archivadores.

Muy deprisa, fue de un lienzo al siguiente. Sus ojos se abrieron al máximo con incredulidad. Sin saber lo que estaba haciendo, se arrastró hacia la escalera que llevaba al desván y subió precipitadamente.

La buhardilla presentaba una inclinación a causa del buzamiento del tejado, y Jenny tuvo que inclinarse al final de los escalones, antes de entrar en la estancia.

Mientras se enderezaba, un resplandor inquietante procedente de la pared posterior asaltó su visión. Conmocionada, se quedó mirando su propia imagen. ¿Un espejo?

No. El rostro pintado no se movió mientras se aproximaba a él. La luz del atardecer procedente de la ventana, apenas una abertura, jugó encima del lienzo, esbozando un sombreado a rayas, como el señalamiento del dedo de un fantasma.

Durante unos minutos, permaneció contemplando el lienzo, incapaz de apartar los ojos, absorbiendo hasta el más grotesco de los detalles, sintiendo que su boca esbozaba un rictus de una angustia desesperanzada, oyendo el afilado sonido que procedía de su propia garganta.

Finalmente obligó a sus entumecidos y reluctantes dedos a agarrar el lienzo y arrancarlo de la pared.

Momentos después, con el cuadro debajo del brazo, esquiaba alejándose de la cabaña. El viento, muy fuerte ahora, le amordazaba, le quitaba la respiración, sofocaba su frenético grito.

–¡Ayudadme! –gritaba–. ¡Por favor, que alguien me ayude...!

El viento le arrebató el grito de los labios y lo hizo reverberar a través del sombrío bosque.

I

La exposición de pintura de Erich Krueger, el recién descubierto artista del Medio Oeste, constituyó un asombroso éxito. La recepción para los críticos y los invitados especiales comenzó a las cuatro, pero durante todo el día los visitantes habían llenado la galería, atraídos por *Recuerdo de Caroline,* el magnífico óleo exhibido en el escaparate.

Con habilidad, Jenny fue de un crítico a otro, presentando a Erich, hablando con los coleccionistas, cuidando que los camareros pasasen nuevas bandejas de entremeses y volviesen a llenar las copas de champán.

Desde el instante en que abrió los ojos aquella mañana, había tenido un día difícil. Beth, por lo general tan dúctil, se había resistido a irse a la guardería de día. Tina, de dos años, con los dolores que le causaban sus molares, se había despertado media docena de veces durante la noche, llorando irritablemente. La ventisca del día de Año Nuevo había dejado a Nueva York con un atasco de tráfico de pesadilla y con las aceras cubiertas de resbaladiza nieve. Tras dejar a los niños en el centro y abrirse paso a través de la ciudad, llegó casi con una hora de retraso al trabajo. Hartley se puso frenético.

–Todo va mal, Jenny. Nada está preparado. Te advierto que necesito a alguien con quien pueda contar.

–Lo siento...

Jenny arrojó su abrigo en el armario.

–¿A qué hora vendrá Krueger?

–A la una. ¿Puedes creerte que tres de los cuadros no han sido entregados hasta hace unos minutos?

A Jenny siempre le había parecido que aquel hombrecillo sesentón volvía a la niñez cuando se alteraba. Tenía el entrecejo fruncido y le temblaban los labios.

–Pero ahora ya están todos, ¿verdad? –le preguntó con suavidad.

–Sí, sí, pero cuando Krueger telefoneó anoche, le pregunté si había enviado esos tres. Se enfadó terriblemente ante la perspectiva de que se hubiesen perdido. E insistió en que el cuadro de su madre sea expuesto en el escaparate, aunque no esté en venta. Jenny, te lo digo... Tenías que haber planteado el asunto de ese cuadro.

–Pues no lo he hecho...

Jenny resistió el impulso de dar unas palmaditas a Hartley en los hombros.

–Todo saldrá bien. Vamos a colgarlos...

Hábilmente ayudó en los arreglos, agrupando los óleos, las acuarelas, los bosquejos en tinta china, los carboncillos...

–Has tenido buen tino, Jenny –le dijo Hartley, visiblemente contento cuando se hubo colocado el último lienzo–. Sabía que lo conseguiríamos.

«¡Claro que sí!», pensó ella, tratando de no suspirar.

La galería se abrió a las once. A las once y cinco la pintura elegida estaba en su sitio, con su anuncio bellamente caligrafiado y un marco de terciopelo a su lado.

PRIMERA EXPOSICIÓN EN NUEVA YORK
DE ERICH KRUEGER.

El cuadro del escaparate comenzó a atraer a los paseantes de la calle Cincuenta y siete. Desde su escritorio, Jenny observó cómo la gente se detenía a mirarlo. Muchos entraron en la galería para ver el resto de la exposición.

Algunos le preguntaban:

–¿Es usted la modelo de ese cuadro del escaparate?

Jenny les tendía los opúsculos con la biografía de Krueger:

Hace dos años, Erich Krueger logró un fulminante éxito en los ambientes artísticos. Natural de Granite Place, Minnesota, ha pintado por vocación desde los quince años. Procede de una familia de granjeros, de cuatro generaciones, y posee una granja donde se cría ganado selecto. También es presidente de los Krueger Limestone Work. Un marchante de arte de Mineápolis fue el primero en descubrir su talento. Desde entonces ha expuesto en Mineápolis, Chicago, Washington DC y San Francisco. Erich Krueger tiene treinta y cuatro años y está soltero.

Jenny observó su foto en la cubierta del folleto. «Es muy apuesto», pensó.

A las once y media, Hartley se acercó a ella. Su ansiosa y preocupada expresión había casi desaparecido.

–¿Todo bien?

–Todo en orden –le aseguró ella. Y, anticipándose a su próxima pregunta, añadió–: He vuelto a hablar con el organizador de la fiesta. Los críticos del *Times, New Yorker, Newsweek, Time* y *Art News* se han comprometido a acudir. Por lo menos esperamos ocho en la recepción y, si permitimos colarse a algunos, serán muchos más. Cerraremos para el público a las tres. Esto dará al organizador tiempo suficiente para prepararlo todo.

–Eres una buena chica, Jenny.

Ahora que todo estaba en orden, Hartley se mostraba relajado y benigno. «¡Veremos qué pasa cuando le diga que no puedo quedarme hasta el final de la recepción!»

–Lee acaba de llegar –continuó Jenny, refiriéndose a su ayudante–, así que estamos preparados... –Le sonrió–. Deje de preocuparse.

–Lo intentaré... Dile a Lee que regresaré antes de almorzar con Krueger. Ahora tendrías que salir y comer algo, Jenny.

La mujer le observó marcharse. Ahora había un poco de sosiego en la afluencia de público. Decidió estudiar el cuadro del escaparate. Sin preocuparse de ponerse un abrigo, salió fuera. Para tener perspectiva sobre la obra, se separó un poco del cristal. Los transeúntes la miraron a ella y al cuadro, viéndose obligados a rodearla.

La joven mujer del cuadro aparecía sentada en una mecedora en un porche, contemplando la puesta de sol. La luz era oblicua, con sombreados rojos, púrpuras y malvas. La esbelta figura se encontraba arropada con una capa verde oscuro. Unos pequeños mechones de cabello negroazulado le rodeaban el rostro, que estaba ya casi oculto en las sombras. «Comprendo lo que Hartley ha querido decir», pensó Jenny. La alta frente, las gruesas cejas, los grandes ojos, la fina y recta nariz y la generosa boca tenían notable parecido con sus propios rasgos. El porche de madera estaba pintado de blanco y tenía unas pequeñas columnas en los ángulos. La pared de ladrillos de la casa de detrás estaba apenas sugerida en el trasfondo. Un chico, silueteado por el sol, corría a través de un campo hacia la mujer. La nieve endurecida sugería el frío penetrante de la noche que se avecinaba. La figura en la mecedora estaba inmóvil, con la mirada fija en la puesta de sol.

A pesar de todo aquello –la ansiosa aproximación del chiquillo, la solidez de la casa y la sensación de amplio espacio–, a Jenny le parecía que había algo particularmente desgarrador en aquella figura. ¿Por qué? Tal vez a causa de que la expresión de sus ojos era muy triste. ¿O era solo porque todo el cuadro sugería un terrible frío? ¿Por qué había alguien sentado fuera con tanto frío? ¿Por qué no observaba la puesta de sol desde detrás de una ventana, en el interior de la casa?

Jenny se estremeció. El suéter de cuello de cisne había sido un regalo de Navidad de su ex marido, Kevin. Este había llegado al apartamento de forma inesperada el día de Nochebuena, trayendo el suéter para ella y unas muñecas para las chicas. No mencionó el hecho de que nunca le pasaba la pensión alimentaria, ni que le debía doscientos dólares. El suéter era barato, y daba muy poco calor. Pero por lo menos era nuevo y su color turquesa era un buen telón de fondo para la cadena de oro de Nana y el guardapelo. Naturalmente, una de las ventajas del mundo del arte radicaba en que la gente podía vestirse con desparpajo, y su demasiado larga falda de lana y sus anchas botas no denotaban, necesariamente, un signo de pobreza. De todos modos, sería mejor que volviese dentro. Lo último que necesitaba era pillar la gripe que estaba haciendo estragos en Nueva York.

Contempló una vez más el cuadro, admirando la destreza con que el artista había dirigido la mirada del espectador, desde la figura en el porche hacia el niño y la puesta de sol.

–Maravilloso –murmuró–. Absolutamente maravilloso.

Retrocedió mientras hablaba, resbalando en la acera; sintió que tropezaba con alguien. Unas fuertes manos la sujetaron por los codos.

–¿Siempre se queda fuera con este tiempo, sin ponerse el abrigo y hablando consigo misma?

La voz combinaba el enojo con el regocijo.

Jenny se dio la vuelta. Confundida, balbució:

–Lo siento. Perdóneme, por favor. ¿Le he lastimado?

Dio un respingo cuando vio que el rostro de aquel hombre era el que figuraba en la foto del folleto que había estado entregando durante toda la mañana. «Dios mío –pensó–, de entre toda la gente he tenido que ir a tropezar con Erich Krueger...»

Observó cómo palidecía el rostro de él; sus ojos se abrieron, sus labios se endurecieron. «Está enfadado –pensó, consternada–. Prácticamente le he derribado...» Contrita, le tendió la mano.

–Lo siento, señor Krueger. Estaba distraída admirando el cuadro de su madre... es algo indescriptible. Soy Jenny MacPartland. Trabajo en la galería...

Durante un largo momento, la mirada de él siguió fija en la cara de Jenny, mientras la estudiaba rasgo por rasgo. Sin saber qué hacer, Jenny se quedó de pie silenciosa. Gradualmente, la expresión del artista se suavizó.

–Jenny... –Sonrió y repitió–: *Jenny...* –y añadió–: No me habría sorprendido si me hubiese dicho... Bueno, no importa.

La sonrisa iluminó su cara. Estaban casi tocándose, y las botas de ella tenían ocho centímetros de tacón, por lo que pudo juzgarle como, más o menos, de un metro ochenta. Su rostro, bien parecido y de tipo clásico, aparecía dominado por unos grandes ojos azules. Las cejas, gruesas y bien formadas, hacían que su frente no pareciese demasiado ancha. El cabello dorado y salpicado de mechones plateados, rizado en torno de la cabeza, le recordaba la imagen de una moneda romana antigua. El hombre tenía la misma delgada nariz y boca sensible que la mujer del cuadro. Llevaba un abrigo de cachemira de pelo de camello, con un pañuelo de seda alrededor del cuello. «¿Qué me había esperado?», se preguntó. En cuanto había escuchado la palabra *granja* se hizo una imagen mental del artista, que acudiría a la galería llevando una chaqueta vaquera y botas embarradas. El pensamiento la hizo sonreír y regresó a la realidad. Aquello era ridículo... Seguía allí de pie, temblando.

–Señor Krueger...

Él la interrumpió.

–Jenny, te vas a enfriar. Lo siento terriblemente...

Su brazo estaba bajo el de ella. La empujaba hacia la puerta de la galería, que abrió para que pasara.

El artista comenzó, inmediatamente, a estudiar la colocación de sus cuadros, observando cuán importante había sido que hubiesen llegado los tres últimos.

–Importante para el expedidor –añadió, sonriendo.

Jenny le siguió mientras realizaba una meticulosa inspección, deteniéndose dos veces para enderezar lienzos que estaban colgados ligeramente descentrados. Cuando hubo finalizado, asintió, al parecer satisfecho.

–¿Por qué ha colocado *Labranza primaveral* al lado de *Cosecha*? –preguntó.

–Es el mismo campo, ¿no? –replicó Jenny–. Supuse una continuidad entre el labrar el terreno y ver luego la cosecha. Me habría gustado que también hubiese una escena veraniega...

–La hay –replicó–. Pero no he querido enviarla...

Jenny miró el reloj que se encontraba encima de la puerta. Era cerca de mediodía.

–Señor Krueger, si no le importa, voy a instalarle en el despacho privado del señor Hartley. Ha hecho una reserva para usted y para él en el Russian Tea Room para la una de la tarde. Regresará muy pronto y yo saldré a tomar un bocadillo...

Erich Krueger la ayudó a ponerse el abrigo.

–El señor Hartley tendrá que comer solo –dijo–. Estoy muy hambriento y tengo intención de comer con usted. A menos, como es natural, que esté citada con alguien...

–No, solo iba a tomar un bocado en el *drugstore*...

–Podemos comer en el Tea Room. Imagino que encontraremos sitio.

Ella aceptó la invitación, sabiendo que Hartley se pondría furioso, pues intuía que la conservación de su empleo se estaba volviendo cada vez más difícil. Llegaba tarde muy a menudo y había tenido que quedarse en casa dos días la semana anterior, a causa de que Tina había tenido un catarro. Pero se percató también de que Krueger no le concedería elección...

En el restaurante, el pintor consiguió que les situasen en la mesa rinconera que deseaba. Jenny rechazó la sugerencia de tomar vino.

–Dentro de quince minutos estaré muy atareada. Y anoche no dormí demasiado. Perrier para mí, por favor...

Pidieron un emparedado vegetal, con pollo y beicon; luego él se inclinó a través de la mesa.

–Hábleme de usted, Jenny MacPartland...

Ella intentó no echarse a reír.

–¿Está haciendo algún cursillo Dale Carnegie?

–No, claro que no... ¿Por qué?

–Esa es la clase de pregunta que te enseñan a hacer en el primer encuentro con alguien. Que te intereses por la otra persona... Pero yo realmente quiero saber cosas acerca de usted...

–Pues da la casualidad de que yo también quiero saber cosas sobre usted...

Les sirvieron las bebidas y, mientras las tomaban, Jenny dijo:

–Soy cabeza de familia de lo que el mundo moderno llama «familia monoparental». Tengo dos niñitas. Beth, de tres años, y Tina, que acaba de cumplir dos años. Vivimos en un apartamento de un edificio de cuatro pisos en la calle Treinta y siete este. Un piano de cola, si lo tuviese, ocuparía casi todo el sitio. Llevo trabajando cuatro años con el señor Hartley.

–¿Y cómo ha podido ser su empleada durante cuatro años con esas hijas tan pequeñas?

–Me tomé un par de semanas de permiso cuando nacieron...

–¿Y por qué volvió al trabajo tan rápidamente?

Jenny se encogió de hombros.

–Conocí a Kevin MacPartland, un actor, el verano siguiente de acabar mis estudios. Me había especializado en bellas artes en la Universidad Fordham. Kev tenía un pequeño papel en un espectáculo cerca de Broadway. Nana me dijo que estaba cometiendo un error, pero, naturalmente, no la escuché...

–¿Nana?

–Mi abuela... Me crió desde mi primer año. De todos modos, Nana tenía razón. Kev es un tipo bastante bueno, pero un poco... alocado. Tener dos hijos en dos años de matrimonio no entraba en sus planes. En cuanto nació Tina, Kevin nos abandonó. Ahora estamos divorciados.

–¿Y él no se ocupa de las niñas?

–Los ingresos medios de un actor son de tres mil dólares al año. En la actualidad, Kev es bastante bueno y con un poco de suerte podría conseguirlo. Pero de momento la respuesta es no...

–Como es natural, habrá tenido a esas niñas en una guardería desde que nacieron, ¿verdad?

Jenny sintió un nudo en la garganta. En unos momentos sus ojos se anegarían en lágrimas...

Se apresuró a responder:

–Mi abuela cuidaba de ellas mientras trabajaba. Murió hace tres meses. Prefiero no hablar de ella...

Sintió que la mano de él había cogido la suya.

–Jenny, lo siento. Perdóname. No suelo ser tan torpe...

Ella trató de sonreírle.

–Es mi turno. Ahora hábleme de usted...

Jenny fue tomando su bocadillo mientras el pintor contaba cosas.

–Probablemente ya has leído mi biografía en el opúsculo... Soy hijo único. Mi madre murió en un accidente en la granja cuando yo tenía diez años. Para ser exactos, el día de mi décimo aniversario... Mi padre murió hace dos años. El encargado de la granja es quien se ocupa de todo. Yo paso la mayor parte del tiempo en mi estudio.

–Sería una lástima que no lo hiciese –replicó Jenny–. Ha pintado desde los quince años, ¿no es así? ¿Es consciente de lo bueno que es?

Erich removió el vino en su vaso, titubeó y se encogió de hombros.

–Podría dar la respuesta acostumbrada, que pinto estrictamente por vocación, pero esa no sería toda la verdad. Mi madre era pintora, me temo que no demasiado buena, pero su padre era bastante conocido. Se llamaba Everett Bonardi.

–¡Naturalmente que le conozco! –exclamó Jenny–. Pero ¿por qué no incluye ese dato en su biografía?

–Si mi obra es buena, hablará por sí misma. Confío haber heredado algo de su talento. Mamá simplemente hacía bosquejos, y disfrutaba realizándolos, pero mi padre estaba terriblemente celoso del arte de su mujer. Supongo que se sentía igual que un toro en una tienda de porcelanas cuando conoció a la familia de ella, en San Francisco. Imagino que le tratarían como a un emigrante de Europa central en el Medio Oeste, todavía con aspecto de cateto. Él se puso a la recíproca, diciéndole a mi madre que empleara su habilidad en hacer cosas útiles, por ejemplo, colchas... Pero, a pesar de todo, la idolatraba. Siempre supe que odiaba encontrarme «perdiendo el tiempo pintando», por lo que lo mantuve a escondidas de él.

El sol de mediodía había conseguido irrumpir a través del nublado cielo, y unos rayos, coloreados por la ventana con cristales emplomados, se reflejaron sobre su mesa. Jenny parpadeó y volvió la cabeza.

Erich la estaba observando.

–Jenny –le dijo de repente–, debe de haberte sorprendido mi reacción cuando nos hemos conocido. Con franqueza, pensé estar viendo un fantasma. Tu parecido con Caroline es desconcertante. Tenía más o menos tu estatura. Su cabello era más oscuro que el tuyo y sus ojos de un verde brillante. Los tuyos son azules con un pequeño matiz verdoso... Pero hay otras cosas en ti. Tu sonrisa, la forma en que inclinas la cabeza cuando escuchas... Eres muy delgada, lo mismo que ella... Mi padre siempre estaba preocupándose por su delgadez. Siempre trataba de hacerle comer más. Ahora mismo te diría: «Jenny, acábate tu emparedado. Apenas lo has tocado».

–Ya –replicó Jenny–. ¿Le importaría pedir un café? El señor Hartley tendrá un ataque al corazón dado que usted ha llegado mientras él estaba fuera. Y, además, tengo que marcharme temprano de la recepción, lo cual tampoco le gustará mucho.

La sonrisa de Erich se desvaneció.

–¿Tienes planes para esta noche?

–Muchos... Si llego tarde a recoger a las niñas al Progressive Day Care Center, de la señora Curtis, voy a tener problemas...

Jenny enarcó las cejas y se mordió el labio, imitando a la señora Curtis.

–«Mi hora acostumbrada de cierre es a las cinco de la tarde, aunque hago una excepción para las madres trabajadoras, señora MacPartland. Pero a las cinco y media es la hora límite. No deseo escuchar nada acerca de que ha perdido los autobuses o de llamadas telefónicas de última hora. Debe estar aquí a las cinco y media, o deberá quedarse con sus niñas en casa al día siguiente.»

Erich se echó a reír.

–Comprendo... Y ahora, háblame de las niñas...

–Oh, eso es fácil –contestó ella–. Son muy brillantes, bellísimas, encantadoras y...

–Y anduvieron a los seis meses y comenzaron a hablar a los nueve... Te expresas igual que mi madre. La gente me ha contado que era la forma en que solía referirse a mí.

Jenny sintió una extraña compasión ante la melancólica expresión que, de repente, se reflejó en la cara del hombre.

–Estoy segura de que era verdad –replicó.

Él rió.

–Y yo estoy seguro de que no lo era... Jenny, Nueva York me deja asombrado. ¿Cómo crece uno aquí?

Siguieron hablando mientras tomaban el café.

–No hay ningún edificio en Manhattan que me guste... –dijo ella.

Él repuso secamente:

–No puedo imaginarme esto. Pero claro, tú nunca has experimentado otra clase de vida...

Charlaron acerca del matrimonio de Jenny.

–¿Qué sentiste cuando se terminó?

–De forma sorprendente, el mismo grado de compunción que imagino sentí hacia el típico primer amor. La diferencia radica en que tengo a mis hijas. Por eso siempre le estaré agradecida a Kev.

Cuando regresaron a la galería, Hartley les estaba esperando. Nerviosa, Jenny observó los puntitos rojos de furia que se habían formado en las mejillas de su jefe; luego admiró la forma en que Erich le aplacó:

–Como estoy seguro que usted convendrá, la comida de las líneas aéreas no es demasiado buena. Dado que la señora MacPartland iba a salir a almorzar, la convencí de que me permitiese acompañarla. Me he limitado a mordisquear algo y ahora sigo preparado para comer con usted.. Y debo transmitirle mis cumplidos acerca de la colocación de mis obras...

Los puntitos rojos fueron desapareciendo. Al pensar en el recio bocadillo que Erich había tomado, Jenny dijo comedidamente:

–Señor Hartley, le recomiendo al señor Krueger el pollo a la Kíev. Haga el favor de pedírselo...

Erich alzó una ceja y, mientras pasaba ante ella, le murmuró:

–Muchas gracias...

Ella lamentó su impulsiva broma. Apenas conocía a aquel hombre, ¿a qué venía aquel sentimiento de complicidad? Erich era simpático y daba la impresión de mucha fuerza latente. Si estás acostumbrado a desperdiciar tu vida y echar en saco roto la buena apariencia y el dinero, ¿por qué no te vas a sentir seguro?

La galería estuvo muy animada toda la tarde. Jenny atendió a los coleccionistas importantes. Todos ellos habían sido invitados a la recepción, pero sabía que muchos llegarían temprano a fin de poder contemplar bien la exposición. Los precios eran altos, muy altos para un pintor joven. Pero Erich Krueger parecía indiferente respecto de que sus cuadros se vendiesen o no.

Hartley regresó en cuanto la galería quedó cerrada para el público. Le dijo a Jenny que Erich había ido a su hotel a cambiarse de ropa para la recepción.

–Le has causado muy buena impresión, Jenny –le explicó con cierto desconcierto–. No ha hecho otra cosa que hacer preguntas acerca de ti.

A las cinco, la exposición se encontraba muy calmada. De forma eficiente, Jenny escoltó a Erich desde los críticos a los coleccionistas, presentándole, charlando un poco, dándole a él la oportunidad de hablar, y luego liberándole para que conociese a otros visitantes. Con frecuencia le preguntaban:

–¿Es esta damita la modelo de *Recuerdo de Caroline*?

Erich pareció disfrutar con aquella pregunta.

–Estoy comenzando a pensar que sí lo es...

Hartley se dedicó a saludar a los invitados a medida que iban llegando. Por su beatífica sonrisa, Jenny supo que la exposición se estaba convirtiendo en un gran éxito.

Resultaba obvio que los críticos se hallaban igualmente impresionados por Erich Krueger como persona. Se había cambiado su chaqueta deportiva y pantalones por un bien cortado traje azul oscuro; se veía de lejos que su camisa, con puños dobles, estaba confeccionada a medida; una corbata de color marrón muy prieta en el almidonado cuello blanco hacía resaltar su atezado rostro, sus ojos azules y los tonos plateados de su cabello. Llevaba un anillo de oro en el dedo meñique de la mano izquierda. Se había percatado de ello en el almuerzo. Ahora, Jenny se dio cuenta de por qué le parecía familiar. La mujer del cuadro lo llevaba. Debía de tratarse del anillo de bodas de su madre.

Dejó a Erich hablando con Alison Spencer, la elegante chica de la revista *Art News*. Alison llevaba un vestido Adolfo de color hueso, que armonizaba muy bien con su cabello rubio ceniza. Jenny fue súbitamente consciente de la marchita calidad de su propia falda de lana, de que sus botas aún parecían rozadas, aunque les había puesto medias suelas y abrillantado. Sabía que su suéter parecía simplemente lo que era: un harapo barato, y de mala hechura, de poliéster.

Trató de racionalizar su repentina depresión. Había sido un día muy laborioso y se encontraba cansada. Ya era hora de irse y casi temía tener que marcharse a recoger a sus hijas. Cuando Nana estaba aún con ellas, regresar a casa era un placer.

«–Siéntate, querida –le decía Nana–, y ponte cómoda. Prepararé un delicioso cóctel para nosotras.»

Disfrutaba escuchándole hablar de lo que hacía en la galería, y les leía a las niñas un cuento antes de acostarse mientras Jenny cenaba.

«–Desde que tenías ocho años ya eras mejor cocinera que yo, Jen.»

«–Nana –bromeaba Jenny–, si no te hubieses dedicado tanto tiempo a preparar hamburguesas, no tendrían el aspecto de discos de hockey...»

Desde que habían perdido a Nana, Jenny recogía a las niñas en la guardería, las llevaba en autobús hasta el apartamento y las atiborraba de galletas mientras preparaba la cena.

Mientras recogía el abrigo, la entretuvo uno de los coleccionistas más importantes. Finalmente, a las 5.25 consiguió salir de allí. Consideró el hecho de despedirse de Erich, pero este se encontraba absorto en una animada conversación con Alison Spencer. ¿Y qué le importaría a él saber que ella se marchaba?

Se encogió de hombros, combatió de nuevo su renovada depresión y, sin decir nada, Jenny salió de la galería por la puerta de servicio.

2

Las placas de hielo que había en la acera hacían peligroso caminar. Avenida de las Américas, las avenidas Quinta, Madison, Park, Lexington, Tercera. Bloques y más bloques de casas. Quien había dicho que Manhattan era una isla estrecha, nunca había corrido a través de sus resbaladizas aceras. Pero los autobuses circulaban tan despacio, que mejor sería seguir a pie. De todos modos, ya llegaba tarde.

La guardería se encontraba en la calle Cuarenta y nueve, cerca de la Segunda Avenida. Eran las seis menos cuarto cuando, jadeando por haber corrido, Jenny llamó al timbre del apartamento de la señora Curtis. Esta se mostró enfadada, con los brazos cruzados y los labios formando una delgada línea en su larga y poco agradable cara.

–Señora MacPartland, hemos tenido un día terrible –explicó la severa dama–. Tina no ha parado de llorar.

Y me había dicho que Beth sabía hacerse las cosas en el retrete, pero permítame decirle que no es así...

–Pues claro que sabe ir al retrete –protestó Jenny–. Probablemente las niñas aún no se han acostumbrado a estar aquí...

–Y no van a tener la oportunidad... Sus niñas son un verdadero engorro. Intente comprender mi posición. Una de tres años que aún no sabe hacerse las cosas, y otra de dos que no deja de llorar; me ocupan todo el tiempo...

–Mamá...

Beth y Tina estaban sentadas juntas en el desvencijado sofá que se encontraba en el oscuro vestíbulo que la señora Curtis denominaba, pomposamente, «zona de juegos». Jenny se preguntó cuánto tiempo haría que tenían puestas sus ropas de calle. En un arrebato de ternura, las abrazó con fuerza.

–Hola, ratoncita. Hola, picaruela...

Las mejillas de Tina estaban humedecidas de lágrimas. Amorosamente, le alisó el suave y castaño cabello que le cubría la frente. Ambas habían heredado los ojos color avellana de Kev y sus recias y negras pestañas, lo mismo que su pelo.

–Hoy ha estado asustada –informó Beth, señalando a Tina–. No ha hecho más que chillar y chillar.

Tina hizo pucheros y alargó los brazos hacia Jenny.

–Y ha llegado tarde de nuevo –la acusó la señora Curtis.

–Lo siento.

Jenny parecía ausente. Los ojos de Tina se veían pesados y sus mejillas enrojecidas. ¿Incubaba ya un nuevo acceso de gripe? Era aquel sitio. Nunca debió haberlo elegido.

Cogió a Tina en brazos. Temerosa de que la dejasen atrás, Beth se deslizó del sofá.

–Me quedaré con las niñas hasta el viernes, lo cual ya puede considerarlo un favor –explicó la señora Curtis–, pero eso es todo...

Sin siquiera despedirse, Jenny abrió la puerta y salió al frío exterior.

Ahora era completamente de noche y el viento soplaba muy fuerte. Tina hundió la cabeza en el cuello de Jenny. Beth trató de protegerse la cara con el abrigo de su madre.

–Solo me mojé una vez –confesó.

Jenny se echó a reír.

–Oh, ratoncita... Estaremos en casa dentro de un minuto.

Pero llegaron tres autobuses llenos. Por último, desistió y echó a andar hacia el centro de la ciudad. Tina se había dormido. Si trataba de apresurarse, debería medio arrastrar a Beth. Al cabo de dos manzanas, se inclinó y la cogió también en brazos.

–Puedo andar, mami –protestó Beth–. Ya soy mayor...

–Ya lo sé... –convino Jenny–, pero iremos más deprisa si os llevo a ambas en brazos.

Entrelazando las manos, trató de equilibrar a sus dos niñitas en los brazos.

–Agarraos fuerte –les dijo–, el maratón está a punto de empezar.

Aún le quedaban diez manzanas para llegar al centro. «No son muy pesadas –se dijo–. Son tus hijas.» Por Dios bendito, ¿dónde iba a encontrar otra guardería para el lunes siguiente? «Oh, Nana, Nana, te necesitábamos tanto...» No podría atreverse a pasar más tiempo fuera de la galería. «¿Le habría pedido Erich a Alison Spencer que cenase con él?», se preguntó.

Alguien comenzó a andar a su lado. Jenny alzó la vista y se quedó desconcertada cuando Erich Krueger alargó las manos y le tomó a Beth de los brazos. La boca de Beth formó un círculo, mitad de sorpresa y mitad de miedo. Como estaba a punto de protestar, él le sonrió:

–Llegaremos a casa un poco más deprisa si te llevo en brazos y hacemos carreras con mamá y Tina.

–Pero... –comenzó Jenny.

–¿No vas a permitir que te ayude, Jenny? –le preguntó–. Me gustaría llevar también a la pequeñita, pero estoy seguro de que no querrá venir conmigo.

–Bueno... –repuso Jenny–. Naturalmente, me siento agradecida, señor Krueger, pero...

–Jenny, ¿quieres hacer el favor de dejar de llamarme señor Krueger? ¿Por qué me abandonaste con aquella aburrida mujer de *Art News*? Estuve esperando que me rescatases. Cuando me di cuenta de que te habías marchado, recordé las señas de la guardería. Esa espantosa mujer me dijo que ya habías salido de allí, pero conseguí que me diera tu dirección. Decidí caminar hasta tu apartamento y luego, exactamente delante de mí, vi a una chica preciosa que necesitaba ayuda, y aquí estamos...

Jenny sintió el brazo de él sujetándole firmemente el codo. De repente, en vez de sentirse fatigada y deprimida se notó absurdamente feliz. Le miró a los ojos.

–¿Haces esto cada noche? –le preguntó Erich con tono de preocupación e incredulidad.

–Por lo general conseguimos subir a un autobús cuando hace mal tiempo. Pero esta noche todos venían llenos; apenas si dejaban sitio para el conductor...

La manzana comprendida entre las avenidas Lexington y Park estaba llena de casas de cuatro pisos con inclinados y altos pórticos.

Jenny señaló a la primera casa del lado norte.

–Es esa...

Miró la calle con afecto. Para ella, aquellas casas ofrecían una sensación de tranquilidad: casas de casi cien años, construidas cuando Manhattan aún tenía barrios de hogares unifamiliares. La mayor parte de esas casas habían desaparecido, reducidas a escombros para dejar sitio a los rascacielos.

En el portal de su edificio trató de darle las buenas noches a Erich, pero este se negó a que le despidieran.

–Quiero ver dónde vives –le dijo.

Con desconcierto, Jenny le precedió al apartamento situado en la planta baja. Había puesto unas fundas a los muebles con un alegre dibujo amarillo y naranja, sobre la ajada tapicería de segunda mano; una alfombra castaño oscuro cubría la mayor parte del desgastado suelo de parquet; las vigas se apoyaban en el pequeño vestidor, situado delante del cuarto de baño, y estaban casi escondidas por la puerta con lumbrera. Unas litografías de Chagall ocultaban parte de la desconchada pintura de la pared, y unas plantas alegraban el alféizar sobre el fregadero de la cocina.

Contentas de estar en casa, Beth y Tina entraron corriendo en la habitación.

Beth se dio la vuelta.

–Me alegro de encontrarme en casa, mamá –dijo. Luego se quedó mirando a Tina–: Tina también está contenta de haber llegado a casa.

Jenny se echó a reír.

–Oh, ratoncita, te entiendo perfectamente. Verá –le explicó a Erich–, es un sitio muy pequeño pero me encanta.

–Comprendo el motivo. Es muy alegre.

–Bueno, no lo mire demasiado... –repuso Jenny–. Los administradores de la casa han dejado envejecer las cosas. El edificio va a ser adquirido por una cooperativa para venderlo y ya hace tiempo que no invierten en reparaciones...

–¿Vas a comprar el apartamento?

Jenny comenzó a bajar la cremallera del grueso abrigo de Tina.

–Imposible. Cuesta sesenta y cinco mil dólares, si puede creerlo... Nos marcharemos en cuanto nos desahucien y ya buscaremos sitio en alguna parte...

Erich tomó entre sus brazos a Beth.

–Vamos a quitar estas pesadas prendas... –Con rapidez, la despojó de la chaqueta y luego dijo–: Bien, a ver si nos ponemos de acuerdo. Me he invitado a cenar, Jenny. Si tienes otros planes para esta noche, puedes ponerme de patitas en la calle. Si no es así, dime dónde hay un supermercado.

Permanecieron de pie juntos, mirándose.

–¿Qué me contestas? –le preguntó–. ¿El supermercado o la puerta?

Jenny advirtió un deje de ansiedad en la pregunta. Antes de que pudiera responder, Beth tiró del pantalón de Erich.

–Puedes leerme si quieres –le propuso.

–Queda decidido –dijo con brío Erich–. Me quedo. No tienes nada que decir, mamá.

Jenny pensó: «Realmente desea quedarse. Quiere estar con nosotras». Aquella comprobación suscitó una repentina oleada de alegría.

–No hay necesidad de ir a comprar –le respondió–. Si te gusta la carne, estamos bien surtidas.

Jenny sirvió Chablis y después puso las noticias de la televisión mientras bañaba y daba de comer a las niñas. Luego Erich les leyó un cuento y Jenny preparó la cena. Mientras ponía la mesa y probaba una ensalada, miró de soslayo al sofá. Erich estaba sentado, con una niña en cada brazo, leyendo *Los tres osos* con apropiada y declamatoria voz. Tina empezó a adormecerse y él la sentó en el regazo. Beth escuchaba y le miraba con arrobamiento.

–Ha sido bueno, muy bueno –anunció cuando Erich hubo terminado–. Lees casi tan bien como mamá...

Erich enarcó una ceja hacia Jenny, sonriendo triunfalmente.

Una vez las niñas estuvieron en la cama, cenaron en la mesita con vistas al patio. La nieve caída estaba aún blanca. Los desnudos árboles brillaban con el reflejo de las luces de la casa. Unas recias y altas enredaderas casi cubrían la cerca que separaba la propiedad de los patios contiguos.

–Ya ve –le explicó Jenny–, el campo dentro de la ciudad... Cuando las niñas ya están acostadas, suelo sentarme aquí con el café e imagino que contemplo mi gran propiedad... Turtle Bay, a unas diez manzanas arriba de aquí, es una zona muy bonita. Las casas de cuatro pisos tienen jardines magníficos. Esto es una especie de réplica degradada de esa zona, pero me sabrá muy mal que llegue el día de la mudanza.

–¿Y adónde irás?

–Aún no lo sé, pero me quedan seis meses antes de tener que ocuparme de ello. Encontraremos algo. ¿Te apetece un café?

Sonó el timbre. Erich frunció el entrecejo y Jenny se mordió el labio.

–Probablemente es Fran, del piso de arriba. Está ahora entre un novio y el siguiente, y suele dejarse caer por aquí...

Pero se trataba de Kevin. Era un joven fornido, con su caro suéter, una larga bufanda negligentemente caída sobre el hombro y su cabello rojizo oscuro bien cortado, el rostro atezado...

–Entra, Kevin –le dijo Jenny, tratando de no demostrar su exasperación.

«¡Qué sentido de la oportunidad! –pensó–. Por el cielo que lo ha conseguido.»

Su ex marido entró en la habitación y la besó fugazmente. De repente se sintió incómoda, pues los ojos de Erich no la perdían de vista.

–¿Están las niñas en la cama, Jen? –le preguntó Kevin–. Menuda suerte... Confiaba en verlas. Oh, tienes compañía...

Su voz cambió, adquirió un tono formal, casi inglés. «Siempre el actor», pensó Jenny. El ex marido encontrándose con el nuevo amigo de la ex esposa en una comedia de alcoba... Presentó a los hombres y estos asintieron con la cabeza, sin la menor sonrisa.

Kevin, aparentemente, decidió aligerar el ambiente.

–Huele muy bien, Jen. ¿Qué has cocinado? –Examinó la parte superior del fogón–. Caray, qué carne más estupenda...

La probó.

–Excelente. No entiendo cómo permití que te separaras de mí...

–Fue un terrible error –replicó Erich con voz gélida.

–Claro que lo fue –convino Kevin–. Bueno, mira, no quiero molestar... Solo pensaba pasar por aquí. Oh, Jen, ¿podría hablar contigo un momento?

Ella sabía exactamente de qué deseaba hablarle. Era el día de la paga. Confiando en que Erich no se percatase de ello, cogió el bolso al salir al vestíbulo.

–Jen, me he pasado de la raya con el regalo de Navidad para ti y las niñas, y estoy sin blanca. Debo el alquiler y el casero empieza a ponerse desagradable. Solo necesito que me dejes treinta dólares, durante una semana o dos.

–¿Treinta dólares? Kevin, no puedo...

–Jen, los necesito.

Reticente, cogió el billetero.

–Kevin, tenemos que hablar. Estoy a punto de perder mi empleo y...

Él se apoderó con rapidez de los billetes. Tras metérselos en un bolsillo, se dio la vuelta hacia la puerta exterior.

–Ese viejo bufón nunca permitirá que te vayas, Jen. Conoce las cosas buenas. Deberías pedirle un aumento. Nunca contratará a nadie por lo que te paga. Hasta pronto...

Jenny regresó a la cocina. Erich estaba quitando la mesa y haciendo correr el agua en el fregadero. Agarró la cacerola con lo que aún quedaba de carne y se dirigió al cubo de la basura.

–Eh, un momento –protestó Jenny–. Las niñas podrán cenar eso mañana...

De forma deliberada, él lo tiró.

–Después de que ese actor ex marido tuyo lo ha tocado ya no lo querrán...

La miró a los ojos.

–¿Cuánto le has dado?

–Treinta dólares. Me los devolverá...

–¿Quieres decir que le permites venir aquí, darte un beso, bromear acerca de cómo te abandonó y largarse luego con tu dinero para gastárselo en algún bar de por ahí?

–No tiene suficiente para pagar el alquiler...

–No te engañes, Jenny. ¿Cuán a menudo hace esto? Supongo que cada vez que cobras la paga...

Jenny sonrió tímidamente.

–No, el mes pasado se olvidó. Erich, por favor, deja los platos. Puedo hacerlo yo.

–Hoy ya has trabajado demasiado...

Silenciosamente, Jenny cogió un paño de cocina. ¿Por qué había elegido Kevin esta noche para presentarse? Qué tonta era al darle dinero...

La rígida desaprobación en el rostro de Erich y en sus gestos comenzó a suavizarse. Le quitó de las manos el paño de cocina.

–Deja eso... –le sonrió.

Sirvió vino en dos copas y las llevó al sofá. Ella se sentó a su lado, consciente de una profunda pero vaga intensidad en él. Trató de analizar sus propios sentimientos, pero no pudo hacerlo. Dentro de un rato, Erich se iría. Y por la mañana regresaría a Minnesota. Mañana por la noche, a esta misma hora, ella estaría allí de nuevo. Pensó en la felicidad de las niñas cuando Erich les había leído el cuento, el alivio que había sentido cuando Erich apareció a su lado y cogió a Beth de los brazos. El almuerzo y la comida habían sido muy alegres, como si con su sola presencia Erich pudiera hacer desaparecer la preocupación y la soledad.

–Jenny... –dijo con ternura–. ¿En qué estás pensando?

Ella trató de sonreír.

–No lo sé. Era... solo algo alegre, supongo.

–Jenny, ¿estás segura de que no sigues enamorada de Kevin MacPartland?

Ella quedó tan asombrada que se echó a reír.

–¡Dios santo, no...!

–Entonces, ¿por qué le das dinero tan liberalmente?

–Supongo que se trata de una estúpida sensación de responsabilidad. La preocupación de que tal vez lo necesite para pagar el alquiler.

–Jenny, mañana temprano he de tomar el avión. Pero

puedo regresar a Nueva York para el fin de semana. ¿Estás libre el viernes por la noche?

Iba a regresar para verla... La embargó la misma deliciosa sensación de alivio y placer que experimentara cuando, de repente, Erich había aparecido en la Segunda Avenida.

–Estoy libre. Buscaré una niñera...

–¿Qué tal el sábado? ¿Crees que las niñas disfrutarían si vamos al zoo de Central Park, si no hace demasiado frío? Luego podemos llevarlas a comer a Rumpelmayer's.

–Les encantaría. Pero Erich, ¿de verdad...?

–Lo único que lamento es no poder quedarme en Nueva York durante una temporada. Tengo una reunión en Mineápolis respecto a unas inversiones que espero realizar. Oh, ¿podría...?

Había visto el álbum de fotos familiar en un estante debajo del mueble bar.

–Si quieres... Pero no es algo demasiado excitante.

Bebieron un poco de vino mientras él hojeaba el libro.

–Esa soy yo al salir del orfanato –le explicó–. Fui adoptada. Esos son mis nuevos padres...

–Una pareja de aspecto maravilloso.

–No los recuerdo en absoluto. Murieron en un accidente de coche cuando yo solo tenía catorce meses. Después de eso siempre estuve con Nana.

–¿Esta es tu abuela?

–Sí. Tenía cincuenta y tres años al nacer yo. Me acuerdo cuando iba a primer curso y llegué a casa con una cara muy larga porque los chicos hacían tarjetas para el día del Padre y yo no tenía padre... Me dijo: «Escucha, Jenny. Yo soy tu madre, y tu padre, y tu abuela, y tu abuelo... Soy todo lo que necesitas. ¡Y me harás *a mí* una tarjeta de felicitación para el día del Padre!».

El brazo de Erich le rodeó los hombros.

–Comprendo que la eches de menos...

Jenny se apresuró a continuar:

–Nana trabajaba en una agencia de viajes. Hicimos algunos viajes estupendos. Mira, aquí estamos en Inglaterra. Yo tenía quince años. Y aquí nuestro viaje a Hawai...

Cuando llegaron a las fotos de su boda con Kevin, Erich cerró el álbum.

–Se está haciendo tarde –dijo–. Debes de estar muy cansada...

En la puerta, le cogió las manos y se las llevó a los labios. Ella se había quitado las botas.

–Incluso así eres igual que Caroline –le dijo, sonriendo–. Pareces tan alta con tacones y casi baja sin ellos... ¿Eres pesimista, Jenny?

–Lo que ha de ser, será. Supongo que eso es lo que creo.

–No te equivocas...

Y la puerta se cerró tras él.

3

El teléfono sonó exactamente a las ocho.

–¿Cómo has dormido, Jenny?

–Muy bien...

Era verdad. Se había deslizado hacia el sueño en medio de una especie de eufórica anticipación. Erich iba a regresar. Le vería de nuevo. Por primera vez desde la muerte de Nana, no se había despertado al amanecer con una terrible sensación de congoja en el corazón.

–Me alegro. Yo también. Y debo añadir que he disfrutado de unos sueños muy placenteros. Jenny, he dispuesto que una limusina vaya a buscarte, a ti y a las niñas, a las ocho y cuarto. Os llevará a la guardería y a tu galería de arte. Luego pasará a recogerte por la tarde a las cinco y diez.

–Erich, no es necesario...

Jenny, por favor... Es una menudencia para mí. Simplemente, no puedo estar pensando en que tienes que bregar con esas chiquillas con el tiempo que hace...

–¡Pero Erich...!

–Jenny, tengo prisa. Te llamaré después.

En la guardería infantil, la señora Curtis se mostró afectadamente complacida.

–Vaya amistades tan distinguidas que tiene, señora MacPartland. Me ha llamado por teléfono esta mañana. Y quiero que sepa que ya no tendrá que llevarse a las niñas a otro sitio. He pensado que necesitamos conocernos mejor y concedernos una oportunidad para arreglar las cosas. ¿No es así, niñas?

Erich la telefoneó a la galería.

–Acabo de aterrizar en Mineápolis. ¿Llegó puntual la limusina?

–Erich, fue una bendición... No tener que ir con las niñas deprisa y corriendo ha sido un alivio... ¿Qué le dijiste a la señora Curtis? Era un dechado de ternura y bonitas palabras...

–Apuesto a que sí. Jenny, ¿dónde quieres cenar el viernes por la noche?

–No lo sé...

–Elige el restaurante al que siempre hayas deseado ir... Algún sitio al que nunca hayas acudido...

–Erich, hay cientos de restaurantes en Nueva York. Los de la Segunda Avenida y Greenwich Village son mis preferidos...

–¿Has estado en el Lutèce?

–Dios mío, no...

–Estupendo... Cenaremos allí el viernes por la noche.

Jenny pasó todo el día como en medio de una nube. No la ayudó mucho el que Hartley comentase, repetidamente, cómo se había portado Erich con ella.

–Amor a primera vista, Jenny. Te lo aseguro.

Fran, la azafata de vuelo que vivía en el apartamento 4 E de su misma casa, se dejó caer por allí aquella noche. Estaba consumida por la curiosidad.

–Ayer vi en el vestíbulo a un magnífico ejemplar. Me figuré que debía de haber estado aquí. ¿Y tienes una cita con él el viernes...? ¡Caray!

Se ofreció para cuidar a las niñas.

–Me gustaría conocerle. Tal vez tenga un hermano o un primo, o algún ex compañero de universidad...

–Fran, probablemente ya no piensa en nosotras y llamará para decir que lo olvidemos...

–No, no lo hará. –Fran sacudió su rizada cabeza–. He tenido un presentimiento...

La semana fue transcurriendo. Miércoles. Jueves. Y luego, milagrosamente, viernes.

Erich pasó a recogerla a las siete y media. Jenny se había puesto un vestido de manga larga que había comprado en las rebajas. El collar de oro quedaba muy bien encima del cuello oval y, en su centro, el diamante brillaba esplendoroso sobre la seda negra. Se peinó con trenzas.

–Estás encantadora, Jenny.

Erich tenía un aspecto muy elegante con su traje azul oscuro de finas rayas, un chaquetón azul oscuro de cachemira y un pañuelo blanco de seda.

Jenny telefoneó a Fran para que bajase, y advirtió el divertido resplandor en los ojos de Erich ante la abierta aprobación de Fran.

Tina y Beth estuvieron encantadas con las muñecas que Erich les llevó. Jenny contempló las caras hermosamente pintadas de las muñecas, con párpados que se abrían y cerraban, las manos con hoyuelos, el rizado cabello, y las comparó con los deprimentes regalos que Kevin había elegido para las Navidades.

Se percató de la mueca que hizo Erich cuando le tendió su gastado abrigo de invierno, y por un momento deseó haber aceptado el ofrecimiento de Fran de prestarle su abrigo de pieles. Pero Nana siempre le había dicho que no debía tomar nada prestado.

Erich alquiló una limusina para la noche. Ella se reclinó contra el elegante asiento y Erich le cogió las manos.

–Jenny, te he echado de menos. Han sido los días más largos de mi vida...

–Yo también te he echado mucho de menos.

Era verdad, pero deseó no haberlo dicho con un tono tan fervoroso.

En el restaurante, echó un vistazo a las otras mesas y vio rostros de celebridades.

–¿Por qué sonríes, Jenny? –le preguntó Erich.

–Supongo que he sufrido un shock cultural. Desequilibrios de viaje en jet, eso de pasar de un estilo de vida a otro. Seguro que ninguna persona de las que están aquí ha oído hablar de la guardería infantil de la señora Curtis.

–Confiemos en que no...

En sus ojos se reflejó una expresión de divertida ternura.

El camarero les sirvió champán.

–El otro día llevabas también ese collar, Jenny. Es maravilloso. ¿Te lo regaló Kevin?

–No. Fue Nana...

Erich se inclinó sobre la mesa; sus delgados y bien formados dedos rodearon los de ella.

–Me alegra saberlo. En caso contrario, me hubiera preocupado durante toda la noche. Y ahora puedo disfrutar viéndotelo llevar.

En un francés excelente, pidió la cena al maître. Jenny le preguntó dónde había aprendido a hablar aquel idioma.

–En el extranjero. He realizado unos cuantos viajes. Finalmente, comprobé que era más feliz cuando estaba pintando en la granja. Pero estos días los he pasado muy mal.

–¿Por qué?

–Me sentía solitario porque me faltabas tú.

El sábado visitaron el zoo. Haciendo gala de una infinita paciencia, Erich fue de un lado a otro con las niñas en los hombros, e incluso volvieron tres veces a las jaulas de los monos.

En el almuerzo, le troceó la comida a Beth mientras Jenny preparaba el plato de Tina. Le dijo que se acabase la leche, prometiendo terminarse él su bloody mary y, con burlona solemnidad, meneó la cabeza ante los apretados labios de Jenny.

A pesar de las protestas de esta, insistió en que cada niña seleccionase uno de los famosos animales disecados de Rumpelmayer's, y pareció dichoso del tiempo interminable que Beth se tomó para decidirse.

–¿Estás seguro de que no tienes seis niños en tu granja en Minnesota? –le preguntó Jenny cuando al final salieron a la calle–. Nadie adquiere de forma natural esa clase de paciencia con los niños.

–Fui criado por alguien que sí tenía esa clase de paciencia...

–Me gustaría haber conocido a tu madre.

–Y yo a tu abuela...

–Mamá –inquirió Beth–, ¿por qué tienes ese aspecto tan feliz?

El domingo, Erich llegó con dos pares de botitas de patines sobre hielo para Tina y Beth, y fue con ellas a patinar en la pista del Rockefeller Center.

Aquella noche llevó a Jenny a Park Lane para una cena íntima. Después de tomar el café, ambos se quedaron silenciosos. Finalmente, Erich dijo:

–Han sido un par de días muy dichosos, Jenny.

–Sí, lo han sido.

Pero él no dijo nada acerca de regresar. Jenny volvió la cabeza y miró hacia Central Park, que ahora brillaba con la combinación de las luces de las calles, las farolas y las ventanas de los apartamentos que lo bordeaban.

–El parque es siempre muy bonito, ¿verdad?

–¿Lo echarías mucho de menos?

–¿Echar de menos qué...?

–Minnesota tiene otra clase de belleza.

¿Qué le estaba diciendo Erich? Volvió a mirarle. En un ademán espontáneo, sus manos se encontraron y sus dedos se enlazaron.

–Jenny, esto es algo inesperado pero es verdadero. Si lo prefieres, vendré a Nueva York cada fin de semana durante seis meses o un año, y te cortejaré. Pero ¿es necesario?

–¡Erich, si apenas me conoces...!

–Siempre te he conocido. Cuando eras un solemne bebé; nadabas a los cinco años; ganaste una medalla al buen comportamiento en los quinto, sexto y séptimo cursos...

–Ver un álbum de fotos no significa que me conozcas.

–Yo creo que sí. Y me conozco a mí mismo. Siempre he sabido lo que andaba buscando, confiado en que cuando topase con ello lo reconocería. Y tú sientes lo mismo. Admítelo...

–Ya he cometido un error. Pensé que hacía bien las cosas con Kevin...

–Jenny, no eres justa contigo misma. Eras muy joven. Me dijiste que Kevin fue tu primera relación en serio. Y no olvides que, por maravillosa que fuese tu abuela, habías notado la falta de un hombre en tu vida, un padre, un hermano... Estabas preparada para enamorarte de Kevin.

Ella consideró las cosas.

–Supongo que es verdad.

–Y las niñas. No les hagas perder su infancia, Jenny. Son tan felices cuando estás con ellas... Y creo que podrían ser felices a mi lado. Cásate conmigo, Jenny.

Una semana atrás, ella no le conocía. Sintió la calidez de la mano de él, se miró en sus expectantes ojos, sintió que los suyos propios reflejaban también aquel mismo halo de amor.

Y supo, sin la menor duda, cuál sería la respuesta.

Estuvieron hablando hasta el amanecer en el apartamento.

–Deseo adoptar a las niñas, Jenny. Mis abogados tienen preparados los documentos para que los firme MacPartland.

–No creo que acepte desprenderse de las niñas...

–Pues yo supongo que sí lo hará. Quiero que lleven mis apellidos. Cuando tengamos una familia propia, no deseo que Beth y Tina se sientan extrañas... Seré un buen padre para ellas. Y él es peor que malo. A propósito, ¿qué clase de alianza de compromiso te regaló MacPartland?

–No me regaló ninguna.

–Estupendo. Haré arreglar para ti el anillo de Caroline.

El miércoles por la noche, por teléfono, Erich le contó que había concertado reunirse con Kevin el viernes por la tarde.

–Creo que es mejor que sea a solas, cariño.

Durante toda la semana Tina y Beth no cesaron de preguntar cuándo regresaría el señor «Kruer». Cuando llegó al apartamento el viernes por la noche, corrieron a sus brazos. Jenny vertió lágrimas de felicidad mientras Erich las abrazaba.

Tras cenar en el The Four Seasons, Erich le contó cómo había ido su reunión con Kevin.

–No estuvo muy amistoso. Me temo que es un consumado expoliador, cariño. No te quiere a ti o las niñas, pero no desea que rehagas tu vida. Sin embargo, le persuadí de que era algo en su propio interés. Completaremos las formalidades a finales de mes, pero la adopción aún necesitará seis meses para llevarse completamente a cabo. Nos casaremos el tres de febrero, casi un mes desde el día en que nos conocimos.

Abrió un maletín.

–Esto me recuerda una cosa...

Jenny había quedado muy sorprendida de que llevase aquel maletín al restaurante.

–Veamos qué tal te queda...

Se trataba de un anillo de esmeraldas. Mientras Erich se lo deslizaba en un dedo, Jenny se quedó mirando la refulgente belleza de aquella perfecta piedra.

–Decidí que no era necesario arreglarlo –le confió–. Realmente es perfecto tal como está.

–Es maravilloso, Erich.

–Y, cariño, será mejor que también lo aprovechemos para esto... –Sacó un montón de papeles–. Cuando mis abogados prepararon los documentos de la adopción, insistieron en ocuparse también del contrato prematrimonial...

–¿El contrato prematrimonial? –preguntó Jenny con voz ausente.

Estaba absorta admirando el anillo. No era un sueño. Era algo real... Había sucedido. Iba a casarse con Erich. Casi se echó a reír al pensar en la reacción de Fran.

«–Jenny, es demasiado perfecto... Es bien parecido, rico, con talento, te adora. Dios mío, no puede quitarte los ojos de encima... Está loco por las niñas. Permíteme decirte que algo debe salir mal... Quizá es un jugador, un borracho o un bígamo...»

Estuvo a punto de contárselo a Erich, pero se abstuvo. Sabía muy bien que el mordaz humor de Fran no se avenía muy bien con Erich.

¿Qué estaba diciendo ahora?

–Verás, soy... un hombre rico... Mis abogados no están muy contentos de que las cosas hayan sido tan precipitadas. Aquí simplemente se dice que si rompiéramos nuestras relaciones antes de diez años, los intereses Krueger permanecerían intactos...

Jenny quedó sorprendida.

–Si rompiéramos, Erich, yo no te pediría nada.

–Antes preferiría morir que perderte, Jen. Se trata solo de una formalidad.

Dejó los documentos encima de la mesa.

–Naturalmente, puedes hacer que tus abogados lo estudien. En realidad me han instruido en que aunque tú o ellos estéis de acuerdo con todas las cláusulas, no debes devolverlos por correo antes de dos días.

–Erich, yo no tengo abogado.

Se quedó mirando el documento y se sintió desconcertada ante la jerga legal; sacudió la cabeza. De forma incongruente, recordó la costumbre de Nana de repasar atentamente la cuenta del tendero y su ocasional grito triunfal de:

«–Me ha contado dos veces los limones...»

Nana realizaría un riguroso escrutinio de cualquier documento como ese antes de firmarlo.

–Erich, no quiero pasar por todo esto. ¿Dónde he de firmar?

–Ya he puesto unas cruces, cariño...

Jenny garrapateó su nombre. Resultaba obvio que los abogados de Erich temían que ella pudiese casarse por su dinero. Supuso que no podía echarles la culpa, pero aquello la incomodó.

–Cariño, además de esta previsión, aquí hay un fideicomiso para cada una de las niñas, las cuales lo heredarán cuando cumplan veintiún años. Será válido tan pronto la adopción se haya ultimado. También prevé que tú heredarás todas mis posesiones a mi fallecimiento.

–No hables de eso, Erich.

Este volvió a meter los documentos en el maletín.

–Vaya cosas tan poco románticas que hay que hacer –comentó–. ¿Qué querrás para nuestras bodas de oro, Jen?

–Darby y Joan.

–¿Qué?

–Son las figuras Royal Doulton. Un anciano y una anciana sentados en una mecedora muy a gusto, uno al lado del otro. Siempre me han agradado.

A la mañana siguiente, cuando Erich fue al apartamento llevaba una caja de regalo debajo del brazo. Contenía las dos figuras Royal Doulton.

Y aquello, más que el anillo, dio seguridad a Jenny sobre el resto de su vida...

4

–Te lo agradezco, Jen. Trescientos dólares es una buena ayuda. Siempre has tenido buen corazón.

–Hemos reunido todo esto juntos. Por consiguiente, la mitad del dinero es tuya, Kev.

–Dios, cuando pienso cómo tuvimos que salir a última

hora de la noche para recoger aquellos muebles que los vecinos estaban dejando en el contenedor de basura. ¿Recuerdas cómo tuvimos que pelearnos con un vagabundo? Te sentaste en el sofá antes de que pudiera hacerlo nadie más.

–Me acuerdo –admitió Jenny–. Se puso tan histérico que pensé que me mataría. Mira, Kevin, habría preferido que vinieses antes. Erich se presentará dentro de unos minutos y no creo que le complazca encontrarte aquí.

Estaban de pie en el casi desmantelado apartamento. Ya se habían llevado los muebles: Jenny lo había vendido todo por menos de seiscientos dólares. Las paredes, desaparecidas las alegres litografías, se veían sucias y agrietadas. La mezquindad del apartamento quedaba cruelmente revelada sin muebles ni alfombra que la camuflasen. Las magníficas maletas nuevas eran los únicos objetos que se hallaban ahora en la estancia.

Kevin llevaba una chaqueta Ultrasuede. «No es de extrañar que siempre esté sin blanca», pensó. De forma desapasionada, se dedicó a estudiarlo, percatándose de las ojeras marcadas debajo de los ojos. «Una resaca más», conjeturó. Con sentimiento de culpabilidad, se percató de que sentía más nostalgia por dejar aquel pequeño apartamento que por la perspectiva de no volver a ver a Kevin.

–Tienes un aspecto magnífico, Jen. El azul siempre te ha sentado muy bien.

Jenny llevaba un vestido de seda azul de dos piezas. En una de sus visitas, Erich había insistido en comprarles ropa a ella y las niñas en Saks. Jenny había protestado, pero él acalló sus protestas:

«–Míralo de esta manera: para cuando llegue la factura ya serás mi esposa...»

Ahora sus maletas Vuitton estaban llenas de trajes, blusas, suéteres, pantalones y faldas de noche, botas Raphael y zapatos Magli. Tras su inicial incomodidad a causa de que Erich lo pagase todo antes de que estuviesen casados, Jenny lo había pasado maravillosamente bien. Y qué alegría había sido para las niñas ir de compras.

«–Eres tan bueno con nosotras», le decían a Erich. Aquello se convirtió en un recurrente estribillo.

«–Te amo, Jenny. Cada dólar que gasto me produce placer. Nunca había sido tan feliz.»

La ayudó a seleccionar las ropas. Erich tenía un excelente ojo para el estilo. «Ojo de artista», bromeaba.

–¿Dónde están las niñas? –preguntó Kevin–. Me gustaría despedirme de ellas.

–Fran las llevó a dar un paseo. Las recogeremos después de la ceremonia. Fran y Hartley comerán con nosotros. Luego iremos directamente al aeropuerto.

–Jen, creo que te has precipitado demasiado. Solo hace un mes que conoces a Krueger.

–Es suficiente cuando una está segura, muy segura. Y ambos lo estamos.

–Pues bien, yo aún no estoy seguro respecto de la adopción. No quiero entregar a mis niñas.

Jenny trató de contenerse.

–Kevin, ya hemos pasado por todo esto. Has firmado los documentos. No te preocupas por las niñas, ni las mantienes. En realidad, cuando te hacen entrevistas niegas tener una familia.

–¿Y cómo se sentirán cuando crezcan y comprendan que las abandoné?

–Estarán agradecidas por la posibilidad de tener un padre que las quiere. Pareces olvidar que yo misma fui adoptada. Y siempre estaré agradecida a quien se desprendió de mí. El ser criada por Nana fue algo realmente especial.

–Ya, Nana fue algo especial, pero no me gusta Erich Krueger. Hay algo en él...

–Kevin, por favor.

–Muy bien. Me iré. Te echaré de menos, Jen. Aún te amo. Ya lo sabes... –Le tomó las manos–. Y también amo a mis hijas.

«Acto tres, telón –pensó Jenny–. Todos a llorar.»

–Por favor, Kevin, no quiero que Erich te encuentre aquí.

–Jen, puede que vaya a Minnesota. Tengo la oportunidad de formar parte de la compañía de repertorio del teatro Guthrie, en Mineápolis. Si es así, te visitaré...

–No debes hacerlo, Kevin...

Con decisión, abrió la puerta del apartamento. En ese momento sonó el timbre.

–Es Erich –dijo Jenny con nerviosismo–. Maldita sea. No quería que te viese aquí. Vamos, te acompañaré.

Erich estaba tras el vestíbulo de puertas-vidrieras. Llevaba una gran caja de regalo. Apenada, Jenny observó cómo su expresión de alegría se convertía en enfado cuando la vio acompañada de Kevin.

Jenny abrió la puerta interior para que entrase Erich y luego dijo:

–Kevin ha pasado por aquí un momento. Adiós, Kevin.

Los dos hombres se miraron con ceño. Ninguno habló. Luego Kevin sonrió y se inclinó hacia Jenny. Tras besarla en la boca, le dijo con tono íntimo:

–Ha sido maravilloso estar contigo. Gracias de nuevo, Jen. Nos veremos en Minnesota, cariño...

5

–Estamos cruzando por encima de Green Bay, Wisconsin. Nuestra altitud es de diez mil metros. Aterrizaremos en el aeropuerto de las Ciudades Gemelas[1] a las cinco y cincuenta y ocho de la tarde. La temperatura en Mineápolis es de doce grados centígrados bajo cero. Es una tarde despejada y hermosa. Espero que hayan disfrutado con el viaje, señores. Gracias una vez más por volar con Northwest.

La mano de Erich cubrió la de Jenny.

–¿Has disfrutado del viaje?

La mujer le sonrió.

–Muchísimo.

1. Calificativo que se da a las ciudades de St Paul y Mineápolis. *(N. del T.)*

Ambos miraron la alianza de bodas de la madre de él, que ahora lucía en el dedo de Jenny.

Beth y Tina se habían quedado dormidas. La azafata había quitado el brazo central de los asientos, y ahora estaban acurrucadas juntas, con los bucles castaños revueltos, y sus nuevos vestidos sin mangas de terciopelo verde y sus blancos jerséis de cuello de cisne un tanto arrugados.

Jenny se dio la vuelta para observar el cojín de nubes que se veía fuera de la ventanilla. Por debajo de su felicidad, todavía se sentía furiosa con Kevin. Sabía que era débil e irresponsable, pero siempre había pensado que tenía buen carácter. Pero era un cabrón. Había conseguido ensombrecer el día de su boda.

En el apartamento, una vez se fue Kevin, Erich había dicho:

–¿Por qué te ha dado las gracias, y qué ha querido decir con eso? ¿Le has invitado a nuestro hogar?

Ella trató de justificarse, pero la explicación sonó vacilante incluso a sus propios oídos.

–¿Le has dado trescientos dólares? –le preguntó, incrédulo, Erich–. ¿Cuánto te debe ya en pagas de pensión alimentaria y en préstamos?

–Pero yo no los necesitaba, y la mitad de los muebles eran suyos...

–¿Querías asegurarte de que tendría dinero para el billete cuando nos visitase?

–Erich, ¿cómo puedes decir eso?

Se esforzó en controlar las lágrimas que amenazaban con nublar sus ojos, pero Erich lo advirtió.

–Jenny, perdóname. Lo siento. Estoy muy celoso. Lo admito. Detesto que cualquier hombre te toque. No quiero que vuelva a ponerte un dedo encima.

–No lo hará. Eso puedo prometértelo. Dios mío, si por algo le estoy agradecida es por haber firmado los documentos de adopción. Mantuve cruzados los dedos hasta el último momento...

–Simples conversaciones de dinero.

–¿Le has dado dinero, Erich?

–No mucho. Dos mil dólares. Mil por cada hija. Un precio muy barato por desembarazarme de él.

–Te ha vendido a sus hijas...

Jenny trató de ocultar el desprecio que sentía.

–Hubiese pagado cincuenta veces más.

–Deberías habérmelo dicho.

–Tampoco te lo hubiera contado ahora, pero no deseo que conserves ninguna piedad hacia él... Olvidémosle. Este es nuestro día. ¿No quieres abrir tu regalo de bodas?

Se trataba de un abrigo de visón Blackglama.

–Oh, Erich...

–Vamos, póntelo.

Daba una sensación de lujo, suavidad, ligereza y calidez.

–Hace juego con tu pelo y tus ojos –le dijo Erich, complacido–. ¿Sabes qué pensé esta mañana?

–Dímelo.

Erich la rodeó con sus brazos.

–Dormí muy mal anoche... Aborrezco los hoteles y pensé que esta noche Jenny estaría conmigo en mi propio hogar. ¿Conoces el poema «Jenny me besó»?

–No lo recuerdo.

–Hay un par de versos muy apropiados para la ocasión: «Dicen que estoy cansado, que estoy triste...». Y luego: «Jenny me besó». Estaba pensando en esto cuando toqué el timbre, y luego, un momento después, tuve que presenciar cómo era Kevin MacPartland quien te besaba...

–Por favor, Erich.

–Perdóname. Salgamos de este sitio. Estoy deprimido.

No había tenido tiempo de echar un último vistazo antes de que él la condujese hacia la limusina.

Incluso durante la ceremonia, Kevin había seguido estando presente en su mente, especialmente su matrimonio con él, en Santa Mónica, hacía cuatro años. Eligieron aquella iglesia porque Nana se había casado allí. Nana se sentó sonriente en la primera fila. No había aprobado a

Kevin, pero cedió cuando ya no pudo disuadir a Jen. ¿Qué opinaría de esta ceremonia ante un juez en vez de ante un sacerdote?

–Yo, Jennifer, tomo a...

Vaciló. Dios mío, había estado a punto de decir a *Kevin*. Sintió los ojos de Erich, y había comenzado de nuevo.

–Yo, Jennifer, tomo a Erich...

–Lo que Dios ha unido, que no lo separe el hombre...

El juez había pronunciado aquellas palabras solemnemente. Pero también se habían pronunciado en su boda con Kevin...

Llegaron a Mineápolis con un minuto de adelanto respecto al horario previsto. Un gran letrero rezaba:

BIENVENIDOS A LAS CIUDADES GEMELAS.

Jenny observó el aeropuerto con interés.

–He estado por toda Europa, pero nunca había llegado más al oeste de Pensilvania. –Se echó a reír–. Tenía la idea de que aterrizaríamos en medio de una pradera.

Llevaba a Beth de la mano. Erich se ocupaba de Tina. Beth miró la rampa que se acercaba al avión.

–Más avión, mamá –imploró.

–Has dado inicio a algo, Erich –le dijo Jenny–. Empiezan a desarrollar el gusto por los viajes en primera clase.

Erich no estaba escuchando.

–Le dije a Clyde que Joe nos esperase –explicó–. Seguramente se encuentra en la puerta de llegadas...

–¿Joe?

–Uno de los peones de la granja. No es muy brillante, pero sabe de caballos y es un buen conductor. Siempre le he empleado como chófer cuando no quiero dejar el coche en el aeropuerto. Oh, aquí está...

Jenny vio acercarse a un joven de pelo pajizo, delgado, de unos veinte años, de grandes ojos y rosadas mejillas. Iba bien vestido con un grueso abrigo, unos pantalones oscuros de punto, altas botas y guantes. Iba tocado con una incongruente gorra de chófer. Se la quitó mientras se detenía delante de Erich, y Jenny tuvo tiempo de reflexionar por qué, a pesar de ser un joven tan bien parecido, tenía aspecto de preocupación.

–Señor Krueger, siento haber llegado tarde. Las carreteras están heladas.

–¿Dónde está el coche? –repuso Erich con brusquedad–. Quiero que mi esposa y las niñas queden instaladas; luego tú y yo nos ocuparemos del equipaje.

–Sí, señor Krueger... –La preocupación pareció intensificarse–. Siento haber llegado tarde.

–Oh, por el amor de Dios –intervino Jenny–. Somos nosotros los que hemos llegado un minuto antes. –Le tendió la mano–. Me llamo Jenny.

Él se la tomó con timidez, sosteniéndola como si temiese lastimarla.

–Me llamo Joe, señora Krueger. Todos tienen muchas ganas de conocerla. Todos hablan de usted.

–Estoy seguro de que así es –terció Erich con brusquedad.

Su brazo urgió a Jenny a que siguiese andando. Joe se quedó detrás de ellos. Jenny se percató de que Erich estaba enfadado. Tal vez se suponía que ella no debía mostrarse tan amistosa. Su vida en Nueva York, la galería Hartley y el apartamento en la calle Treinta y siete le parecieron, de repente, muy lejanos...

6

El Fleetwood castaño de Erich era nuevo, y el único coche de los que se encontraban en la zona de aparcamiento que no tenía nieve encima. Jenny se preguntó si Joe había aprovechado unos preciosos minutos para lavarlo antes de que ellos llegasen. Erich la instaló a ella y a Tina en el asiento trasero, dio permiso a Beth para ponerse delante y se apresuró a regresar para ayudar a Joe con el equipaje.

Unos minutos después se encontraban en la carretera.

–Hay casi tres horas de viaje hasta la granja –dijo Erich–. Reclínate contra mí y descabeza un sueñecito.

Parecía relajado, incluso alegre, una vez superado su arranque de ira contra Joe.

Erich alargó la mano hacia Tina, que se prestó de buen grado a sentarse en su regazo. Erich tenía muy buena mano con la niña. Al ver la alegría brillar en el rostro de la pequeña Tina, Jenny olvidó la momentánea añoranza de su hogar.

El coche aumentó la velocidad en terreno despejado. Las luces a lo largo de la carretera empezaron a desaparecer. La carretera se oscureció y estrechó. Joe encendió los faros y Jenny distinguió grupos de graciosos arces e irregulares robles. El paisaje parecía absolutamente llano. Era diferente por completo de Nueva York. Esa era la razón de que hubiese tenido aquella inquietante sensación cuando salieron del aeropuerto.

Necesitaba tiempo para pensar, para enfocar las cosas y asimilarlas. Apoyando la cabeza en el hombro de Erich, murmuró:

–¿Sabes? Estoy cansada...

No quería hablar más, no exactamente ahora. Pero, oh, qué agradable resultaba reclinarse contra él, saber que su tiempo juntos ya nunca más sería limitado y frenético. Erich había sugerido suspender la luna de miel.

«–No tienes a nadie con quien dejar a las niñas –le había explicado–. Una vez estén instaladas en la granja, ya encontraremos una niñera de confianza y emprenderemos un viaje.»

«¿Cuántos hombres hubieran sido tan considerados?», se dijo Jenny.

Sintió que Erich la estaba mirando.

–¿Estás despierta, Jenny? –le preguntó.

Pero ella no respondió. La mano de su marido le alisó el cabello y sus dedos le masajearon las sienes. Tina se había dormido y su respiración se había hecho suave y sosegada. En el asiento delantero, Beth había dejado de charlar con Joe y también parecía adormilada.

Jenny sosegó su respiración. Había tiempo por delante para planear, para salir de la vida que había llevado hasta entonces y anticipar la que la esperaba.

La casa de Erich había permanecido sin una mujer que la gobernara durante un cuarto de siglo. Probablemente necesitaba una revisión a fondo. Sería interesante comprobar cuánta influencia de Caroline quedaba aún.

«Es divertido –se dijo–; nunca pienso en la madre de Erich como su madre, sino como Caroline.» Se preguntó si el padre de Erich se habría referido a ella de aquella manera. Si en lugar de decirle a Erich «Tu madre», dijese «Caroline...».

Recordarlo todo sería un deleite. Cuántas veces había estudiado el apartamento y había pensado: «Si pudiera permitírmelo, haría esto y aquello y lo de más allá».

Qué sensación de libertad experimentó al despertar por la mañana y saber que no tenía que correr al trabajo. Simplemente, poderse quedar con las niñas, pasar el tiempo con ellas, un tiempo auténtico, no el tiempo después de una jornada agotadora... Se había perdido ya la mejor parte de sus años de bebés...

Y ser una esposa. Así como Kevin nunca había sido un auténtico padre para las niñas, tampoco había sido un auténtico marido para ella. Incluso en sus momentos más íntimos, siempre había sentido que Kevin se consideraba a sí mismo el protagonista romántico de una película de la MGM. Y ella estaba segura de que le había sido infiel, incluso durante el breve tiempo en que habían convivido...

Erich era un hombre cabal. Podía haberse casado hacía mucho tiempo, pero prefirió aguardar. Daba por bien venida la responsabilidad, pero Kevin la había rehuido. Sin embargo, Erich era bastante quisquilloso y reservado... Según Fran era un poco pesado, y Jenny sabía que ni siquiera Hartley había estado a gusto con él. No se percataban de que su presunta reserva constituía, simplemente, una máscara de una naturaleza tímida. «Encuentro más fácil pintar mis sentimientos que expresarlos», le había confesado.

Había tanto amor contenido en todo lo que pintaba...

La mano de Erich acarició sus mejillas.

–Despierta, cariño, estamos llegando...

–¿Qué? Oh... ¿Me he quedado dormida?

Se irguió.

–Me alegra que hayas dormido, cariño. Pero ahora puedes mirar por la ventanilla. La luna brilla tanto que podrás apreciarlo todo... –Su voz era ansiosa–: Estamos en la carretera veintiséis. Nuestra granja comienza en esa cerca, a ambos lados de la carretera. El lado derecho termina en el lago Gray. El otro lado prosigue y serpentea aún más allá. El bosque ocupa casi cien hectáreas; acaba en el valle fluvial que desciende hacia el río Minnesota. Ahora, observa, verás alguno de los edificios accesorios. Allí están los heniles, donde alimentamos al ganado en invierno. Más allá se encuentran los graneros, los establos y el antiguo molino. Cuando doblemos ese recodo, contemplarás el lado occidental de la casa. Se asienta sobre aquella loma.

Jenny apretó su cara contra la ventanilla del coche. Gracias a las imágenes del paisaje que había visto en algunos cuadros de Erich, sabía, por lo menos, que la parte exterior de la casa era de pálidos ladrillos rojos. Se imaginó una especie de granja a lo Currier e Ives. Pero nada de lo que Erich le había contado la había preparado para lo que estaba contemplando...

Incluso vista desde un lado, resultaba obvio que la casa era una mansión. Tenía entre veinte y veinticinco metros de longitud y tres plantas. Las luces salían de las alargadas y graciosas ventanas del primer piso. Por encima, la luna blanqueaba los tejados y aguilones en relucientes tiaras. Los campos cubiertos de nieve brillaban como capas de blanco armiño, enmarcando la estructura, haciendo resaltar sus flotantes líneas.

–¡Oh, Erich!

–¿Te gusta, Jenny?

–¿Que si me gusta? Es maravillosa. Es dos veces, no, cinco veces mayor de lo que esperaba. ¿Por qué no me previniste?

–Deseaba sorprenderte. Le dije a Clyde que se asegurase de iluminarla bien para tu primera impresión. Veo que ha cumplido mi orden al pie de la letra.

Jenny siguió mirando, tratando de absorber cada detalle mientras el coche avanzaba con lentitud por la carretera. Un porche de madera blanca con esbeltas columnas comenzaba en la puerta lateral y se extendía hasta la parte trasera. La reconoció tal como se reflejaba en el cuadro *Recuerdo de Caroline*. Incluso la mecedora del cuadro se hallaba allí. Una ráfaga de viento la hacía mecerse levemente.

El coche giró a la izquierda y entró por las abiertas puertas. Un letrero, GRANJA KRUEGER, estaba iluminado por las farolas que se encontraban en los pilares de las puertas. El coche siguió el camino de vehículos, que se abría entre el campo cubierto de nieve. A su derecha comenzaban los árboles, un denso bosque de ramas desnudas y esqueléticas contra la luna. El coche giró a la izquierda y completó el arco, deteniéndose ante los anchos escalones de piedra.

La doble puerta de roble macizo y ornamentadamente tallada estaba iluminada por la ventana en abanico que se arqueaba encima de ella. Joe se apresuró a abrirle la puerta a Jenny. Rápidamente, Erich le tendió a la dormida Tina.

–Llévate a las niñas, Joe –ordenó.

Erich tomó a Jenny de la mano, subió con agilidad los escalones y abrió las puertas de par en par. Tras una pausa, la miró:

–Me gustaría retratarte en este momento –le dijo–. Titularía el cuadro *Llegada al hogar*. Con tu largo y hermoso cabello oscuro, tus ojos tan tiernos mirándome... Me amas, ¿verdad, Jenny?

–Te amo, Erich –le respondió en voz baja.

–¿Prometes que nunca me abandonarás? Júralo, Jenny.

–Erich, ¿cómo puedes pensar en eso ahora?

–Prométělo, por favor.

–Nunca te dejaré, Erich.

Jenny le rodeó el cuello con los brazos. «Su necesidad de afecto es tan grande...», pensó. Durante todo el mes, Jenny se había visto turbada por aquel aspecto de sus relaciones: él era quien daba, ella la que recibía. Estaba agradecida ahora al comprobar que las cosas no eran tan simples.

Erich la alzó en brazos.

–Jenny, bésame...

Ahora sonreía. Mientras la llevaba dentro de la casa, Erich la besó en los labios, al principio tímidamente y luego con creciente ardor.

–¡Oh, Jenny!

La dejó en el vestíbulo de entrada. Tenía relucientes suelos de parquet, paredes delicadamente estarcidas, y una araña de cristal y metal dorado. Una escalera con una adornada balaustrada tallada conducía al segundo piso. Las paredes estaban recubiertas de cuadros, con la firma ERICH en la esquina inferior derecha. Por un momento Jenny se quedó sin habla.

Joe estaba subiendo la escalinata con las niñas.

–No corráis... –les prevenía.

Pero la larga siesta las había despabilado, y estaban ansiosas por hacer exploraciones. Mientras no las perdía de vista, Jenny dejó que Erich le enseñase la casa. El salón principal estaba a la izquierda del vestíbulo de entrada. Trató de asimilar todo lo que le contaba acerca de las piezas individuales. Al igual que un chiquillo que muestra sus juguetes, señaló unos estantes de nogal, en forma de riñón y con la base de mármol.

–Es de principios del siglo dieciocho –le dijo.

Unas ornadas y antiguas lámparas de petróleo, ahora con conexión eléctrica, se encontraban a cada lado del macizo sofá de alto respaldo.

–Mi abuelo se lo hizo fabricar en Austria. Las lámparas son de Suiza.

Recuerdo de Caroline estaba colgado encima del sofá. Una luz en lo alto revelaba el rostro del retrato, de una forma más íntima que como apareciera en el escaparate de la galería. A Jenny le pareció que, con esa iluminación y en esa estancia, su propio parecido con Caroline se acentuaba. La mujer del cuadro daba la impresión de mirarla directamente.

–Es casi como un icono –susurró Jenny–. Noto como si sus ojos me siguiesen.

–Yo siempre he sentido lo mismo –comentó Erich–. ¿Crees que puede ser así?

Un inmenso órgano de lengüeta y palisandro, situado junto a una pared, atrajo inmediatamente a las niñas. Treparon a la banqueta con cojín de terciopelo y comenzaron a tocar las teclas. Jenny se percató de que Erich fruncía el entrecejo cuando la hebilla del zapato de Tina rozó la pata de la banqueta. Rápidamente sacó de allí a las exultantes niñas.

–Veamos el resto de la casa –sugirió.

El comedor estaba dominado por una mesa de banquetes, lo suficientemente grande para doce comensales. Un elaborado motivo de corazones estaba tallado en cada uno de los respaldos de las sillas.

Una colcha aparecía colgada en la pared de enfrente, como si se tratase de un tapiz. Troceado en hexágonos con reborde de festón y motivos florales cosidos, añadía una nota de brillantez a aquella estancia austeramente bella.

–Las confeccionó mi madre –explicó Erich–. Mira sus iniciales.

Todas las paredes de la enorme biblioteca estaban cubiertas con estantes de nogal para libros. En cada uno de ellos había hileras de volúmenes pulcramente colocados. Jennie echó un vistazo a algunos títulos.

–¡Esto es maravilloso! –exclamó–. ¿Cuántos libros tienes?

–Mil ciento veintitrés.

–¿Lo sabes exactamente?

–Por supuesto...

La cocina era amplia. La pared de la izquierda contenía los accesorios. Una mesa redonda de roble y unas sillas se ubicaban exactamente en el centro de la estancia. En otra pared, una gran estufa antigua de hierro, con unas portillas brillantes de níquel y cromo, tenía todo el aspecto de poder caldear toda la casa. Una cuna de roble, cerca de la estufa, se veía llena de leños, un sofá cubierto con una litografía colonial y un sillón a juego formaban un ángulo recto, uno junto a otro. En ese cuarto, como en los demás que había visto, nada se encontraba fuera de lugar.

–Es un poco diferente de tu apartamento, ¿no crees, Jenny? –Su tono denotaba orgullo–. Ahora ya puedes comprender por qué no te lo conté. Quería disfrutar con tu reacción.

Jenny sintió un impulso de defender su apartamento.

–Ciertamente, es más amplio –convino–. ¿Cuántas habitaciones tiene?

–Veintidós –respondió con presunción Erich–. Echemos un vistazo a nuestros dormitorios. Acabaremos la visita mañana...

La rodeó con el brazo mientras subían por las escaleras. Aquel ademán era confortante y ayudó a aliviar parte de la sensación de novedad que sentía. «Muy bien –pensó–, me parece estar haciendo una visita turística: miren pero no toquen.»

El dormitorio principal era una gran habitación formando ángulo, en la parte delantera de la casa. Los muebles de oscura caoba relucían con una fina pátina aterciopelada. El lecho de cuatro columnas estaba cubierto con un brocado de color arándano. Este brocado se repetía también en el baldaquín y las colgaduras. Un cuenco de cristal emplomado, en el lado izquierdo del tocador, estaba lleno de pequeñas pastillas de jabón de pino. Un juego de cepillos de plata con iniciales, cada pieza separada unos centímetros, se veía a la derecha del cuenco. Este juego de cepillos había pertenecido a la bisabuela de Erich; el cuenco era de Caroline y procedía de Venecia.

–Caroline nunca se perfumaba, pero le gustaba el aroma a pimporta de Inglaterra.

Jabón con aroma de pino. Era lo que había percibido al entrar en la habitación: una débil fragancia, tan sutil que resultaba imposible distinguirla.

–¿Es aquí donde dormiremos Tina y yo, mamá? –preguntó Beth.

Erich se echó a reír.

–No, ratoncita. Tú y Tina estaréis al otro lado del vestíbulo. Pero ¿quieres ver primero mi habitación? Está en la siguiente puerta de la derecha.

Jenny le siguió, esperando ver la habitación de un soltero en la casa familiar. Estaba ansiosa por comprobar el gusto personal de Erich respecto al mobiliario. Casi todo cuanto había visto le parecía simplemente heredado.

Erich abrió la puerta de la estancia contigua al dormitorio principal. Allí estaba también encendida la luz. Vio un lecho individual de arce, recubierto por una colcha de colores. Un escritorio con tapa corredera, medio abierto, revelaba lápices, carboncillos y álbumes para esbozos. Una biblioteca de tres estantes contenía el *Libro de la Sabiduría.* Un trofeo de la Little League se encontraba de pie en el tocador. Una mecedora de alto respaldo aparecía en el rincón de la izquierda, cerca de la puerta. Un palo de hockey, apoyado contra la pared de la derecha.

Esta era la habitación de un chiquillo de solo diez años...

7

–No he vuelto a dormir aquí desde que murió mamá –le dijo Erich–. Cuando era pequeño, disfrutaba tumbado en la cama, escuchando el ruido que hacía mi madre moviéndose por su cuarto. La noche del accidente no pude soportar volver aquí. Papá y yo nos trasladamos a los dos dormitorios traseros. Ya nunca regresamos...

–¿Me estás diciendo que en este cuarto y en el dormitorio principal no ha dormido nadie durante veinticinco años?

–Eso es. Pero no los cerramos. Simplemente dejamos de usarlos. Algún día nuestro hijo usará este cuarto, querida mía...

Jenny se alegró de regresar al vestíbulo. A pesar de la colorida colcha y los cálidos muebles de arce, había algo de inquietante en la habitación de muchacho de Erich.

Beth comenzó a tirar de Jenny.

–Mamá, tenemos hambre...

–Oh, ratoncita, lo siento. Vamos a la cocina.

Beth corrió por el largo vestíbulo, con unas pisadas demasiado ruidosas para sus piececitos. Tina la siguió de cerca.

–Espérame, Beth...

–No corráis –les gritó Erich detrás de ellas.

–No rompáis nada –les advirtió Jenny, recordando la delicada porcelana del salón.

Erich le quitó de los hombros el abrigo de visón y se lo puso al brazo.

–Y bien... ¿qué te ha parecido?

Algo en la forma en que hizo la pregunta resultó extraño. Erich parecía ansioso por recibir una aprobación, y Jenny le tranquilizó, de la misma forma en que hubiese respondido a una pregunta similar por parte de Beth.

–Es perfecto... Me encanta...

El frigorífico estaba bien provisto. Jennie calentó leche para mezclarla con cacao y preparó unos bocadillos.

–Tengo champán para nosotros –dijo Erich mientras colocaba el brazo en el respaldo de la silla de su mujer.

–Estaré lista dentro de un momentito... –Jenny le sonrió e inclinó la cabeza hacia las niñas–. En cuanto deje todo en orden...

Estaban a punto de levantarse cuando sonó el timbre. El ceño de Erich se trocó en una expresión complacida tras abrir la puerta.

–Mark, por el amor de Dios... Entra...

El visitante era alto y tenía el cabello de color arena, enmarañado por el viento. Sus anchos hombros se marcaban bajo la pesada parka con capucha, y unos penetrantes ojos azules dominaban un rostro de fuertes facciones.

–Jenny –dijo Erich–, este es Mark Garrett. Ya te he hablado de él.

Mark Garrett. El doctor Garrett, el veterinario, el amigo íntimo de Erich desde la infancia.

–Mark es como un hermano –le explicó Erich–. En realidad, si algo me hubiese ocurrido antes de casarme, él habría heredado la granja.

Jenny le tendió la mano y sintió cómo la del hombre, fría y fuerte, se la estrechaba.

–Siempre he dicho que tenías buen gusto, Erich –comentó Mark Garrett–. Bienvenida a Minnesota, Jenny.

A ella le agradó Mark y le presentó a las niñas. Ambas se mostraron inesperadamente formales.

–Eres grande, muy grande –le dijo Beth.

Mark rehusó una taza de café.

–Aborrezco dar malas noticias –le dijo a Erich–, pero deseaba que te enterases por mí. *Barón* se ha lastimado esta tarde un tendón.

Barón era el caballo de Erich.

«–Un pura sangre, criado sin enfermedades, nervioso, de mal temperamento. Un animal notable. Podía haber hecho de él un caballo de carreras, pero he preferido conservarlo para mí mismo», le había contado a Jenny.

–¿Hay algún hueso roto?

La voz de Erich sonaba absolutamente serena.

–Pues, no...

–¿Qué ha sucedido?

–La puerta del establo estaba abierta, y salió. Tropezó cuando trató de saltar la cerca con alambre de espino en el campo del este.

–¿Que la puerta del establo estaba abierta? –Cada palabra fue articulada con precisión–. ¿Y *quién* la dejó abierta?

–Nadie admite haberlo hecho. Joe jura que la cerró al salir del establo esta mañana tras dar de comer a *Barón*.

«Joe, el chófer. No era de extrañar que pareciese tan asustado», pensó Jenny. Miró a las niñas. Se sentaban muy tranquilas a la mesa. Hacía un minuto, hubieran estado dispuestas a campar por sus respetos, pero ahora parecían sentir la atmósfera cargada, la ira que Erich no se molestaba en ocultar.

–Le dije a Joe que no lo mencionase hasta que yo tuviese oportunidad de verte. *Barón* estará bien en un par de semanas. Creo que Joe no echó el pestillo de la puerta al salir. Nunca ha sido descuidado de forma deliberada. Ama a ese animal.

–Aparentemente, ninguno de su familia inflige daño deliberadamente... –estalló Erich–. Pero lo que sí está claro es que consiguen infligirlo. Si *Barón* quedase cojo...

–No será así. Le he limpiado y vendado. ¿Por qué no sales y lo ves ahora? Te sentirás mejor...

–Eso haré...

Erich buscó en el armario de la cocina su chaquetón. Su expresión resultaba fríamente furiosa.

Mark le siguió fuera.

–Bienvenida de nuevo, Jenny –le dijo–. Lamento ser portador de malas noticias...

Cuando la puerta se cerró detrás de ellos, Jenny le oyó decir:

–Erich, no te exaltes...

Que las niñas se durmiesen costó un baño caliente y contarles un cuento en la cama. Jenny salió agotada y de puntillas del cuarto. Luego empujó el baúl contra el lado de la cama al descubierto. La habitación, que una hora antes estaba en perfecto orden, constituía ahora una auténtica confusión. Las maletas se encontraban en el suelo. Había hurgado en ellas para encontrar los pijamas y la vieja manta favorita de Tina, pero no se había preocupado por deshacerlas apropiadamente. Se sentía demasiado cansada. Eso podía esperar hasta mañana. Erich apareció en el momento en que salía del cuarto y Jenny vio mudar su expresión cuando observó el desorden de la habitación.

–Dejémoslo así, cariño –le dijo ella cansadamente–. Sé que todo está hecho un desastre, pero ya lo arreglaré mañana.

A Jenny le pareció que su marido intentaba aparentar calma.

–Me temo que no podré irme a la cama con todo esto así...

Le llevó solo cinco minutos deshacer las maletas, colocar la ropa interior y los calcetines en los cajones, colgar los vestidos y suéteres en el armario. Jenny desistió de tratar de ayudarle. Si las niñas se despertaban, estarían dando vueltas por allí durante horas, pero de repente se encontró demasiado agotada para protestar. Finalmente, Erich empujó la cama para que se encontrase alineada exactamente con su gemela, dispuso bien las botitas y zapatos, guardó las maletas en un estante superior y cerró la puerta del armario que Jenny había dejado entreabierta.

Cuando hubo finalizado, la habitación se encontraba impecable y las niñas no habían despertado. Jenny se encogió de hombros. Sabía que debería estarle agradecida, pero no le alegraba pensar que no correr el riesgo de despertar a las pequeñas resultaba prioritario con respecto a la necesidad de una sesión de arreglos, particularmente en la noche de bodas...

En el vestíbulo, Erich la rodeó con los brazos.

–Cariño, sé lo duro que ha sido este día. Te he preparado un baño. Ahora estará a la temperatura exacta. ¿Por qué no te cambias mientras preparo una bandeja para nosotros? Tengo champán enfriando y un bote del mejor caviar que encontré en Bloomingdale's. ¿Qué te parece todo esto?

Jenny sintió un dejo de vergüenza por su irritación. Le sonrió.

–Eres demasiado bueno para ser verdad...

El baño la ayudó a recuperarse. Se hundió en él, disfrutando de la desacostumbrada longitud y profundidad de la bañera, que estaba aún montada sobre sus patas originales de latón. Mientras la cálida agua suavizaba los músculos de su garganta y hombros, decidió relajarse.

Se percató de que Erich había evitado con cuidado describirle la casa. ¿Qué le había dicho? Oh, sí, cosas tales como «No ha cambiado mucho desde que Caroline murió». «Creo que la extensión de la nueva decoración solo ha llegado a reemplazar algunas cortinas del cuarto de huéspedes.»

¿Es que no se había estropeado nada en esos años, o era que Erich, religiosamente, preservaba intacto todo cuanto le recordaba la presencia de su madre? El aroma que ella amaba flotaba todavía por el dormitorio principal. Sus cepillos y peines, así como sus limas para las uñas, continuaban aún en una de las coquetas. Se preguntó si no habría aún algunas hebras de cabello de Caroline atrapadas en algunos cepillos.

En su desesperación, su padre se había equivocado al permitir que el dormitorio infantil de Erich siguiese intacto, congelado en el tiempo, como si en aquella casa el tiempo se hubiese detenido con la muerte de Caroline. Este pensamiento la inquietó. «Piensa en Erich y en ti misma –se dijo–. Olvida el pasado. Recuerda que ahora os pertenecéis el uno al otro.» Su pulso se aceleró.

Pensó en su primoroso y nuevo camisón y en la bata que se encontraban en su nueva maleta. Los había comprado en Bergdorf Goodman, con el último cheque de su paga, derrochando de forma extravagante pero deseando que todo fuese maravilloso en su noche de bodas.

Repentinamente alegre, salió de la bañera, quitó el tapón y cogió una toalla. El cristal de encima del lavabo estaba empañado. Empezó a secarse y luego frotó el vapor. Sintió que, en medio de tantas novedades, necesitaba verse a sí misma, encontrar su propia imagen. Cuando el cristal estuvo seco, se miró en él. Pero no fueron sus propios ojos azulverdes los que vio reflejados.

Era el rostro de Erich, los profundos y fríos ojos azules de Erich los que se encontraron con los suyos en el reflejo.

Había abierto la puerta tan silenciosamente que ella no le había oído. Dándose la vuelta se cubrió instintivamente con la toalla, pero luego, con deliberación, la dejó caer.

–Oh, Erich, me has asustado. No te oí entrar...

Sus ojos siguieron mirándola fijamente.

–Pensé que querrías el camisón, cariño –repuso–. Aquí lo tienes.

Le entregó un camisón de satén de color aguamarina, con una profunda V cortada por delante y atrás.

–Erich, ya tengo un camisón nuevo. ¿Me has comprado este expresamente para mí?

–No –replicó–. Era el de Caroline.

Se pasó la lengua, nerviosamente, por encima de los labios y sonrió de forma extraña. Sus ojos refulgían de amor. Cuando habló de nuevo, su tono fue de súplica:

–Hazlo por mí, Jenny; póntelo esta noche...

8

Por unos momentos Jenny permaneció de pie mirando la puerta del cuarto de baño, sin saber qué hacer. «No quiero llevar el camisón de una mujer muerta», protestó en silencio. El satén parecía suave.

Una vez Erich le hubo entregado el camisón, abandonó el cuarto. Jenny se echó a temblar mientras miraba su maleta. ¿Debería simplemente ponerse su propio camisón y, también simplemente, decirle: «Prefiero este, Erich»?

Pensó en su expresión al entregarle la prenda de su madre. «Tal vez no me siente bien», se dijo, y decidió ceder a su capricho. Pero cuando se lo metió por la cabeza, parecía hecho ex profeso para ella. Era lo suficientemente delgada para aquella estrecha cintura, con aquellas magras caderas y la línea recta de sus piernas. El corte en V acentuaba sus firmes pechos. Se miró en el espejo. El vaho se estaba evaporando y unos hilillos de agua corrían por la superficie. Aquella debía de ser la razón de que pareciese diferente. ¿O era que algo en el tono aguamarina del camisón destacaba el verde de sus ojos?

Estaba a punto de sacárselo cuando se oyó un suave golpe en la puerta. Abrió. Era Erich, con un pijama de seda gris y una bata a juego. Había apagado todas las luces, excepto la de la mesilla de noche, y su brillante pelo dorado resaltaba con el resplandor de la lámpara.

Habían quitado de la cama la colcha de brocado color arándano. Las sábanas estaban recogidas. Unas almohadas bordadas de encajes aparecían apoyadas contra el macizo tablero delantero de la cama.

Erich sostenía en las manos dos copas de champán. Le tendió una a Jenny. Fueron hasta el centro de la habitación y luego él entrechocó la copa de Jenny en un brindis.

–He estado releyendo el resto del poema, querida.

Su voz sonó muy suave cuando comenzó a recitar lentamente:

> Jenny me besó cuando nos conocimos,
> saltó de la silla en que se sentaba,
> oh, tiempo, ladrón, que te agrada
> poner cosas bellas en tu lista, pon esta:
> Dicen que estoy cansado, que estoy triste,
> dicen que la salud y la riqueza me han abandonado,
> dicen que me hago viejo, pero también añade,
> que Jenny me besó...

Las lágrimas afloraron a los ojos. Esa era su noche de bodas. Ese hombre era el que le había ofrecido tanto amor y a quien ella amaba, y ahora era su esposo. Esa hermosa habitación era de ellos. ¡Qué importaba el camisón que llevase! Era lo menos que podía hacer por él. Sabía que su sonrisa era tan feliz como la de él, y brindaron el uno por el otro. Luego Erich le quitó la copa de la mano y Jenny, sintiéndose dichosa, le abrazó con ternura.

Mucho después de que Erich se durmiese, con su brazo haciendo de almohada a su cabeza, con el rostro hundido en su cabello, Jenny seguía despierta. Estaba tan acostumbrada a los ruidos de la calle del apartamento de Nueva York, que no era capaz de asimilar la absoluta quietud de aquel lugar.

La habitación estaba fría, cosa que le agradaba, pero todo era demasiado silencioso, salvo aquella respiración que se oía junto a su cuello...

«Soy tan feliz... –pensó–. No sabía que fuese posible sentirse tan dichosa.»

Erich se mostró como un amante tímido, tierno y considerado. Jenny siempre había sospechado que existían emociones más profundas que las que Kevin despertaba en ella. Y ahora lo comprobaba.

Antes de que Erich se quedase dormido, habían hablado.

–¿Fue Kevin el único antes que yo, Jenny?

–Sí, lo fue.

–Pues no ha habido nadie antes para mí...

¿Había querido decir que no había *amado* a nadie, o que no se había *acostado* con nadie? ¿Resultaba eso posible?

Jenny derivó hacia el sueño. La luz comenzaba a difuminarse poco a poco, cuando sintió que Erich se movía y se deslizaba de la cama.

–Erich...

–Cariño... Siento haberte despertado. Nunca duermo más de unas horas. Dentro de un rato iré a la cabaña y me pondré a pintar. Volveré hacia mediodía.

Jenny sintió su beso en la frente y en los labios, mientras se dormía de nuevo.

–Te amo –murmuró ella.

La habitación estaba inundada de luz cuando despertó de nuevo. Rápidamente fue hacia la ventana y levantó la persiana. Mientras observaba, quedó sorprendida al ver a Erich desaparecer por el bosque.

El paisaje era igual que uno de sus cuadros. Las ramas de los árboles se encontraban ahora blancas y heladas. La nieve cubría el tejado a la holandesa del granero más cercano a la casa. A lo lejos, en el campo, entrevió ganado.

Miró el reloj de porcelana que había encima de la mesilla de noche. Eran las ocho. Las niñas despertarían pronto. Podrían sentirse confundidas al encontrarse en una habitación que no era la suya.

Con los pies descalzos, salió del dormitorio y se dirigió al amplio vestíbulo. Mientras pasaba delante de la antigua habitación de Erich, echó un vistazo y luego se detuvo. El edredón estaba retirado y las almohadas, fruncidas. Entró y tocó la sábana. Estaba aún tibia. Erich había abandonado el dormitorio conyugal y había dormido allí. ¿Por qué?

«No duerme mucho –pensó–. Probablemente no quería dar vueltas y despertarme. Está acostumbrado a dormir solo. Tal vez quería leer.» Pero había afirmado no haber dormido en ese cuarto desde que tenía diez años.

Se oyeron pisadas abajo.

–Mamá, mamá...

Se apresuró a bajar al vestíbulo, inclinándose y abriendo los brazos. Beth y Tina, con ojos legañosos a causa del largo sueño, se precipitaron hacia ella.

–Mamá, te estábamos buscando –explicó Beth.

–Y yo también –intervino Tina.

–Y tenemos un regalo –añadió Beth.

–¿Un regalo? ¿Y dónde lo has conseguido, princesa?

–¡Y yo también! –exclamó Tina–. Gracias, mamá.

–Estaba en nuestras almohadas –explicó Beth.

Jenny se las quedó mirando. Cada niñita sostenía una pequeña pastilla de jabón al pino.

Vistió a las niñas con los nuevos monos rojos de pana y unas camisas a rayas.

–No hay escuela –dijo Beth viendo el lado práctico de las cosas, como siempre.

–Pues no –convino Jenny con una sonrisa.

Se puso unos pantalones y un suéter y fueron al piso de abajo. La mujer de la limpieza acababa de llegar. Tenía un tipo delgaducho, pero brazos y hombros fornidos. Sus pequeños ojos, en un rostro hinchado, parecían vigilantes. Tenía aspecto de reír raramente. Su cabello tenía unas trenzas demasiado rígidas, que parecían subirle la piel en torno del nacimiento del pelo, robándole la expresión.

Jenny tendió la mano.

–Tú debes de ser Elsa. Yo soy... –Iba a decir «Jenny», pero se acordó del enfado de Erich con motivo de su demasiado amistoso saludo a Joe–. Soy la señora Krueger...

Luego presentó a las niñas.

Elsa asintió.

–Hago las cosas lo mejor que puedo...

–Eso ya lo veo –repuso Jenny–. La casa tiene un aspecto maravilloso...

–Dígale al señor Krueger que no es culpa mía lo de la mancha en el empapelado del comedor. Tal vez llevase él pintura en las manos...

–No vi ninguna mancha anoche...

–Se la mostraré.

Había un borrón en el empapelado del comedor, cerca de la ventana. Jenny lo observó.

–Por el amor de Dios, se necesita un microscopio para verlo...

Elsa se dirigió al salón para comenzar la limpieza y Jenny y las niñas desayunaron en la cocina. Cuando hubieron finalizado, su madre sacó sus álbumes de pintar y los lapiceros de colores.

–Os diré una cosa –propuso–: dejadme tomar en paz una taza de café y luego saldremos a dar un paseo.

Necesitaba pensar. Solo Erich había podido colocar aquellas pastillas de jabón en las almohadas de las niñas. Pero ¿qué había de malo en ello? Resultaba natural que fuera a verlas esta mañana, y no había nada malo en el hecho de que le gustara el aroma a pino. Encogiéndose de hombros, se acabó el café y preparó a las niñas con ropas para la nieve.

El día era frío pero no hacía viento. Erich le había dicho que el invierno en Minnesota podía ser desde severo a terrible. «Este año se presenta bastante bien –le había comentado–. Solo es medianamente malo.»

En el umbral titubeó. Erich quizá deseaba mostrarle los establos, los graneros y presentarle a la gente de la granja. Bien, eso podía esperar.

–Vayamos por aquí –sugirió.

Las tres rodearon la parte trasera de la casa, y luego enfilaron los campos del lado este de la propiedad. Anduvieron por la nieve hasta que la casa casi se perdió de vista. Luego avanzaron dificultosamente hacia la carretera comarcal que marcaba la linde de la granja. Llegaron a una zona vallada y Jenny comprobó que se trataba del cementerio familiar. Una media docena de monumentos de granito resultaba visible más allá de los postes blancos de la valla.

–¿Qué es eso, mamá? –preguntó Beth.

Jenny abrió la puerta y entraron en el recinto. Fue de una a otra de las lápidas sepulcrales, leyendo las inscripciones. Erich Fritz Krueger, 1843-1913, y Gretchen Krueger, 1847-1915. Probablemente los bisabuelos de Erich. Dos niñitas: Marthea, 1875-1877, y Amanda, 1878-1890. Los abuelos de Erich: Erich Lars y Olga Krueger, nacidos ambos en 1880. La mujer había muerto en 1941 y él en 1948. Un bebé, Erich Hans, que había vivido ocho meses en 1911. «Cuánto dolor –pensó Jenny–, cuánta pena... Dos niñitas perdidas en una generación, un bebé en la siguiente. ¿Cómo puede la gente sufrir tanto dolor?» En el monumento contiguo, Erich John Krueger, 1915-1979, el padre de Erich.

En un extremo había una tumba bastante separada de las demás. Era la que andaba buscando. La inscripción rezaba: «Caroline Bonardi Krueger, 1924-1956».

El padre y la madre de Erich no estaban enterrados juntos. ¿Por qué? Los demás monumentos presentaban las huellas del tiempo, pero ese parecía haber sido limpiado recientemente. ¿El amor de Erich por su madre lo llevaba a tener un extraordinario cuidado en la conservación de su tumba? Inexplicablemente, Jenny sintió ansiedad. Trató de sonreír.

–Vamos... Os reto a una carrera a través del campo...

Riendo, echaron a correr detrás de ella. Jenny les permitió que la alcanzasen e incluso la adelantaron, fingiendo mantener con dificultades el ritmo de ellas. Al final se detuvieron jadeantes. Resultaba claro que tanto Beth como Tina estaban felices por tenerla con ellas. Sus mejillas aparecían enrojecidas y sus ojos brillaban. Incluso Beth había perdido aquella habitual sonrisa solemne. Jenny las abrazó con cariño.

–Caminemos hasta aquella loma –sugirió–, y luego regresaremos.

Pero cuando alcanzaron la cumbre, Jenny quedó sorprendida al ver una bonita casa blanca situada al otro lado. Debía de tratarse de la primera granja familiar, que ahora era usada por el encargado de la explotación.

–¿Quién vive ahí? –preguntó Beth.

–Algunas personas que trabajaban para papá.

Mientras estaban allí de pie mirando la casa, la puerta se abrió. Una mujer salió al porche y les hizo señas de que se acercasen.

–Beth, Tina, vamos –les urgió Jenny–. Al parecer conoceremos a nuestra primera vecina.

Jenny tuvo la impresión de que la mujer les contemplaba, impertérrita, mientras cruzaban el campo. Sin preocuparse del frío, seguía de pie en el umbral, con la puerta abierta de par en par detrás de ella. Al principio Jenny pensó, por su ligera silueta y encorvado cuerpo, que se trataba de una persona mayor. Pero en cuanto se acercó más, comprobó que no tenía más de cincuenta y tantos años. Su pelo castaño estaba salpicado de gris y recogido en lo alto de la cabeza en un mal formado moño. Sus gafas sin montura ampliaban sus ojos grises. Llevaba un largo y holgado suéter encima de unos pantalones raídos. El suéter acentuaba los huesos de los hombros y su extrema delgadez.

Sin embargo, aún conservaba vestigios de belleza en su rostro, y la boca mostraba unos labios bien formados. Se veía un inicio de hoyuelo en el mentón. De algún modo, Jenny visualizó a aquella mujer en otra edad más joven, más dichosa. La mujer se quedó mirándola mientras se presentaba a sí misma y a las niñas.

–Tal como me lo contó Erich –comentó, con voz baja y nerviosa–. «Rooney –me dijo–: espera a que conozcas a Jenny; creerás estar viendo a Caroline.» Pero no quiso decirme nada más.

Hizo un visible esfuerzo por calmarse.

Impulsivamente, Jenny le tendió ambas manos.

–Y Erich me habló también de ti, Rooney, del mucho tiempo que llevas aquí. Sé que tu marido es el encargado de la granja. Aún no le he visto.

La mujer ignoró este comentario.

–¿Eres de Nueva York?

–Sí, en efecto...

–¿Qué edad tienes?

–Veintiséis.

–Nuestra hija, Arden, tiene veintisiete. Clyde dice que se fue a Nueva York. ¿La conoces? –preguntó con ansiedad.

–Me temo que no... –contestó Jenny–. Pero, naturalmente, Nueva York es una ciudad muy grande... ¿A qué clase de trabajo se dedica? ¿Dónde vive?

–No lo sé. Arden se fue hace diez años. No tenía que haberse escapado. Podía haberme dicho: «Mamá, quiero ir a Nueva York». Y no se lo hubiese negado. Su padre era un poco estricto con ella. Supongo que sabía que no la dejaría marcharse siendo tan joven. Pero Arden era una buena chica, incluso fue presidenta del club 4-H. No sé por qué se empeñaba en marcharse. Creí que era feliz con nosotros.

La mirada de la mujer parecía ausente, como cavilando algo que ya había pensado muchas veces.

–Era nuestra única hija. Aguardamos mucho tiempo hasta que nació. Era un bebé precioso, y *deseado,* ya sabes. Activa desde el mismo momento en que nació... Por eso sugerí que la llamáramos Arden, una especie de apócope de ardiente... Y le fue de lo más apropiado.

Beth y Tina se apretaron contra Jenny. Había algo en aquella mujer, algo en sus ojos ausentes y en su leve temblor, que las asustaba.

«Dios mío –pensó Jenny–. Su única hija y no sabe nada de ella desde hace diez años. Yo en su situación me volvería loca.»

–Puedes ver una foto que tengo aquí... –Señaló un retrato colgado de la pared–. Se la tomé dos semanas antes de que se marchara.

Jenny observó la foto de una adolescente regordeta y sonriente, con un rizado cabello rubio.

–Tal vez se haya casado y tenga bebés –siguió Rooney–. Pienso mucho en ello. Por eso, cuando te vi con las dos pequeñas, creí que eras Arden.

–Lo siento –replicó Jenny.

–No tiene importancia. Y, por favor, no le digas a Erich que he estado hablando de nuevo de Arden. Clyde dice que Erich está harto de escucharme siempre hablar de Arden y Caroline. Dice que esa es la razón de que Erich me quitase del trabajo en la casa, al morir su padre. Me gustaba cuidar de aquella casa como si fuese la mía propia. Clyde y yo llegamos aquí cuando John y Caroline se casaron. A Caroline le gustaba la forma en que yo hacía las cosas, e incluso después de su muerte lo mantuve todo igual para ella, como si fuese a regresar de un momento a otro. Pero entra en la cocina. He hecho buñuelos y el café está preparado.

Jenny sintió el aroma del café. Se sentaron alrededor de una mesa blanca en la cocina. Hambrientas, Tina y Beth tomaron buñuelos aún calientes y bebieron leche.

–Recuerdo cuando Erich tenía esa edad –empezó Rooney–. Solía hacerle estos buñuelos para él. Yo era la única a la que se lo dejaba cuando Caroline salía de compras. Lo consideraba casi un hijo mío. Aún lo es, supongo... No tuve a Arden hasta diez años después de que nos casásemos, pero Caroline dio a luz a Erich durante el primer año. Nunca vi un niño al que su madre quisiese más. Nunca quería perderle de vista. Oh, te pareces mucho a ella, de verdad...

Cogió la cafetera y volvió a llenarle la taza a Jenny.

–Erich ha sido muy bueno con nosotros... Se gastó diez mil dólares en detectives privados tratando de encontrar a Arden.

«Sí –pensó Jenny–, Erich haría eso y más.»

El reloj de pared comenzó a dar la hora. Era mediodía. Jenny se levantó. Erich estaría ya en casa. Deseaba encontrarse a su lado.

–Señora Toomis, será mejor que nos vayamos. Confío en que nos visite alguna vez.

–Llámame Rooney. Todo el mundo lo hace. Clyde no desea que vaya a la casa grande. Pero yo le engaño. Voy allí muchas veces para asegurarme de que todo está en orden. Debes volver a visitarme. Me gusta tener compañía...

Una amplia sonrisa consiguió transformar su rostro. Por un momento, aquellas arrugas caídas y tristes desaparecieron.

Jenny supo que había tenido razón al suponer que, en otro tiempo, Rooney Toomis había sido una mujer muy bonita.

Rooney insistió en obsequiarle con una bandeja de buñuelos.

–Los tomarán para la merienda...

Mientras mantenía la puerta abierta para ellas, comenzó a juguetear nerviosamente con el cuello del suéter.

–Creo que empezaré a buscar a Arden ahora –suspiró.

El sol del mediodía brillaba en el cielo, resplandeciendo sobre los campos cubiertos de nieve. Al doblar un recodo, la casa apareció a la vista. El rojo pálido de los ladrillos brillaba bajo los rayos del sol. «Nuestra casa», pensó Jenny, y cogió a las niñas de la mano. ¿Comenzaría Rooney a vagar sin rumbo por aquellos campos en busca de su hija perdida?

–Es una dama muy agradable –dijo Beth.

–Sí, lo es –convino Jenny–. Vamos, vamos. A la carrera... Papá probablemente nos estará aguardando.

–¿Qué papá? –preguntó, indiferente, Beth.

–El único...

Poco antes de que abriera la puerta de la cocina, Jenny le susurró a las niñas:

–Entremos de puntillas y sorprendamos a papá...

Con ojos brillantes, asintieron.

Entraron y lo primero que oyeron fue la encolerizada voz de Erich. Llegaba desde el comedor, cada palabra pronunciada levemente más alta que la anterior.

–¿Cómo se atreve a decirme que he sido yo el que ha hecho esa mancha? Resulta obvio que fue usted quien dejó que una bayeta con aceite tocase el papel de la pared al quitar el polvo del alféizar. ¿Ha pensado que toda la estancia tendrá ahora que empapelarse de nuevo? ¿Y sabe lo difícil que será encontrar de nuevo ese dibujo? ¿Cuántas veces la he advertido respecto de esas bayetas sucias?

–Pero señor Krueger...

La protesta de Elsa, nerviosamente alta, fue atajada en seco.

–Quiero que se disculpe por haberme atribuido la responsabilidad de todo este lío. O se disculpa, o sale de esta casa para siempre.

Se produjo un silencio.

–Mamá –susurró Beth, asustada.

–Chts... –le urgió Jenny.

«¿Cómo podía estar Erich tan alterado por aquella pequeña mancha en el papel?», se preguntó.

«Mantente alejada de esto –pareció advertirle algún instinto–. No hay nada que puedas hacer...»

Oyó la sumisa y humilde voz de Elsa decir:

–Le pido disculpas, señor Krueger.

A continuación llevó a las niñas hacia fuera y cerró la puerta.

9

–¿Por qué papá está tan enfadado? –preguntó Tina.

–No estoy segura, cariño. Pero aparentaremos que no le hemos oído. ¿Conforme?

–Pero sí le hemos oído –replicó muy seria Beth.

–Lo sé..., pero es algo que no tiene que ver con nosotras. Ahora, vamos. Entremos de nuevo.

Esta vez llamó:

–Hola, Erich...

Y después entraron. Jenny llamó de nuevo:

–¿Hay algún marido en esta casa?

–¡Cariño!

Erich se apresuró hacia la cocina, con una sonrisa de bienvenida y expresión relajada.

–Le estaba preguntando ahora mismo a Elsa dónde estabais. Me ha sorprendido que salieses por tu cuenta. Deseaba mostrártelo todo yo mismo.

Sus brazos la rodearon. Su mejilla, aún fría por haber estado fuera, rozó la de ella. Jenny bendijo el instinto que la hizo abstenerse de visitar los edificios de la granja.

–Ya sé que querías dar esa vuelta –repuso–, por lo que simplemente nos limitamos a andar por el campo del este para tomar un poco de aire fresco. No puedes imaginar lo maravilloso que resulta no tener que detenerse ante los semáforos cada pocos pasos...

–Tendré que enseñarte a evitar los campos donde pacen los toros –sonrió Erich–. Créeme, preferirías las señales de tráfico... –De repente se percató de la bandeja que llevaba–. ¿Qué es eso?

–La señora Toom se lo dio a mamá –le explicó Beth.

–La señora Toomis –la corrigió Jenny.

–La señora Toomis –repitió Erich. Los brazos cayeron a sus costados–. Jenny, confío en que no habréis ido a la casa de Rooney...

–Nos invitó a entrar –explicó Jenny–. Hubiera sido muy desconsiderado por mi parte...

–Invita a cualquiera que pase por allí –la interrumpió Erich–. Esa es la razón por la que hubieras tenido que esperarme para que os acompañase, cariño. Rooney es una mujer perturbada, y si le das un dedo te toma todo el brazo... Finalmente, tuve que decirle a Clyde que la mantuviera alejada de esta casa. Incluso después de prohibírselo, a veces, al volver a casa, me la encuentro por aquí. Que Dios la ayude, lo siento por ella, pero resulta bastante duro despertarse en mitad de la noche y oírla andar por el vestíbulo, o incluso de pie en mi cuarto...

Se volvió hacia Beth.

–Vamos, ratoncita... Quítate ese traje para la nieve.

Levantó en el aire a Beth y, para su deleite, la sentó encima del frigorífico.

–¡Yo también, yo también! –gritó Tina.

–Tú también, tú también –la imitó–. ¿Y no es ya un buen momento para sacarnos las botas? –les preguntó–. Esta sí es la altura apropiada, ¿no te parece, mamá?

Con aprensión, Jenny se acercó al frigorífico, para asegurarse de que ninguna de las niñas pudiese caerse, pero no había necesidad de preocuparse. Erich les quitó las botas de goma y bajó a las niñas al suelo. Luego preguntó:

–Muy bien, pequeñas... ¿Cómo me llamo?

Tina miró a Jenny:

–¿Papá? –contestó con vocecita vacilante.

–Mamá dice que eres el único papá –le informó Beth.

–¿Mamá dice eso? –Erich sonrió a Jenny y añadió–: Gracias, mamá.

En ese momento, Elsa entró en la cocina. Su cara enrojecida exhibía una mueca de cólera y a la defensiva.

–Señor Krueger, he acabado con el piso de arriba. ¿Desea que haga algo más?

–¿El piso de arriba? –se apresuró a preguntar Jenny–. Espero que no se haya molestado en separar las camas en la habitación de las niñas. Ahora mismo irán a descabezar un sueñecito.

–Le dije a Elsa que arreglase la habitación –replicó Erich.

–Pero, Erich, no pueden dormir en esas camas tan altas de la forma en que están –protestó Jenny–. Me temo que deberemos proveerlas de unas camas apropiadas para su edad. –Se le ocurrió una idea. Era una jugada arriesgada, pero constituía un pedido razonable–: Erich, ¿no podrían las niñas dormir en tu antigua habitación? Aquella cama sí es baja...

Observó a su marido para ver su reacción, pero no dejó de captar la maliciosa mirada que Elsa le dirigió a Erich. «Está disfrutando con esto», pensó. Elsa sabía que él quería negarse...

La expresión de Erich se hizo inescrutable.

–En realidad, Jenny –comenzó con tono formal–, pensaba hablar contigo acerca de permitir a las niñas usar esa habitación. Pensé haberme explicado con claridad con respecto a que ese cuarto no puede usarse. Elsa me ha dicho que encontró la cama deshecha esta mañana...

Jenny se quedó sin aliento. No se le había ocurrido que Tina y Beth pudiesen haberse metido en aquella cama cuando recorrían la casa antes de despertarse ella...

–Lo siento...

El rostro de él se suavizó.

–No te preocupes, cariño. Deja que las niñas echen una siesta en las camas de anoche. Les encargaré inmediatamente unas camas apropiadas...

Jenny preparó sopa para las niñas y luego se las llevó al piso de arriba. Mientras bajaba las persianas, comentó:

–Bien, niñas, cuando os despertéis no quiero que vayáis a otras camas. ¿Comprendido?

–Pero si en casa siempre íbamos a tu cama –replicó Beth con tono ofendido.

–Esta casa es diferente.

Las besó cariñosamente.

–Prometédmelo. No quiero que papá se enfade...

–Papá grita muy fuerte –murmuró Tina, cerrando los ojos–. ¿Dónde está mi regalo?

Las pastillas de jabón se encontraban encima de la mesilla de noche. Tina metió la suya debajo de su almohada.

–Gracias, mamá. No iremos a tu cama, mamá.

Erich estaba trinchando pavo para hacer unos emparedados. Jenny cerró la puerta que incomunicaba a la cocina con el resto de la casa y dijo:

–Hola. –Tras rodearle con los brazos, susurró–: Ya hemos tenido nuestra comida de bodas con los niños. Ahora déjame preparar las cosas para nosotros y sirve un poco más de ese champán que bebimos anoche.

Los labios de él reposaron en su pelo.

–La noche pasada fue maravillosa para mí, Jenny. ¿Lo fue también para ti?

–Sí, lo fue.

–No he podido hacer mucho esta mañana. Solo he podido pensar en la expresión que tenías cuando dormías...

Encendió la estufa de hierro forjado, bebieron champán y comieron los emparedados, entrelazados en el sofá que había delante de la estufa.

–Quiero decirte una cosa –comenzó Jenny–. Hoy he comprobado el sentido de continuidad que tiene esta granja. Yo no conozco mis raíces. No sé si mi familia vivía en la ciudad o el campo. No sé si a mi madre le gustaba coser o pintar, o si podía seguir una melodía. Es maravilloso ser como tú, saberlo todo acerca de tus orígenes. Al mirar las lápidas del cementerio lo he comprendido.

–¿Fuiste al cementerio? –preguntó Erich en voz baja.

–Sí... ¿Te molesta?

–¿Y viste la tumba de Caroline?

–Naturalmente...

–Y te preguntaste por qué ella y mi padre no se encuentran juntos igual que los demás, ¿no?

–Bueno, me sorprendí un poco.

–No es ningún misterio. Caroline plantó los pinos noruegos. En aquel tiempo, le dijo a mi padre que deseaba ser enterrada en el extremo sur del cementerio, donde los pinos la protegerían. Él nunca lo aprobó, pero respetó su deseo. Antes de morir, mi padre me dijo que siempre había querido ser colocado en la tumba próxima a la de sus padres. Y, en cierto modo, sentí que era lo más apropiado que podía hacer por ellos. Caroline siempre deseó más libertad que la que mi padre le concedía. Creo que después lamentó la forma en que había ridiculizado su arte y que incluso le llevó a tirar su álbum de dibujos. ¿Qué hubiera mejorado si en lugar de pintar hubiese tejido colchas? Mi padre se equivocó. *Se equivocó...*

Hizo una pausa y contempló el fuego con aire abstraído, como si Jenny no estuviese allí.

–Pero así era Caroline –musitó.

Con un estremecimiento, Jenny se dio cuenta de que, por primera vez, Erich insinuaba que las relaciones entre su madre y su padre habían sido borrascosas.

Jenny emprendió una rutina diaria que encontró muy gratificante. Cada día se percataba de lo mucho que se había perdido al estar tanto tiempo apartada de las niñas. Pudo comprobar que Beth, la niña práctica y silenciosa, tenía un definido talento musical y que podía tocar tonadas sencillas en el piano del pequeño salón, después de haberlas oído unas pocas veces. Los lloriqueos de Tina se olvidaron en cuanto empezó a vivir en aquella nueva atmósfera. Ella, que lloraba con tanta facilidad, empezó pronto a tener aspecto risueño y mostró indicios de un divertido sentido del humor.

Por lo general, Erich se iba a su estudio al amanecer y no regresaba hasta mediodía. Jenny y las niñas desayunaban a eso de las ocho, y a las diez, cuando el sol estaba ya más fuerte, se ponían sus abrigos y salían a dar un paseo.

Las caminatas pronto adquirieron una pauta. Primero el gallinero, donde Joe enseñó a las niñas a recoger los huevos recién puestos. Joe había decidido que la presencia de Jenny había salvado su empleo después del accidente de *Barón*.

–Apuesto a que si el señor Krueger no hubiera estado tan feliz porque usted estuviese aquí, me habría despedido. No es un hombre que perdone, señora Krueger.

–Pues yo no hice nada al respecto –protestó Jenny.

–El doctor Garrett dice que estoy atendiendo muy bien la pata de *Barón*. Cuando el tiempo sea más cálido y pueda hacer un poco de ejercicio, se pondrá bien. Y, señora Krueger, se lo digo yo, ahora compruebo diez veces al día aquella puerta del establo.

Jenny sabía lo que quería decir. Ella también había comenzado a comprobar las cosas por segunda vez, algo que nunca había imaginado que llegaría a hacer. Erich era, más que ordenado, un perfeccionista. Jenny aprendió con rapidez a saber, por cierta tensión en el cuerpo y la cara de su marido, si algo le molestaba: la puerta de un armario entreabierta, una copa en el fregadero...

Por las mañanas, Erich no iba a la cabaña, sino que trabajaba en la oficina de la granja, cercana al establo, con Clyde Toomis, el encargado de la explotación. Clyde, un hombre robusto, de más de sesenta años y con un rostro arrugado y correoso, y un recio cabello blancoamarillento, tenía unos modales que rozaban la brusquedad.

Cuando le presentó a Jenny, Erich dijo:

–Clyde es quien en realidad gobierna la granja. A veces me considero solo un objeto decorativo...

–Pues ciertamente no eres ninguna inutilidad delante de un caballete –se echó a reír Jenny.

Pero quedó sorprendida de que Clyde no intentase replicar a Erich.

–¿Le gusta vivir aquí? –le preguntó Clyde.

–Sí, me gusta –le sonrió Jenny.

–Es un gran cambio para una persona de ciudad –respondió abruptamente Clyde–. Confío en que no sea demasiado para usted.

–No lo es...

–Vaya por Dios –la interrumpió Clyde–. Las chicas del campo se vuelven locas por ir a la ciudad. Y las chicas de ciudad añoran el campo.

Jenny percibió una nota de amargura en la voz del hombre, y se preguntó si estaría pensando en su propia hija. Decidió que era así, cuando él añadió:

–Mi mujer está muy excitada a causa de que usted y las niñas se encuentren por aquí. Si empieza a molestarla, hágamelo saber. Rooney no quiere incordiar, pero a veces no se puede contener.

A Jenny le pareció percibir un tono defensivo en su voz cuando le respondió a Clyde:

–He disfrutado visitándola.

Los bruscos modales del hombre se suavizaron.

–Me alegro. Y está buscando unos patrones, o algo así, para hacerles unos peleles a las niñas. ¿Le parece bien?

–Estupendo...

Cuando salieron de la oficina, Erich comentó:

–Jenny, no alientes a Rooney...

–Te prometo que no me pasaré de la raya. Esa mujer se siente muy sola...

Cada tarde, después del almuerzo, mientras las niñas dormían la siesta, ella y Erich se ponían los esquíes y paseaban por la granja. Elsa se prestaba a vigilar a las niñas mientras dormían. Jenny pensó que Elsa estaba tratando de rehabilitarse tras haber acusado a Erich de estropear la pared del comedor. Sin embargo, se preguntaba si no había sido él quien dejase aquella mancha. A menudo, cuando llegaba para almorzar, sus manos aún tenían pintura o manchas de carboncillo. Si se percataba de que algo estaba desordenado, como una cortina no centrada sobre su barra, cualquier chisme fuera de lugar, automáticamente lo arreglaba. Varias veces Jenny le había detenido antes de que tocase algo con los dedos manchados de pintura.

El papel del comedor fue reemplazado. El empapelador y su ayudante se habían mostrado incrédulos.

–¿Quiere decir que ha comprado ocho rollos dobles, a estos precios, y que quiere cambiarlo todo?

–Mi marido sabe lo que quiere...

Cuando hubieron finalizado, la estancia parecía exactamente la misma, salvo que la diminuta mancha había desaparecido...

Por las tardes, ella y Erich disfrutaban instalándose en la biblioteca para leer, escuchar música o hablar. Erich le preguntó acerca de la pequeña cicatriz que tenía en el nacimiento del cabello.

–Un accidente de coche a los dieciséis años. Alguien saltó del carril contrario y se precipitó sobre nosotros.

–Debiste asustarte mucho, cariño.

–No recuerdo nada en absoluto. –Jenny se echó a reír–. Simplemente incliné la cabeza hacia atrás y cerré los ojos. Lo siguiente que supe fue que me encontraba en el hospital tres días después. Tuve una conmoción grave, suficiente para hacerme padecer de amnesia durante aquellos días. Nana estaba desesperada. Creía que me había dañado el cerebro o algo así. Tuve dolores de cabeza durante un tiempo, e incluso padecí sonambulismo. A continuación debí de sufrir un estado de estrés, según el doctor. Pero gradualmente la cosa se normalizó.

Al principio titubeante, Erich habló acerca del accidente de su madre.

–Caroline y yo habíamos acudido a la vaquería para ver el nuevo ternero. Estaba siendo destetado, y Caroline le llevó el biberón a los labios. El depósito de agua del ganado, esa cosa que parece una bañera en el corral, se encontraba lleno. El suelo estaba embarrado y Caroline resbaló. Trató de agarrarse a algo, y ese algo fue el cable de la lámpara. Se cayó en el depósito, llevándose con ella la lámpara. Aquel loco de peón, el tío Joe, estaba revisando el granero y había dejado la lámpara colgada de un clavo en la pared. Todo acabó en un momento.

–No sabía que te encontrabas a su lado.

–No me gusta hablar de esto. Luke Garrett, el padre de Mark, se hallaba allí. Trató de reanimarla, pero resultó inútil. Y yo permanecí de pie, sosteniendo el palo de hockey que acababan de regalarme por mi cumpleaños...

Jenny estaba sentada en el cojín, a los pies del cómodo sillón de cuero de Erich. Alzó la mano hacia sus labios. Inclinándose, Erich la levantó y la sostuvo estrechamente abrazada contra sí.

–Durante mucho tiempo odié aquel palo de hockey. Luego comencé a pensar que había sido el último regalo que me hizo. –Besó los párpados de su mujer–. No te pongas triste, Jenny. Tienes que ser fuerte... Por favor, prométemelo.

Jenny sabía lo que su marido quería oír. En un arranque de ternura, susurró:

–Nunca te abandonaré...

10

Una mañana, mientras paseaba con Tina y Beth, Jenny vio a Rooney inclinada sobre el poste de la valla, en el extremo sur del cementerio, y se acercó a ella. Parecía estar mirando la tumba de Caroline.

–Me acordaba de los buenos tiempos –dijo Rooney–, cuando Caroline y yo éramos jóvenes y Erich pequeño, y luego cuando Arden nació. Caroline pintó en una ocasión un retrato de Arden. Era muy bonito... No sé qué pasó con él. Desapareció de mi propio cuarto. Clyde dice que probablemente lo perdió al llevarlo por ahí, como solía hacer. ¿Por qué no ha ido de nuevo a visitarme?

Jenny se había preparado para esta pregunta.

–Hemos estado muy atareados instalándonos... Beth, Tina, ¿no queréis decir hola a la señora Toomis?

Beth lo hizo con timidez. Tina corrió hacia ella y alzó el rostro para que le diesen un beso. Rooney se inclinó y le acarició el cabello, que le caía sobre la frente.

–Esta me recuerda a Arden, siempre saltando de un sitio para otro. Erich probablemente le ha dicho que se mantenga alejada de mí. Pues no puedo echarle la culpa. Supongo que a veces soy un incordio. Pero ya he encontrado los patrones que estaba buscando. ¿Puedo tejer los peleles para las niñas?

–Me gustaría... –respondió Jenny, decidiendo que Erich tendría que acostumbrarse a la idea de que se convertiría en una buena amiga de Rooney.

En aquella mujer había algo que suscitaba profunda compasión.

Rooney se dio la vuelta y volvió a contemplar las tumbas.

–¿Se siente sola aquí? –le preguntó.

–No –contestó Jenny con honestidad–. Como es natural, es diferente. Estaba acostumbrada a un empleo muy ajetreado, hablando con la gente todo el día, y los teléfonos sonando y mis amistades presentándose en mi apartamento. Supongo que echo de menos algo de todo eso. Pero, en general, estoy muy contenta del cambio.

–Lo mismo que Caroline –repuso Rooney–. Feliz durante un tiempo. Pero luego cambió...

Se quedó mirando una sencilla lápida mortuoria en el otro lado de la cerca. Había nubes de nieve en el aire y los pinos lanzaban sombras inquietantes encima del granito de un color rosa pálido.

–Oh, claro que cambiaron las cosas para Caroline –susurró–, y, una vez se hubo marchado para siempre, entonces empezaron a cambiar para todos nosotros.

–Tratas de deshacerte de mí –protestó Erich–. No quiero ir.

–Claro que trato de deshacerme de ti –convino Jenny–. Oh, Erich, esto es muy hermoso.

Jenny sostenía un óleo de metro y medio para examinarlo más de cerca.

–Has captado la neblina que se produce entre los árboles poco antes de que comiencen a formarse capullos. Y esa mancha oscura que rodea el hielo en el río. Eso muestra que el hielo está a punto de quebrarse, que hay agua moviéndose por debajo, ¿no es verdad?

–Tienes muy buen ojo, cariño. Así es...

–No olvides que he estudiado bellas artes... *Cambio de estaciones* es un título muy bonito. Aquí el cambio es realmente sutil...

Erich le rodeó los hombros con un brazo y estudió el cuadro con ella.

–Recuérdalo, cualquier cosa que desees que conservemos no la expondré.

–No, eso es una tontería. Ya es hora de confirmar tu prestigio. Tampoco me es indiferente eso de ser conocida como la esposa del más prestigioso pintor de Estados Unidos. Me señalarán y dirán: «Mira, ¿no es afortunada? ¡Y él también es espléndido!».

Erich le acarició el pelo.

–¿Eso dirán?

–Sí... Y tendrán razón.

–Ahora ya me es difícil decirles que no haré la exposición.

–Erich, hazla, por favor. Ya han organizado la inauguración. Me gustaría ir, pero no puedo dejar a las niñas solas, y llevarlas con nosotros no funcionaría... La próxima vez iré.

Erich comenzó a amontonar los lienzos.

–Promete que me echarás de menos...

–Te echaré de menos... Estaré sola durante cuatro días.

Jenny suspiró. En casi tres semanas solo había hablado con unas pocas personas: Clyde, Joe, Elsa, Rooney y Mark. Elsa estaba taciturna casi hasta el punto del ostracismo. Rooney, Clyde y Joe difícilmente podían considerarse amigos. Solo había charlado con Mark brevemente en una ocasión, aunque sabía por Joe que había ido a curar a *Barón* por lo menos media docena de veces.

Llevaba ya una semana en la granja cuando se percató de que el teléfono nunca sonaba.

–¿No saben por aquí lo que es llamar por teléfono, o es que existe una prohibición al respecto? –bromeó.

–Las llamadas van a la oficina –explicó Erich–. Solo se pasan directamente a la casa cuando espero alguna en particular. De otro modo, los de la oficina me avisan.

–Pero ¿y si no hay nadie en la oficina?

–Entonces el contestador automático recibe el mensaje.

–Pero Erich, ¿por qué?

–Querida, si tengo una peculiaridad es que me molestan las llamadas telefónicas. Naturalmente, cuando esté fuera, Clyde hará que la línea pase a la casa por la noche, para que pueda llamarte.

Jenny deseó protestar, pero se abstuvo. Más tarde, cuando tuviera amigos en la comunidad, habría tiempo suficiente para conseguir que Erich pusiese una instalación de teléfono normal.

Acabó de separar los lienzos.

–Jenny, creo que ya ha llegado el momento de que te dejes ver un poco. ¿Te gustaría ir a la iglesia el próximo domingo?

–Me lees el pensamiento. –Se echó a reír–. Estaba pensando en que me gustaría conocer a tus amigos.

–Yo prefiero hacer donativos que asistir a los oficios. ¿Y tú?

–Mientras fui joven nunca me perdí la misa de los domingos. Luego, después de casarme con Kev, me volví descuidada. Pero Nana siempre decía que la manzana nunca cae demasiado lejos del árbol... Probablemente volveré a asistir con regularidad a misa uno de estos días.

Acudieron a los luteranos de Sión el domingo siguiente. La iglesia era antigua y no muy grande, casi del tamaño de una capilla. Los delicados cristales emplomados difundían la luz invernal y arrojaban reflejos azules, verdes, dorados y rojos en el santuario. Jenny pudo leer los nombres que había en algunas vidrieras:

DONADA POR ERICH
Y GRETCHEN KRUEGER, 1906...
DONADA POR ERICH Y OLGA KRUEGER, 1930...

El vitral de encima del altar, una escena de la Adoración de los Magos, era particularmente bello. Parpadeó ante la inscripción:

EN AMOROSO RECUERDO
DE CAROLINE BONARDI KRUEGER,
DONADO POR ERICH KRUEGER.

Jenny le tocó el brazo:

–¿Cuándo donaste esa vidriera?

–El año pasado, cuando se renovó el sagrario.

Tina y Beth estaban sentadas entre ellos, contentas con sus nuevos abrigos azules y gorros. La gente se dedicó a mirar a las niñas durante el servicio. Erich era consciente también de las miradas. Había exhibido una sonrisa de satisfacción y, durante el sermón, deslizó su mano entre las de Jenny.

Mediado el oficio, susurró:

–Estás bellísima, Jenny. Todo el mundo te mira, y también a las niñas.

Después de los oficios, Erich la presentó al pastor Barstrom, un hombrecillo sesentón de expresión amistosa.

–Nos alegra tenerte entre nosotros, Jenny –le dijo calurosamente. Luego miró a las niñas–: ¿Quién es Beth y quién es Tina?

–Veo que conoce sus nombres –comentó Jenny, complacida.

–Claro que sí... Erich me contó todo lo referente a ti cuando visitó la casa parroquial. Confío en que tomes conciencia del marido tan generoso que tienes. Gracias a él, nuestro centro para ancianos será muy cómodo y estará muy bien equipado. Conozco a Erich desde que era un muchacho y nos enorgullece contar con él.

–Yo también me siento muy feliz –le sonrió Jenny.

–El jueves por la noche hay una reunión de mujeres en la parroquia. ¿Te gustaría acompañarlas? Queremos conocerte.

–A mí también me agradaría –convino Jenny.

–Querida, será mejor que nos marchemos –intervino Erich–. Hay más gente que desea hablar con el pastor.

–Naturalmente...

Mientras Jenny extendía la mano, el sacerdote comentó:

–Debe de ser muy difícil para ti verte viuda tan joven y con esas niñitas, Jenny. Tanto tú como Erich merecéis mucha suerte y recibir, a partir de ahora, toda clase de bendiciones.

Erich la sacó de allí antes de que Jenny pudiese pestañear.

Ya en el coche, Jenny exclamó:

–Erich, no le habrás dicho al pastor Barstrom que era viuda, ¿verdad?

Erich alejó el coche del bordillo.

– ¡Jenny, Granite Place no es Nueva York. Es una pequeña ciudad del Medio Oeste. La gente de aquí podría sentirse conmocionada al enterarse de que me había casado un mes después de haberte conocido. Por lo menos, una joven viuda da una imagen simpática; una divorciada de Nueva York se ve de una forma muy diferente en esta comunidad. Y nunca dije con exactitud que fueses viuda. Le conté al pastor Barstrom que habías perdido a tu marido. Dio por supuesto el resto...

–Tú no has mentido, pero yo sí lo he hecho al no haberle corregido –replicó Jenny–. Erich, ¿no comprendes en qué posición me coloca eso?

–No, claro que no, cariño. Y no deseo que la gente vaya por ahí preguntándose si he perdido la cabeza por una sofisticada neoyorquina que se ha aprovechado de un campesino.

Erich tenía un miedo cerval al ridículo, hasta el punto de haber mentido al cura para evitar esa posibilidad.

–Erich, en la reunión del jueves por la noche le diré al pastor Barstrom la verdad.

–Estaré fuera el jueves.

–Lo sé. Aún así, me gustaría conocer a la gente de por aquí.

–¿Y piensas dejar solas a las niñas?

–Claro que no. También habrá por aquí niñeras...

–No creo que te agrade dejar a las niñas con cualquiera.

–El pastor Barstrom podría recomendar...

–Jenny, por favor, aguarda. No empieces a implicarte en tantas actividades. Y no le digas al pastor Barstrom que estás divorciada. Conociéndole, sé que nunca planteará de nuevo el tema a menos que tú le des pie...

–Pero ¿por qué te opones a que vaya?

Erich apartó los ojos de la carretera y la miró fijamente.

–Porque te amo y no estoy dispuesto a compartirte con otras personas, Jenny. *No quiero* compartirte con nadie...

II

Erich debía marcharse a Atlanta el 23 de febrero. El 21 le dijo a Jenny que tenía cosas que hacer, y que llegaría tarde a almorzar. Eran cerca de la una y media cuando regresó.

–Vamos al establo –la invitó–. Tengo una sorpresa para ti.

Jenny cogió apresuradamente un chaquetón y salió corriendo detrás de él.

Mark Garrett les aguardaba allí, sonriendo ampliamente.

–Te presento a los nuevos inquilinos –dijo.

Dos ponis Shetland se encontraban a cada lado de un compartimiento de caballos, muy cerca de la puerta. Sus crines y colas eran magníficas y lustrosas, y sus cobrizos cuerpos brillaban.

–Mi regalo para mis nuevas hijas –explicó Erich orgullosamente–. Pensé que podríamos llamarlos *Mouse* y *Tinker Bell.* Así las niñas Krueger no olvidarán los nombres de sus animales favoritos. –Se apresuró hacia el siguiente compartimiento–. Y éste es tu regalo.

Sin habla, Jenny se quedó mirando a la yegua baya Morgan, que volvió amistosamente la cabeza hacia ella.

–Es un tesoro –dijo Erich–. Tiene cuatro años, de casta impecable y cariñosa. Ya ha ganado media docena de premios. ¿Te gusta?

Jenny alargó una mano para acariciar la cabeza de la yegua, y la sorprendió comprobar que el animal no se retiraba.

–¿Cómo se llama?

–El criador la llamaba *Fire Maid.* Alega que tiene tanto fuego y ánimo como casta. Naturalmente, puedes ponerle el nombre que desees.

–Fuego y ánimo –susurró Jenny–. Es una maravillosa combinación. Muchas gracias, Erich.

Su marido pareció complacido.

–No quiero que la montes todavía. Los campos se encuentran aún demasiado helados. Pero si tú y las niñas comenzáis a haceros amigas de los caballos, y los visitáis cada día, el mes que viene empezaréis a tomar lecciones. Y ahora, si no te importa, ¿comemos?

Impulsivamente, Jenny se volvió hacia Mark:

–¿Quieres acompañarnos? Solo un plato frío y ensalada...

Captó el ceño de Erich, pero se sintió aliviada al ver que desaparecía tan pronto como había surgido.

–Por favor, Mark –le urgió Erich.

Tras el almuerzo, Jenny reparó en que estaba constantemente dando las gracias por lo de *Fire Maid.*

Finalmente, Erich comentó:

–Querida, tienes una maravillosa sonrisa de felicidad en la cara. ¿Es por mí o por la yegua baya?

–Erich, estoy tan contenta por esa yegua que ni siquiera he empezado a darte las gracias...

–¿Has tenido alguna vez un animal doméstico, Jenny? –le preguntó Mark.

Mark era tan resuelto y tolerante que la hizo sentirse muy cómoda en su presencia.

–*Casi* tuve un animalito. –Rió–. Uno de nuestros vecinos en Nueva York tenía un caniche enano. Cuando nacieron cachorrillos, me solía detener cada tarde en mi camino de la escuela a casa para ayudar a cuidarlos. Yo tenía entonces once o doce años. Pero en nuestro apartamento no se permitían animales domésticos.

–Así que siempre te sentiste engañada –conjeturó Mark.

–Ciertamente, eché algo en falta durante mi infancia.

Acabaron el café y Mark se levantó.

–Jenny, gracias. Todo ha sido muy agradable.

–Me gustaría que vinieses a cenar cuando Erich regrese de Atlanta. Y que trajeses pareja.

–Esa es una buena idea –convino Erich.

Jenny advirtió que parecía que la invitación se le hubiese ocurrido a Erich.

–¿Qué me dices de Emily, Mark? –dijo Erich–. Siempre le has gustado...

–Me parece que más bien le gustabas tú –le corrigió Mark–. Pero sí, se lo pediré...

Antes de emprender el viaje, Erich abrazó con fuerza a su mujer:

–Te echaré mucho de menos, Jenny. Asegúrate de que las puertas queden cerradas por la noche.

–Lo haré. Estaremos bien.

–Las carreteras están heladas. Si deseas algo de la tienda, deja que Joe te lleve.

–Erich, ya soy mayorcita –protestó Jenny–. No te preocupes.

–Bien. Te llamaré esta noche, cariño.

Por la noche, Jenny sintió un culpable sentimiento de libertad mientras estaba incorporada en la cama leyendo. La casa se encontraba silenciosa, salvo por el ocasional zumbido de la calefacción, al conectarse y desconectarse. Al otro lado del vestíbulo oía a veces a Tina hablar en sueños. Sonrió, consciente de que ya no se despertaba llorando.

Erich debía de haber llegado ya a Atlanta. Le telefonearía pronto. Miró en derredor de la habitación. El armario se hallaba medio abierto y había dejado la bata tirada encima de la silla. Erich hubiera puesto objeciones, naturalmente, pero esa noche Jenny no tenía que preocuparse.

Volvió a leer el libro. Una hora después sonó el teléfono.

–Hola, cariño –saludó.

–¡Qué palabras más agradables, Jen!

Era Kevin.

Jenny se enderezó tan repentinamente en las almohadas, que el libro se deslizó y cayó al suelo.

–¿Dónde estás?

–En Mineápolis. En el Guthrie Theater. Hago una prueba de actuación.

Jenny se sintió incómoda.

–Kevin, eso es maravilloso.

Trató de sonar convincente.

–Ya veremos lo que sucede. ¿Cómo va todo, Jen?

–Bien, muy bien...

–¿Y las niñas?

–Están estupendamente.

–Iré a verlas. ¿Estarás en casa mañana?

–Kevin, no...

–Quiero ver a mis niñas, Jen –replicó con sequedad–. ¿Dónde está Krueger?

Algo le dijo a Jenny que no revelase que Erich se encontraría fuera durante cuatro días.

–Está fuera en este momento. Creía que era él quien llamaba.

–Dame la dirección para llegar a tu casa. Pediré prestado un coche...

–Kevin, no lo hagas. Erich se pondría furioso. No tienes derecho a venir aquí.

–Tengo todo el derecho de ver a mis hijas. La adopción aún no está ultimada. Puedo detenerla solo con chascar los dedos. Quiero estar seguro de que Tina y Beth son felices y de que tú también lo eres, Jen. Tal vez ambos cometimos un error. Tal vez deberíamos hablar de ello. ¿Qué he de hacer para llegar a tu casa?

–¡No vas a venir!

–Jen, Granite Place está en el mapa. Y supongo que todo el mundo sabe dónde vive el señor Todopoderoso...

Jenny sintió las palmas húmedas mientras aferraba el auricular. Se imaginó las habladurías que se producirían en la ciudad si Kevin aparecía por allí preguntando la dirección de la granja Krueger. Sería como afirmar que había estado casado con ella. Recordó la expresión de Erich cuando vio a Kevin en el vestíbulo del apartamento el día de su boda.

–Kev –rogó–, no me hagas esto. Lo estropearás todo. Las niñas y yo somos muy felices. Siempre me he portado bien contigo. ¿Te he dado la espalda cuando me pedías dinero?, y conste que apenas podía pagar mi propio alquiler.

–Sé lo que hiciste, Jen. –Su voz adquirió un tono íntimo, engatusador, que ella conocía muy bien–. En realidad ahora estoy a cero y tú estás bien provista. ¿Puedes darme el resto del dinero de los muebles?

Jenny sintió alivio. Solo quería dinero. Aquello facilitaría las cosas.

–¿Dónde quieres que te lo envíe?

–Iré a buscarlo.

Resultaba obvio que estaba decidido a verla. Pero no podía permitirle que viniese a esa casa, ni siquiera a esa ciudad. Se estremeció al pensar en cuán cuidadosamente Erich había enseñado a las niñas a decir Beth Krueger, Tina Krueger.

Había un pequeño restaurante en el centro comercial, a unos treinta kilómetros de distancia. Era el único lugar en que podía pensar. Rápidamente dio a Kevin la dirección, y convinieron en encontrarse allí a la una del mediodía del día siguiente.

Una vez hubo colgado, se reclinó contra las almohadas. El relajado placer de la velada había desaparecido. Ahora temía la llamada de Erich. ¿Cómo podía decirle que iba a ver a Kevin?

Cuando se produjo la llamada de su marido, aún no estaba segura de qué hacer. Erich pareció tenso.

–Te echo de menos. Siento haber venido, cariño. ¿Han preguntado las niñas por mí esta noche?

Jenny aún vaciló en contarle lo de Kevin.

–Naturalmente que lo han hecho. Y Beth está comenzando a llamar a sus muñecas «bichitos».

Erich rió.

–Acabarán hablando como Joe. Debo dejaros dormir...

Tenía que decírselo.

–Erich...

–Sí, cariño.

Hizo una pausa, recordando de repente el asombro de Erich cuando ella había admitido haber entregado a Kevin la mitad del dinero de los muebles, su sugerencia de que tal vez era ella la que deseaba que Kevin tomase el avión para ir a Minnesota. No podía decirle que se reuniría con Kev.

–Yo... te quiero mucho, Erich. Anhelo tu regreso...

–Oh, cariño, yo también. Buenas noches.

Jenny no pudo dormir. La luz de la luna se filtraba en la habitación, reflejándose contra el cuenco de cristal. Jenny pensó que aquel cuenco parecía tener forma de urna allí, encima de la coqueta. «¿Tienen las cenizas olor a pino?», se preguntó. Se reprendió a sí misma. Caroline estaba enterrada en el cementerio familiar.

Pero incluso así, Jenny se sintió de repente intranquila, lo suficiente como para ir a echar un vistazo a las niñas. Estaban profundamente dormidas. Beth tenía la mejilla apoyada en una mano. Tina aparecía en una posición fetal, con el ribete de satén de la manta enrollado en torno al rostro.

Jenny las besó con ternura. Parecían tan contentas... Pensó en la alegría con que Erich les había enseñado los ponis.

Silenciosamente, rezó para que Kevin no les arruinase su nueva vida.

12

Las llaves del Cadillac se encontraban en la oficina de la granja, pero Erich tenía copias de seguridad, de todos los edificios y máquinas, en la biblioteca. Constituía algo sensato que el duplicado de llaves del Cadillac se encontrase también allí.

Su suposición fue correcta. Deslizándolas en el bolsillo de sus pantalones, dio de comer a las niñas un temprano almuerzo y las acomodó para que hiciesen la siesta.

–Elsa, tengo algo que hacer. Regresaré a las dos.

Elsa asintió. ¿Era taciturna por naturaleza? Jenny no lo creía así. A veces, cuando llegaba de esquiar con Erich, Tina y Beth estaban ya despiertas y oía a Elsa charlar con ellas, con su acento sueco más pronunciado al hablar con rapidez. Pero cuando Jenny o Erich se encontraban cerca, permanecía silenciosa.

Las carreteras comarcales tenían algunas placas de hielo, pero la autopista se hallaba despejada. Jenny se percató de lo bien que se sentía al conducir de nuevo. Sonrió al recordar las excursiones de fin de semana que ella y Nana habían llevado a cabo con su «escarabajo» de segunda mano. Pero después de que ella y Kev se casasen, había vendido el Volkswagen; su mantenimiento se había vuelto demasiado caro. Ahora le pediría a Erich que le comprara un coche pequeño.

Era la una menos veinte cuando llegó al restaurante. Kevin ya se encontraba allí con una casi vacía botella de vino delante de él. Se sentó y le miró.

–Hola, Kev.

Resultaba curioso que, en menos de un mes, pareciese

más viejo y menos optimista. Sus ojos tenían bolsas. «¿Estaba bebiendo demasiado?», se preguntó.

Kevin alargó la mano hacia la de ella.

–Jenny, te he echado de menos. Y también a las niñas.

Jenny apartó la mano.

–Háblame del Guthrie.

–Estoy casi seguro de que conseguiré el papel. Lo he hecho lo mejor posible. Broadway está muy difícil. Y me encontraré más cerca de ti y las niñas... Jen, intentémoslo de nuevo.

–Kev, estás loco...

–No, no lo estoy. Estás preciosa. Me gusta lo que llevas. Ese chaquetón ha debido de costarte una fortuna...

–Supongo que fue muy caro...

–Tienes clase, Jen. Siempre lo supe pero no quise verlo. Siempre creí que estabas allí por mí.

Una vez más, cubrió la mano de ella con la suya.

–¿Eres feliz, Jen?

–Sí, lo soy. Mira, Erich se molestará terriblemente cuando se entere de que te he visto. No le causaste muy buena impresión la última vez que os visteis.

–Tampoco a mí me la causó cuando puso un trozo de papel delante mío y dijo que me demandaría por no manteneros y que debería emplear hasta mi último centavo si no firmaba...

–¿Erich dijo eso?

–Erich dijo eso... Vamos, Jen. Eso fue un golpe bajo. Estaba buscando un papel en el nuevo musical del Hal Prince. Realmente eso me lo estropearía todo. De todos modos, no sabía que ya había sido eliminado. Créeme, no hubiera consentido en firmar los documentos de adopción.

–Eso no es tan sencillo –le respondió Jenny–. Sé que Erich te dio dos mil dólares.

–Fue solo un préstamo.

Se vio maniatada entre la piedad hacia Kevin y la lacerante sensación de que siempre usaría a las niñas como cuña para permanecer en su vida. Abrió el bolso.

–Kev, debo regresar. Aquí están los trescientos dólares. A partir de hoy, por favor, no vuelvas a llamarme, y no intentes ver a las niñas. Si lo haces, les causarás trastornos, y también a ti y a mí...

Kev tomó el dinero, pasó los dedos por los billetes y luego se los metió en la cartera.

–Jen, hay algo que debes saber. Tengo un mal presentimiento acerca de ti y las niñas. Es algo que no puedo explicar. Pero es cierto...

Jenny se levantó. Kevin también lo hizo y trató de acercarla hacia él.

–Aún te amo, Jenny.

Su beso fue áspero y exigente.

No podía rechazarle sin montar una escena. Tuvo que transcurrir casi medio minuto antes de que los brazos de él se aflojasen y Jenny pudiera dar un paso.

–Déjanos en paz –susurró–. Te lo suplico. Te lo advierto, Kevin, déjanos en paz...

Casi tropezó con la camarera que estaba de pie detrás de ella, con el bloc de pedidos en la mano. Las dos mujeres de la mesa al lado de la ventana los miraron.

Mientras Jenny salía del restaurante, se dio cuenta de por qué una de las mujeres le parecía familiar: había estado sentada al otro lado del pasillo en la iglesia el domingo por la mañana.

13

Tras aquella primera noche, Erich no volvió a telefonear. Jenny trató de restar importancia a su desasosiego. Erich tenía manía con los teléfonos. Pero pensaba llamarla cada noche. ¿Debía tratar ella de telefonearle al hotel? Media docena de veces apoyó la mano en el teléfono, pero luego desistió.

¿Habría sido contratado Kevin por el Guthrie? Si era así, intentaría llevar a cabo lo mismo que había realizado en el apartamento, dejándose caer cuando estuviese sin un dólar o se encontrase sentimental. Erich no lo soportaría, y tampoco era bueno para las niñas.

¿Por qué no había telefoneado Erich?

Debía regresar a casa el día 28. Joe le recogería en el aeropuerto. ¿Debería hacer el viaje en coche con Joe hasta Mineápolis? No, aguardaría en la granja y tendría preparada una buena cena. Le había echado de menos. No se había percatado de cuán decididamente ella y las niñas habían acogido aquella nueva vida durante las pasadas semanas.

Si no fuese por la miserable sensación tras el encuentro con Kevin, Jenny sabía que no se hubiese preocupado de que Erich no telefonease. Kevin era el expoliador. ¿Cabía suponer que, una vez hubiese gastado los trescientos dólares, volvería de nuevo? Sería mucho peor si Erich se enteraba de que había estado con él y no se lo había contado.

Corrió a los brazos de Erich en cuanto abrió la puerta. Él la estrechó contra sí. En la corta distancia desde el coche hasta el porche, el frío de la noche le había penetrado en el abrigo y sus labios estaban fríos. Se le calentaron rápidamente en cuanto la besó. Con un sollozo a medias pensó: «Todo acabará bien».

–Te he añorado mucho –se dijeron el uno al otro.

Erich abrazó a las niñas, les preguntó si habían sido buenas y, ante su entusiasta respuesta, les entregó unos brillantes paquetes envueltos. Sonrió con indulgencia al oír sus grititos de deleite ante las nuevas muñecas.

–Gracias, muchísimas gracias –dijo Beth con tono un tanto perplejo.

–¿Qué le has traído a mamá? –le preguntó Tina.

Erich sonrió a Jenny.

–¿Ha sido mamá buena chica?

Se mostraron de acuerdo en que lo había sido.

–¿Estás segura, mamá?

¿Por qué la broma más inocente parece de doble intención cuando se tiene algo que esconder? Jen pensó en Nana meneando la cabeza acerca de una conocida:

«–Es una mala noticia; miente, incluso cuando la verdad le serviría mejor.»

¿Y qué había hecho?

–He sido una buena chica...

Intentó que su voz sonase ligera.

–Jenny; te has ruborizado...

Erich meneó la cabeza.

Jenny supo que su sonrisa resultaba forzada.

–¿Dónde está mi regalo?

Erich buscó en su maletín.

–Ya que te gustaban las figuritas Royal Doulton, he pensado que podía buscarte otra en Atlanta. Y esta me saltó a la vista. Se llama *La taza de té*.

Jenny abrió la caja. Era la figurita de una anciana sentada en una mecedora, con una taza de té en la mano y expresión de satisfacción en el rostro.

–Incluso se parece a Nana –suspiró ella.

Los ojos de Erich reflejaron ternura mientras la observaba examinar la figurita. Con ojos brillantes de lágrimas, Jenny le sonrió. «Y Kevin quería estropearme todo esto», pensó.

Encendió la estufa; encima de la mesa había una botella de vino y un trozo de queso. Entrelazando los dedos con los de él, le llevó hasta el sofá. Sonriéndole, le sirvió vino en un vaso y se lo tendió.

–Bienvenido a casa.

Se sentó a su lado, volviéndose para que sus rodillas tocasen las de él. Llevaba una blusa verde de seda con chorreras Yves St. Laurent, y unos pantalones de franela con un fino tejido. Sabía que era uno de los conjuntos favoritos de Erich. Su pelo era ya muy largo y le caía lacio por encima de los hombros. Excepto cuando hacía muchísimo frío, le gustaba llevar descubierta la cabeza y el sol invernal formaba reflejos dorados en su oscuro pelo.

Erich la observó con rostro inescrutable.

–Eres una mujer muy hermosa, Jen. ¿No te has vestido demasiado elegantemente?

–No todas las noches llega el marido de una a casa después de haber estado fuera cuatro días.

–Si no hubiera venido esta noche, confío en que habría sido un desperdicio tanto primor...

–Si no hubieras regresado esta noche, me lo habría puesto mañana.

Jenny decidió cambiar de tema.

–¿Cómo te ha ido en Atlanta?

–De lo más desagradable. La gente de la galería se pasó la mayor parte de su tiempo tratando de persuadirme para que vendiera *Recuerdo de Caroline.* Habían recibido un par de ofertas muy tentadoras y se podía oler la comisión...

–Te pasó lo mismo en Nueva York. Tal vez sería mejor que dejases de exponer ese cuadro.

–Quizá he elegido exhibirlo porque sigue siendo mi mejor obra –replicó en voz baja Erich.

¿Había deslizado una crítica respecto de la sugerencia que le hacía Jenny?

–Acabaré de traer la cena. –Mientras se levantaba, Jenny se inclinó sobre él y le besó–. Oye –susurró–, te amo...

Mientras servía la ensalada y preparaba una salsa holandesa, Erich llamó a Beth y Tina. Unos momentos después tenía a ambas niñas sobre el regazo y se encontraba hablando animadamente y contándoles la historia del Hotel Petchtree, en Atlanta, donde los ascensores eran de cristal y subían por la parte exterior del edificio, como si se tratase de una alfombra mágica. Algún día las llevaría allí...

–¿Y a mamá también? –preguntó Tina.

Jenny se dio la vuelta, sonriendo, pero la sonrisa se le cortó cuando Erich respondió:

–Si mamá quiere venir con nosotros...

Jennny había hecho unas costillas asadas. Él comió con apetito, pero sus dedos tamborilearon impacientes en la mesa; y solo respondía con monosílabos. Finalmente, Jenny desistió y comenzó a hablar solo con las niñas.

–¿Le habéis contado a papá que ya os habéis montado en los ponis?

Beth dejó a un lado el tenedor y se quedó mirando a Erich:

–Fue divertido. Dije arre, pero *Mouse* no se movió...

–Yo también dije arre... –precisó Tina.

–¿Dónde estaban los ponis? –preguntó Erich.

–En sus compartimientos –se apresuró a responder Jenny–; Joe los soltó solo un momento.

–Joe hace muchas cosas por su cuenta –le interrumpió Erich–. Deseo estar allí cuando las niñas monten a los ponis. Quiero asegurarme de que las vigila de forma apropiada. Podría ser tan descuidado como lo fue el loco de su tío.

–Erich, de eso hace mucho tiempo.

–No me parece tanto tiempo cuando me tropiezo con ese zoquete borracho. Y Joe me ha dicho que ha regresado a la ciudad.

¿Era esa la razón de que Erich estuviese tan trastornado?

–Beth, Tina, si habéis terminado podéis solicitar permiso y poneros a jugar con vuestras nuevas muñecas.

Cuando las niñas ya no estuvieron al alcance de la voz, Jenny dijo:

–¿El problema es el tío de Joe o existe algo más?

Alargó la mano por encima de la mesa, con aquel ademán familiar, para entrelazar los dedos de su mujer.

–Es eso. Es el hecho de que creo que Joe ha estado dando vueltas de nuevo por ahí con el coche. Tiene registrados, por lo menos, sesenta kilómetros extras. Naturalmente, niega haberlo conducido, pero ya lo hizo una vez en otoño sin permiso. No te ha llevado a ninguna parte, ¿verdad?

Jenny cerró los puños.

–No.

Tenía que decir algo respecto de Kevin. No quería que Erich creyese que Joe le había engañado.

–Erich... yo...

Su marido la interrumpió.

–Y también son esas malditas galerías de arte. Durante cuatro días he estado diciéndole a ese idiota de Atlanta que *Recuerdo de Caroline* no estaba en venta. Sigo creyendo que es mi mejor obra y quiero exponerla, pero... –Su voz se ahogó. Tras una pausa pareció más calmado–. Pintaré más cuadros, Jen. No te importa, ¿verdad? Quiero decir que deberé encerrarme en la cabaña durante tres o cuatro días de un tirón. Pero es necesario.

Desanimada, Jenny pensó cómo se habían arrastrado aquellos últimos días. Trató de que su voz sonase normal:

–Si es necesario, claro que sí...

Cuando regresó a la biblioteca tras dejar a las niñas en la cama, los ojos de Erich estaban anegados en lágrimas.

–Erich, ¿qué te ocurre?

Él se enjugó los ojos con el dorso de la mano.

–Perdóname, Jenny, pero me encuentro deprimido. Te he echado tanto de menos... Y el aniversario de mi madre es la semana que viene. No puedes saber cuán malos son estos días para mí. Cada año es aún como si acabase de ocurrir. Cuando Joe me dijo que su tío merodeaba por aquí, fue como si me hubiesen golpeado en el estómago. Me sentí tan miserable... Luego, el coche se salió de la carretera y la casa estaba iluminada. Temía que pudiese encontrarse a oscuras y vacía. Pero cuando abrí la puerta tú estabas allí, tan bella y tan contenta de verme. Mientras estaba fuera temí haberte perdido de alguna forma.

Jenny se dejó caer de rodillas. Le apartó el cabello de la frente.

–¿Contenta de verte? ¡No puedes imaginarte cuánto!

Los labios de él la silenciaron.

Cuando subieron al dormitorio, Jenny fue a coger una de sus nuevas batas, pero se detuvo y abrió el cajón de la cómoda donde guardaba el camisón aguamarina. La pechera del camisón parecía demasiado pequeña... «Tal vez esto sea una solución», pensó.

Poco antes de quedarse dormida, comprendió que había sido eso lo que había estado importunando su subconsciente. Las únicas veces en que Erich hacía el amor con ella era cuando llevaba aquel camisón.

14

Jenny oyó a Erich pasearse por el dormitorio antes del amanecer.

–¿Te vas a la cabaña? –murmuró, aún adormilada.

–Sí, querida.

Su susurro fue casi inaudible.

–¿Regresarás para almorzar?

En ese momento se acordó de que le había dicho que se quedaría en la cabaña.

–No estoy seguro.

La puerta se cerró detrás de él.

Jenny y las niñas hicieron su acostumbrado paseo después del desayuno. Los ponis habían reemplazado a las gallinas como atracción principal para Beth y Tina. Ahora corrían por delante de Jenny. Esta las detuvo:

–Alto. Aseguraos de que *Barón* está encerrado.

Joe se hallaba ya en el establo.

–Buenos días, señora Krueger.

Su redondo rostro se abrió en una sonrisa. Aquel suave cabello sobresalía debajo de su gorra.

–Hola, niñas.

Los ponis estaban inmaculados. Sus gruesas crines y colas habían sido cepilladas y brillaban.

–Los he almohazado para vosotras –explicó Joe–. ¿Habéis traído azúcar?

Aupó a las niñas para que les diesen el azúcar.

–Y ahora, ¿qué os parecería sentaros en su grupa durante un par de minutos?

–Joe, me temo que no –intervino Jenny–. El señor Krueger no aprueba que las niñas suban sobre los ponis.

–Quiero sentarme sobre el lomo de *Tinker Bell* –protestó Tina.

–Papá nos deja –replicó Beth–. Mamá, eres mala...

–¡Beth!

–Mala, mamá –repitió Tina.

Sus labios temblaban.

–No llores, Tina –le dijo Beth.

Alzó la vista hacia Jenny.

–Mamá, por favor...

Joe también la miraba.

–Bueno...

Jenny hizo un ademán. Luego pensó en el rostro de Erich cuando explicó que Joe se estaba tomando muchas libertades. No quería que Erich la acusase de haber ignorado sus deseos deliberadamente.

–Mañana... –afirmó–. Hablaré con papá. Ahora vamos a ver las gallinas.

–¡Quiero montar en mi poni! –gritó Tina. Su manecita golpeteó en la pierna de Jenny–. Eres una mamá muy mala...

En un acto reflejo, Jenny dio una palmada en el trasero de Tina.

–Y tú una niñita muy fresca...

Tina salió del establo llorando. Beth se colocó detrás de ella.

Jenny corrió tras las niñas. Se daban las manos y anduvieron hacia el granero. Cuando las atrapó, oyó a Beth decir con suavidad:

–No estés triste, Tina. Le contaremos a papá todo lo de mamá.

Joe se puso a su lado.

–Señora Krueger...

–Dime, Joe...

Jenny apartó el rostro. No deseaba que viese las lágrimas que humedecían sus ojos. Sabía perfectamente que, cuando se lo pidiesen, Erich daría permiso a las niñas para subir a las grupas de los ponis del establo.

–Señora Krueger, me estaba preguntando... Tenemos un nuevo cachorro en casa. Vivimos al lado de la carretera, a un kilómetro de aquí... Tal vez a las niñas les agradaría ver a *Randy*. Les haría olvidarse de los caballos...

–Joe, eso sería maravilloso...

Jenny siguió con las niñas. Se agachó delante de Tina.

–Siento haberte dado un azote, picaruela. Yo quiero montar en *Fire Maid* tanto como tú quieres montar en tu poni, pero debemos aguardar hasta que papá dé su aprobación... Ahora Joe quiere llevarnos a ver su cachorrillo. ¿Queréis ir?

Anduvieron juntos, con Joe señalando los primeros indicios de la primavera que se aproximaba.

–Mire cómo la nieve está desapareciendo... En un par de semanas, toda la tierra se convertirá en un auténtico barrizal. Y esto a causa de que empieza el deshielo. Luego crecerá la hierba. Vuestro papá quiere que os construya una cerca para que podáis montar.

La madre de Joe se encontraba en casa; su padre había muerto hacía cinco años. Se trataba de una mujer gorda, casi sesentona, con una forma de obrar práctica y sin remilgos. Les invitó a entrar. La casita era confortablemente pobre. Chismes de recuerdo cubrían las mesas. Las paredes estaban decoradas con retratos familiares, colgados de manera indiscriminada.

–Me alegro de conocerla, señora Krueger. Mi Joe está todo el tiempo hablando de usted. No hay que maravillarse de que diga que es usted muy bonita. Claro que lo es. Y, oh, Dios mío, cuánto se parece a Caroline... Yo soy Maude Ekers. Puede llamarme Maude...

–¿Dónde está el perro de Joe? –preguntó Tina.

–Vamos a la cocina –invitó Maude.

La siguieron de buena gana. El cachorro parecía una combinación de pastor alemán y de perro de caza. Forcejeaba cómicamente sobre sus débiles patas.

–Lo encontramos en la carretera –explicó Joe–. Alguien debió de arrojarlo desde un coche. Si yo no hubiese pasado por allí, probablemente se habría congelado hasta morir...

Maude meneó la cabeza.

–Siempre está trayendo a casa animales extraviados. Mi Joe tiene el corazón más tierno que he conocido... Nunca fue muy diligente con las tareas de la escuela, pero, permítame decírselo, tiene magia con los animales. Debería haber visto su último perro. Era una belleza. Y también tan listo como el demonio.

–¿Y qué le sucedió? –preguntó Jenny.

–No lo sabemos. Tratamos de mantenerlo encerrado, pero algunas veces se escapaba. Acostumbraba seguir a Joe hasta la granja de ustedes. Pero al señor Krueger no le gustaba.

–No culpo al señor Krueger –se apresuró a manifestar Joe–. Tenía una perra de pura raza, y no deseaba que *Tarpy* anduviese cerca de ella. Pero un día *Tarpy* me siguió y se encontró con *Juna*. El señor Krueger se volvió realmente loco...

–¿Y dónde está ahora *Juna*? –quiso saber Jenny.

–El señor Krueger se desembarazó de ella. Dijo que ya no tenía la menor utilidad puesto que se había quedado preñada de un mestizo...

–¿Y qué le ocurrió a *Tarpy*?

–No lo sabemos –explicó Maude–. Salió un día y ya nunca más regresó. Aunque tengo mis sospechas –insinuó con tono sombrío.

–Mamá... –dijo apresuradamente Joe.

–Erich Krueger había amenazado con matar de un tiro a aquel perro –continuó con sencillez–. Si *Tarpy* había fastidiado a su perra de lujo, no le culpo de enfadarse por ello. Pero por lo menos podía habértelo dicho. Joe estaba prendado de aquel perro. Pensé que se iba a poner enfermo.

Tina y Beth se acuclillaron en el suelo al lado de *Randy*. El rostro de Tina reflejaba arrobo.

–Mamá, por favor, ¿no podríamos tener un perro?

–Se lo preguntaremos a papá –prometió.

Las niñas jugaron con el cachorrillo mientras Jenny tomaba café con Maude. La mujer comenzó a hacerle preguntas. ¿Le gustaba la casa de los Krueger? Era muy bonita, ¿verdad? Debía de ser muy duro cambiar Nueva York por una granja. Jenny replicó que estaba segura de que sería feliz.

–Caroline también afirmaba eso –insinuó de nuevo sombríamente Maude–. Pero los hombres Krueger no son muy sociables. Se lo ponen muy difícil a sus mujeres. A toda la gente de por aquí les encantaba Caroline. Y respetaban a John Krueger. Lo mismo que a Erich. Pero los Krueger no son muy cariñosos ni siquiera con los suyos. Y no perdonan. Cuando se enfadan, no se les pasa fácilmente...

Jenny sabía que Maude se estaba refiriendo a la actuación del hermano de ella en el accidente de Caroline. Rápidamente se acabó el café.

–Será mejor que regresemos...

La puerta de la cocina se abrió en el mismo instante en que se puso en pie.

–¿Quién es...?

La voz era rasposa. Se trataba de un hombre de más de cincuenta años. Sus ojos parecían inyectados en sangre y eran difusos, con la agotada expresión de los grandes bebedores. Se le veía penosamente delgado, hasta el punto de que la cintura de sus pantalones le colgaba por todas partes en torno de las caderas.

Se quedó mirando a Jenny con aire pensativo.

–Usted debe de ser la nueva señora Krueger...

–Sí, en efecto...

–Yo soy Josh Brothers, el tío de Joe.

El electricista responsable del accidente... Jenny supo que Erich se pondría furioso si se enteraba de aquel encuentro.

–Ya veo por qué la ha elegido Erich –barbotó Josh. Se volvió hacia su hermana–. Tan dulce como lo era Caroline, ¿no te parece, Maude? –Sin aguardar una respuesta, le preguntó a Jenny–: Supongo que se habrá enterado del accidente...

–Sí, así es...

–De la versión Krueger. Pero no de la mía.

Resultaba claro que Josh Brothers estaba a punto de contar una historia muchas veces repetida. Jenny podía percibir su aliento a whisky. Su voz adquirió un tono declamatorio.

–A pesar de que iban a divorciarse, John estaba loco por Caroline.

–¿Divorciarse? –le interrumpió Jenny–. ¿El padre y la madre de Erich iban a divorciarse...?

Aquellos cansados ojos se volvieron astutos.

–Oh, ¿no se lo ha dicho Erich? Le gusta decir que nunca sucedió. Aquí hubo montones de habladurías, permítame decírselo, cuando Caroline ni siquiera intentó conseguir la custodia de su único hijo. De todos modos, el día del accidente yo me encontraba trabajando en la vaquería, cuando entraron Caroline y Erich. Caroline iba a marcharse aquella tarde. Era el día del cumpleaños de Erich, y este sostenía su nuevo palo de hockey y tenía los ojos llorosos. Me hizo unos ademanes para que me fuese; esa fue la razón de que colgase la lámpara de un clavo. Oí a Caroline decir: «Al igual que este ternerito ha de ser separado de su madre...». Entonces cerré la puerta detrás de mí, para que pudiesen despedirse. Un momento después, Erich comenzó a gritar. Luke Garrett golpeó a Caroline en el pecho y le hizo la respiración boca a boca, pero todos sabíamos que no había nada que hacer. Cuando resbaló y se cayó en el depósito, agarró el cable y arrastró con ella la lámpara. Se electrocutó. No tenía la menor posibilidad...

–Josh, cállate –le espetó Maude con dureza.

Jenny se quedó mirando a Josh. ¿Por qué Erich no le había dicho que sus padres se iban a divorciar, que Caroline iba a abandonarle a él y a su padre? ¡Y haber sido testigo de aquel espantoso accidente! Era comprensible que

Erich se sintiese tan inseguro ahora, con tanto miedo de perderla...

Sumida en sus pensamientos, cogió a las niñas y murmuró una despedida.

Mientras caminaba de regreso a casa, Joe le dijo a Jenny:

–El señor Krueger no se alegrará cuando se entere de que mi madre ha hablado demasiado y que ha conocido usted a mi tío.

–No lo mencionaré, Joe, te lo prometo –le tranquilizó.

La carretera comarcal, cuando regresaban a la granja Krueger a última hora de la mañana, estaba muy tranquila. Beth y Tina corrían delante de ellos, agarrando alegremente la ya suelta nieve. Jenny se sintió deprimida y asustada. Pensó en las innúmeras veces en que Erich le había hablado de Caroline. Ni una sola vez hizo la menor insinuación acerca del hecho de que Caroline planeaba abandonarle.

«Si por lo menos tuviese un amigo aquí –pensó Jenny–, alguien con quien hablar...» Recordó cómo ella y Nana solían conversar sobre cualquier problema que se presentase en sus vidas, cómo ella y Fran tomaban un café después de meter a las niñas en la cama, e intercambiaban confidencias.

–Señora Krueger –musitó Joe–, tiene aspecto de encontrarse mal. Confío en que mi tío no la haya alterado. Yo sé cómo habla mamá acerca de los Krueger, pero, por favor, no se lo tome a mal...

–Claro que no –repuso Jenny–. Pero, Joe, ¿harías una cosa por mí?

–Cualquier cosa...

–Por el amor de Dios, cuando el señor Krueger no esté cerca, llámame Jenny. Estoy empezando a olvidarme de mi nombre.

–Te llamo Jenny siempre que pienso en ti...

–Estupendo...

Jenny se echó a reír, sintiéndose mejor. Luego miró de

reojo a Joe. La abierta adoración que reflejaba su cara resultaba inconfundible.

«Oh, Dios –pensó–, si me mira así alguna vez delante de Erich, se armará una buena.»

15

A medida que se aproximaba a la casa, Jenny creyó ver a alguien espiándoles desde la ventana del despacho de la granja. A menudo Erich se quedaba allí al regresar de la cabaña.

Se apresuró a meter a las niñas en la casa y comenzó a prepararles unos emparedados de queso y su cacao. Tina y Beth se acomodaron a la mesa, contemplando expectantes la tostadora, mientras el burbujeante olor del queso derretido llenaba la cocina.

¿Qué habría hecho tan desesperadamente desgraciada a Caroline, hasta el punto de querer abandonar a Erich? ¿Cuánto resentimiento se mezclaba en el amor de Erich hacia su madre? Jenny trató de visualizar las circunstancias bajo las que abandonaría a Beth y Tina. No llegó a ver ninguna...

Las niñas estaban cansadas del largo paseo y se quedaron dormidas tan pronto como las acostó para la siesta. Observó cómo sus párpados se cerraban, pero no salió de la habitación. Se sentó por un momento al lado de la ventana y sintió un leve mareo.

Finalmente se fue al piso de abajo, se puso un chaquetón y se encaminó a la oficina. Clyde trabajaba ante el gran escritorio. Tratando de hablar de forma casual, observó:

–Erich no ha venido aún a almorzar. Pensé que estaría por aquí.

Clyde pareció intrigado.

–Se detuvo un par de minutos al regresar de la compra de los suministros. Me dijo que pensaba quedarse en la cabaña...

Sin decir palabra, Jenny se dio la vuelta para alejarse. Pero vio la bandeja de entrada donde se colocaba el correo.

–Oh, Clyde, si llega correo para mí mientras Erich esté pintando, ¿te asegurarás de que me sea entregado?

–Claro que sí... Siempre lo hago con el tuyo y el de Erich...

Correo para ella... Durante el mes que llevaba allí, aunque había escrito a Fran y a Hartley, no había recibido ni dos líneas.

–Temo que se le haya olvidado. ¿Ha llegado mucho correo? –se oyó decir.

–Una carta la semana pasada y dos tarjetas postales. No lo sé muy bien...

–Ya...

Jenny se quedó mirando el teléfono.

–¿Y llamadas telefónicas?

–Alguien de la iglesia telefoneó la semana pasada refiriéndose a una reunión. Y la semana anterior recibiste una llamada de Nueva York. ¿Quieres decirme que Erich no te ha dicho nada de esos mensajes?

–Estaba tan preocupado con los preparativos del viaje... –murmuró Jenny–. Gracias, Clyde.

Con lentitud, inició el regreso hacia la casa. El cielo estaba ahora nublado. Comenzaba a nevar entre fuertes ráfagas. El suelo, que había comenzado a deshelarse, se había endurecido de nuevo. La temperatura había descendido levemente.

«–No quiero compartirte, Jenny.»

Erich lo había dicho literalmente. «¿Quién le había telefoneado desde Nueva York? ¿Kevin para comentar que se presentaría por Minnesota? Y si era así, ¿por qué Erich no la había avisado? ¿Quién había escrito? ¿Hartley? ¿Fran? No puedo permitir que esto suceda –pensó–. Tengo que hacer algo...»

–¡Jenny!

Mark Garrett llegaba corriendo desde el granero. Con

sus largas zancadas cubrió la distancia que mediaba entre ellos en unos segundos. Su pelo estaba revuelto. Sonreía, pero sus ojos aparecían serios.

–No he tenido oportunidad de saludarte desde hace tiempo. ¿Cómo va todo?

¿Sospecharía? ¿Habría discutido Erich alguna cosa con él? No, eso no sería propio de Erich. Pero había algo que Jenny sí podía hacer.

Trató de que su sonrisa pareciese lo más natural posible.

–Eres exactamente la persona que deseaba ver. ¿Recuerdas que hablamos acerca de que vinieses tú y tu amiga, la que se llamaba Emily, a cenar?

–Sí.

–Pues podríamos hacerlo el ocho de marzo. Es el cumpleaños de Erich. Deseo ofrecerle una pequeña fiesta...

Mark frunció el ceño.

–Jenny, quiero prevenirte. A Erich sigue pareciéndole que el día de su cumpleaños es nefasto...

–Lo sé. –Alzó la vista hacia Mark, consciente de su estatura–. Eso ocurrió hace veinticinco años... ¿No ha llegado ya el momento de que Erich supere la muerte de su madre?

Mark pareció sopesar sus palabras:

–Ve con cuidado, Jenny. Cuesta bastante desacostumbrar a una persona como Erich de sus reacciones profundas. –Sonrió–. Pero debo decir que no le costará demasiado tiempo comenzar a apreciar su actual estado.

–¿Así que vendrás?

–Rotundamente sí. Y Emily se muere de ganas por conocerte.

Jenny se echó a reír melancólicamente.

–Yo también añoro conocer a más personas...

Jenny se despidió de él y entró en la casa. Elsa estaba a punto de marcharse.

–Las niñas ya duermen. Mañana haré la compra de camino hacia aquí. Tengo la lista.

–¿La lista?

–Sí, cuando usted salió esta mañana con las niñas, el señor Krueger se presentó y me dijo que debía hacer la compra a partir de ahora.

–Eso es una tontería –protestó Jenny–. Puedo hacerla yo o llevarme Joe...

–El señor Krueger dijo también que se llevaba las llaves del coche.

–Comprendo... Gracias, Elsa...

Jenny no quiso que la mujer se diese cuenta del trastorno que sentía. Pero cuando la puerta se cerró detrás de Elsa, se percató de que estaba temblando. ¿Se habría llevado Erich las llaves para asegurarse de que Joe no lo usaba? ¿O porque suponía que era *ella* quien lo usaba?

Nerviosa, echó un vistazo por la cocina. Cuando en el apartamento se hallaba nerviosa solía calmarse emprendiendo alguna pesada tarea de limpieza. Pero esa casa se hallaba tan inmaculada...

Se quedó mirando las latas sobre la encimera. Ocupaban mucho sitio y raramente eran usadas. Allí todo era formal, frío, atestado. Y era también la casa de ella. ¿Le complacería a Erich si imprimía al lugar su propia personalidad?

Hizo sitio al botería en un estante de la despensa. La redonda mesa de roble y las sillas aparecían exactamente centradas en mitad de la estancia. Situadas bajo la ventana de la pared del lado sur, serían más convenientes para las comidas rápidas en la barra, y en los almuerzos resultaría placentero contemplar el paisaje. Sin preocuparse de que las patas de la mesa rayaran el suelo, Jenny comenzó a arrastrarla.

La alfombrilla que había en el dormitorio de las niñas había sido llevada al desván. Decidió que si la colocaba cerca de la estufa de hierro colado, y agrupaba el sofá, el sillón a juego y la cómoda silla de la biblioteca, crearía en la cocina un espacio acogedor.

Animada con una energía nerviosa, se dirigió al salón, cogió algunos de los bibelots que había por allí y los llevó a un aparador. Tras muchos esfuerzos, consiguió quitar las cortinas de encajes que bloqueaban la luz del sol y las vistas en el salón y el comedor.

El sofá del salón era demasiado pesado para empujarlo, pero consiguió darle la vuelta, junto con la mesa de caballete de caoba. Cuando hubo finalizado, la estancia parecía más aireada y acogedora.

Se dirigió al resto de las habitaciones de la planta baja, tomando mentalmente nota de todo. «Poco a poco», se dijo. Dobló con cuidado las cortinas y las llevó al desván. La alfombrilla trenzada estaba allí. Si no podía llevarla abajo ella sola, pediría ayuda a Joe.

Tiró de la alfombrilla y comprobó que no había forma de llevársela por sus propias fuerzas. Luego echó un vistazo a los demás objetos de la habitación.

Había un pequeño neceser de piel azul con las iniciales C.B.K. Lo tomó para examinarlo. ¿Estaría cerrado? Titubeando solo un instante, quitó los cierres. La tapa de la caja se abrió. Había artículos de tocador ordenados en un compartimiento parecido a una bandeja. Cremas y maquillaje, así como jabón con fuerte olor a pino. Una agenda encuadernada en piel se hallaba debajo de la bandeja. La fecha de la cubierta tenía veinticinco años de antigüedad. Jenny abrió el libro de notas y fue pasando páginas. «2 de enero: conferencia del maestro, Erich. 8 de enero: cena, Luke Garrett, los Meier, los Behrend. 10 de enero: devolver los libros de la biblioteca.» Hojeó las siguientes entradas. «2 de febrero: jueces de la sala, 9 de la mañana.» ¿Se referiría a las sesiones de divorcio? «22 de febrero: comprar palo de hockey para E.» La última entrada era la del 8 de marzo: «Cumpleaños de Erich». Aquello había sido escrito con una tinta azul clara. Y luego, con diferente pluma: «7 de la tarde, vuelo 241 de Northwest, Mineápolis a San Francisco». Un billete sin usar, solo ida, unido a la página con un clip, con una nota: El nombre estaba escrito a lo largo de la parte superior de la página: EVERETT BONARDI. «El padre de Caroline», pensó Jenny. Con rapidez leyó aquella desigual caligrafía:

Querida Caroline: Tu madre y yo no nos hemos sorprendido al enterarnos de que dejas a John. Estamos preocupados por Erich, pero tras leer tu carta estimamos que es mejor que se quede con su padre. No teníamos idea de las verdaderas circunstancias. Ninguno de nosotros lo había previsto, pero ya anhelamos tenerte aquí. Recibe todo nuestro cariño...

Jenny dobló la carta, volvió a meterla en la agenda y cerró el neceser. ¿Qué había querido decir Everett Bonardi con *«No teníamos idea de las verdaderas circunstancias»*?

Comenzó a bajar con lentitud la escalera del desván. Las niñas estaban aún dormidas. Las miró amorosamente y luego la boca se le secó. El cabello rojo oscuro de las niñas estaba desparramado en sus almohadas. Encima de cada una de estas, colocada de una forma que casi parecía un adorno capilar, se hallaba una pastillita redonda de jabón de pino. El débil aroma del pino se había difuminado en el aire.

–¿No son unas pequeñas bellezas? –suspiró una voz muy cerca de su oído.

Jenny se dio la vuelta desconcertada.

Un delgado y huesudo brazo rodeó su cintura.

–Oh, Caroline... –Rooney Toomis suspiró, con ojos vacíos y húmedos–. ¿Por qué no nos limitamos a amar a nuestros bebés?

De alguna manera, Jenny echó a Rooney de la estancia sin despertar a las niñas. Rooney salió de buen grado, aunque siguió manteniendo su brazo en torno de la cintura de Jenny. Descendieron dificultosamente las escaleras.

–Vamos a tomar una taza de té –sugirió Jenny, tratando de mantener la calma.

¿Cómo había entrado Rooney? Debía de conservar una llave de la casa.

Rooney tomó el té en silencio, sin dejar de mirar hacia la ventana.

–Arden solía amar esos bosques –explicó–. Sabía que no podía penetrar más allá de la linde. Pero siempre estaba trepando a los árboles. Solía subirse a ese...

De una forma vaga, Rooney señaló un gran roble.

–Y miraba también los pájaros. ¿Ya te he dicho que fue presidenta durante un año del club 4-H?

Su voz era calmada y sus ojos aparecían claros cuando se dio la vuelta para mirar a Jenny.

–Usted no es Caroline –musitó, perpleja.

–No, claro que no. Soy Jenny.

Rooney suspiró.

–Lo siento. Supongo que lo olvidé. Algo se apoderó de mí, uno de mis ensueños. Estaba pensando que llegaba tarde al trabajo. Creía haberme quedado dormida más de la cuenta... Como es natural, Caroline nunca se preocupaba de ello, pero John Krueger era tan exacto con todo...

–¿Y tenías una llave? –preguntó Jenny.

–He olvidado mi llave. La puerta estaba abierta. Pero ya nunca más tendré la llave, ¿verdad?

Jenny estaba totalmente segura de que había cerrado la puerta de la cocina. Por otra parte, decidió no descubrir a Rooney.

–Y fui al piso de arriba a hacer las camas –prosiguió Rooney–. Pero ya estaban hechas... Y luego vi a Caroline. No, en realidad la vi a usted...

–¿Y pusiste las pastillas de jabón de pino en las almohadas de las niñas? –preguntó Jenny.

–Oh, no. Era Caroline quien hacía esto. Era ella la que adoraba ese olor...

La mente de Rooney se hallaba tan confusa que no se podía intentar separar lo imaginado de la realidad.

–Rooney, ¿no vas nunca a la iglesia o a algún tipo de reuniones? ¿No tienes amigos?

Rooney meneó la cabeza.

–Solía acudir a todas las actividades con Arden, al 4-H, a las obras de teatro de la escuela, a sus conciertos de la banda. Pero ya no voy. –Sus ojos estaban ahora despejados–. No debería estar aquí. A Erich no le gusta. –Parecía tener miedo–. No se lo dirá a él o a Clyde, ¿verdad? Prométame que no se lo dirá.

–Claro que no...

–Es usted como Caroline: bonita, amable, dulce... Confío en que no le suceda nada. Hacia el final, Caroline se mostraba ansiosa por marcharse de aquí... Acostumbraba decir:

«–Tengo un presentimiento, Rooney. Algo terrible va a suceder. Me siento tan indefensa...»

Rooney se levantó para irse.

–¿No llevas abrigo? –le preguntó Jenny.

–Pues no.

–Aguarda un momento. –Jenny sacó del armario del vestíbulo su abrigo–. Póntelo. Mira, te sienta muy bien. Abotónatelo hasta el cuello. Hace mucho frío.

¿No le había dicho Erich lo mismo en su primer almuerzo en el Russian Tea Room? ¿Y no hacía de ello menos de dos meses?

Rooney miró alrededor, insegura.

–Si quiere, le ayudaré a volver a poner bien la mesa antes de que llegue Erich.

–No tengo intenciones de volver a poner en su sitio la mesa. Está muy bien donde está...

–Caroline solo la colocó una vez junto a la ventana, pero John dijo que únicamente trataba de que la vieran los hombres de la granja.

–¿Y qué respondió Caroline?

–Nada. Se limitó a ponerse su capa verde y salió fuera, a la mecedora del porche. Igual que en el cuadro... En una ocasión me dijo que le gustaba sentarse allí y mirar hacia el oeste porque su gente era de por allí. Les echaba terriblemente de menos.

–¿Y nadie venía a visitarla?

–Nadie. Pero Caroline amaba la granja. Se había criado en la ciudad, pero siempre decía:

«–Este país es tan hermoso, Rooney, es tan especial para mí...»

–¿Y luego se fue?

–Debió de suceder algo y decidió irse.

–¿Y de qué se trataba?

–No lo sé. –Rooney bajó la mirada–. Este abrigo es muy bonito. Me gusta...

–Por favor, quédatelo –le dijo Jenny–. Apenas me lo he puesto desde que estoy aquí.

–Si lo hago, ¿podré confeccionar los peleles como me ha prometido?

–Claro que puedes hacerlo. Además, Rooney, me gustaría ser tu amiga...

Jenny se quedó de pie, en la puerta de la cocina, mirando a aquella delgada figura, ahora cálidamente arropada, que se encorvaba contra el viento.

16

Lo más duro de todo era tener que aguardar. ¿Estaba Erich enfadado? ¿O se hallaba simplemente tan inmerso en la pintura que no deseaba quebrantar su concentración? ¿Se atrevería ella a ir al bosque, tratar de encontrar la cabaña y enfrentarse con él?

No, no debía hacerlo.

Los días parecían interminablemente largos. Incluso las niñas empezaron a encontrarse inquietas. «¿Dónde está papá?» Aquella era su constante pregunta. En aquel breve tiempo, Erich se había hecho muy importante para ellas.

«Que Kevin se mantenga apartado –rogaba Jenny–. Que nos deje solas.»

Pasaba el tiempo ocupada en la casa. Habitación por habitación, reordenó los muebles, en ocasiones moviendo ligeramente una silla o una mesa, a veces realizando ajustes más complejos. A su pesar, Elsa la ayudó a quitar lo que aún quedaba de las pesadas cortinas con encajes.

–Mira, Elsa –le dijo Jenny con firmeza–, esas cortinas tienen que quitarse, y no quiero hablar más acerca de consultar primero al señor Krueger. O me ayudas o no me ayudas...

Fuera, la granja tenía un aspecto gris y deprimente. Cuando la nieve se hallaba aún en el suelo, parecía una belleza a lo Currier e Ives. Cuando llegase la primavera, Jenny estaba segura, el verde lujuriante de los campos y los árboles sería algo magnífico. Pero ahora, el barro helado, los campos pardos, los oscuros troncos de los árboles y los cielos cubiertos le daban frío y la deprimían.

¿Regresaría Erich a la casa para su cumpleaños? Le había contado que aquel día siempre se lo pasaba en la granja. ¿Tendría ella que cancelar la cena de cumpleaños?

Las noches eran interminables. En Nueva York, cuando las niñas estaban ya en la cama, solía irse a su lecho con un libro y una taza de té. La biblioteca de la granja era excelente, pero sus libros no invitaban a la lectura. Estaban colocados en hileras exactas, al parecer más según el tamaño y el color que por el autor o el tema. Para ella eran como muebles con cubiertas de plástico: odiaba tocarlos. Su problema quedó resuelto cuando, en uno de sus viajes al desván, descubrió una caja de libros en formato de bolsillo. Feliz, eligió un par de aquellos volúmenes tan manejables y de fácil lectura.

Pero aunque leía hasta horas avanzadas de la noche, encontraba cada vez más difícil conciliar el sueño. Durante toda su vida no había tenido más que cerrar los ojos para quedarse instantáneamente dormida durante horas y horas. Ahora se despertaba con frecuencia, tenía sueños atemorizantes, en los cuales unas figuras ensombrecidas se deslizaban en su subconsciente.

El 7 de marzo, después de una noche particularmente inquieta, decidió que necesitaba más ejercicio. Después del almuerzo, fue en busca de Joe y lo encontró en la oficina de la granja. Su alegría, sin ninguna afectación ante la visita, resultó tranquilizadora. Con rapidez, Jenny le dijo:

–Joe, quiero comenzar hoy las lecciones de equitación.

Veinte minutos después se hallaba sentada a horcajadas en la yegua, tratando de seguir con la mayor precisión las instrucciones de Joe.

Estaba disfrutando mucho con todo aquello y se olvidó del frío, del fuerte viento, del hecho de que sus muslos le dolían, de que sus manos aguantaban con firmeza las riendas.

Habló con suavidad a *Fire Maid:*

–Ahora debes darme una oportunidad, muchacha. Probablemente cometeré errores, pero soy nueva en esto...

Al cabo de una hora tenía ya la sensación de mover el cuerpo acompasadamente con la yegua. Vio a Mark, que la observaba y le hizo un saludo. El hombre se acercó.

–Pareces una buena amazona. ¿Es la primera vez que montas un caballo?

–Exacto, la primera...

Jenny comenzó a desmontar. Rápidamente, Mark asió la brida de la yegua.

–Por el otro lado –le explicó.

–¿Qué...? Oh, lo siento...

Bajó con facilidad.

–Pareces buena, Jenny –le dijo Joe.

–Gracias, Joe. ¿El lunes te irá bien?

–En cualquier momento, Jenny.

Mark la acompañó hacia la casa.

–Has conseguido convertir a Joe en un forofo.

¿Había alguna clase de advertencia en su voz? Jenny trató de mostrarse tranquila.

–Es un buen maestro y creo que Erich estará complacido de que aprenda a montar. Será una sorpresa para él que haya comenzado a tomar lecciones.

–Realmente no lo creo –comentó Mark–. Te ha estado observando desde hace un rato.

–¿Observándome?

–Sí, durante cerca de media hora, desde el bosque. Pensé que no deseaba ponerte nerviosa.

–¿Y dónde está ahora?

–Estuvo en la casa durante un momento y luego regresó a la cabaña.

–¿Que Erich ha estado en la casa?

«Estoy hablando de una forma estúpida», pensó Jenny, escuchando el asombro reflejado en su voz.

Mark se detuvo, la tomó por el brazo y la hizo girar hacia sí.

–¿Qué ocurre, Jenny?

De alguna forma, ella se lo imaginó examinando a un animal, buscando la fuente de un dolor.

Estaban cerca del porche.

–Erich ha permanecido en la cabaña desde que regresó de Atlanta –dijo Jenny–. Por eso me siento ahora tan sola. Estaba acostumbrada a encontrarme terriblemente atareada y rodeada de gente, y ahora... Supongo que me parece estar desconectada de todo.

–Veremos si te hallas mejor a partir de pasado mañana –repuso Mark–. A propósito, ¿estás segura de que deseas invitarnos a cenar?

–No. Quiero decir que ni siquiera estoy segura de que Erich estará en casa. ¿Podemos dejarlo para el día trece? Esto separará algo la fiesta de cumpleaños del aniversario. Si no ha regresado aún para entonces, te telefonearé y vosotros dos podréis decidir si deseáis visitarme o salir y disfrutar solos.

Temió reflejar resentimiento. «¿Qué me pasa?», pensó alicaída.

Mark tomó las manos de ella entre las suyas.

–Acudiremos, Jenny, esté Erich en casa o no. Por eso es importante que Erich cuente conmigo cuando se encuentra en uno de sus momentos de mal humor. El resto de esta representación es que, cuando sale de esos malos momentos, todo lo que hace es magnífico: inteligente, generoso, talentudo, amable. Dale una oportunidad para salir mañana de sí mismo y verás que es el mismo Erich de siempre.

Tras una fugaz sonrisa, le apretó las manos y se alejó. Suspirando, Jenny entró en la casa. Elsa estaba ya dispuesta para irse. Tina y Beth se sentaban en el suelo con las piernas cruzadas, con los lápices de dibujo en la mano.

–Papá nos ha traído libros nuevos para colorear –anunció Beth–. ¿Verdad que son muy buenos?

–El señor Krueger dejó una nota para usted.

Elsa señaló un sobre cerrado que estaba encima de la mesa.

Jenny advirtió la curiosidad en los ojos de aquella mujer. Se deslizó la nota en el bolsillo.

–Gracias...

Cuando la puerta se cerró detrás de la asistenta, Jenny sacó el sobre del bolsillo y lo abrió. La hoja de papel, cubierta con letras mayúsculas en una caligrafía muy grande, contenía una sola frase: «Deberías haberme esperado para cabalgar conmigo».

–Mamá, mamá... –Beth le estaba tirando del chaquetón–. Tienes muy mal aspecto, mamá.

Tratando de sonreír, Jenny bajó la mirada hacia aquella carita desconsolada. Tina estaba al lado de Beth, haciendo pucheros.

Jenny estrujó la nota y se la metió en el bolsillo.

–No, cariño, estoy bien... Simplemente me he sentido rara por un momento.

Pero no estaba tranquilizando a Beth. Una oleada de náuseas se había apoderado de ella mientras leía la nota. «Dios mío –pensó–, no puede querer decir esto. No me deja ir a las reuniones de la iglesia. No me deja usar el coche. Y ahora ni siquiera quiere que aprenda a montar cuando él está pintando.

»Erich, no lo estropees –protestó en silencio–. No puedes conseguirlo todo. No puedes recluirte para pintar y al mismo tiempo esperar que yo me siente a aguardarte. No puedes ser tan celoso.»

Miró alrededor. ¿Debería tomar una decisión, hacer las maletas y regresar a Nueva York? Si existía una posibilidad de impedir que sus relaciones quedaran destruidas, él debía ser aconsejado, recibir alguna ayuda para sobreponerse a esta posesividad. Si se iba, su marido sabría a qué atenerse.

Pero ¿adónde iría? ¿Y con qué?

No tenía ni un dólar. No disponía de dinero para el billete, ni lugar al que ir, ni trabajo. Y tampoco quería dejarle...

–Será mejor que regrese –musitó.

Y se apresuró a subir las escaleras. Al llegar al cuarto de baño, tomó un paño frío y se humedeció la cara. Su rostro en el espejo reflejaba una palidez enfermiza y poco natural.

–Mamá, mamá...

Beth y Tina se encontraban en el umbral. La habían seguido al piso de arriba.

Se arrodilló delante de ellas, las atrajo hacia sí y las abrazó con fuerza.

–Mamá, me haces daño –protestó Tina.

–Lo siento, pequeña...

Aquellos cuerpos cálidos y contoneantes le devolvieron el equilibrio.

–Vosotras dos llegaréis a ser unas madres magníficas –les dijo.

La tarde fue transcurriendo con lentitud. Para pasar el tiempo, se sentó con las niñas delante de la espineta y comenzó a enseñarles a diferenciar las notas. Sin las cortinas, resultaba posible mirar por las ventanas del salón y contemplar la puesta del sol. Las nubes habían desaparecido y el cielo resultaba gélidamente hermoso, con sombras malvas y anaranjadas, doradas y rosáceas.

Tras dejar a las niñas aporreando el teclado, avanzó hacia la puerta de la cocina que daba al porche occidental. El viento movía la mecedora levemente. Ignorando el frío, Jenny permaneció en el porche de pie y admiró los últimos instantes de la puesta de sol. Cuando las luces finales se disolvieron, se dio la vuelta y entró de nuevo en la casa.

Un movimiento en los bosques captó su atención. Se quedó mirando hacia allí. Alguien la observaba, una figura entre sombras, casi escondida por el doble tronco del roble por el que Arden solía trepar.

–¿Quién está ahí? –preguntó Jenny.

La sombra retrocedió entre los árboles, tratando de regresar a la protección de los matorrales.

–¿Quién está ahí? –repitió Jenny con dureza.

Consciente solo de su cólera ante la intrusión en su intimidad, se quedó mirando los escalones del porche, en dirección al bosque.

Erich salió de la protección del roble y, con los brazos extendidos, echó a correr hacia ella.

–Cariño, solo estaba bromeando. ¿Cómo pudiste creer que lo escribiera en serio? –Tomó de sus manos aquella arrugada nota–. Vaya, tiremos esto... –La metió en la estufa–. Ves, ya no existe...

Desconcertada, Jenny miró a Erich. No había en él la menor traza de nerviosismo. Sonreía con facilidad, meneando la cabeza divertido.

–Resulta difícil creer que te lo hayas tomado en serio, Jenny. –Luego se echó a reír–. Creía que te halagaría el que pretendiera estar celoso.

–¡Erich!

Su marido le rodeó la cintura con los brazos y frotó su mejilla contra la de ella.

–Hum... qué hermosa eres...

Ni una palabra respecto del hecho de no haberse visto durante toda una semana. Y aquella nota no era ninguna broma. Erich la besó en la mejilla.

–Te amo, Jen...

Por un momento se mantuvo rígida. Se había prometido no tolerar aquel comportamiento, las ausencias, los celos, lo de su correo. Pero no quería comenzar una discusión. Le había echado de menos. De repente, toda la casa le pareció de nuevo alegre.

Las niñas oyeron la voz de su padre y entraron corriendo en la habitación.

–Papá, papá...

Él las acogió entre sus brazos.

–Eh, me parece que tocáis muy bien... Supongo que muy pronto empezaremos las lecciones. ¿Os gustaría?

Jenny pensó que Mark tenía razón. «Debo tener paciencia, darle tiempo.» La sonrisa de Erich pareció auténtica cuando miró hacia ella por encima de las cabezas de las niñas.

La cena tuvo un aire festivo. Jenny preparó carbonada y una ensalada de endivias. Erich trajo una botella de Chablis del botellero.

–Cada vez me resulta más duro trabajar en la cabaña, Jen –le explicó–. Especialmente cuando sé que me estoy perdiendo cenas como ésta. –Hizo cosquillas a Tina–. Y no es nada divertido permanecer alejado de la familia.

–Y de tu hogar –repuso Jenny. Aquél parecía un buen momento para revelar los cambios que había efectuado–. No has mencionado si te gustan los cambios que he introducido por aquí...

–Soy muy lento en reaccionar –replicó él con jovialidad–. Déjame pensarlo.

Aquello estaba resultando mejor de lo que ella esperaba. Jenny se levantó, rodeó la mesa y le puso los brazos en torno del cuello.

–Temía que te enfadases...

Erich levantó la mano y le acarició el cabello. Como siempre, la sensación de su proximidad la puso en tensión, disipando las dudas e inseguridades.

Beth acababa de abandonar la mesa. Ahora regresó a la carrera.

–Mamá, ¿quieres a papá más que a nuestro otro papá?

«¿Por qué, por todos los santos, se le ocurría hacer aquella pregunta ahora?», se preguntó Jenny con desesperación. Trató de encontrar una respuesta, pero solo pudo contestar con la verdad:

–Quise a vuestro primer padre, sobre todo, por ti y por Tina. ¿Por qué deseas saberlo? –Luego se dirigió hacia Erich–: Hace semanas que no mencionan a Kevin...

Beth señaló a Erich:

–Porque este papá me ha preguntado si lo quiero más que a nuestro primer papá.

–Erich, no me gustaría discutir esto con las niñas...

–Ni a mí –respondió contrito–. Supongo que estaba ansioso por comprobar si el recuerdo hacia él estaba comenzando a difuminarse. –La rodeó de nuevo con los brazos–. ¿Y qué me dices de tu memoria, cariño?

Jenny se tomó mucho tiempo con el baño de las niñas. Resultaba relajante observar su placer al chapotear en la bañera. Las envolvió en unas gruesas toallas, regocijándose ante sus robustos cuerpecitos y eliminando los recientes anillitos de champú. Sus manos temblaron mientras les abotonaba los pijamas. «Estoy comenzando a ponerme nerviosa –se burló de sí misma–. Es deshonesto que todo lo que Erich diga lo tome por su peor lado. Maldito Kevin...»

Escuchó los rezos de las niñas.

–Que Dios bendiga a mamá y papá –entonó Tina. Hizo una pausa y alzó la vista–. ¿Deberíamos decir que Dios bendiga a los dos papás?

Jenny se mordió el labio. Era Erich quien había empezado esto... No iba a decirles a las niñas que no rezasen por Kevin. Sin embargo...

–¿Por qué no decís esta noche que Dios bendiga a todos? –sugirió.

–Y a *Fire Maid,* a *Mouse,* a *Tinker Bell* y a Joe... –añadió Beth.

–Y a *Randy* –le recordó Tina–. ¿No tenemos también un cachorrillo?

Jenny las arrebujó bien en la cama, percatándose de cómo cada noche le resultaba cada vez más cuesta arriba dirigirse al otro piso. Cuando estaba sola, la casa parecía tan grande, tan silenciosa... En las noches de viento se producía un melancólico quejido entre los árboles que penetraba en el silencio.

Y ahora, cuando Erich se hallaba aquí, no sabía qué esperar. ¿Pasaría la noche en la casa o regresaría a la cabaña? Se dirigió al piso de abajo. Erich había preparado café.

–Debe de haber sido terrible para ti haber estado tanto tiempo sola con ellas, cariño...

Jenny pensaba pedirle las llaves del coche, pero no le dio oportunidad. Levantó la bandeja con el servicio de café.

–Sentémonos en el salón delantero y déjame asimilar tus cambios.

Mientras le seguía, Jenny reparó en lo bien que le sentaba, con su cabello rubio oscuro, aquel suéter blanco de punto. «Mi magnífico, exitoso y talentoso marido», pensó. Y con un ribete de ironía recordó a Fran cuando comentaba:

«–Es demasiado perfecto para ser verdad.»

En el salón, Jenny le indicó cómo había movido alguno de los muebles y quitado aquellos excesivos adornos haciendo así posible apreciar las piezas más bonitas de la estancia.

–¿Y dónde lo has guardado todo?

–Las cortinas están en el desván y las cosas pequeñas en el aparador de la despensa. ¿No te parece mejor poner debajo del *Recuerdo de Caroline* la mesa de caballete? Siempre he creído que los dibujos del sofá interferían al estar tan cerca del cuadro.

–Tal vez...

Jenny no acababa de estar segura de su reacción. Nerviosa, intentó llenar el silencio:

–¿Y no opinas que, con la luz de esa forma, se ve mejor...? Antes tu rostro quedaba más bien en la sombra.

–Así queda algo extravagante. Nunca se previó que la cara del niño se viese tan definida. Como especializada en arte, y trabajando en una galería pictórica de cierto prestigio, deberías percatarte de ello, Jenny.

Erich se echó a reír.

¿Trataba de bromear? Jenny tomó su taza de café y se percató de que le temblaba la mano. La taza se le escurrió entre los dedos y el líquido se derramó por el sofá y por la alfombra oriental.

–Jenny, querida... ¿Por qué estás tan nerviosa?

El rostro de Erich mostró arrugas de preocupación. Con la servilleta comenzó a enjugar la mancha.

–No lo frotes –le dijo Jenny.

Se dirigió a la cocina y sacó una botella de agua del frigorífico. Con una esponja, frotó con firmeza las manchas.

–Gracias a Dios aún no me había puesto la crema –murmuró.

Erich no dijo nada. ¿Consideraría arruinados el sofá y la alfombra, como anteriormente el empapelado del comedor?

Pero la esponja y el agua obraron maravillas.

–Creo que lo hemos conseguido... –Jenny se puso lentamente de pie–. Lo siento, Erich.

–Cariño, no te preocupes. Pero ¿quieres decirme qué te ocurre? Pareces trastornada. Aquella noche, por ejemplo... Hace muchas semanas habrías adivinado que solo te estaba tomando el pelo. Querida, tu sentido del humor constituye uno de los aspectos más deliciosos de tu personalidad. Por favor, no lo pierdas...

Jenny sabía que su marido tenía razón.

–Lo siento –repitió de nuevo. Iba a contarle lo de su encuentro con Kevin. Pasase lo que pasase, debía despejar el ambiente–. La razón de que esté tan...

Pero entonces sonó el teléfono.

–Responde tú, por favor, Jenny...

–No creo que sea para mí.

Sonó de nuevo.

–No estés tan segura. Clyde me ha dicho que la semana pasada ha habido una docena de llamadas telefónicas y luego han colgado, alguien que no ha querido dejar grabado su mensaje... Esa es la razón de que haya dicho que conecte el teléfono por las noches...

Con sensación de fatalidad, Jenny le precedió a la cocina. El teléfono sonó otra vez. Sabía que se trataba de Kevin.

–Jenny, no puedo creer que al final haya podido dar contigo. ¡Ese maldito contestador automático! ¿Cómo estás?

La voz de Kevin denotaba optimismo.

–Estoy muy bien, Kev.

Sintió la mirada de Erich en su rostro; este se inclinó por encima del teléfono como si pudiese escuchar la conversación.

–¿Qué quieres?

¿Hablaría Kevin acerca de su encuentro? Si se lo hubiese dicho primero a Erich...

–Quiero que compartas la buena noticia. Pertenezco ya oficialmente a la compañía de repertorio del Guthrie, Jen...

–Me alegro por ti –respondió con sequedad–. Pero, Kevin, no quiero que me llames. Te prohíbo que me telefonees. Erich está aquí y le desagrada que te pongas en contacto conmigo.

–Escucha, Jen. Voy a decirte lo que deseo. Dile de mi parte a Krueger que puede romper los documentos de la adopción. Recurriré al tribunal para detener el proceso de adopción. Tú puedes quedarte con la custodia, Jen, y pagaré la pensión alimentaria. Pero esas niñas son MacPartland, y así seguirán. Quién sabe, tal vez algún día Tina y yo podremos hacer un número de Tatum y Ryan O'Neal. Me pondré en contacto contigo en otro momento. Adiós...

Jenny colgó con lentitud el auricular.

–¿Puede impedir la adopción? –preguntó.

–Que lo intente... Pero no lo conseguirá...

Los ojos y el tono de Erich eran ahora gélidos.

–Un número de Tatum y Ryan O'Neal, Dios mío... –murmuró Jenny, sin acabar de creérselo–. Casi le admiraría si pensase que deseaba a las niñas, que realmente las quería... ¡Pero esto!

–Jenny, ya te dije que estabas cometiendo un error al permitirle que te pidiera dinero... –dijo Erich–. Si le hubieses llevado ante los tribunales por no pagar la pensión alimentaria ya te habrías librado de él hace dos años...

Como de costumbre, Erich estaba en lo cierto. De repente, Jenny se sintió infinitamente débil y le acometió de nuevo aquella ligera náusea que ya había experimentado antes.

–Me voy a la cama –dijo abruptamente–. ¿Te quedarás aquí esta noche, Erich?

–No estoy seguro...

–Comprendo...

Jenny se encaminó hacia el vestíbulo y la escalera. Pero solo había dado unos pasos cuando Erich se colocó a su lado.

–Jenny...

Se dio la vuelta.

–¿Qué quieres, Erich?

Los ojos del hombre reflejaban ternura.

–Ya sé que no es culpa tuya el que ese MacPartland te esté molestando. Te prometo que lo sé... No debería preocuparme por ti...

–Pues las cosas se me ponen más difíciles cuando te enfadas...

–Ya arreglaremos esto. Déjame hacer las cosas bien los próximos días. Me sentiré mejor entonces. Trata de comprender. Antes de morir mi madre me prometió que siempre estaría aquí el día de mi cumpleaños. Tal vez por eso me veo tan deprimido en esta época. Siento su presencia y su pérdida... Intenta comprenderme; haz un esfuerzo por perdonarme cuando te lastime. No quiero hacerlo, Jenny. Te amo...

Se abrazaron.

–Erich, por favor –suplicó Jenny–, que este sea el último año en que reacciones así. Veinticinco años... Caroline tendría ya cincuenta y siete años... Aún la ves como una mujer joven cuya muerte constituyó una tragedia. Y lo fue, pero es algo que ya pasó. La vida debe seguir. Puede ser buena para nosotros. Permíteme compartir tu vida, compartirla de verdad. Trae aquí a tus amigos. Llévame a ver tu estudio. Concédeme un coche para que vaya de compras, o a una galería de arte o con las niñas al cine cuando estés pintando...

–Quieres verte con Kevin, ¿verdad?

–Oh, Dios mío... –Jenny se apartó–. Déjame ir a la cama. Realmente no me encuentro bien.

Erich no la siguió por las escaleras. Jenny fue a ver a las niñas. Estaban dormidas. Tina se movió un poco cuando la besó.

Se dirigió al dormitorio conyugal. El leve olor a pino que siempre permanecía en la habitación parecía esta noche más pesado. ¿Era porque se sentía mareada? Sus ojos se deslizaron hasta el bol de cristal. Mañana trasladaría aquel cuenco al cuarto de los invitados. «Oh, Erich, quédate esta noche –rogó en silencio–. No te vayas sintiéndote así.» ¿Y si suponía que Kevin comenzaba a molestar ininterrumpidamente con sus llamadas? ¿Y si conseguía detener la adopción? ¿Y si hacía valer sus derechos a unas visitas regulares? Aquello sería insoportable para Erich. Destruiría su matrimonio.

Se metió en la cama, decidida a abrir su libro. Pero le resultó imposible concentrarse. Tenía los ojos pesados y su cuerpo le dolía en lugares desacostumbrados. Joe la había prevenido de que la equitación le produciría algo parecido.

«–Notarás unos músculos cuya existencia no conocías.»

Finalmente apagó la luz. Poco después oyó unos pasos en el vestíbulo. ¿Erich? Se incorporó sobre un codo, pero las pisadas continuaron por las escaleras que llevaban al desván. ¿Qué estaba haciendo allí? Unos minutos después le oyó volver a bajar. Debía de estar arrastrando algo. Se oía resonar algo cada pocos pasos. ¿Qué estaba haciendo?

Iba a levantarse para investigarlo, cuando oyó unos sonidos procedentes del piso de abajo, los ruidos de unos muebles al ser movidos.

«Claro», pensó.

Erich había ido al piso de arriba a buscar la caja de las cortinas. Y ahora estaba volviendo a ordenar los muebles, dejándolos en sus sitios originales.

Por la mañana, cuando Jenny bajó, las cortinas colgaban de nuevo, las mesas, las sillas, cada pieza de las baratijas se hallaba en su lugar, y las plantas de ella habían desaparecido. Más tarde las encontró en el contenedor de las basuras, detrás del granero.

17

Lentamente, Jenny anduvo a través de las habitaciones del piso de abajo por segunda vez. Erich no se había equivocado en volver a poner el menor jarrón o lámpara en su exacto sitio original. Incluso había encontrado la adornada y fea escultura de una lechuza que Jenny había escondido en un armario.

Esperaba esto, pero un rechazo tan absoluto de sus deseos y sus gustos no dejaba de conmocionarla. Finalmente se preparó café y volvió a la cama. Temblando, se cubrió con las mantas y se reclinó en las almohadas, contra el macizo cabezal del lecho. Sería otro frío y lúgubre día. El cielo se veía gris y brumoso; un fuerte golpe de viento hizo vibrar los cristales de la ventana.

Era 8 de marzo, el trigésimo quinto cumpleaños de Erich y el vigésimo quinto de la muerte de Caroline. ¿La última mañana de su vida, se había despertado Caroline en esa cama, apesadumbrada por tener que abandonar a su único hijo? ¿O se había despertado contando las horas que le quedaban para salir de esa casa?

Jenny se frotó la frente. Le dolía sordamente. Una vez más su sueño había sido inquieto. Soñó con Erich. Siempre había tenido aquella misma expresión en su cara, una expresión que ella no comprendía por completo. Una vez pasado este aniversario, y cuando regresase a la casa, le hablaría con la mayor tranquilidad. Le pediría que fuesen juntos en busca de consejo a un terapeuta. Si se negaba, tendría que considerar llevarse con ella las niñas a Nueva York.

¿Dónde?

Tal vez su empleo aún estuviese disponible. Quizá Kevin le prestaría dinero para el billete del avión. *Prestar...*

Era él quien le debía cientos y cientos... Fran le permitiría a ella y a las niñas quedarse en su casa durante un breve período de tiempo. Constituía una terrible inconveniencia pedírselo a alguien, pero Fran era una buena chica...

«No tengo un céntimo –pensó Jenny–, pero no se trata de eso. No quiero abandonar a Erich. Le amo. Quiero pasar con él el resto de mi vida.»

Estaba aún aterida. Una ducha caliente la reconfortaría. Y podría ponerse aquel cálido suéter de rombos de colores.

Jenny lanzó una mirada hacia el armario y comprendió qué había estado preocupando su subconsciente.

Cuando se levantó, había tomado su bata del armario. Pero anoche la había dejado en la banqueta del tocador, que había apartado, y sin embargo ahora formaba el ángulo apropiado.

No era de extrañar que hubiese soñado con el rostro de Erich. De forma subconsciente, debía de haberse dado cuenta de que se encontraba en la habitación. ¿Y por qué no se había quedado? Se estremeció. Sintió que le hormigueaba la piel. Pero no era a causa del frío: tenía miedo. ¿Miedo de Erich, su propio marido? «Claro que no –se dijo–. Temo su rechazo. Vino a verme y luego me dejó. ¿Habría regresado Erich a la cabaña durante la noche o había dormido en la casa?»

Con tranquilidad, se puso la bata y las zapatillas y se dirigió al vestíbulo. La habitación de la niñez de Erich estaba cerrada. Escuchó con el oído pegado a la puerta. No se percibía el menor ruido. Lentamente, giró el picaporte y abrió.

Erich se hallaba acurrucado en la cama, arrebujado en aquella colcha de alegres dibujos. Solo se le veía una oreja y el pelo. Su rostro estaba hundido en los pliegues de aquel suave tejido. Jenny entró en silencio y fue consciente de aquel leve y familiar olor. Se inclinó sobre Erich. En su sueño, se había llevado a la cara aquel camisón de color aguamarina.

Ella y las niñas casi habían terminado el desayuno cuando bajó Erich. Se negó a tomar café. Llevaba ya una de sus pesadas parkas y empuñaba lo que, obviamente, constituía un costoso fusil de caza, incluso para los inexpertos ojos de Jenny.

–No sé si regresaré por la noche –dijo él–. No sé qué haré. Simplemente, estaré todo el día dando vueltas por la granja...

–Muy bien...

–No cambies de lugar ninguno de los muebles, Jenny. No me gusta cómo los pones.

–Ya lo he advertido –replicó Jenny con indiferencia.

–Es mi cumpleaños, Jen.

Su tono sonaba algo alto, juvenil, como la voz de un muchacho.

–¿No vas a desearme feliz cumpleaños?

–Esperaré a la noche del viernes. Mark y Emily vendrán a cenar. Lo celebraremos con ellos. ¿No lo preferirías así?

–Tal vez...

Se inclinó sobre ella. El frío acero del fusil le rozó el brazo.

–¿Me amas, Jenny?

–Sí, por supuesto.

–¿Y nunca me dejarás?

–Nunca querría dejarte.

–Eso es lo que Caroline decía, esas mismas palabras...

Sus ojos se volvieron pensativos.

Las niñas habían permanecido silenciosas.

–Papá, ¿puedo ir contigo? –le rogó Beth.

–Ahora no. Dime cómo te llamas.

–Beth, la de la banda...

–¿Y cuál es tu nombre, Tina?

–Tina, la de la banda...

–Estupendo. Os traeré regalos a las dos.

Las besó y regresó junto a Jenny. Apoyó el fusil contra la estufa, tomó las manos de su mujer y las pasó por su propio pelo.

–Haz esto –susurró–. Por favor, Jen...

La miraba fijamente. Tenía la misma expresión que en sus sueños. En un rapto de ternura, ella hizo lo que le pedía. Parecía tan vulnerable y la noche anterior no había sido capaz de pedirle consuelo...

–Así, muy bien –sonrió–. Me agrada tanto... Gracias...

Recogió el fusil y se dirigió hacia la puerta.

–Adiós, niñas... –Sonrió a Jenny y luego titubeó–. Cariño, tengo una idea. Saldremos esta noche a cenar, solo nosotros dos. Pediré a Rooney y Clyde que se queden durante unas horas con las niñas.

–Oh, Erich... Me encantaría...

«Si comenzase a compartir aquella fecha con ella sería un progreso –pensó–, un buen augurio.»

–Telefonearé, y haré las reservas para las ocho en Groveland Inn. Te he prometido llevarte allí, cariño. Tomaremos la mejor comida de los alrededores.

Groveland Inn, donde se había reunido con Kevin... Jenny sintió que su rostro palidecía.

Cuando ella y las niñas llegaron al establo, Joe las estaba esperando. Había perdido su habitual y alegre sonrisa; su juvenil rostro se veía surcado por inusuales arrugas de preocupación.

–Tío Josh ha venido esta mañana. Estaba bastante borracho y mamá le ha dicho que se marchase. Se dejó abierta la puerta y *Randy* salió de la casa. Confío en que no le suceda nada. No está acostumbrado a los coches.

–Búscalo –le dijo Jenny.

–Al señor Krueger no le gustaría...

–No tiene importancia, Joe. Yo me ocuparé de eso. Las niñas tendrían un disgusto terrible si algo malo le sucediese a *Randy*...

Jenny lo observó apresurarse por la embarrada carretera y ordenó:

–Vamos, chicas... Demos ahora nuestro paseo. Ya visitaréis más tarde a los ponis.

Corrieron delante de ella a través del campo. Sus botas de caucho producían sonidos suaves y chapoteantes. El terreno estaba deshelándose. Tal vez, a fin de cuentas, aún se presentaría una primavera precoz. Trató de imaginarse aquellos campos cubiertos de alfalfa y de hierba y aquellos desnudos árboles provistos de abundante follaje.

Incluso el viento había perdido algo de su feroz mordiente. En los pastos del sur vio que el ganado tenía bajadas las cabezas y estaban olisqueando el suelo, como una anticipación de los brotes de hierba que pronto se presentarían.

«Me gustaría hacerme un jardín –pensó Jenny–. No sé nada al respecto, pero puedo aprender. Tal vez la razón por la que se encontraba físicamente descompuesta era que necesitaba ejercicio. No eran solo nervios. –Una vez más le volvió aquella sensación angustiosa y mareante. Se detuvo de repente–. ¿Era posible? Dios mío, ¿era posible...?»

Claro que lo era.

Se había sentido de aquella manera cuando quedó encinta de Beth.

Estaba embarazada.

Aquello explicaba por qué notaba tan ceñido el camisón; también explicaba los pequeños mareos, el vértigo, incluso los períodos de depresión.

¡Qué maravilloso regalo sería para Erich decírselo esta noche! Deseaba un hijo para que heredara la granja. Seguramente, el personal nocturno del restaurante sería diferente al de mediodía... Todo iría bien... El hijo de Erich...

–*Randy* –llamó Tina–. Mira, mamá, es *Randy*...

–Oh, estupendo –respondió Jenny–. Joe estaba tan preocupado... –Llamó al perro–: *Randy,* ven aquí.

El cachorro debía de haber atajado a través del huerto. Se paró, se dio la vuelta y se quedó mirando a Jenny. Chillando, Beth y Tina se precipitaron hacia él. Con un ladrido de deleite, el animal dio la vuelta y echó a correr hacia los campos.

–*Randy,* detente... –le gritó Jenny.

Ladrando ruidosamente, el cachorrillo siguió su carrera. «Que Erich no le oiga –rogó–. Que no avance hacia los pastizales de las vacas.» Erich se pondría furioso si el perro alborotaba a las reses. Casi una docena de ellas estaban a punto de parir terneros.

Pero no se encaminó a los pastizales. En vez de ello, viró y echó a correr a lo largo del linde este de la propiedad.

El cementerio. Iba directo hacia allí. Jenny recordó cómo Joe había bromeado acerca de que *Randy* cavaba en torno de su casa.

«Juraría que está tratando de llegar a China, Jenny. Deberías verle. Cada vez que localiza un lugar deshelado, allá está él...»

Si el perro comenzaba a excavar en las tumbas...

Jenny adelantó a las niñas, corriendo tan deprisa como podía por el terreno fangoso.

–¡*Randy!* –gritó de nuevo–. ¡*Randy,* ven aquí!

¿Y si Erich la oía? Jadeando, corrió en torno de la línea de pinos noruegos que hacían de pantalla del cementerio y luego por el claro. La puerta estaba abierta y el cachorro saltaba entre las tumbas. En su aislado rincón, la sepultura de Caroline aparecía cubierta de una capa de rosas frescas. *Randy* irrumpió por allí, aplastando las flores.

Jenny vio un destello que procedía del bosque. Instantáneamente lo comprendió.

–¡No, no! –gritó–. ¡No dispares! ¡Erich, no tires contra el perro!

Erich salió de detrás de los árboles. Con un preciso y lento movimiento apuntó al animal.

–¡No, por favor! –gritó Jenny.

El seco estampido del fusil hizo salir volando y piando a los gorriones de los árboles. Con un aullido de dolor, el cachorro se derrumbó. Mientras Jenny lo observaba con incrédulo horror, Erich corrió de nuevo el aceitado cerrojo y disparó por segunda vez contra el gimoteante animal. Mientras el estampido reverberaba, el gimoteo cesó.

18

Más tarde, Jenny recordó las horas posteriores a los disparos como una pesadilla, borrosa y difícil de recomponer pieza a pieza. Recordó su propia frenética carrera hacia las niñas, antes de que estas viesen lo que le había sucedido a *Randy*, gritándoles:

–¡Tenemos que regresar a casa!

–Pero si queríamos jugar con *Randy*...

Las empujó hacia la mansión y, una vez dentro, les dijo:

–Aguardad aquí. No salgáis otra vez.

Al pronto apareció Erich, en mangas de camisa y con aire circunspecto, que transportaba el inerte cuerpo de *Randy;* la parka con la que había envuelto al animal estaba empapada en sangre. Joe trató de ocultar sus lágrimas.

–Joe, pensé que era uno de esos malditos perros abandonados. Ya sabes que la mitad de ellos están rabiosos... Si me hubiera dado cuenta...

–No debió haberlo envuelto en un chaquetón tan bueno, señor Krueger.

–Erich, ¿cómo puedes ser tan cruel? –dijo Jenny–. Le has disparado dos veces. Le disparaste después de que yo te gritase.

–Tenía que hacerlo, cariño –insistió–. La primera bala le aplastó la columna vertebral. ¿Crees que podía dejarle así? Me puse frenético al pensar que las niñas corrían tras un perro callejero. Un niño estuvo a punto de morir el año pasado después de haber sido mordido por uno de ellos.

Clyde, con apariencia incómoda, empezó a balancearse de uno a otro pie.

–No puede ir por una granja haciéndose cargo de animales domésticos, señora Krueger.

–Siento haberle causado tantos trastornos, señor Krueger –profirió Joe con tono de disculpa.

La propia ira de Jenny se disipó en una confusión. Erich le acarició el cabello.

–Joe, te conseguiré un buen perro de caza...

–No es necesario, señor Krueger.

Pero se percibió un tono de esperanza en su voz.

Joe se llevó a *Randy* para enterrarlo en su propio terreno. Mientras Erich llevaba a Jenny hacia la casa, insistió en que debía tumbarse en el sofá y que le traería una humeante taza de té.

–Olvidé, querida, que eres todavía una muchacha de ciudad.

Y luego la dejó.

Finalmente, Jenny se levantó y se dirigió a preparar la cena de las niñas, deseando que su mente cesase de darle vueltas a una desesperante preocupación.

–Os prepararé una cena rápida –les dijo a Beth y Tina–. Papá y yo vamos a salir...

–Yo también –se ofreció Tina.

–No, tú no –respondió Jenny al mismo tiempo que la abrazaba–. Por una vez, papá y yo tenemos una cita...

No cabía sorprenderse de que las niñas esperasen verse incluidas. Las pocas veces en que Erich y ella habían ido a alguna parte durante el pasado mes, su marido siempre insistió en llevarlas. ¿Cuántos padrastros serían tan considerados?

Se permitió un meticuloso esmero en sus propios preparativos. Tras zambullirse en una humeante bañera, le desaparecieron algunas moraduras del cuerpo. Llenó la bañera con sales de baño de intensa fragancia a pino, cuya presencia en el cuarto de baño había ignorado hasta entonces.

Se lavó el cabello y se hizo una coleta. Cuando estuvo en el restaurante con Kevin, había llevado el pelo colgándole por los hombros.

Estudió el contenido del armario, eligiendo un vestido de seda, de mangas largas y color verde, que acentuaba su estrecha cintura y el tono verdoso de sus ojos.

Erich entró en el cuarto cuando se estaba abrochando el collar.

–Jenny, te has preparado especialmente para mí... Me gustas mucho con ese vestido verde.

Jenny le cogió la cara entre las manos.

–Siempre me visto para ti. Y siempre lo haré...

Erich llevaba un lienzo.

–Por milagroso que pueda parecer, he conseguido terminarlo esta tarde.

Era una escena primaveral, con un ternerillo medio escondido en una depresión del terreno, y la madre vigilando cerca de él, mirando al resto del ganado, como advirtiéndoles que se mantuviesen alejados. La luz del sol se filtraba a través de los pinos; el sol era una estrella de cinco puntas. La pintura tenía el aura de una escena de la Natividad.

Jenny lo estudió y sintió que todos sus sentidos percibían su profunda belleza.

–Es magnífico –musitó–. Aquí se percibe una gran ternura.

–Hoy me dijiste que era cruel.

–Hoy he sido una estúpida y estaba terriblemente equivocada... ¿Será para tu próxima exposición?

–No, cariño, es un regalo para ti...

Jenny se subió el cuello del abrigo al entrar en el restaurante. La otra vez había estado tan ansiosa de marcharse de allí, que apenas se percató de los detalles del lugar. Ahora se dio cuenta de la brillante alfombra roja, de los muebles de madera de pino, de la tamizada luz, de las cortinas coloniales y de la chisporroteante chimenea, todo lo cual hacía del restaurante un lugar muy acogedor. Su mirada se detuvo en la mesa donde había estado sentada con Kevin.

–Es por aquí...

La camarera les llevó en aquella dirección. Jenny contuvo el aliento pero, misericordiosamente, la camarera pasó la mesa fatídica y les condujo hasta una al lado de la ventana. Había ya una botella de champán con un cubo con hielo situado encima de una mesa auxiliar.

Cuando sus copas fueron llenadas, Jenny alzó la suya hacia Erich.

–Feliz cumpleaños, cariño.

–Gracias.

Bebieron en silencio.

Erich llevaba una chaqueta gris oscuro, una estrecha corbata negra y pantalones color marengo. Sus gruesas y negras cejas intensificaban el azul de sus ojos. Su pelo, de un tono bronce dorado, aparecía iluminado por la parpadeante vela que se encontraba encima de la mesa. Erich tendió la mano en busca de la de su mujer.

–Disfruto mucho llevándote por primera vez a un sitio, cariño.

A Jenny se le secó la boca.

–Me gusta estar en cualquier parte... en cualquiera si es contigo...

–Creo que esa es la razón de que te dejase aquella nota. Tienes razón, cariño. No bromeaba. *Estaba* celoso al ver cómo Joe te enseñaba a montar. Todo cuanto pude pensar fue en que deseaba compartir tu primer minuto encima de *Fire Maid.* Supongo que era como si te hubiese comprado una joya y la llevases para alguien más...

–Erich –protestó Jenny–, creí que sería agradable para ti que no tuvieses que preocuparte con el abecé de la instrucción...

–No es muy diferente a la casa, ¿verdad, Jenny? Entraste en ella, y en cuatro semanas trataste de transformar un tesoro histórico en un auténtico estudio de Nueva York, con ventanas desnudas y plantas trepadoras. Querida, ¿puedo sugerirte un regalo de cumpleaños para mí? Tómate un poco de tiempo para descubrir quién soy... quiénes somos... Me acusaste de crueldad cuando disparé contra un animal que pensé que podía atacar a nuestras niñas. ¿Puedo sugerir que, de una forma diferente, tú también disparaste sin ninguna clase de justificación? Y, Jenny, tengo que decirte algo: posees la cualidad de ser la primera mujer Krueger, en cuatro generaciones, que ha hecho una escena delante de los empleados. Caroline hubiera preferido morir antes de criticar en público a mi padre.

–No soy Caroline... –replicó Jenny en voz baja.

–Querida, trata de comprenderme. No soy cruel con los animales. Ni soy ciegamente intransigente. La primera noche en tu apartamento pude ver que no comprendías por qué me asombraba tanto de que dieses dinero a MacPartland, y lo mismo sucedió el día de nuestra boda. Pero ha vuelto para perseguirnos, ¿no es verdad?

«Si tú supieses...», pensó Jenny.

El maître se encaminó hacia ellos con el menú y una sonrisa profesional en el rostro.

–Y ahora, palomita mía –prosiguió Erich–, vamos a despejar un poco el ambiente. Tengamos una maravillosa cena juntos. Debes saber que prefiero encontrarme contigo en este lugar y en este momento, que con nadie más en cualquier lugar del mundo...

Cuando llegaron a casa, Jenny se puso el camisón aguamarina. Durante la cena no le había hablado a Erich de su posible embarazo. Había quedado demasiado conmovida por la verdad de sus observaciones. Cuando estuviesen en la cama se lo contaría todo...

Pero Erich no se quedó con ella.

–Necesito estar solo, cariño. Regresaré el jueves...

Jenny no se atrevió a protestar, pero dijo:

–Procura que no vuelva a entrarte un período creativo, y no olvides que Mark y Emily vendrán el viernes a cenar...

Erich se la quedó mirando mientras Jenny permanecía tumbada en la cama.

–No puedo olvidar...

Sin besarla, salió de la estancia. Una vez más, Jenny se quedó sola en aquel cavernoso dormitorio, para caer en una duermevela llena de ensoñaciones, algo que empezaba a convertirse en habitual en su vida.

19

A pesar de todo, planificar la fiesta de la cena constituyó una placentera diversión. Deseaba hacer ella misma la compra, pero no podía salir con el coche. En vez de ello, escribió una larga lista para dársela a Elsa.

–Coquilles St Jacques –le dijo a Erich cuando regresó a la casa el viernes por la mañana–. Las hago muy buenas. ¿Has dicho que a Mark le gustan las costillas asadas?

Siguió hablando, dispuesta a tender un puente ante aquel perceptible alejamiento. «Volverá a ser el de siempre –pensó–, especialmente cuando se entere de lo del bebé.»

Kevin no volvió a telefonear. Tal vez habría conocido a alguna chica del reparto y empezado a verse comprometido con ella. Si era así, no sabrían nada de él durante algún tiempo. Si era necesario, tan pronto como la adopción quedase decidida, darían los pasos legales para mantenerle alejado. O, si trataba de dificultar la adopción, Erich podría apelar de nuevo al recurso de comprarle. Silenciosamente, rogó: «Por favor, que las niñas tengan un hogar, una auténtica familia. Que las cosas marchen bien entre Erich y yo...».

La noche de la cena sacó la porcelana de Limoges, delicadamente hermosa con sus rebordes dorados y azules. Mark y Emily debían llegar a las ocho. Jenny se percató de que se hallaba ansiosa por conocer a Emily. Durante toda su vida siempre había tenido amigas. Había perdido el contacto con la mayoría de ellas a causa de su carencia de tiempo una vez vinieron al mundo Beth y Tina. Tal vez Emily y ella pudiesen hacer buenas migas.

Se lo contó a Erich.

–Lo dudo –le respondió–. Hubo una época en que los Hanover parecían muy orgullosos ante la posibilidad de tenerme como yerno. Roger Hanover es el presidente del Banco de Granite Place y tiene idea de lo que valgo...

–¿Has salido alguna vez con Emily?

–Algunas veces... Pero no estaba interesado y no quise encontrarme en una situación incómoda. Ya ves, aguardaba a la mujer perfecta...

Jenny trató de hablar con desparpajo:

–Pues, cariño, la has encontrado...

Erich la besó.

–Confío en que sí...

Ella se sintió herida. «Está bromeando», se dijo con furia.

Una vez metió a Beth y Tina en la cama, Jenny se cambió y se puso una blusa de seda blanca con puños de encaje y una colorida falda que le llegaba hasta los tobillos. Contempló su imagen en el espejo y, realmente, reflejaba una mortal palidez. Tal vez ayudaría un toque de carmín...

Erich había empleado la mesa del té del salón como mueble-bar. Cuando Jenny entró en la estancia, la estudió con atención.

–Me gusta ese vestido, Jen.

–Me alegro –le sonrió–. En realidad, pagaste bastante por él.

–Pensé que no te gustaba. Nunca te lo habías puesto.

–No me parecía lógico vestirme tanto para estar sentada aquí.

Erich se acercó a ella.

–¿Tienes una mancha en las mangas?

–¿Esto? Oh, es una mota de polvo. Debía de tenerla ya en la tienda.

–¿Así que no te habías puesto ese conjunto?

¿Por qué preguntaba eso?

–Esta es la primera vez, palabra de esposa obediente...

Sonó el timbre de la puerta, lo cual resultó una oportuna interrupción. Su boca había comenzado a secarse. «Con Erich siempre tengo miedo de ser pillada en falta», pensó.

Mark llevaba una chaqueta de mezclilla que le sentaba muy bien. Hacía destacar las canas de su cabello, acentuaba sus anchos hombros y la delgada estructura de su alta silueta. La mujer que le acompañaba tenía unos treinta años, era de huesos reducidos, con unos ojos grandes e inquisitivos y un cabello rubio oscuro que le caía sobre el cuello de su bien cortado vestido de terciopelo color castaño. Jenny decidió que Emily tenía la apariencia de alguien que nunca ha experimentado un instante de vacilación. No disimuló el escrutinio al que sometió a Jenny de la cabeza a los pies.

–Has de saber que he de informar a todo el mundo de la ciudad de cómo eres; la curiosidad está resultando abrumadora. Mi madre me ha dado una lista con veinte preguntas que, discretamente, he de dejar caer. No se puede decir, precisamente, que te hayas dejado ver demasiado.

Antes de que Jenny pudiese contestar, sintió que el brazo de Erich se deslizaba alrededor de su cintura.

–Si hubiésemos emprendido un crucero de luna de miel de dos meses, nadie hubiera comentado nada al respecto. Pero como Jenny afirma, puesto que elegimos pasar la luna de miel en nuestro propio hogar, los habitantes de Granite Place han quedado ultrajados por no haberlos invitado a nuestra sala de estar...

«¡Nunca he dicho eso!», pensó Jenny impotente, mientras observaba cómo se entornaban los ojos de Emily.

Tras los cócteles, Mark aguardó a que Erich y Emily se hallasen enfrascados en una conversación para comentar:

–Estás muy pálida, Jenny. ¿Te encuentras bien?

–Estupendamente...

Trató de que su voz reflejara convicción.

–Joe me ha contado lo del perro. Comprendo que te haya trastornado un poco.

–Supongo que debo asumir que las cosas aquí son diferentes. En Nueva York no nos preocupa que un perro callejero haya de ser sacrificado. Pero si alguien se presta a adoptarle todos quedamos encantados...

Emily estaba mirando en torno a la habitación.

–No habéis cambiado nada, ¿verdad? –preguntó–. No sé si Erich lo ha mencionado, pero soy diseñadora de interiores y yo de tú me libraría de esos cortinajes. Seguramente son muy hermosos, pero las ventanas aparecen tan sobrecargadas que se pierden unas vistas magníficas.

Jenny esperó que Erich la defendiese.

–Aparentemente, Jen no está de acuerdo contigo –respondió con suavidad.

Su tono y su sonrisa resultaron indulgentes.

«Erich, esto no es justo», pensó Jenny con indignación. ¿Debería contradecirle? «La primera mujer Krueger, en cuatro generaciones, que ha hecho una escena delante de los empleados.» ¿Y qué pasaría con una escena delante de los amigos? ¿Qué decía Emily?

–... y no estaría nunca en paz conmigo misma de no estar cambiando las cosas, pero tal vez esto no te interesa. Aunque me pareció que eras también una artista...

El momento había pasado. Era ya demasiado tarde para corregir la impresión que Erich había dejado.

–No soy una artista –replicó Jenny–. Solo tengo una licenciatura en bellas artes. Trabajé en una galería de Nueva York. Fue allí donde conocí a Erich...

–Eso he oído. Vuestro rápido romance ha causado sensación en estos parajes. ¿Cómo es nuestra rústica vida comparada con la gran metrópoli?

Jenny eligió con cuidado sus palabras. Tenía que eliminar la impresión que le parecía que Erich había dado respecto de que ella se burlaba de la gente local.

–Echo de menos mis amistades, como es natural, encontrarme con gente que me conoce y comentar cómo van creciendo las niñas. Me agrada la gente y hago amigos con facilidad. Pero una vez –lanzó una ojeada a Erich– que se dé por terminada mi luna de miel, confío en mostrarme activa en la comunidad.

–Informa de esto a tu madre –sugirió Mark.

Jenny pensó: «Que Dios te bendiga por hacer hincapié en ello». Mark sabía lo que ella intentaba hacer...

Emily se echó a reír; un sonido frágil y sin alegría.

–Por lo que he oído, al menos has conseguido un amigo para que te distraiga...

Debía de estarse refiriendo a su reunión con Kevin. La mujer de la iglesia habría estado chismorreando por ahí. Sintió la mirada interrogadora de Erich y no quiso mirarle a los ojos.

Jenny murmuró algo acerca de ocuparse de la cena y se dirigió a la cocina. Las manos le temblaban y apenas pudo quitar la bandeja del asado del horno. ¿Y si Emily hubiese seguido con sus insinuaciones? Emily creía que ella era viuda, y decirle la verdad ahora sería tanto como tildar a Erich de mentiroso. ¿Y qué decir acerca de Mark? El asunto no había acabado de salir a colación, pero indudablemente Mark también creía que Jenny era viuda.

De algún modo consiguió servir los platos, encender las velas y llamarles para que acudiesen a la mesa. «Por lo menos soy una buena cocinera –reflexionó–. Emily siempre podrá contarle eso a su madre.»

Erich trinchó y sirvió las costillas al horno.

–Uno de nuestros propios novillos –explicó con orgullo–. ¿Estás segura de que no te repele, Jenny?

Se estaba burlando de ella. Pero no debía reaccionar en exceso. Los otros no parecieron haberse dado cuenta.

–Piensa, Jenny –continuó con el mismo tono de guasa–, que es el ternero de dos años que me señalaste en el campo el mes pasado, aquel que te parecía tan magnífico... Y ahora te lo vas a comer...

La garganta se le atenazó. Tuvo miedo de que le asaltasen las náuseas. «Por favor, Dios mío, por favor, ayúdame.»

Emily se echó a reír.

–Erich, eres tan desagradable... ¿Te acuerdas de cómo solías hostigar así a Arden hasta hacerla sollozar?

–¿Arden? –preguntó Jenny.

Alargó la mano hacia su copa de agua. El nudo en su garganta comenzó a deshacerse.

–Sí. Con lo buena chica que era... La perfecta muchacha norteamericana. Preocupada por los animales. A los dieciséis años no tocaba la carne ni el pollo. Decía que resultaba una costumbre bárbara y que se haría vegetariana cuando fuese mayor. Pero supongo que cambió de opinión. Yo estaba en la facultad cuando Arden se marchó.

–Rooney nunca ha perdido la esperanza de que regrese –comentó Mark–. Es increíble el instinto de las madres. Es algo que se ve desde el primer momento del nacimiento. El animal más entumecido sabe cuál es su cachorro y lo protegerá hasta dar la vida por él.

–No has comido nada, cariño –comentó Erich.

Un arranque de ira hizo posible que Jenny enderezase los hombros y mirase al otro lado de la mesa, directamente a los ojos de Erich.

–Y tú tampoco te has comido la verdura –le respondió.

Erich le guiñó un ojo. Solo estaba bromeando.

–Tocado –le sonrió.

El timbre de la puerta les sobresaltó a todos. Erich frunció el entrecejo.

–¿Quién puede ser a estas horas...?

Su voz se apagó mientras se quedaba mirando a Jenny. Esta sabía qué estaba pensando su marido. «Que no sea Kevin», rogó. Y se percató enseguida, mientras empujaba hacia atrás su silla, de que durante toda la noche, no había hecho más que realizar frenéticas plegarias para invocar la intervención divina...

Un hombre fornido, de unos sesenta años, de anchos hombros, un grueso chaquetón de cuero, y ojos entrecerrados y de gruesos párpados, había aparecido allí. Su coche se encontraba aparcado exactamente delante de la casa, un coche de policía con una luz roja en el techo.

–¿Señora Krueger?

–Sí.

El alivio la dejó insensible. No importaba lo que aquel hombre desease; por lo menos no era Kevin.

–Soy Wendell Gunderson, sheriff de Granite County. ¿Puedo entrar?

–Naturalmente. Llamaré a mi marido.

Erich se apresuró por el vestíbulo. Jenny se percató del instantáneo respeto que se reflejó en el rostro del sheriff.

–Lamento molestarte, Erich. Pero debo hacer unas preguntas a tu esposa.

–¿Hacerme unas preguntas?

Pero mientras lo decía, Jenny supo que aquella visita tenía algo que ver con Kevin.

–Sí, señora.

En el comedor se oyó la voz de Mark.

–¿Podríamos hablar con tranquilidad unos minutos?

–¿Por qué no te unes a nosotros y tomas un café? –sugirió Erich.

–Tal vez tu esposa preferiría responder a mis preguntas en privado, Erich.

Jenny sintió que el sudor le perlaba la frente. Fue consciente de que tenía húmedas las palmas de las manos. Las náuseas resultaron tan violentas que tuvo que apretar con fuerza los labios.

–No existe ningún motivo para que no podamos hablar en la mesa –murmuró ella.

Abrió el camino hacia el comedor, escuchando cómo Emily saludaba al sheriff con una sorpresa rápidamente disimulada, y observó cómo Mark se retrepaba en su silla, una actitud que Jenny había comenzado a percatarse que llevaba a cabo cuando diagnosticaba una situación.

Erich ofreció al sheriff una bebida, que este rechazó porque se encontraba de servicio. Jenny se apresuró a preparar las tazas de café.

–Señora Krueger, ¿conoce a Kevin MacPartland?

–Sí. –Le temblaba la voz–. ¿Ha tenido un accidente...?

–¿Cuándo y dónde lo vio por última vez?

Se metió las manos en los bolsillos y luego las cerró en

forma de puño. Naturalmente que había salido todo a la luz... Pero ¿por qué de esa manera? «Oh, Erich, lo siento», pensó.

No podía mirar a su marido.

–El veinticuatro de febrero, en el centro comercial de Raleigh.

–¿Es Kevin MacPartland el padre de sus niñas?

–Es mi anterior marido y el padre de mis hijas.

Escuchó cómo Emily jadeaba.

–¿Cuándo habló por última vez con él?

–Telefoneó la noche del siete de marzo, a eso de las nueve. Por favor, dígame... ¿le ha sucedido algo?

Los ojos del sheriff se entrecerraron.

–La tarde del lunes nueve de marzo, Kevin MacPartland recibió una llamada telefónica durante un ensayo en el teatro Guthrie. Dijo que su ex esposa quería verle para hablar acerca de las niñas. Pidió prestado un coche a otro actor y salió media hora después, a eso de las cuatro y media de la tarde, prometiendo regresar por la mañana. Eso fue hace cuatro días, y desde entonces no se ha sabido más de él. El coche prestado solo tenía seis semanas y el actor que se lo dejó acababa de conocer a MacPartland, por lo que es fácil comprender que se halle un tanto preocupado. ¿Me está diciendo que no le pidió reunirse con él?

–No, no lo hice.

–¿Puedo preguntar por qué se puso en contacto con su ex marido? Todos los de aquí teníamos entendido que era usted viuda...

–Kevin deseaba ver a las niñas –replicó Jenny–. Quería obstaculizar el proceso de adopción.

La sorprendió cuán poca vida reflejaba su voz. Podía ver a Kevin como si se encontrase en aquella estancia: su caro suéter de esquí, el largo pañuelo echado sobre el hombro izquierdo, su pelo rojo oscuro tan cuidadosamente peinado, todas sus poses... ¿Habría representado, de forma deliberada, una desaparición para turbarla? Ella le había prevenido de que Erich estaba enfadado. ¿Tendría la esperanza de destruir el matrimonio de Jenny antes de concederle la menor oportunidad?

–¿Y qué le contó usted?

–Cuando le vi, y cuando hablé con él por teléfono, le pedí que nos dejase en paz.

Su voz fue agudizándose.

–Erich, ¿estabas enterado de esa reunión y de la llamada telefónica del siete de marzo?

–Sabía lo de la llamada. Estaba aquí cuando tuvo lugar. No sabía lo de la reunión. Pero puedo comprenderlo. Jenny conocía mis sentimientos hacia Kevin MacPartland.

–¿Estabas en casa con tu mujer la noche del nueve de marzo?

–No, aquella noche me quedé en la cabaña. Estaba terminando un cuadro.

–¿Sabía tu mujer que pensabas estar fuera?

Se produjo un largo silencio.

Fue Jenny la que lo rompió:

–Claro que lo sabía.

–¿Y qué hizo usted aquella noche, señora Krueger?

–Estaba muy cansada y me fui a la cama poco después de que hubiese dejado a mis hijas en su habitación.

–¿Habló con alguien por teléfono?

–Con nadie. Me quedé dormida casi inmediatamente.

–Comprendo. ¿Y está segura de que no invitó a su ex marido a visitarla durante la ausencia de su esposo?

–Por supuesto que lo estoy... Nunca le hubiese pedido que viniese aquí...

Era como si Jenny pudiese leer sus pensamientos. Naturalmente, no la creían.

Su plato sin tocar estaba en la mesita auxiliar. La grasa, al enfriarse, había ido formando un estrecho reborde en la carne de buey, con un centro carmesí. Se acordó del cuerpo de *Randy* volviéndose rojo de sangre mientras se derrumbaba entre las rosas; pensó también en el pelo rojo de Kevin.

Ahora el plato le daba vueltas y vueltas. Tenía que respirar aire fresco. Ella misma también gritaba. Echando hacia atrás su silla, intentó ponerse en pie. Su última visión consciente fue la expresión de Erich –¿era de preocupación o de enfado?– mientras su silla golpeaba contra la mesita auxiliar que tenía detrás de ella.

Cuando despertó, yacía en el sofá del salón. Alguien mantenía un paño frío encima de su cabeza. Le hacía tanto bien... Le dolía mucho la cabeza. Había algo acerca de lo cual no quería pensar.

Kevin.

Abrió los ojos.

–Me encuentro bien... Lo siento...

Mark estaba inclinado sobre ella. Su rostro reflejaba gran preocupación. Resultaba raramente consolador.

–Tómatelo con calma –le dijo.

–¿Puedo hacer algo por ti, Jenny?

Había un matiz de excitación en la voz de Emily. «Está disfrutando con esto –pensó Jenny–. Es la clase de persona que desea encontrarse metida en todo.»

–Querida...

El tono de Erich traslucía solicitud. Se acercó a ella y le tomó ambas manos.

–No tan cerca –le dijo Mark–. Déjala respirar...

Su cabeza comenzó a aclararse. Lentamente se sentó, mientras su falda de tafetán crujía al moverse. Sintió que Mark deslizaba unas almohadas detrás de ella.

–Sheriff, puedo responder a cualquier pregunta que me haga. Lo siento... No sé qué me sucedió. Últimamente no me he encontrado del todo bien.

Los ojos del sheriff parecían más grandes y brillantes, como si proyectasen un intenso haz sobre ella.

–Señora Krueger, seré breve. ¿No telefoneó usted a su ex marido el nueve de marzo para solicitar una reunión, ni se presentó él aquí esa noche?

–Eso es...

–¿Y por qué habría dicho que usted le había llamado? ¿Qué propósito hubiera tenido mentir de esa manera?

–Lo único en que puedo pensar es que, a veces, Kevin solía decir que iba a visitarme a mí y a las niñas cuando deseaba desembarazarse de otros planes. Si estaba en proceso de abandonar a una chica para ir con otra, a menudo empleaba esto como excusa.

–¿Puedo preguntar por qué se halla usted tan trastornada ante su desaparición, si es que cree que puede encontrarse con otra mujer?

Sus labios estaban tan rígidos que le resultó muy difícil articular las palabras. Habló con lentitud, como un maestro que pronuncia bien para una clase de lenguaje de primer curso.

–Creo que aquí hay una terrible equivocación. Kevin había sido admitido en el teatro Guthrie para la compañía de repertorio. Eso es cierto, ¿verdad?

–Sí, lo es.

–Pues él nunca pondría en peligro esta oportunidad –siguió Jenny–. Para Kevin, ser actor es la cosa más importante de su vida.

Todos se marcharon minutos después. Jenny insistió en acompañarles hasta la puerta principal. Se imaginaba la conversación que tendría lugar en cuanto Emily informase de todo a su madre:

«–No es viuda... Era a su ex marido a quien estaba besando en aquel restaurante... Y ahora él ha desaparecido... El sheriff, obviamente, cree que Jenny está mintiendo... Pobre Erich...»

–Trataré este asunto como el de una persona desaparecida... Distribuiremos algunos avisos... Ya le mantendremos informada, señora Krueger.

–Gracias, sheriff.

Mark se estaba poniendo el abrigo.

–Jenny, debes irte a la cama. Tienes mal aspecto.

–Gracias a los dos por haber venido –les dijo Erich–. Siento que la velada haya terminado tan mal.

Pasó el brazo alrededor de la cintura de Jenny. La besó en la mejilla.

–Esto es una prueba de lo que sucede cuando uno se casa con una mujer con pasado, ¿no es así?

Su tono sonó divertido. Emily se echó a reír. El rostro de Mark no mostró la menor emoción. Cuando la puerta se cerró detrás de ellos, Jenny, sin proferir una palabra, se quedó mirando la escalera. Todo cuanto deseaba era irse a la cama.

La asombrada voz de Erich la detuvo.

–Jenny, no estás planeando irte de la casa en este estado y por la noche, ¿verdad?

20

Rooney entró mientras Jenny estaba tomando su segunda taza de café después del desayuno. Jenny se dio la vuelta ante el leve ruido de la puerta.

–¡Oh!

–¿La he asustado?

El tono de Rooney pareció complacido. Sus ojos eran vagos; su frágil pelo, alborotado por el viento, le caía sobre la cara, parecida a la de un pájaro.

–Rooney, esa puerta estaba cerrada. Creí haberte dicho que se suponía que no tenías llave...

–Debo de haber encontrado una.

–¿Dónde? La mía se ha perdido.

–¿He encontrado la suya?

«Naturalmente –pensó Jenny–. Estaba en el bolsillo, en aquel abrigo que le regalé. Gracias a Dios que no admití ante Erich haberla perdido.»

–¿Puedo recuperar mi llave, por favor?

Tendió la mano.

Rooney pareció intrigada.

–No sabía que hubiera una llave en su abrigo. Le devolvimos la prenda.

–No lo creo.

–Sí. Clyde lo hizo por mí. Lo devolvió él mismo. La he visto llevándolo.

–No está en el armario –replicó Jenny. Intentó una nueva aproximación–: Déjame ver tu llave, Rooney, por favor...

Rooney sacó del bolsillo un pesado llavero. En aquel gran montón, las llaves aparecían todas con su individualización: casa, granero, despacho, cuadras...

–Rooney, ¿no son esas las llaves de Clyde?

–Supongo que sí.

–Debes devolverlas. Clyde se pondrá furioso si tienes sus llaves.

–Dice que no debería hacerlo...

Así que era de este modo como Rooney entraba en la casa. «Tendré que decirle a Clyde que esconda las llaves –pensó Jenny–. Erich montaría en cólera si se enterara de que Rooney puede llevárselas.»

Jenny se quedó mirando con piedad a Rooney. En las tres semanas que siguieron a la visita del sheriff, no había visitado a Rooney y, en realidad, había tratado de evitar toparse con ella.

–Siéntate y toma una taza de té. –Por primera vez se dio cuenta de que Rooney llevaba un paquete debajo del brazo–. ¿Qué traes ahí?

–Me dijo que podía hacerles los peleles a las niñas. Lo prometió...

–Sí, claro. Déjame verlos.

Vacilando, Rooney abrió el papel de embalar y extrajo dos peleles con los pantalones de pana de color azul-violeta. El cosido era muy bueno; los bolsillos, en forma de fresa, aparecían bordados de rojo y verde. Jenny se percató de que las tallas resultaban perfectas.

–Rooney, son maravillosos –le dijo con sinceridad–. Coses estupendamente...

–Me alegro de que le gusten. Hice a Arden una falda con este tejido y me sobró un poco. Iba a coserle también una chaqueta, pero fue entonces cuando se marchó. ¿No le parece bonito este color azul suave?

–En efecto... Y quedará muy bonito con su pelo...

–Deseaba que usted viese el tejido antes de empezarlo. Pero cuando me presenté aquella noche, usted estaba a punto de salir y no quise molestarla...

¿Que estaba a punto de salir de noche? «No es probable –pensó Jenny–, pero dejémoslo pasar.» Estaba contenta de tener la compañía de Rooney. Aquellas semanas habían parecido interminables. Había pensado sin cesar en Kevin. ¿Qué le habría sucedido? Conducía muy rápido. Y llevaba un coche extraño. Aquel día las carreteras se encontraban heladas. ¿Podría haber tenido un accidente, sin lastimarse él, pero haberse estrellado con aquel coche prestado? ¿Podría haberle acometido el pánico y decidir marcharse de Minnesota? Pero había un hecho irrefutable. Kevin jamás habría abandonado el teatro Guthrie.

Se sentía tan mal... Debería decirle a Erich que se hallaba embarazada. Consultar a un médico...

Pero aún no. No hasta que se resolviese algo relativo a Kevin. La noticia del futuro bebé debía ser algo alegre. Y no lo sería, hecho saber en aquella tensa y hostil atmósfera.

La noche de la fiesta de la cena, Erich había insistido en que se lavase a mano cada pieza de porcelana y cristal, y en que todas las ollas estuvieran bien limpias antes de irse arriba.

Cuando se metieron en la cama, Erich había comentado:

«–Debo decir que parecías muy alterada, Jenny. No me había percatado de que MacPartland representase tanto para ti. No, debo corregirme. Tal vez lo había presentido; tal vez esa fuese la razón de que no me sorprendiese el que tuvieras una cita clandestina con él.»

Jenny había tratado de explicarse, pero a sus propios oídos la explicación sonó débil y confusa. Finalmente, pareció encontrarse demasiado cansada, demasiado alterada, para discutir más. En cuanto empezó a dormirse, Erich la rodeó con sus brazos.

«–Soy tu marido, Jenny –manifestó–. Sin importarme nada, permaneceré a tu lado el tiempo que haga falta para que me digas la verdad.»

–... como le iba diciendo, no quise molestarla con su visita –decía Rooney.

–Qué... Oh, lo siento...

Jenny se percató de que no estaba escuchando a Rooney. Miró al otro lado de la mesa. Los ojos de Rooney eran claros. ¿Qué porcentaje de sus problemas radicaba en su absoluta obsesión por Arden? ¿Y cuál a causa de la soledad y por no mantener contactos con el exterior?

–Rooney, siempre he deseado aprender a coser. ¿Crees que podrás enseñarme?

A Rooney se le iluminó el rostro.

–Oh, me gustaría mucho. Puedo enseñarle a coser, a tejer, a hacer punto, a lo que quiera...

Se dispuso a marchar al cabo de un momento.

–Lo reuniré todo y regresaré mañana por la tarde –prometió–. Será como en los viejos tiempos... Caroline tampoco sabía hacer ninguna de esas cosas. Yo fui quien le enseñó. Tal vez pueda confeccionar una bonita colcha antes de que le suceda algo...

–Hola, Jenny –la llamó alegremente Joe.

«Oh, Dios mío», pensó ella.

Erich se encontraba a unos pasos con las niñas, pero aún no había doblado la esquina del establo.

–¿Cómo estás, Joe? –le preguntó nerviosa.

Algo en la voz de la mujer hizo que Joe alzase rápidamente la vista. Vio a Erich y se ruborizó.

–Oh, buenos días, señor Krueger. No le esperaba...

–Estoy seguro de que no...

El gélido tono de Erich hizo que el rubor de Joe aumentase.

–Deseo ver cómo van mis niñas con sus lecciones.

–Sí, señor. Ahora mismo sacaré los ponis.

Se metió a toda prisa en las caballerizas.

–¿Tiene la costumbre de dirigirse a ti llamándote Jenny? –le preguntó Erich en voz baja.

–Es culpa mía –confesó Jenny.

Y se preguntó cuántas veces, en las últimas semanas, había empleado aquellas palabras.

Joe regresó con los animales. Mientras las niñas chillaban de impaciencia, ajustó las monturas.

–Conduciremos cada uno de los ponis –le explicó Erich.

–¿Y usted, señora Krueger? –preguntó Joe–. ¿Tampoco hoy quiere montar?

–Aún no, Joe.

–¿No habías estado montando? –inquirió Erich.

–No. La espalda me ha dolido un poco.

–Pues no me lo habías dicho.

–No es nada.

Aún no podía explicarle lo del bebé. Habían pasado ya casi cuatro semanas desde que el sheriff Gunderson se había presentado y no habían intercambiado una palabra más al respecto.

La primavera estaba a punto de apuntar. Los árboles ya tenían todos una neblina roja a su alrededor. Joe le explicó que aquello sucedía poco antes de que comenzasen a brotar las yemas. Ya había tallos de hierba que crecían a través del barro de los campos. Las gallinas comenzaban a corretear fuera del gallinero y exploraban el territorio que las rodeaba. El jactancioso cacareo de los gallos podía oírse desde detrás del granero, del henil, de los establos. Una de las gallinas había seleccionado un rincón del establo para su propio nido y estaba empollando uno de sus huevos sin incubar.

–¿Desde cuándo tienes dolores de espalda, Jenny? ¿Quieres que te vea un médico?

El tono de Erich fue amoroso y solícito.

–No. Veamos si se va solo... Ya los he padecido antes...

Había tenido tremendos dolores de espalda durante sus anteriores embarazos.

Alguien comenzó a caminar junto a ellos. Se trataba de Mark. Ella no había vuelto a verle desde la noche de la cena.

–Hola... –dijo Mark.

Sus modales parecían desenvueltos. No había nada que indicase que había estado pensando en lo que sucediera durante la fiesta de la cena.

–Quédate un momento y observa cómo mis niñas montan en sus ponis –le invitó Erich.

Durante las pasadas semanas, Tina y Beth habían realizado rápidos progresos con los ponis. Jenny sonrió inconscientemente ante sus caras de deleite, mientras se sentaban muy erguidas, sosteniendo las riendas con arrobada concentración.

–Parecen muy buenas –comentó Mark–. Llegarán a ser excelentes amazonas.

–Adoran a esos animales.

Erich las dejó que guiasen los ponis.

–Nunca había visto a Erich tan feliz. Mostró a todo el mundo sus cuadros, en casa de los Hanover, la otra noche. Emily sintió mucho que no pudieras...

–¿Que no pudiera qué...? –repitió Jenny–. ¿Qué tenía que hacer?

–Asistir a la fiesta. Erich dijo que no te encontrabas bien. ¿Ya has visitado a un médico? He oído que hablabas de tu espalda. Y el desmayo de aquella noche, Jenny. ¿No es algo inusual? ¿Sueles perder el conocimiento?

–No, nunca me he desmayado. Y veré pronto a un doctor.

Se sintió mejor cuando advirtió que Mark la contemplaba con atención. En cierto modo, aquello no le importaba. Fuesen cuales fuesen las conclusiones a las que hubiese llegado acerca de la posible visita de Kevin y de su supuesto estado de viudez, Mark no la había condenado.

¿Debía decirle que no tenía la menor idea acerca de la fiesta de Emily? ¿Y de qué serviría aquello? «Erich ha dejado que nos encontremos porque sabía que Mark mencionaría lo de la fiesta –pensó–. Erich deseaba que me enterase. ¿Por qué?» ¿Era, simplemente, otra forma de intentar herirla, castigarla, ante las habladurías que rodeaban el apellido Krueger? ¿Cuánta gente de su comunidad lo sabía? Estaba segura de que Emily se lo había contado todo a su familia y amistades, lo referente a la visita del sheriff.

Si Erich creía que la gente pensaba que había cometido un error, y se apiadaban de él, se pondría furioso. Recordó su ira cuando Elsa sugirió que había sido él quien manchase la pared.

Erich era un perfeccionista.

Mark se dio la vuelta para marcharse y Erich le dijo:

–Nos veremos esta noche.

«¿Esta noche? –se preguntó Jenny–. ¿Otra fiesta? ¿Negocios de alguna clase?» Fuese lo que fuese, no quería enterarse de qué se trataba.

Las niñas desmontaron y corrieron hacia ella.

–Papá montará pronto a *Barón* junto a nosotras –explicó Beth–. ¿Querrás cabalgar con nosotros, mamá?

Joe condujo los ponis a las caballerizas.

–Hasta la próxima, señora Krueger –saludó.

Estuvo segura de que ya nunca más la volvería a llamar Jenny...

–Vamos, querida –le dijo Erich al mismo tiempo que la tomaba del brazo–. ¿No están preciosas mis princesitas?

Mis princesas. *Mis* niñas. *Mis* hijas. No *nuestras,* solo *mis*. ¿Cuándo había comenzado aquello? Jenny se percató de que la emoción que comenzaba a experimentar era la de los celos... «Dios mío –pensó–, no permitas que empiece a preocuparme por esto. La única cosa en la vida que tengo ahora es que mis hijas son tan felices...»

Estaban casi en la casa cuando un automóvil entró en el paseo de coches, un coche con una luz destellante en el techo. El sheriff Gunderson.

¿Tendría alguna noticia acerca de Kevin? Se obligó a no apresurarse, a no permitir que su rostro mostrase ansiedad. Mientras el sheriff salía del coche, Erich entrelazó su brazo con el de ella. Con la otra mano llevaba a Tina. Beth corría delante de ellos. «El devoto marido al lado de su mujer en época de problemas –pensó Jenny–. Esta será la impresión que recibirá el sheriff.»

El rostro de Wendell Gunderson estaba ceñudo. Incluso se perfiló una mayor fomalidad en sus modales cuando saludó a Erich. Deseaba hablar a solas con Jenny.

Se dirigieron a la biblioteca. Jenny pensó cómo, en las primeras semanas, aquella había sido su estancia favorita. El sheriff ignoró el sofá y eligió el sillón de respaldo recto.

–Señora Krueger, no ha habido noticias de su ex marido. La policía de Mineápolis se está haciendo cargo de esta desaparición de la mejor forma posible. No existen evidencias de que planease marcharse. En un cajón de su escritorio se encontraron doscientos dólares en efectivo; se llevó solo un pequeño maletín cuando se fue. Todos los que trabajaban en el Guthrie están de acuerdo que no tenía intenciones de malbaratar la oportunidad que había logrado. Sé que la última vez todo hubiera sido mas fácil de haber insistido en hablar a solas con usted. Por favor, dígame la verdad, porque, una vez las investigaciones se encuentren plenamente en marcha, le aseguro que la verdad saldrá a la luz. ¿Telefoneó usted a Kevin MacPartland la tarde del lunes nueve de marzo?

–No lo hice.

–¿Le vio la noche del lunes nueve de marzo?

–No le vi.

–Salió de Mineápolis a las cinco y media. Conduciendo sin parar hasta aquí, podría haber llegado a eso de las nueve. Presumimos que pudo detenerse por el camino para comer algo. ¿Dónde estuvo usted entre las nueve y media y las diez de la noche del lunes?

–En la cama. Apagué la luz antes de las nueve. Estaba muy cansada.

–¿Insiste en que no le vio?
–En efecto...
–La telefonista del Guthrie ha confirmado que su ex marido recibió una llamada de una mujer. ¿Existe alguna mujer que pudiera haberle llamado en su nombre? ¿Alguna amiga íntima?
–Aquí no tengo amistades íntimas –replicó Jenny–, ni masculinas ni femeninas. –Se puso en pie–. Sheriff, nadie desea más que yo encontrar a Kevin MacPartland. Es el padre de mis hijas. Nunca ha existido el menor indicio de animosidad entre nosotros. Por lo tanto, ¿me quiere explicar adónde quiere ir a parar? ¿Me está sugiriendo que invité a Kevin a venir aquí, sabiendo que mi marido planeaba encontrarse fuera? Y si cree esto, ¿me está insinuando que tengo algo que ver con su desaparición?
–No sugiero nada, señora Krueger. Solo le estoy pidiendo que me cuente todo lo que sepa. Si MacPartland estaba, en efecto, de camino hacia aquí, y no se ha dejado ver, eso nos concede un punto de partida. Si estuvo aquí, y sabemos el momento de su partida, eso nos da algo más. ¿Comprende lo que necesito? Imagino lo embarazosa que aquella noche pudo resultar para usted, pero...
–No creo que tengamos nada más que discutir –le cortó Jenny.
Dándose la vuelta abruptamente, salió de la biblioteca. Erich se encontraba en la cocina con las niñas. Había preparado unos bocadillos de jamón y queso. Los tres se hallaban comiendo en muy buena armonía. Jenny vio que no habían preparado un sitio para ella.
–Erich, creo que el sheriff se dispone a marcharse –le dijo–. Tal vez quieras verle afuera.
–Mamá...
Beth parecía intranquila.
«Oh, ratoncita –pensó Jenny–, qué buen oído tienes.» Trató de sonreír.
–Vaya, hoy habéis estado estupendas con los ponis...
Acercándose al frigorífico, se sirvió un vaso de leche.

–¿Ahora ya lo sabes mejor, mamá? –le preguntó Beth.

–¿Qué he de saber mejor?

Jenny tomó en brazos a Tina y se sentó a la mesa con la niñita en el regazo.

–Papá le dijo a Joe que, aunque tú no supieses eso de que Joe debía llamarte señora Krueger, Joe sí debería saberlo...

–¿Papá ha dicho eso?

–Sí... –replicó Beth–. ¿Y sabes qué más dijo?

Jenny bebió un poco de su leche.

–No. ¿Qué...?

–Dijo que, cuando Joe regresase hoy a su casa para almorzar, encontraría un nuevo cachorrillo que papá ha comprado para él, puesto que *Randy* se ha escapado. ¿Podremos ir a ver al cachorrillo, mamá?

–Claro que sí. Nos acercaremos allí después de que hayáis dormido la siesta.

«Así que *Randy* se ha escapado», pensó.

Aquella era la versión oficial de lo que le había ocurrido al pobrecillo cachorro...

21

El nuevo cachorro era un perdiguero dorado. Incluso a los profanos ojos de Jenny, el largo hocico, la estrecha cabeza y el esbelto cuerpo indicaban una buena raza.

La vieja y recia colcha que se veía en el suelo de la cocina era la misma en que se había acurrucado *Randy*. El cuenco con agua aún tenía su nombre con las desenvueltas letras rojas que Joe había pintado.

Incluso la madre de Joe pareció aplacada con el regalo.

–Erich Krueger es un hombre justo –concedió ante Jenny–. Siento haberme equivocado cuando le acusé de haberse desembarazado el año pasado del perro de Joe. Si en realidad lo hizo, ahora él mismo se ha cuidado de traerle otro.

«Excepto que esta vez yo misma le vi hacerlo», pensó Jenny. Pero enseguida sintió que era injusta con Erich.

Beth dio unas palmaditas en aquella lisa y brillante cabeza.

–Debes tener mucho cuidado, es tan pequeño... –instruyó Jenny a Tina–. No debes lastimarle...

–Son unas niñas muy buenas –dijo Maude Ekers–. Se parecen a ti excepto por el pelo.

A Jenny le pareció que había algo diferente en la actitud que adoptaba hoy la mujer. Su bienvenida había sido un poco engolada. Titubeó antes de invitarlas a entrar. Jenny no hubiera aceptado una taza de café de la omnipresente cafetera, pero quedó sorprendida cuando no le fue ofrecida.

–¿Y cuál es el nombre del perrito? –quiso saber Beth.

–*Randy* –respondió Maude–. Joe ha decidido que se trata de otro *Randy*.

–Es natural –comentó Jenny–. De cierto, sabía que Joe no olvidaría a aquel otro perrito con tanta facilidad. Tiene demasiado buen corazón...

Estaban sentadas a la mesa de la cocina. Sonrió a la otra mujer. Pero, para su asombro, el rostro de Maude reflejó una preocupada hostilidad.

–Deje tranquilo a mi muchacho, señora Krueger –espetó–. Es un sencillo chico de granja y ya tengo demasiadas preocupaciones con la forma en que mi hermano está empezando a llevarse a Joey a los bares por la noche. Joe mira mucho a las musarañas por culpa de usted. Tal vez no sea la más indicada para decirlo, pero está usted casada con el hombre más importante de esta comunidad, y debería darse usted cuenta de su posición.

Jenny retiró la silla y se puso en pie.

–¿Qué quiere decir?

–Me parece que ya sabe a qué me refiero. Con una mujer como usted, no hay forma de no tener problemas. La vida de mi hermano quedó arruinada a causa de aquel accidente en la vaquería. Supongo que habrá oído que John

Krueger descubrió que mi hermano fue poco cuidadoso con la instalación eléctrica a causa de que se hallaba muy nervioso por culpa de Caroline. Joe es todo lo que tengo. Significa el mundo entero para mí. Y no quiero accidentes o problemas.

Ahora que había empezado, las palabras fluyeron sin cesar. Beth y Tina dejaron de jugar con el cachorro. Inseguras, se asieron de la mano.

–Y algo más, tal vez no sea de mi incumbencia, pero es usted tan insensata como para tener a su ex marido dando vueltas por aquí, mientras todo el mundo sabe que Erich se encuentra en su cabaña pintando...

–¿De qué me habla?

–No soy una chismosa, y no le he dicho esto a nadie, pero una noche, el mes pasado, ese actor ex marido de usted llegó aquí solicitando unas direcciones. Es muy charlatán. Se presentó él mismo. Se jactó de que usted le había invitado a venir. Incluso explicó que acababa de ser contratado por el Guthrie. Le indiqué yo misma la carretera que llevaba a la casa de usted, pero permítame decirle que no quedé muy contenta de hacer una cosa así.

–Debe telefonear inmediatamente al sheriff Gunderson y contarle todo lo que sabe –replicó Jenny con una voz tan firme como le fue posible–. Kevin no se presentó en nuestra casa aquella noche. El sheriff está haciendo averiguaciones al respecto. Oficialmente le han declarado persona desaparecida...

–¿Que nunca se presentó por su casa?

En aquel momento, la más bien fuerte voz de Maude se hizo aún más chillona.

–No, no llegó. Haga el favor de decirle inmediatamente al sheriff todo lo que me ha contado. Y gracias por dejarnos visitar al cachorro.

¡Kevin había estado en casa de Maude!

Y le había explicado, de forma específica, que ella, Jenny, le había llamado... Maude le había indicado el camino para llegar a la granja de Krueger, un viaje en coche de apenas tres minutos... Y Kevin no había llegado. Si el sheriff Gunderson se había mostrado hoy tan insolente en sus insinuaciones, ¿qué pasaría cuando se enterase de esto?

–Mamá, me estás haciendo daño en la mano –protestó Beth.

–Oh, lo siento, cariño. No quería apretártela así...

Tenía que salir de allí. No, eso era imposible. No podía marcharse hasta que supiera lo que le había ocurrido a Kevin.

Y había aún más cosas. Estaba llevando en su útero el microcosmos de un ser humano, que representaba la quinta generación de los Krueger, que pertenecían a este lugar, y cuya primogenitura abarcaba esta tierra...

Más adelante, Jenny pensaría en la noche del 7 de abril como las últimas horas de calma. Erich no se encontraba en la casa cuando llegaron allí ella y las niñas.

«Me alegro», pensó. Por lo menos no tendría que guardar las apariencias... En cuanto le viese, le diría todo lo que Maude le había contado.

Probablemente Maude ya había telefoneado al sheriff. ¿Regresaría aquí esta noche? En cierto modo no lo creía así, pero ¿por qué iba Kevin explicándole a la gente que ella le había llamado? ¿Qué le había sucedido a Kevin?

–¿Qué queréis para cenar, señoritas? –les preguntó a las niñas.

–Unos perritos calientes... –respondió decidida Beth.

–Helado... –fue la esperanzada contribución de Tina.

–Eso parece estupendo –replicó Jenny.

De alguna manera, sentía que las niñas se estaban apartando de ella. Y esto no sucedería esta noche.

Imprudentemente, permitió que las niñas llevasen sus platitos al sofá. Daban *El mago de Oz*. Mordisqueaban animadamente las salchichas y, tomando coca-colas, se acomodaron allí juntas mientras veían la película.

Para cuando hubo acabado, Tina estaba ya dormida en el regazo de Jenny y la cabeza de Beth se apoyaba en sus hombros. Las llevó al piso de arriba.

Acababan de pasar tres meses desde aquella tarde ventosa en que las llevaba a casa desde la guardería y Erich se presentó ante ellas. Era inútil pensar acerca de esto. Probablemente seguiría aún en la cabaña. Pero, incluso así, Jenny no quería acostarse en el dormitorio principal.

Desvistió a las niñas, les puso los pijamas, les limpió las caras y las manos con una toallita y las metió en la cama. Le dolía la espalda. Se dijo a sí misma que no las volvería a llevar en brazos. Pesaban mucho y era demasiado esfuerzo. No le costó gran cosa lavar los platos. Examinó con cuidado el sofá en busca de señales de migas.

Recordó las noches en el apartamento, cuando estaba tan cansada que dejaba los platos apilados en el fregadero y se metía en la cama con una taza de té y un buen libro. «No sabía lo bien que estaba», pensó. Y luego recordó el techo desconchado, el tener que llevar a toda prisa a las niñas a la guardería, los apremios de dinero, la implacable soledad...

Cuando hubo acabado de arreglarlo todo, no eran más que las nueve. Atravesó los cuartos del piso de abajo, comprobando que no quedase ninguna luz encendida. En el comedor, se detuvo debajo de la colcha de Caroline. Esta había deseado pintar, y se había visto avergonzada y ridiculizada, obligada a abandonar el arte. Pues tenía que hacer «algo útil»...

A Caroline le costó once años darse cuenta de cómo la habían apartado de sus cosas. ¿Habría también experimentado la sensación de ser una extraña, a la que no pertenecía nadie?

Mientras subía con lentitud por las escaleras, Jenny se percató de lo cerca que se sentía de la mujer que había vivido en aquella casa. Se preguntó si Caroline habría entrado en el dormitorio principal con la misma sensación desesperanzada de meterse en una trampa.

No fue hasta el mediodía cuando el sheriff Gunderson regresó a la casa. Una vez más, Jenny había tenido unos sueños espantosos, sueños en los que andaba por el bosque y olía el aroma de los pinos. ¿Estaba buscando la cabaña?

Cuando despertó, se sintió enferma. ¿Cuánta parte tenían que ver aquellas náuseas matutinas con el aspecto físico del embarazo, y cuánta en relación con la ansiedad que le producía la desaparición de Kevin?

Elsa llegó, como de costumbre, a las nueve: austera y silenciosa, se dirigió escaleras arriba con la aspiradora, las bayetas para las ventanas y los trapos de sacar brillo.

Estaba aún leyéndoles algo a las niñas, cuando apareció Wendell Gunderson. Jenny aún no se había vestido; llevaba solo una cálida bata de lana por encima del camisón. ¿Pondría Erich objeciones porque hablase con el sheriff llevando aquellas prendas? La bata se abotonaba hasta el cuello...

Sabía que estaba pálida. Se hizo una tirante coleta. El sheriff entró por la puerta delantera.

–Señora Krueger...

Jenny advirtió excitación en su voz.

–Señora Krueger –repitió con voz más profunda–. Anoche recibí una llamada telefónica de Maude Ekers.

–Yo misma le pedí que le telefonease –explicó Jenny.

–Eso ha alegado... No he querido hablar enseguida con usted, porque imaginé adónde podía dirigirse Kevin MacPartland en caso de no haber llegado hasta aquí.

¿Era posible que el sheriff no la creyese? Su rostro, su voz, eran tan serios... No. Más bien tenía la apariencia de un jugador de póquer que está a punto de mostrar sus cartas ganadoras...

–Imaginé lo que podría sucederle a un extraño que pasase por alto su desvío, si giraba por el recodo que conduce a la orilla del río...

La orilla del río... «Oh, Dios mío», pensó Jenny. ¿Podía Kevin haber dado aquel giro y seguir luego conduciendo hasta la ribera? La carretera estaba tan oscura...

–Hemos investigado y siento decir que eso fue lo que sucedió –explicó el sheriff–. Hemos encontrado un Buick blanco en el agua, cerca de la orilla. Está recubierto por el hielo y los densos arbustos impiden verlo por parte de cualquier persona que ande cerca de la orilla. Ya lo hemos sacado...

–¿Y Kevin?

Sabía lo que el sheriff le diría. El rostro de Kevin destelló en su mente.

–En el coche se encontraba el cuerpo de un hombre, señora Krueger. Estaba ya muy descompuesto, pero, en líneas generales, responde a la descripción del desaparecido Kevin MacPartland, incluyendo las ropas que llevaba la última vez que fue visto. El permiso de conducir que llevaba está a nombre de MacPartland...

«Oh, Kevin –se lamentó en silencio Jenny–; oh, Kevin...» Trató de hablar, pero no pudo.

–Necesitamos que usted lo identifique tan rápidamente como sea posible.

«No –deseó chillar–, no... Kevin era tan aprensivo... Se preocupaba por todo... Era muy quisquilloso... Oh, Dios mío...»

–Señora Krueger, debe usted hacerse con los servicios de un abogado...

–¿Por qué?

–Porque habrá una investigación acerca de la muerte de MacPartland y se harán algunas preguntas desagradables. No debe usted decir nada más...

–Responderé a las preguntas que me haga usted ahora...

–Muy bien. Se lo preguntaré de nuevo. ¿Estuvo en esta casa Kevin MacPartland el lunes por la noche, del nueve de marzo?

–No, ya le he dicho que *no*...

–Señora Krueger, ¿tiene usted un abrigo de invierno de color marrón y de cuerpo entero?

–Sí, lo tengo. No, en realidad lo tenía. Lo di. ¿Por qué?

–¿Recuerda usted dónde lo compró?

–Sí, en Macy's, de Nueva York...

–Pues me temo que tendrá que explicar muchas cosas, señora Krueger. Un abrigo de mujer fue encontrado en el asiento al lado del cadáver. Un abrigo de invierno de color marrón, con la etiqueta de los almacenes Macy's. Necesitaremos que lo examine y compruebe si es el que alega haber regalado...

22

La investigación tuvo lugar una semana después. Para Jenny fue una semana muy dolorosa.

En el depósito de cadáveres, se quedó mirando la camilla. El rostro de Kevin aparecía mutilado, pero aún resultaba reconocible, con su larga y recta nariz, la curva de la frente, el recio cabello pelirrojo. Destellaron por ella los recuerdos del día de su boda, en Santa Mónica.

«Yo, Jennifer, te acepto a ti, Kevin... Hasta que la muerte nos separe.»

A partir de ahora, su vida ya no se relacionaría más con aquel hombre. «Oh, Kevin, ¿por qué tuviste que seguirme hasta aquí?»

–¿Señora Krueger?

La voz del sheriff Gunderson la apremió para que realizase la identificación. Se le hizo un nudo en la garganta. Aquella mañana no había sido capaz de tragar ni siquiera el té.

–Sí –susurró–, es mi marido...

Se escuchó una baja y dura risa detrás de ella.

–Erich, oh, Erich, no quería decir...

Pero ya se había ido y se escuchaban sus fuertes pisadas sobre el suelo de baldosas. Cuando Jenny llegó al coche, él estaba allí, con rostro pétreo; no le habló a su mujer durante todo el viaje de regreso a casa.

Durante la investigación, la misma pregunta fue hecha una docena de veces, de formas diferentes:

–Señora Krueger, Kevin MacPartland le contó a varias personas que usted le había invitado a ir a su casa en ausencia de su marido...

–No lo hice...

–Señora Krueger, ¿cuál es el número de teléfono de su casa?

Ella se lo facilitó.

–¿Conoce el número telefónico del teatro Guthrie?

–No...

–Permítame decírselo o refrescarle tal vez la memoria. Es el 555-2824. ¿Le resulta familiar?

–No.

–Señora Krueger, tengo aquí una copia de la factura telefónica del mes de marzo de la granja Krueger. En esta factura aparece una llamada al teatro Guthrie, en fecha *nueve* de marzo. ¿Puede negar haber hecho esa llamada?

–Sí, lo niego.

–¿Es este su abrigo, señora Krueger?

–Sí, lo regalé...

–¿Tiene usted una llave de la residencia Krueger?

–Sí, pero la he perdido...

«El abrigo –pensó–. Naturalmente, estaba en el bolsillo del abrigo.»

Le contó esto mismo al fiscal.

Este alzó algo, una llave; el llavero tenía sus iniciales, J. K. La llave se la había dado Erich.

–¿Es esta su llave?

–Creo que sí...

–¿Se la entregó a alguien, señora Krueger? Díganos la verdad...

–No, no lo hice...

–Esta llave fue encontrada en la mano de Kevin MacPartland.

–Eso es imposible.

En el estrado, Maude, con tono patético y obstinado, repitió la misma historia que le había contado a Jenny.

–Dijo que su ex esposa deseaba verle y yo le indiqué la

carretera. Estoy muy segura de la fecha. Llegó la noche después de que el perro de mi hijo fuese baleado.

Clyde Toomis subió al estrado incómodo, sin revelar demasiado pero obviamente honesto.

–Le dije a mi mujer que ya tenía su propio y buen abrigo para el invierno. La reñí por haberlo aceptado. Volví a dejar ese abrigo marrón en el armario que se encuentra en el vestíbulo de la cocina de la granja Krueger. Yo mismo en persona, el mismo día en que mi mujer llegó con él a casa...

–¿Sabía la señora Krueger esto?

–No sé cómo pudo pasarlo por alto... El armario no es muy grande y lo dejé justo al lado de esa chaqueta de aquí que lleva siempre.

«No me di cuenta –pensó Jenny–, aunque es posible, simplemente, que no prestara atención.»

Erich también testificó. Las preguntas fueron breves y respetuosas:

–Señor Krueger, ¿estuvo usted en casa la noche del lunes nueve de marzo?

»¿Hizo usted saber sus planes de quedarse a pintar aquella noche en su cabaña?

»¿Fue usted consciente de que su mujer se había puesto en contacto con su anterior marido?

Erich podía haber estado hablando acerca de una extraña... Respondió con desapego, sopesando sus palabras, con total carencia de emociones.

Jenny permaneció sentada en primera fila, observándole. Ni por un segundo la mirada de Erich se encontró con la suya. Erich, que odiaba hasta hablar por teléfono; Erich, que era una de las personas más reservadas que había conocido, que se había alejado de ella porque quedó trastornado a causa de la llamada telefónica de Kevin y por la reunión de Jenny con su ex marido.

La investigación acabó. Cuando les reunió, el magistrado explicó que una grave magulladura que aparecía en la sien derecha del interfecto podía haber sido causada durante el impacto del accidente, o bien le habría sido infligida previamente.

El veredicto oficial fue muerte por ahogamiento. Pero, mientras Jenny se alejaba del juzgado, sabía el veredicto que había dictado la comunidad. Que, por lo menos, era una mujer que había estado viendo, clandestinamente, a su anterior marido.

Y que, en el peor de los casos, lo había matado.

En las tres semanas que siguieron a la investigación, las cenas que Erich compartió con ella siguieron la misma pauta. Nunca le hablaba directamente, sino únicamente a las niñas.

Por ejemplo:

–¿Puedes decirle a mamá que me pase los panecillos, Tinker Bell?

Su tono era siempre cálido y afectuoso. Hubieran hecho falta unos oídos muy sensibles para captar la tensión existente entre ellos.

Cuando llevaba a las niñas a la cama, nunca sabía si le encontraría aún en la casa al volver al piso de abajo. Se preguntaba adónde iría. ¿A la cabaña? ¿A casa de algún amigo? No se atrevía a preguntárselo. Si dormía en la casa, lo hacía en el dormitorio de atrás, el que su padre había usado durante tantos años.

No había nadie con quien hablar. Un sexto sentido le dijo que Erich debía de tener algo que ver en el asunto. En ocasiones le descubrió mirándola con tal ternura en el rostro, que tuvo que esforzarse por no lanzarle los brazos al cuello implorándole que confiara en ella.

En silencio, lamentó la muerte de Kevin. Hubiera podido hacer muchas cosas; tenía tanto talento... Solo que se hubiese autodisciplinado, que hubiese evitado verse comprometido con mujeres y bebido menos...

Pero ¿cómo podía haber llegado al coche el abrigo de Jenny?

Una noche, fue al piso de abajo y encontró a Erich tomando un café en la mesa de la cocina.

–Jenny –le dijo–, tenemos que hablar.

Sin saber si sentía alivio o ansiedad, Jenny tomó asiento. Ya había acostado a las niñas, se había duchado y puesto el camisón y la bata que Nana le había regalado. Observó cómo Erich la estudiaba.

–Ese rojo queda perfecto en contraste con tu pelo. Una nube oscura sobre escarlata. Simbólico, ¿verdad? Como oscuros secretos en una mujer escarlata. ¿Es esa la razón de que te lo hayas puesto?

Así que aquello era «hablar»...

–Me lo he puesto porque tenía frío –replicó Jenny.

–Es muy acogedor. ¿Tal vez esperas a alguien?

«Qué raro –pensó–, a pesar de todo esto, por quien más lo siento es por él. ¿Qué fue peor para él –se preguntó de repente–, la muerte de Caroline o el hecho de que Caroline estuviese planeando abandonarle?»

–No estoy esperando a nadie. Erich, si crees que lo estoy, ¿por qué no te quedas aquí cada noche y te tranquilizas al respecto?

Se sentía ultrajada y furiosa, pero aun así sentía piedad hacia él. Parecía tan turbado, tan vulnerable... Cada vez que se enfadaba, tenía un aspecto casi de adolescente...

–Erich, siento todo lo ocurrido. Sé que la gente hace circular habladurías por ahí, y sé lo perturbador que debe de ser para ti. No tengo la menor explicación lógica a lo que ha sucedido...

–Tu abrigo...

–No sé cómo llegó hasta el coche.

–Y esperas que me lo crea...

–Yo te creería a ti.

–Jenny, quiero creerte, pero no puedo. Sin embargo, creo esto: si aceptaste dejar a MacPartland y venir aquí, tal vez querías advertirle de que se mantuviese alejado de nosotros. Puedo aceptar una cosa así. Pero no puedo vivir con una mentira. Admite que le invitaste a venir aquí, y yo lo olvidaré todo. Puedo imaginar lo que sucedió... No querías traerle a la casa, por lo que le llevaste en coche al camino sin salida que conduce al río. Lo preveniste y tenías tu llave en la mano. Tal vez intentó propasarse. ¿Forcejeasteis? Te quitaste el abrigo y saliste del coche. Tal vez, cuando quiso meter la marcha atrás puso la primera. Jenny, esto es comprensible. Pero dímelo. No me mires con esos ojos grandes e inocentes... No me mires con expresión de víctima... Admite que eres una mentirosa y te prometo que nunca más lo mencionaré. Nos amamos mucho... Todo nuestro amor aún está aquí...

Por lo menos, Erich estaba siendo honesto. A Jenny le pareció estar sentada en lo alto de una montaña, mirando hacia un valle, observando lo que estaba ocurriendo, cual una desinteresada espectadora.

–Me sería más fácil hacer lo que deseas –observó–. Pero es divertido... somos la suma total de nuestras vidas... Nana despreciaba las mentiras. Incluso mostraba desdén hacia la mentira de tipo social.

«–Jenny –solía decirme–, no te evadas. Si no quieres ir a una cita con alguien, limítate a decir que gracias pero no, no que tienes un dolor de cabeza o deberes de matemáticas. La verdad sirve mejor a todos.»

–Pero aquí no estamos hablando de deberes escolares de matemáticas –replicó Erich.

–Me voy a la cama, Erich –replicó Jenny–. Buenas noches...

No tenía sentido continuar de aquella forma.

Hacía muy poco tiempo se dirigían al piso de arriba estrechamente abrazados. Pensar que había puesto reparos a aquel camisón aguamarina... Retrospectivamente, aquello resultaba muy poco importante...

Erich no respondió ni siquiera cuando su mujer empezó a subir por la escalera con lentitud, dándole una oportunidad de decir algo...

Se quedó dormida rápidamente a causa del agotamiento que la embargaba y tuvo sueños turbadores. Dormía inquieta, sabiendo que daba vueltas y vueltas en la cama. Soñaba de nuevo; esta vez se encontraba en el coche, forcejeaba con Kevin, éste deseaba la llave...

Luego, Jenny se hallaba en los bosques, vagaba por ellos, buscando... Adelantaba los brazos para evitar los árboles y tocaba un cuerpo.

Sus dedos sentían el trazado de una frente, la suave membrana de un párpado. Un pelo largo le rozaba la mejilla.

Mordiéndose los labios para reprimir un grito, se incorporó y tanteó nerviosa en busca de la luz de la mesilla de noche. Encendió la lamparilla y miró alrededor acongojada. No había nadie. Estaba sola en la cama, en el cuarto.

Se retrepó contra las almohadas, temblando.

«Me estoy volviendo loca –pensó–. Estoy perdiendo la razón.»

Durante el resto de la noche no apagó la luz. Cuando se quedó finalmente dormida, los primeros rayos del amanecer se filtraban a través de las persianas.

23

Jenny despertó entre una brillante luz del sol, e instantáneamente recordó lo que había sucedido. «Un mal sueño –pensó–, una pesadilla.» Incómoda, apagó la lamparilla de la mesita de noche y saltó de la cama.

El tiempo, al fin, se estaba despejando. Se quedó ante la ventana, mirando hacia el bosque. Los árboles constituían una masa de brotes abiertos. En el gallinero se oía el estridente cacareo de los gallos. Tras abrir las ventanas, se puso a escuchar los sonidos de la granja, sonriendo al oír mugir a los terneritos que llamaban a sus madres.

Naturalmente que había sido una pesadilla. Pero incluso así, aquel vívido recuerdo la hizo sudar, un sudor frío y pegajoso. Había parecido tan real aquella sensación de tocar un rostro... ¿Estaría sufriendo alucinaciones?

Y el sueño de encontrarse en el coche con Kevin, forcejeando con él. ¿Habría telefoneado a Kevin? Aquel día se había encontrado tan trastornada pensando en lo que diría Erich en su cena de cumpleaños, percatándose de que Kevin podría destruir su matrimonio. ¿Se habría olvidado de que había llamado a Kevin solicitando verle?

La conmoción cerebral a causa del accidente. El doctor le había dicho que se tomase muy en serio los dolores de cabeza.

Se duchó, se recogió el pelo en un moño en lo alto de la cabeza, se puso unos tejanos y un grueso suéter de lana. Las niñas aún no habían despertado. Tal vez si se mantenía en calma sería capaz de tomar algo de desayuno. Por lo menos, debía de haber perdido cinco kilos en aquellos tres meses. Sería malo para el bebé que estaba en camino...

En cuanto colocó la tetera, vio la cabeza de Rooney pasar ante la ventana. Aquella vez, Rooney llamó. Los ojos de Rooney se hallaban despejados y su rostro compuesto.

–Tenía que verla...

–Siéntate, Rooney. ¿Café o té?

–¡Jenny!

Ese día Rooney no tenía distracciones de ninguna clase.

–Te he lastimado, pero trataré de enmendarme...

–¿Y cómo me has lastimado?

Los ojos de Rooney se llenaron de lágrimas.

–Empezaba a encontrarme mucho mejor al estar aquí contigo. Una muchacha joven y bonita con la que hablar y enseñarle a coser. Eso me hacía feliz... Y no te echo la culpa por reunirte con él. Resulta muy difícil vivir con los hombres Krueger. Caroline ya lo descubrió. Por lo tanto, lo comprendo. Y nunca más hablaré de ello, nunca más...

–¿Hablar acerca de qué? Rooney, no hay ningún motivo para estar tan trastornada...

–Sí que lo hay, Jenny, sí que lo hay. Anoche tuve uno de mis accesos. Ya sabes que no suelo hablar, pero esta vez le conté a Clyde cómo vine aquí para mostrarte la pana azul, aquel lunes por la noche, después del aniversario de Caroline, para ver si te gustaba el color. Era ya muy tarde. Casi las diez. Como estábamos tan cerca del aniversario, me encontraba intranquila. Y pensé que solo me acercaría y observaría si tenías encendida la luz de la cocina. Y en aquel momento entraste en el coche blanco. Te vi entrar... Te vi conducir con él, en dirección a la carretera del río, pero, te lo juro, Jenny, nunca pensé contarlo. No quería dañarte.

Jenny rodeó con sus brazos a la temblorosa mujer.

–Ya sé que no querías dañarme.

«Así que me fui con Kevin –pensó–. Me fui con él. No, no lo puedo creer. No puedo creérmelo.»

–Pero Clyde me dijo que era su obligación contárselo a Erich y al sheriff –sollozó Rooney–. Esta mañana le dije a Clyde que me equivoqué, que lo había confundido todo, pero Clyde me respondió que recuerda haberse despertado aquella noche, y que yo acababa de entrar con el tejido debajo del brazo, y que se puso histérico porque yo hubiese salido... Que hablaría con Erich y con el sheriff. Jenny, voy a mentir por ti. No me importa. Pero te estoy causando problemas.

–Rooney –replicó Jenny–, trata de comprender. Creo que estás equivocada. Aquella noche me encontraba en la cama. Nunca le pedí a Kevin que viniese aquí. No estarías mintiendo si les dijeses que te equivocaste. Eso te lo aseguro...

Rooney suspiró.

–Ahora me gustaría tomarme ese café. Te quiero, Jenny. A veces, cuando estás aquí puedo empezar a creer que a lo mejor Arden nunca regresará, y que lo superaré algún día.

Era ya avanzada la mañana cuando llegaron a la casa el sheriff, Erich y Mark. ¿Por qué Mark?

–¿Sabe por qué estamos aquí, señora Krueger?

Jenny escuchó con atención. Estaban hablando acerca de alguien más, alguien a quien ella no conocía y que había sido visto entrando en el coche y conduciéndolo.

Erich ya no parecía enfadado, solo entristecido.

–Aparentemente, Rooney trata ahora de retractarse de su declaración, pero no pudimos reservarle esta información al sheriff Gunderson.

Erich se inclinó sobre ella, le puso las manos en la cara y le acarició el cabello. Jenny se preguntó por qué se sentía como si estuviera siendo desnudada en público.

–Cariño –prosiguió Erich–, estos son tus amigos. Cuéntales la verdad.

Jenny alargó la mano, agarró las de él y las apartó de su rostro. De otro modo, se habría ahogado...

–He dicho la verdad, tal y como la conozco –explicó.

–¿Ha tenido ataques de alguna clase, señora Krueger?

La voz del sheriff no era muy amable.

–Una vez tuve una conmoción cerebral.

Brevemente, les explicó lo del accidente. Durante todo el tiempo fue consciente de que los ojos de Mark Garrett la estudiaban. «Probablemente cree que me lo estoy inventando todo», pensó.

–Señora Krueger, ¿estaba aún enamorada de Kevin MacPartland?

«Qué pregunta más terrible para plantearla delante de Erich –pensó Jenny–. Y qué humillante es todo esto para él. Si pudiese irme, llevarme a las niñas, dejarle para que viva su propia vida...» Pero llevaba en su vientre un hijo de él. Erich amaría a su vástago. Sería un chico. Estaba segura de ello.

–No de la forma en que usted supone –replicó.

–¿Y no es cierto que usted mostró en público afecto hacia él, hasta el punto de que las camareras y dos clientas de la Groveland Inn quedaron conmocionadas?

Durante un momento, Jenny creyó que se echaría a reír.

–Se conmocionan con facilidad... Kevin me besó cuando me fui. Yo no le besé a él.

–Tal vez debí preguntárselo de otra manera, señora Krueger. ¿No quedó usted más trastornada al ver que aparecía su ex marido? ¿No constituía una amenaza para su matrimonio?

–¿Qué quiere decir?

–Inicialmente dijo usted al señor Krueger que era viuda. El señor Krueger es un hombre rico y está en trámites para adoptar a sus niñas. MacPartland podía arruinar su bonito proyecto.

Jenny se quedó mirando a Erich. Estaba a punto de decir que los documentos de adopción demostrarían que Kevin los había firmado, que Erich estaba enterado de la entrevista con Kevin antes del matrimonio de ellos dos. Pero ¿de qué serviría? Esto ya era suficientemente difícil para Erich, sin que sus amigos y vecinos supieran que, de forma deliberada, les había mentido. Evadió una pregunta tan directa.

–Mi marido y yo estábamos completamente de acuerdo. No deseábamos que Kevin se presentase en la casa y trastornase a las niñas.

–Pero la camarera le oyó decirle a usted que no iba a renunciar, que no permitiría que siguiese el proceso de adopción. Le escucharon decir: «Te lo advierto, Kevin». Por lo tanto, constituía una amenaza para su matrimonio, ¿no es así, señora Krueger?

¿Por qué Erich no la ayudaba? Miró hacia él y observó su rostro airado.

–Sheriff, esto ya ha llegado demasiado lejos –manifestó Erich con firmeza–. Nada podría nunca hacer peligrar nuestro matrimonio, y ciertamente no Kevin MacPartland, vivo o muerto. Todos sabemos que Rooney está mentalmente enferma. Mi esposa niega haberse encontrado en aquel coche. ¿Está preparado para presentar formalmente una acusación? Si no es así, le pido que deje de acosar a mi esposa...

El sheriff asintió.

–Muy bien, Erich. Pero existe la posibilidad de que la investigación se abra de nuevo.

–Si es así, le haremos frente...

Hasta cierto punto la había defendido. Jenny se percató de que había quedado sorprendida por su desenvuelta actitud. ¿Había comenzado a resignarse a la notoriedad?

–No estoy diciendo que lo será... No estoy seguro de que el testimonio de Rooney cambiase o no las cosas. Hasta que la señora Krueger no empiece a recordar con exactitud lo sucedido, no llegaremos más lejos que hasta ahora. No creo que hubiese muchas dudas en la mente de cualquier jurado respecto de que, en algún momento, se encontró en aquel coche.

Erich acompañó al sheriff hasta su vehículo. Permanecieron de pie unos momentos hablando.

Mark se quedó con ella.

–Jenny, me gustaría concertarte una consulta con un médico.

Su rostro reflejaba profunda preocupación. ¿Era por ella, o por Erich?

–¿Con un psiquiatra?

–No, con un buen doctor de medicina general de la vieja escuela. Conozco uno en Waverly. No tienes buen aspecto. Todo esto ha constituido una prueba para ti.

–Me parece que resistiré un poco más, pero gracias.

Tenía que salir de la casa. Las niñas estaban jugando en su habitación. Se dirigió al piso de arriba a verlas.

–Vamos a dar un paseo.

Fuera ya parecía primavera.

–¿Podemos montar? –preguntó Tina.

–Ahora no –respondió Beth–. Papá ha dicho que nos llevará él.

–Quiero dar azúcar a *Tinker Bell*...

–Muy bien, vamos al establo –dijo Jenny.

Por un momento, se permitió soñar despierta. ¿No resultaría maravilloso que Erich ensillara a *Barón* y ella montara a *Fire Maid*, cabalgando un rato juntos en un día tan maravilloso como aquel? Esto era lo que habían planeado durante tanto tiempo...

Un Joe con rostro muy serio se encontraba en las caballerizas. Desde que Jenny se había percatado de que Erich estaba iracundo y celoso, a causa de su amistad hacia Joe, había intentado evitarle tanto como le fuese posible.

–¿Cómo está *Randy* segundo? –le preguntó.

–Muy bien. Él y yo vivimos ahora en la ciudad, con mi tío. Hemos conseguido un piso encima de correos... Puede ir allí y verle...

–¿Has dejado a tu madre?

–Sí...

–Joe, ¿por qué has abandonado la casa de tu madre?

–Porque solo causa problemas. Ya estoy harto, señora Krueger, *Jenny,* de las cosas que ha llegado a decir de ti. Le conté que si tú decías no haber visto a Kevin aquella noche, debíamos creer en tus palabras. Le dije que habías sido muy buena conmigo, que hubiera perdido mi empleo cuando el asunto de *Barón,* de no haber sido por ti. Si mamá se hubiese cuidado de sus asuntos, te habrías evitado todas las habladurías que corren por ahí... No es la primera vez que un coche se sale de la carretera y se despeña por la ribera del río. La gente debería decir que es una vergüenza y que haría falta una mejor señalización. Pero en vez de ello, todos se burlan de ti y del señor Krueger, y dicen que esas cosas pasan cuando uno pierde la cabeza por una lagarta de Nueva York...

–Joe, por favor.

Jenny le puso una mano en el brazo.

–Ya he causado suficientes problemas aquí. Tu madre debe de estar muy trastornada. Joe, por favor, regresa a tu casa.

–No lo haré... Y, señora Krueger, si desea montar a caballo en cualquier momento, o las niñas quieren ver a *Randy,* estaré muy contento de llevarla allí en mi tiempo libre. Solo tiene que decírmelo.

–Chist, Joe, esta conversación no puede ayudar en nada...

Hizo un ademán hacia la puerta abierta.

–Por favor, alguien podría oírte...

–No me preocupa quién me oiga. –La ira desapareció de su rostro–. Jenny, haría cualquier cosa por ayudarte...

–Mamá, vámonos ya...

Beth comenzó a empujarla. Pero ¿qué había dicho Joe antes que le estaba remordiendo la conciencia?

–Joe, ¿qué le dijiste a tu madre respecto de que era necesario para mí afirmar que no estuve en el coche? ¿Por qué lo enfocaste de esa manera?

El rostro del muchacho enrojeció. Confuso, se metió las manos en los bolsillos y casi se dio la vuelta. Cuando habló, su voz fue casi un susurro.

–Jenny, no tienes que fingir conmigo. Yo estuve allí. Estaba preocupado porque tal vez no hubiese cerrado bien la puerta del cubículo de *Barón*. Estaba atravesando el huerto cuando vi a Rooney. Se encontraba casi al lado de la casa grande. Me detuve porque no quise hablar con ella. Luego apareció el coche, aquel Buick blanco, y se abrió la puerta delantera y tú saliste corriendo de la casa. Te vi entrar en el coche, Jenny, pero juro ante Dios que jamás se lo diré a nadie. Te amo, Jenny...

Con torpe ademán, sacó la mano del bolsillo y la acercó al brazo de ella.

24

Erich se presentó exactamente cuando el sol comenzaba a diseminar sus inclinados rayos a través de los campos. Jenny había decidido que, pasase lo que pasase, había llegado el momento de hablarle del bebé.

Erich facilitó las cosas inesperadamente. Había traído unos lienzos de la cabaña, aquellos que pensaba exponer en San Francisco.

–¿Qué te parecen? –le preguntó a Jenny.

No había nada en su voz o en sus modales que sugiriese la conversación que había mantenido aquella mañana con el sheriff Gunderson.

–Son maravillosos, Erich.

«¿Debo decirle lo que ha declarado Joe? ¿Debo esperar? Cuando vaya a ver a un médico, tal vez averigüe si los accesos de amnesia son normales en las mujeres embarazadas.»

Erich la miraba con curiosidad.

–¿Te gustaría ir a San Francisco conmigo, Jenny?

–Hablaremos de ello después.

Erich la rodeó con sus brazos.

–No tengas miedo, cariño. Cuidaré de ti. Hoy, cuando Gunderson te acosaba, supe que, sucediera lo que sucediese aquella noche, tú eres toda mi vida. Te necesito.

–Erich, me encuentro tan confundida...

–¿De qué se trata, cariño?

–Erich, no recuerdo haber salido con Kevin, pero Rooney no mentiría...

–No te preocupes. No resulta una testigo fiable. Eso es buena cosa. Gunderson me contó que reabriría la investigación en un santiamén si Rooney fuese un testigo de confianza.

–¿Quieres decir que, si alguien más se presenta y alega haberme visto entrar en aquel coche, volverían a abrir la investigación y tal vez me acusarían de asesinato?

–No hay necesidad de hablar de ello. No hay ningún otro testigo...

«Oh, sí, lo hay», pensó Jenny. ¿Habría oído hoy alguien a Joe? Había hablado muy alto. La madre de Joe estaba empezando a preocuparse de que Joe, al igual que su tío, tuviese tendencia a beber. «¿Y si se encuentra en un bar y hace una confidencia a alguien respecto de haberme visto en el coche con Kevin?»

–¿Cómo puedo haberme olvidado de haber salido? –le preguntó a Erich.

Él la rodeó con los brazos y sus manos le acariciaron el cabello.

–Puede haberse tratado de una experiencia traumatizante. Tu abrigo había desaparecido. Él tenía tu llave en la mano cuando le encontraron. Tal vez, como ya te sugerí, Kevin se extralimitó contigo y te quitó la llave. Quizá te resististe. El coche empezó a moverse. Y conseguiste saltar antes de que se precipitara contra la ribera del río.

–No lo sé –replicó Jenny–. No puedo creerlo.

Más tarde, cuando llegó la hora de ir al piso de arriba, Erich dijo:

–Hoy puedes ponerte el camisón aguamarina, cariño.

–No puedo.

–¿Que no puedes? ¿Por qué?

–Me queda demasiado pequeño. Voy a tener un bebé...

Kevin había respondido, alicaído, la primera vez en que le confesó que creía encontrarse embarazada:

«–Diablos, Jen, no podemos hacer frente a una cosa así. Debes desembarazarte de él...»

Pero ahora Erich gritó de alegría.

–¡Cariño! Oh, Jen, esa es la razón de que tengas tan mal aspecto. Oh, amorcito... ¿Será un chico?

–Estoy segura de que lo es. –Jenny se echó a reír, saboreando aquella momentánea liberación de su ansiedad–. Me está dando más problemas, en solo tres meses, de los que las dos niñas me proporcionaron en nueve...

–Tendremos que llevarte a un buen médico. Mi *hijo*... ¿Te importaría que le llamásemos Erich? Es una tradición...

–A mí también me gusta...

Mientras la rodeaba con sus brazos en el sofá, toda la desconfianza entre ambos parecía olvidada.

–Jen, hemos tenido un mal comienzo. Vamos a dejar atrás todo esto. Daremos una gran fiesta en cuanto regrese de San Francisco. No deberías viajar ahora, si es que no te encuentras bien, ¿no te parece? Nos enfrentaremos a toda la comunidad. Seremos una auténtica familia. La adopción será irrevocable para el verano. Lo siento por MacPartland, pero por lo menos ya no constituirá una amenaza. Oh, Jen...

«Ya no será una amenaza... –pensó Jenny–. ¿Debo hablarle de Joe? No, esta es la noche del bebé.»

Finalmente, subieron al dormitorio. Erich ya se encontraba en la cama cuando ella salió del cuarto de baño.

–He echado mucho de menos no dormir contigo, Jen –le dijo–. He estado tan solo...

–Yo también me encontraba muy sola.

El intenso acto de amor a que se entregaron, aumentado y estimulado por la separación, la ayudó a olvidar aquellas semanas de sufrimiento.

–Te amo, Jenny. Te amo tanto...

–Erich, pensé volverme loca al sentirme tan distanciada de ti...

–Lo sé... Oye...

–Dime, cariño.

–Estoy ansioso por ver a quién se parece el bebé...

–Vaya, confío en que se parezca a ti... Que sea igual que tú...

–Yo también lo espero...

Su respiración se hizo regular.

Jenny comenzó a deslizarse en el sueño, pero luego sintió que le echaban encima agua helada. «Oh, Dios mío, Erich no puede dudar de que es el padre del bebé, ¿verdad? Claro que no...» Solo era que sus nervios estaban tan excitados... Todo la sobresaltaba. Pero la forma en que lo había dicho...

Por la mañana, Erich comentó:

–Te he oído llorar en sueños, cariño...

–Pues no me he dado cuenta...

–Te amo, Jenny.

–Amar es confiar, Erich. Por favor, querido, recuerda que el amor y la confianza van siempre de la mano.

Tres días después, Erich la llevó a un tocólogo de Granite Place. Cuando Jenny conoció al doctor Elmendorf, le gustó al instante. Podría tener entre cincuenta y sesenta y cinco años, era pequeño y calvo, pero con unos ojos que reflejaban sapiencia.

–¿Ha tenido pérdidas, señora Krueger?

–Sí, pero eso ya me sucedió en las dos veces anteriores y me encontré muy bien.

–¿Perdió usted tanto peso al principio de sus dos primeros embarazos?

–No.

–¿Ha sido siempre anémica?

–No.

–¿Hubo complicaciones en su nacimiento?

–No lo sé. Fui adoptada. Mi abuela nunca me mencionó nada. Nací en la ciudad de Nueva York. Eso es cuanto sé de mis antecedentes familiares.

–Comprendo. Pues tendremos que ayudarla. Soy consciente de que ha pasado por un gran esfuerzo.

«Qué forma más delicada de plantearlo», pensó Jenny.

–Empezaré con vitaminas. Y nada de levantar pesos, ni empujar, ni tirar de nada. Debe descansar lo máximo posible.

Erich estaba sentado a su lado. Alargó la mano en busca de la de su mujer y se la acarició.

–La cuidaré muy bien, doctor.

Los ojos del médico se posaron en Erich de forma especulativa.

–Me parece que sería mejor que se abstuviese de mantener relaciones sexuales, por lo menos durante el próximo mes y, posiblemente, durante todo el embarazo si las pérdidas continúan. ¿Sería eso un problema?

–Nada constituye un problema si significa que Jenny podrá tener un niño saludable.

El médico asintió.

«Pero es un problema –pensó alicaída Jenny–. Verá, doctor, nuestras relaciones maritales nos concedían los únicos momentos en los que éramos, simplemente, dos personas que se aman y que se desean la una a la otra, con lo cual conseguíamos cerrar la puerta a los celos, a las sospechas y a las presiones exteriores...»

25

El final de la primavera resultó cálido, con chaparrones por la tarde, y la rica y abundante tierra se tornó recia y verde. Los poblados alfalfares, ahora decorados con floraciones azules, estaban ya preparados para el primer corte de la temporada.

El ganado se alejó de los heniles, feliz de poder hozar en aquellos inclinados campos que llevaban a la orilla del río. Las ramas de los árboles se unieron unas a otras, vestidas con unas hojas que lograban formar un muro verde en la linde de los bosques. En ocasiones, los venados atravesaban aquel muro, se detenían, escuchaban y luego desaparecían hacia las protectoras ramas de los árboles.

Incluso la casa se iluminó con el buen tiempo. Por espesas que fuesen, las pesadas cortinas no podían soportar las delicadas brisas que traían el aroma de los lirios, de las violetas, de los girasoles y de las rosas, que penetraban en el interior de la casa.

Para Jenny el cambio fue muy favorable. La calidez del sol primaveral pareció penetrar en el frío constante de su cuerpo. El aroma de flores en la casa casi superó el penetrante olor a pino. Por las mañanas podía salir de la cama, abrir las ventanas y retreparse contra las almohadas, disfrutando de la fresca y delicada brisa.

Las píldoras para los mareos matinales fueron de escasa ayuda. Cada mañana se veía acometida por las náuseas. Erich insistió en que se quedase en la cama. Le traía té y galletas saladas y, al cabo de un rato, la sensación se apaciguaba.

Erich se quedaba ahora todas las noches en la casa.

–No quiero que estés sola, cariño, y ya lo tengo todo preparado para la exposición de San Francisco. –Debía marcharse el 23 de mayo–. Para entonces, el doctor Elmendorf dice que probablemente te sentirás mejor.

–Yo también lo espero así. ¿Estás seguro de que no interrumpes tu trabajo?

–Claro que sí. Es muy agradable pasar más tiempo con las niñas. Y hay que enfrentarse a esto, Jen. Entre Clyde en la granja y en la dirección de los trabajos, y el padre de Emily en el banco, puedo arreglármelas bien con mi tiempo.

Ahora era Erich el que se llevaba a las niñas al establo por las mañanas y luego las acompañaba sobre sus ponis. Rooney acudía con regularidad. El suéter que Jenny estaba tejiendo le salía muy bien, y ya le estaba enseñando a Jen a hacer una colcha con labores de varios colores.

Jenny seguía aún sin poder explicarse cómo había llegado su abrigo al coche de Kevin. ¿Y si Kevin se había acercado e intentado entrar por la puerta del porche? Podía no encontrarse cerrada. ¿Y si hubiera entrado? La puerta del armario se hallaba muy cerca de allí. Tal vez se dejó llevar por el pánico. A fin de cuentas, no sabía si el ama de llaves dormía o no en la casa. Tal vez se llevara su abrigo, planeando insinuar así que había visto a Jenny, luego se alejó con el coche, tomó el desvío equivocado, metiendo la mano en el bolsillo con la esperanza de encontrar allí dinero, pero sacando en vez de ello la llave, tras todo lo cual el coche acabaría precipitándose por la ribera del río.

Pero esto dejaba sin explicar lo de la llamada telefónica...

Después de dormir la siesta, a las niñas les gustaba pasear por el campo. Jenny se sentaba en el porche y las observaba mientras sus dedos tejían los ovillos de lana o se dedicaban a los cuadrados de colores. Rooney había traído cosas del desván, tejidos que se habían empleado para vestidos hacía mucho tiempo, una bolsa de retales, una pieza de algodón de color azul oscuro.

–John me compró este paño azul para que hiciese las cortinas del dormitorio de atrás, cuando se instaló allí. Le previne de que se encontraría a oscuras. Odiaba admitirlo, pero me las hizo quitar al cabo de un par de meses. Luego hice las que ahora aparecen allí...

Por alguna razón, Jenny no se permitía sentarse en la mecedora de Caroline. En vez de ello, eligió un sillón de mimbre de alto respaldo y cómodos cojines. De todos modos, Caroline se había sentado en ese porche, cosiendo, observando a su hijo jugar.

Ya no echaba en falta la compañía. Ahora siempre se negaba a las sugerencias de Erich de cenar en alguno de los restaurantes locales.

–Aún no, Erich. No puedo resistir el olor de la comida...

Erich comenzó a llevarse con él a las niñas cuando salía a sus quehaceres. Luego regresaban charlando acerca de las personas con quienes se habían encontrado, los lugares en que se habían detenido para visitarlos y los sitios donde tomaban leche y pastelillos.

Ahora, Erich siempre dormía en el dormitorio de atrás.

–Jen, es más fácil de este modo. Puedo permanecer apartado de ti si no me encuentro demasiado cerca, pero me es imposible permanecer a tu lado, noche tras noche, sin poder tocarte. Además tienes un sueño muy inquieto. Probablemente dormirás mejor sola.

Ella debería de estarle agradecida por ello, pero no era así. Las pesadillas seguían presentándose con regularidad, y una y otra vez tenía la sensación de estar tocando carne, un rostro en la oscuridad, de sentir unos largos cabellos contra sus mejillas. Pero no se atrevía a contárselo. Seguramente habría creído que estaba loca.

El día anterior a la partida hacia San Francisco, Erich sugirió que Jenny fuese al establo con él. Las náuseas matinales no se habían presentado durante dos días.

–Me gustaría que estuvieses allí cuando las niñas montan. Últimamente no estoy demasiado satisfecho con Joe.

Aquello le provocó un calambre de tensión.

–¿Por qué?

–He oído rumores de que sale a beber por ahí cada noche con su tío. Josh Brothers es una mala influencia para Joe. Digas lo que digas al respecto, no me gusta que las niñas salgan con Joe. Tendré que desembarazarme de él.

Mark se encontraba en el establo. Su voz calmada sonaba hoy más bien alta y fría.

–¿No sabes lo peligroso que es dejar el raticida a dos metros de las provisiones de avena? ¿Y si alguna parte del veneno se mezcla con la comida? Esos caballos se volverían locos. ¿Qué diablos pasa contigo últimamente, Joe? Permíteme decirte que, si esto sucede otra vez, recomendaré a Erich que te despida. Esas niñas montan en los ponis cada día. El caballo de Erich es bastante difícil de manejar incluso para un consumado jinete como él. Si le das a *Barón* un poco de estricnina en el pienso, pisoteará a cualquiera que se acerque a él...

Erich soltó el brazo de Jenny.

–¿De qué se trata?

Un Joe de rostro enrojecido y al borde de las lágrimas admitió:

–Iba a preparar el veneno en las trampas. Dejé la caja aquí cuando comenzó a llover y luego se me olvidó.

–Quedas despedido –le dijo Erich con voz inalterada.

Joe se quedó mirando a Jenny. ¿Había algún significado en su expresión o, simplemente, le imploraba? No estaba segura.

Jenny dio un paso y asió la mano de Erich.

–Por favor, Erich. Joe ha sido maravilloso con las niñas. Le echarán terriblemente de menos.

Erich estudió el rostro de su mujer.

–Si esto significa tanto para ti –le replicó secamente. Y luego se volvió hacia Joe–: Cualquier error, Joe, *un solo* error, una puerta del cubículo abierta, un perro merodeando por mis propiedades, cualquier cosa de ese tipo...

Miró despectivamente hacia la caja del raticida.

–Eso es todo... ¿Lo has comprendido?

–Sí, señor –susurró Joe–. Gracias, señor. Muchas gracias, señora Krueger.

–Y asegúrate de que sea siempre señora Krueger –gritó Erich–. Jenny, no quiero que las niñas monten hasta que yo regrese. ¿Queda claro?

–Sí...

Jenny se mostró de acuerdo con él. Joe tenía un aspecto lastimoso. En su frente se veía un moretón.

Mark salió del establo con ellos.

–Tienes un nuevo ternero en la vaquería, Erich. Esa es la razón de que me encuentre aquí. Vigila a Joe. Anoche tuvo otra pelea...

–¿Y por qué diablos se pelea? –preguntó Erich con irritación.

El rostro de Mark se ensombreció.

–Si le das a una persona no acostumbrada al licor un poco de whisky con cerveza, ya no se necesitan demasiadas excusas...

–Ven a almorzar con nosotros –le sugirió Erich–. Hace mucho tiempo que no te vemos.

–Por favor, ven –murmuró Jenny.

Anduvieron juntos hasta la casa.

–Entrad vosotros dos –sugirió Erich–. Mark, sírvenos un jerez, ¿quieres? Yo voy a la oficina a recoger el correo.

–Estupendo...

Aguardó hasta que Erich se hubiese alejado lo suficiente como para no poder oírles, y luego habló con rapidez:

–Dos cosas, Jenny. Me he enterado de la buena nueva del bebé... Felicidades. ¿Cómo te encuentras?

–Ahora mucho mejor.

–Jenny, tengo que prevenirte. Fuiste amable al salvarle a Joe el empleo, pero te equivocas. La razón de que tenga tantas peleas es que se muestra excesivamente explícito en lo referente a lo que siente por ti. Te adora, y los parroquianos de los bares se burlan de él. Lo mejor sería que Joe se mantuviera alejado de esta granja.

–¿Y de mí?

–Por supuesto.

26

Cuando Erich estaba a punto de irse a San Francisco, decidió llevar el Cadillac al aeropuerto y dejarlo allí.

–¿O quieres emplearlo tú mientras tanto, cariño?

¿Se percibía un retintín en aquella pregunta? La última vez que Erich se fue había usado el coche para reunirse con Kevin.

–No lo quiero –le respondió en voz baja–. Elsa puede traerme todo lo que necesite.

–¿Estás bien de vitaminas?

–Tengo suficientes...

–Si no te sientes bien, Clyde te llevará al doctor.

Se encontraban ya en la puerta.

–Niñas –llamó Erich–, venid a dar un beso a papá...

Corrieron hacia él.

–Tráeme un regalo –le rogó Beth.

–Y a mí también –coreó Tina.

–Oh, Erich, antes de irte dile a las niñas que no quieres que monten en los ponis hasta que regreses...

–¡Papá! –se quejaron las pequeñas.

–Oh, no lo sé... Joe se presentó ante mí para disculparse. Dice que sabe que ha estado equivocado... Que incluso va a regresar a su casa. Me parece que será correcto dejarle sacar a pasear a las niñas. Pero procura estar tú con ellas en todo momento, Jen.

–Más bien preferiría no estar –respondió ella.

–¿Existe alguna razón?

Sus cejas se enarcaron.

Ella pensó en lo que Mark le había dicho. Pero no había forma de discutirlo con Erich.

–Si estás conforme con que es seguro...

Erich la rodeó con sus brazos.

–Te echaré de menos.

–Y yo a ti...

Jenny le acompañó hasta el coche. Clyde lo había sacado del garaje. Joe le estaba sacando brillo con una bayeta.

Rooney se encontraba cerca, preparada para ir a coser con Jenny. Mark se había aproximado para decir adiós.

–Te llamaré tan pronto como me instale en el hotel –le dijo Erich a Jenny–. Eso será sobre las diez, hora de aquí...

Aquella noche, Jenny permaneció tumbada en la cama esperando la llamada. «Esta casa es demasiado grande –pensó–. Cualquiera puede entrar por la puerta de delante, por la puerta lateral o por la trasera, y subir por las escaleras de atrás. Jamás lo oiría. Las llaves están colgadas en la oficina. Por la noche la cierran, pero durante el día la oficina está vacía. ¿Y si alguien toma una llave de la casa, hace un duplicado y luego devuelve la primera llave a la oficina? Nadie se enteraría... ¿Por qué me estoy preocupando de ello ahora?», se preguntó.

Era precisamente aquel sueño, aquel sueño recurrente de tocar un cuerpo, de sus dedos deslizándose por una mejilla, por una oreja, por el cabello. Ahora sucedía todas las noches. Y siempre era el mismo. El pesado olor a pino, la sensación de una presencia, el toqueteo, y luego un suspiro reprimido. Y siempre, cuando encendía la luz, la habitación se encontraba vacía.

Si pudiese hablar con alguien al respecto... Pero ¿con quién? El doctor Elmendorf le habría sugerido que viese a un psiquiatra. «Eso es todo lo que Granite Place necesitaría –pensó–. Que la mujer de Krueger fuese ahora a que le examinaran la cabeza.»

Aún no eran las diez cuando el teléfono sonó. Lo descolgó con rapidez.

–¿Sí...?

La línea se quedó muda. No; podía oír algo. No una respiración, pero algo...

–¿Diga?

Sintió que comenzaba a temblar.

–Jenny...

La voz era un susurro.

–¿Quién es?

–Jenny, ¿estás sola?

–¿Quién es?

–¿Has conseguido ya algún otro amiguito de Nueva York, Jenny? ¿No le gusta nadar?

–¿Quién es usted?

La voz profirió un chillido, un grito, una mezcla de risa y sollozo, irreconocible.

–Puta. Asesina. Sal de la cama de Caroline. Sal de ella ahora mismo...

Colgó con violencia el auricular. «Oh, Dios mío, ayúdame.» Se llevó las manos a las mejillas, sintiendo un tic bajo el ojo. «Oh, Dios mío.»

El teléfono sonó otra vez. «No voy a descolgarlo. No quiero...»

Cuatro veces, cinco veces, seis veces. Dejó de sonar unos minutos y después sonó de nuevo. «Erich –pensó–. Ya pasan de las diez...» Descolgó el receptor.

–Jenny... –La voz de Erich reflejaba preocupación–. ¿Qué te ocurre? He llamado hace unos minutos y el teléfono comunicaba. Y luego no respondía nadie. ¿Estás bien? ¿Con quién hablabas?

–No lo sé. Solo se trataba de una voz...

Su propia voz era histérica.

–Pareces trastornada. ¿Qué te ha dicho?

–No... pude entender... bien las palabras...

Le era imposible contárselo.

–Comprendo... –Una larga pausa y luego, con tono resignado, Erich añadió–: No debemos hablarlo ahora...

–¿A qué te refieres con no hablarlo?

Conmocionada, Jenny escuchó el chillido de su propia voz. Sonaba exactamente igual que el que había llamado.

–Quiero hablarlo contigo... Escucha, escucha lo que me dijeron. –Sollozando, se lo contó–. ¿Quién me puede acusar así? ¿Quién puede odiarme tanto?

–Cariño, cálmate, por favor...

–Pero Erich... ¿quién?

–Cariño, piensa... Naturalmente, debe de tratarse de Rooney.

–Pero ¿por qué? Yo le gusto a Rooney.

–Tal vez tú le *agrades,* pero ella *amaba* a Caroline... Quiere que Caroline regrese y, cuando se trastorna, te considera una intrusa. Cariño, ya te previne acerca de ella. Jenny, por favor, no llores... Todo saldrá bien... Cuidaré de ti... Siempre velaré por ti...

En algún momento de aquella larga e insomne noche comenzaron los calambres. Al principio fueron unos intensos dolores en el abdomen. A las ocho telefoneó al doctor Elmendorf.

–Será mejor que venga por aquí –le contestó el médico.

Clyde había salido temprano para una subasta de ganado y se llevó a Rooney.

No se atrevía a pedirle a Joe que la llevase en coche. Había media docena de hombres más en la granja, los que acudían a trabajar cada día por la mañana y volvían a sus casas por la noche. Conocía sus nombres y sus rostros, pero Erich siempre la había puesto en guardia de «no tener familiaridades».

Por lo tanto, tampoco quería pedírselo a ninguno de ellos. Llamó a Mark y se lo explicó:

–¿Por casualidad...?

Su respuesta fue rápida:

–No hay problema. Si no te importa aguardar a que cierre la oficina para traerte de vuelta. O mejor aún, mi padre lo hará. Acaba de llegar de Florida. Se quedará conmigo la mayor parte del verano.

El padre de Mark, Luke Garrett. Jenny estaba ansiosa por conocerle.

Mark llegó a recogerla a las nueve y cuarto. La mañana era cálida y neblinosa. Sería un día muy caluroso. Jenny se acercó a su armario para ver qué podía ponerse, y se percató de que todas las nuevas ropas que Erich le había comprado cuando se casaron eran de invierno. Rebuscó hasta encontrar un vestido de algodón de su último año en Nueva York. Al ponérselo, experimentó una sensación peculiar. El vestido de dos piezas y de cuadraditos rosa era de Albert Capraro, uno que había comprado en las rebajas al final de temporada. La suave y amplia falda le quedaba solo un poco ajustada en la cintura y la parte baja de la chaqueta ocultaría su delgadez.

El coche de Mark era un Chrysler que ya tenía cuatro años. Su bolso fue arrojado en la parte trasera. Un montón de libros aparecían esparcidos al lado del asiento. El coche tenía aspecto de confortable desorden.

Era la primera vez en que, realmente, se encontraba a solas con Mark. «Apuesto que incluso los animales saben, instintivamente, que facilita las cosas cuando está por aquí», pensó. Y se lo dijo exactamente así.

Mark se la quedó mirando.

–Me gustaría pensar lo mismo. Y confío en que Elmendorf esté teniendo el mismo efecto sobre ti. Es un buen médico, Jenny. Puedes confiar en él.

–Lo haré...

Condujeron despacio por la carretera que pasaba delante de la granja y llevaba a Granite Place. «Hectárea tras hectárea de tierras de Krueger –pensó–. Todos esos animales paciendo en los campos... Ganado Krueger de calidad. Y yo que realmente había visualizado una placentera granja y algunos maizales. Nunca lo comprendí.»

Mark comentó:

–No sé si te has enterado de que Joe va a volver con su madre.

–Erich me lo contó.

–Es lo mejor que puede pasar. Maude es una mujer muy despierta. La bebida hace estragos en esa familia. Siempre ha mantenido a Joe con las riendas muy cortas.

–Creía que su hermano había empezado a beber a causa del accidente...

–Lo dudo. Oí a mi padre y a John Krueger hablar después de ello. John siempre decía que Josh Brothers había estado bebiendo aquel día. Tal vez el accidente fue su excusa para beber de forma abierta...

–¿Me perdonará alguna vez Erich por todas esas habladurías? Están destruyendo nuestro matrimonio.

No pensaba plantear aquella pregunta. La oyó salir de sus propios labios planos y exangües. ¿Se atrevería a contarle a Mark lo de la llamada telefónica, y la respuesta que había dado Erich al respecto?

–Jenny... –Se produjo un largo silencio. Jenny ya se había percatado de que su voz tenía tendencia a hacerse profunda en los momentos en que estaba particularmente enfrascado en lo que decía–. Jenny, no puedo decirte qué persona tan diferente es Erich desde el día que regresó aquí después de casarse contigo. Siempre ha sido un solitario. Siempre ha pasado mucho tiempo en aquella cabaña. Y ahora, naturalmente, comprendemos por qué. Pero incluso así... Dudo que John Krueger llegase a besar a Erich cuando este era niño. Caroline era una persona que te acogía, que te daba un beso cuando entrabas, hacía correr los dedos por tu pelo cuando hablaba contigo. Las personas de por aquí no son así. No somos muy expresivos de cara al exterior. Me acuerdo que mi padre se burlaba de ella por aquel calor latino que albergaba... ¿Puedes imaginarte qué pudo representar para Erich el enterarse de que estaba planeando abandonarle? Es comprensible que estuviese tan trastornado con el asunto de tu anterior marido. Simplemente dale tiempo. Las habladurías terminarán. El mes que viene la gente tendrá algo más a lo que hincarle el diente...

–Lo planteas de una forma tan fácil...

–No es que sea fácil, pero tal vez no sea tan malo como piensas.

La dejó en la consulta del médico.

–Esperaré sentado aquí fuera y aprovecharé para leer algo. No creo que tardes demasiado...

El tocólogo no se anduvo con rodeos.

–Ha tenido falsos dolores de parto, y ciertamente es algo que no me gusta en este estadio. ¿Se ha esforzado en demasía?

–No.

–Ha perdido más peso.

–No puedo comer.

–Por la seguridad del niño, debe usted intentarlo. Leches malteadas, helados, lo que sea. Y permanezca de pie el menor tiempo posible. ¿Está preocupada por algo?

«Sí, doctor –deseó decirle–, estoy preocupada porque no sé quién me telefonea cuando mi marido se encuentra fuera. ¿Está Rooney más enferma de lo que me había dado cuenta? ¿Y qué me dice de Maude? Tiene resentimiento hacia los Krueger, y particularmente contra mí. ¿Quién más sabe cuándo Erich se encuentra ausente?»

–¿Está preocupada por algo, señora Krueger? –repitió.

–Realmente, no...

Luego le contó a Mark lo que el doctor había dicho. El brazo de él colgaba por la parte posterior del asiento. «Es tan grande –pensó–, tan irresistible y confortablemente varonil.» No se lo imaginaba estallando en un acceso de furia. Había aguardado leyendo. Ahora arrojó el libro al asiento de atrás y puso en marcha el coche.

–Jenny –le dijo–, ¿no tendrías una amiga, una prima o alguien así que pudiese venir un par de meses a hacerte compañía? Pareces tan sola aquí... Creo que eso ayudaría a que no pensases siempre en cosas...

«Fran», pensó Jenny. Sintió un intenso deseo de que Fran pudiese visitarla. Pensó en las encantadoras veladas que habían pasado juntas, mientras Fran le comentaba cosas acerca de su último novio. Pero a Erich le desagradaba Fran. Incluso le había dicho que se asegurase de que Fran no viniese a visitarla. Jenny pensó en alguna de sus otras amigas. Ninguna de ellas podía permitirse gastar los cerca de cuatrocientos dólares que costaba el billete de avión para una visita de fin de semana. Tenían empleos y familiares.

–No –contestó–, no tengo a nadie que pueda venir.

La granja Garrett se encontraba en el extremo norte de Granite Place.

–Somos una brizna en comparación con Erich –explicó Mark–. Poseemos unas trescientas hectáreas. Y yo tengo mi clínica exactamente en la propiedad.

La casa era igual que la que había imaginado que Erich tendría. Grande y blanca, con postigos negros y un amplio porche frontal.

El salón tenía estantes de libros alineados en las paredes. El padre de Mark se hallaba allí leyendo en un butacón. Alzó la vista cuando entraron. Jenny observó una expresión de perplejidad en su rostro.

Era también un hombre corpulento, de hombros anchos. El recio cabello estaba totalmente blanco, pero su raya se encontraba en el mismo sitio que en el cabello de su hijo. Sus gafas de leer acentuaban sus ojos grises, y las pestañas eran de un color grisáceo. Las de Mark eran oscuras. Pero los ojos de Luke tenían su misma expresión burlona.

–Tú debes de ser Jenny Krueger.

–Eso es...

A Jenny, Luke le gustó al instante.

–No es de extrañar que Erich... –Se interrumpió–. Estaba ansioso por conocerte. Confié en tener esa oportunidad cuando estuve aquí a finales de febrero.

–¿Estuviste aquí en febrero? –dijo Mark.

Jenny se dio la vuelta hacia él y preguntó:

–¿Por qué no trajiste a tu padre?

Mark se encogió de hombros.

–Erich lanzó más bien indirectas respecto de que estabais en casa pasando la luna de miel. Jenny, solo me quedan diez minutos antes de que se abra la clínica. ¿Qué te apetece? ¿Té? ¿Café?

Mark se dirigió a la cocina y Jenny se quedó a solas con Luke Garrett. Se sintió estudiada por el consejero escolar, como si de un momento a otro fuese a preguntarle: «¿Cómo te van los cursos? ¿Estás contenta con tus maestros?».

Ella se lo dijo así y Luke sonrió.

–Tal vez te esté analizando. ¿Cómo van las cosas?

–¿De cuánto se ha enterado?

–Del accidente y de la investigación.

–Pues sí que está al corriente...

Jenny alzó las manos como para defenderse.

–No puedo culpar a la gente por pensar lo peor... Mi abrigo estaba en el coche. Una mujer que llamó al teatro Guthrie, desde nuestro teléfono, aquella tarde... Sigo pensando que existe una explicación razonable, y una vez la encuentre todo quedará de nuevo en orden...

Titubeó, pero luego decidió no contarle lo de Rooney. Si Rooney había efectuado la llamada telefónica de anoche, en uno de sus ataques, probablemente ya lo habría olvidado. Y Jenny no deseaba repetir las palabras que había oído.

Mark entró de nuevo seguido por una mujer baja y fornida que llevaba una bandeja. El cálido aroma del café le recordó a Jenny la exquisita pastelería de Nana, aquel sabroso pastel de café... Una oleada de nostalgia la hizo parpadear para contener las lágrimas.

–No eres muy feliz aquí, ¿no es verdad, Jenny? –le preguntó Luke.

–Esperaba serlo –repuso ella–. Puedo serlo.

–Eso es exactamente lo que Caroline decía –comentó Luke–. ¿Te acuerdas, Mark, cuando llevó sus maletas al coche aquella última tarde?

Un rato después, Mark salió hacia su clínica y Luke llevó a Jenny en coche a casa. Parecía silencioso y distraído y, al cabo de unos cuantos intentos por mantener la conversación, Jenny también se sumió en el silencio.

Luke maniobró el vehículo por la entrada principal y luego se dirigió hacia la entrada lateral. Jenny vio que los ojos de Luke se quedaban fijos en la mecedora del porche.

–El problema –dijo de repente– es que este lugar no ha cambiado. Si sacaras una foto de esta casa y la compararas con otra que tuviera treinta años, serían idénticas. No se ha añadido nada, no se ha renovado nada, no se ha quitado nada... Tal vez esa sea la razón de que todos los de aquí tengan la misma sensación respecto de la presencia de Caroline, como si la puerta pudiese abrirse y ella salir corriendo, siempre alegre de verte, siempre invitándote a que te quedases a cenar. Después de que la madre de Mark y yo nos divorciamos, Caroline tuvo mucho tiempo a Mark aquí. Caroline fue una segunda madre para él...

–¿Y para usted? –le preguntó Jenny–. ¿Qué era Caroline para usted?

Luke la miró con ojos repentinamente angustiados.

–Todo cuanto siempre he deseado en una mujer.

Se aclaró la garganta, como si temiese haber revelado demasiado de sí mismo.

Cuando Jenny salió del coche, le dijo:

–Cuando Erich regrese, prometa que acudirá a cenar con Mark...

–Con mucho gusto, Jenny. ¿Lo tienes ya todo?

–Sí.

Ella echó a andar hacia la casa.

–Jenny –la llamó él.

Ella se dio la vuelta. El rostro de Luke estaba lleno de dolor.

–Perdóname. Pero te pareces tanto a Caroline... Es algo inquietante... Jenny, ten cuidado. Ten cuidado con los accidentes...

27

Erich regresó a casa el 3 de junio. Telefoneó la noche del día anterior.

–Jen, me he portado de una forma miserable. Querida, lo daría todo por no haberte trastornado así...

Jenny sintió que su tensión se aflojaba. Era lo que Mark decía, que, llegado el momento, las habladurías desaparecerían. Si pudiese aferrarse a este pensamiento...

–Está bien. Superaremos todo esto...

–¿Cómo te encuentras, Jen?

–Bastante bien.

–¿Comes mejor?

–Lo intento. ¿Cómo ha ido la exposición?

–Muy pero que muy bien... El Gramercy Trust ha comprado tres óleos. Los precios han sido altos, y las críticas muy buenas...

–Me alegro. ¿A qué hora sale tu avión?

–A las once. Estaré en casa entre las dos y las tres. Te quiero mucho, Jen...

Aquella noche la habitación pareció menos amenazadora. Tal vez todo saldría bien, se dijo a sí misma. Por primera vez en semanas durmió sin soñar.

Estaba sentada a la mesa del desayuno con Tina y Beth cuando comenzaron los chillidos, una espantosa cacofonía de salvajes sonidos de dolor humano.

–¡Mamá, ¿qué ocurre?!

Beth saltó de su silla y corrió hacia la puerta.

–Quedaos aquí –ordenó Jenny.

Se dirigió hacia aquellos sonidos. Procedían del establo. Clyde salía en aquel momento de la oficina con un fusil en la mano.

–Apártese, señora Krueger, quítese de en medio...

Pero ella no pudo. El que estaba gritando era Joe...

Se encontraba en el compartimiento del caballo, agazapado contra la pared trasera, tratando frenéticamente de esquivar las coces del animal. *Barón* retrocedía sobre sus patas traseras, los ojos se le salían de las órbitas, las pezuñas con las aguzadas herraduras volaban por los aires. Joe sangraba por la cabeza y uno de sus brazos le colgaba laxamente. De pronto se derrumbó y las patas delanteras de *Barón* le dieron en el pecho.

–Oh, Dios mío, Dios mío...

Jenny oyó su propia voz que lloraba, rezaba y suplicaba. Fue empujada a un lado.

–Apártate, Joe. Voy a disparar...

Clyde apuntó mientras los cascos retrocedían de nuevo. Se produjo la detonación del fusil, seguida por un agudo relincho. *Barón* se quedó como una estatua en el aire y luego se derrumbó encima de la paja del cubículo.

De alguna manera, Joe consiguió encogerse contra la pared para evitar el aplastante peso del animal. Ahora estaba rígido, con la respiración jadeante, con los ojos inmovilizados por la conmoción, con el brazo grotescamente retorcido. Clyde soltó el fusil y corrió hacia él.

–¡No le mueva! –le gritó Jenny–. Llame a una ambulancia. ¡Rápido!

Tratando de evitar el cuerpo de *Barón,* Jenny se arrodilló al lado de Joe, acariciándole la frente con la mano, enjugándole la sangre de los ojos, oprimiéndole el desgarrón que tenía en el cuero cabelludo. Los otros hombres acudieron corriendo. Jenny oyó sollozar a una mujer. Era Maude Ekers.

–Joey, Joey...

–Mamá...

–Joey...

Llegó la ambulancia. Los enfermeros vestidos de blanco ordenaron que todo el mundo se retirase. Luego Joe fue colocado en la camilla, con los ojos cerrados, el rostro ceniciento. Un enfermero murmuró en voz muy baja:

–Creo que se está muriendo...

Maude Ekers profirió un grito.

Los ojos de Joe se abrieron y quedaron fijos en Jenny. Su voz resultó asombrosamente clara:

–Nunca le he dicho a nadie que la vi meterse en el coche aquella noche, de veras, no lo he hecho –balbuceó.

Maude se volvió hacia Jenny mientras subía a la ambulancia para acompañar a su hijo.

–Si mi chico muere, será culpa suya, Jenny Krueger –le gritó–. ¡Maldigo el día que llegó aquí! ¡Maldigo a todas las mujeres Krueger por lo que habéis hecho a mi familia! ¡Maldita sea! ¡A saber a quién pertenece el niño que lleva en el vientre!

La ambulancia se alejó a toda prisa, con la sirena interrumpiendo la paz de aquella mañana veraniega.

Erich llegó a casa unas horas después. Fletó un avión para que trajese a un cirujano de tórax de la clínica Mayo, y luego telefoneó para contratar enfermeras particulares. A continuación se dirigió al establo y se acuclilló al lado de *Barón*. Acarició el ágil y bello cuerpo del exánime animal.

Mark ya había hecho analizar el cubo de la avena y había aparecido estricnina mezclada con la avena.

Más tarde, el sheriff Gunderson se presentó en la casa.

–Señora Krueger, media docena de personas oyeron a Joe decir que no había revelado el haberla visto a usted entrar en el coche aquella noche. ¿Qué quería decir con eso?

–No comprendí a qué se refería.

–Señora Krueger, usted estaba presente cuando el doctor Garrett amonestó a Joe por dejar el raticida cerca de la avena. Sabía los efectos que produciría en *Barón*. Oyó que el doctor Garrett prevenía a Joe de que la estricnina enloquecería a *Barón*.

–¿Le ha dicho a usted eso el doctor Garrett?

–Me dijo que Joe había tenido poco cuidado con el raticida, y que usted y Erich estaban presentes cuando amonestó a Joe.

–¿Qué intenta decir?

–Nada de momento, señora Krueger. Joe alega que confundió las cajas. Pero yo no lo creo. Nadie le cree...

–¿Se recuperará?

–Es demasiado pronto para decirlo. Pero, aunque sobreviva, estará convaleciente durante un largo período de tiempo. Si puede superar los próximos tres días, le trasladarán a la clínica Mayo. –El sheriff se dio la vuelta para marcharse–. Como dice su madre, por lo menos allí estará a salvo...

28

Atrapada en el progreso de su embarazo, Jenny comenzó a contar los días y semanas que faltaban para que el bebé naciese. En doce semanas, en once semanas, en diez semanas, Erich tendría un hijo. Y Erich regresaría a la habitación conyugal. Y Jenny estaría de nuevo bien... Las habladurías en la ciudad terminarían. El bebé sería exactamente como Erich.

La intervención quirúrgica de Joe había sido un éxito, aunque no saldría de la clínica Mayo hasta finales de agosto. Maude se había instalado en un apartamento amueblado cerca del hospital. Jenny sabía que Erich pagaba todas las facturas.

Ahora Erich cabalgaba en *Fire Maid* cuando acompañaba a las niñas con los ponis. Nunca le habló de *Barón* a Jenny. Esta se había enterado por Mark de que Joe había persistido en su versión de que debía de haber mezclado el veneno con la avena, y de que afirmaba no tener la menor idea de lo que quería decir cuando mencionó haber visto a Jenny aquella noche...

Pero Jenny no necesitaba que Mark le dijese que nadie creía a Joe...

Erich trabajaba menos en la cabaña y más en la granja, con Clyde y los hombres. Cuando le preguntaba al respecto, su marido respondía:

–No estoy de humor para pintar.

Se mostraba amable con ella pero distante. Jenny sentía siempre que la observaba. Por las noches, se sentaban en el salón y leían. Erich hablaba poco con ella, pero cuando Jenny alzaba la vista notaba que su marido bajaba los ojos, como si no quisiese ser pillado observándola.

Una vez a la semana, el sheriff Gunderson se dejaba caer por allí, aparentemente para charlar.

–Volvamos a la noche en que Kevin MacPartland se presentó por aquí, señora Krueger –solía decir.

O se dedicaba a especular.

–Joe siente una gran admiración hacia usted, ¿verdad? La suficiente como para mostrarse protector. ¿Le apetece hablar algo al respecto, señora Krueger?

Aún tenía la sensación de que alguien estaba con ella por la noche en su cuarto. La pauta era siempre la misma:

empezaba a soñar con que se encontraba en los bosques; algo avanzaba hacia ella, se inclinaba sobre ella; adelantaba la mano y tocaba una larga cabellera de mujer. Los suspiros se acercaban más. Luego tanteaba en busca de la luz y, cuando la encendía, se encontraba sola en el cuarto.

Finalmente le contó al doctor Elmendorf su sueño recurrente.

–¿Cómo lo explica usted? –le preguntó el médico.

–No lo sé... –Titubeó–. No estoy muy segura, pero creo que tiene que ver con Caroline.

Le habló al médico de Caroline, le explicó que todas las personas próximas a ella parecían tener la sensación de su presencia.

–Supongo que su imaginación le está jugando una mala pasada. ¿Le gustaría que le buscase un analista?

–No. Estoy segura de que tiene usted razón.

Comenzó a dormir con la luz del cuarto encendida, pero a los pocos días la apagó. La cama se encontraba a la derecha de la puerta. El cabezal se apoyaba contra la pared norte. Un lado del lecho se hallaba cerca de la pared este de la estancia. Se preguntó si Erich le trasladaría la cama para situarla entre las ventanas de la pared sur. Allí le llegaría más luz de la luna. Y podría ver cuando estuviese despierta. El sitio en que estaba ubicada la cama resultaba terriblemente oscuro.

Pero sabía muy bien cómo estaban las cosas para hacer semejante petición.

Una mañana, Beth preguntó:

–Mamá, ¿por qué no me hablaste cuando viniste anoche a mi habitación?

–No fui a verte, ratoncita.

–¡Sí, claro que sí!

¿Sería sonámbula?

Los pequeños estremecimientos de su vientre le parecían muy diferentes a las sólidas patadas que había sentido cuando Beth y Tina. «Que el bebé sea saludable –rogaba en silenciosa súplica–. Concede a Erich un hijo sano y robusto.»

Las cálidas tardes de agosto se disolvieron en noches frías. Los bosques adquirieron los primeros matices dorados.

–Será un otoño breve –le comentó Rooney–. Y para cuando caigan todas las hojas, habrá acabado la colcha. Y entonces podrá colgarla también en el comedor.

Jenny evitaba a Mark todo lo posible, quedándose en casa desde que entreveía la camioneta aparcada cerca de la oficina. ¿Opinaría que era ella la que, deliberadamente, había puesto veneno en la comida de *Barón*? Jenny no creía poder resistirlo si también se sentía acusada por él.

A principios de septiembre, Erich invitó a Mark y a Luke Garrett a cenar. Su marido le dijo con tono indiferente:

–Luke regresa a Florida hasta las vacaciones. No le he visto demasiado estos días. Emily vendrá también. Diré que se quede Elsa y cocine.

–No, esa es la única cosa que puedo hacer yo.

La primera fiesta desde la noche en que el sheriff Gunderson había llegado para hablarle de la desaparición de Kevin. Preveía con alegría el hecho de ver de nuevo a Luke. Sabía que Erich acudía con regularidad a la granja Garrett. Se llevaba consigo a Tina y Beth. Ya nunca concertaba con ella las salidas.

Se limitaba a anunciar:

–Me llevo a las niñas por la tarde para que no te molesten. Que descanses, Jen.

No es que ella desease ir. No quería correr el riesgo de ver a nadie en la ciudad. ¿Cómo la tratarían? ¿Le sonreirían y luego hablarían a sus espaldas de lo que le había pasado?

Cuando Erich estaba fuera con las niñas, daba largos paseos por la granja. Le gustaba caminar a lo largo del río e intentaba no pensar en que el coche de Kevin se había despeñado sobre la orilla, exactamente al girar aquel recodo. Pasaba ante el cementerio. La tumba de Caroline tenía plantadas flores de verano.

Anhelaba internarse en el bosque para buscar la cabaña de Erich. En una ocasión se adentró unos cincuenta metros. Las gruesas ramas ocultaban el sol. Un zorro pasó ante ella, rozándole las piernas, persiguiendo a un conejo. Asustada, se dio la vuelta. Los pájaros que anidaban en las ramas lanzaron murmullos de protesta cuando pasó por debajo.

Encargó algunas ropas de embarazada a un catálogo de Dayton's. «Casi siete meses de embarazo –pensó–, y mis propias ropas no me van demasiado ajustadas.» Pero los nuevos blusones, pantalones y faldas exaltaron su espíritu. Recordó cuán cuidadosamente había comprado las cosas cuando estuvo embarazada de Beth. Y llevó las mismas prendas con Tina. Con respecto al bebé que debía llegar, Erich le había dicho:

–Encarga cuanto te apetezca.

La noche de la cena llevaba un vestido de seda verde esmeralda, de dos piezas, con un collar de encaje blanco. Era algo sencillo pero bien cortado. Sabía que a Erich le agradaba que vistiese de color verde. Tenía relación con sus ojos. Lo mismo que el camisón aguamarina...

Los Garrett y Emily llegaron juntos. Jenny advirtió una nueva intimidad entre Mark y Emily. Se sentaron uno al lado del otro en el sofá. En cierto momento la mano de Emily se posó en el brazo de Mark. «Tal vez estén comprometidos», pensó. Y aquella posibilidad despertó en ella un fuerte sentimiento de dolor. ¿Por qué?

Emily realizó un visible esfuerzo por mostrarse complaciente. Pero resultaba difícil encontrar un terreno común entre ambas. Estuvo hablando de la feria del condado.

–A pesar de lo mala que es, siempre disfruto. Y todo el mundo hablaba acerca de lo encantadoras que son tus hijas.

–Nuestras hijas –sonrió Erich–. Oh, a propósito, todos estaréis contentos al enteraros de que la adopción ya ha quedado ultimada. Las niñas son, legal y valederamente, unas Krueger...

Jenny había esperado eso, como es natural. Pero ¿desde cuándo lo sabía Erich? Hacía unas cuantas semanas que había dejado de preguntarle si le importaba que se llevase a las niñas. ¿Se debería ello a que ya fuesen «legal y valederamente unas Krueger»?

Luke Garrett estaba muy silencioso. Había elegido sentarse en el butacón de orejas. Al cabo de un rato, Jenny comprendió el porqué. Desde allí tenía una mejor visión del retrato de Caroline. Sus ojos raramente se apartaban de él. ¿Qué había querido decir con aquella advertencia acerca de accidentes?

La cena se desarrolló sin incidencias. Jenny preparó una sopa de tomate y mariscos según una receta que había encontrado en un libro de cocina antiguo.

Luke alzó las cejas.

–Erich, si no me equivoco esta ha de ser la receta que tu abuela empleaba cuando yo era un muchacho. Excelente, Jenny...

Como para rectificar su silencio previo, Luke comenzó a recordar su juventud.

–Tu padre –le dijo a Erich– fue más íntimo mío durante su juventud de lo que habéis sido nunca tú y Mark.

A las diez se marcharon a sus casas. Erich ayudó a Jenny a despejar la mesa. Pareció complacido de la forma en que había transcurrido la velada.

–Parece que Mark y Emily están muy cerca de comprometerse –explicó Erich–. Luke se alegraría mucho. Tiene ganas de que Mark siente la cabeza.

–Yo también lo he pensado así –convino Jenny.

Trató de mostrarse complacida, pero sabía que no lo había conseguido.

Octubre se volvió muy frío. Fuertes vientos despojaron a los árboles de sus galas otoñales; las heladas volvieron pardas las hierbas; la lluvia comenzó a ser muy fría. Ahora la estufa estaba encendida constantemente. Cada mañana,

Erich encendía la estufa de la cocina. Beth y Tina acudían al desayuno arropadas en cálidas batas, previendo con ansia las primeras nieves.

Jenny raramente salía de la casa. Los largos paseos le resultaban ahora demasiado agotadores, y el doctor Elmendorf le aconsejó que los suspendiera. Sufría frecuentes calambres en las piernas y tenía miedo de caerse. Rooney acudía cada tarde a visitarla. Entre ellas habían confeccionado la canastilla del bebé.

–Nunca llegaré a coser correctamente, Rooney –suspiraba Jenny.

Pero incluso así, resultaba gratificante hacer sencillos quimonos con la tela estampada que Rooney había encargado en la ciudad.

Fue Rooney quien mostró a Jenny el rincón del desván donde se encontraba la cuna de mimbre de los Krueger cubierta con sábanas.

–Le he hecho un nuevo faldón –comentó Rooney.

La actividad parecía haber reanimado a Jenny.

–Colocaré la cuna en la antigua habitación de Erich –le dijo a Rooney–. No quiero trasladar a las niñas y los otros cuartos se encuentran demasiado lejos. Tendría miedo de no oír al bebé por la noche.

–Es lo que Caroline decía –coincidió Rooney–. Ya sabe que la habitación de Erich era una parte del dormitorio principal, una especie de nicho del mismo. Caroline colocó la cuna y el armario del bebé allí. A John no le gustaba que estuviese el bebé en su habitación. Decía que no era dueño de una casa tan grande para tener que andar de puntillas alrededor de un niño. Por eso hicieron la partición.

–¿La partición?

–¿Nunca le ha hablado de eso Erich? La cama de usted solía estar en la pared sur. Detrás de la cabecera actual se encuentra el tabique corredero.

–Enséñamelo, Rooney.

Se dirigieron al piso de arriba, a la antigua habitación de Erich.

–No es raro que no pudiese abrirlo desde su lado a causa del cabezal –explicó Rooney–. Pero ahora verá.

Puso a un lado la mecedora de alto respaldo y luego señaló un tirador empotrado en la pared.

–Ahora veremos si funciona.

Sin hacer ruido, el panel se deslizó.

–Caroline lo hizo así para que cuando Erich fuese mayor pudiesen incomunicarse las dos habitaciones. Mi Clyde construyó el tabique y Josh Brothers le ayudó. ¿No le parece un buen trabajo? ¿Se hubiera imaginado alguna vez que se encontraba aquí?

Jenny se quedó de pie en la abertura. Se hallaba detrás de la cabecera de su cama. Se inclinó hacia delante. Aquella era la razón de que sintiese una presencia, de que alargase las manos y tocase una cara. Recordó la sensación de un largo cabello. Si se le quitaba a Rooney el recto moño, seguramente su cabello sería muy largo.

–Rooney –trató de aparentar indiferencia–, ¿acudes alguna vez a esta habitación y abres la partición por la noche? ¿Tal vez te quedas mirándome?

–No creo que lo haga. Pero Jenny... –Rooney acercó los labios a su oído–: No se lo quiero decir a Clyde porque creería que estoy loca. A veces me asusta. Habla acerca de trasladarme de aquí por mi propio bien. Pero, Jenny, he visto a Caroline andar de noche por la granja durante estos últimos meses. En una ocasión la seguí aquí, hasta la casa, y subió por las escaleras de atrás. Ese es el motivo de que siga pensando que si Caroline es capaz de regresar, tal vez mi Arden vuelva por aquí muy pronto también...

29

Aquella vez no fue una falsa alarma. En silencio, Jenny permanecía en la cama tomando el tiempo de sus contracciones. Durante diez minutos en un principio, hasta que se aceleraron a intervalos de cinco minutos. Jenny se dio unos golpecitos en el pequeño montículo de su abdomen. «Lo hemos conseguido, jovencito Krueger –pensó–. Durante algún tiempo no estaba segura de que pudiésemos.»

El doctor Elmendorf se mostró cautamente complacido en su última visita.

–El bebé pesa dos kilos y medio –le había dicho a Jenny–. Desearía que fuese mayor, pero de todos modos es un peso confortable. Francamente, creía que iba a tener un parto prematuro.

Y le había hecho una ecografía.

–Está en lo cierto, señora Krueger. Va a tener un niño...

Jenny se dirigió al vestíbulo para llamar a Erich. La puerta de su dormitorio estaba cerrada. Jenny nunca iba por allí. Titubeando, dio unos golpecitos.

–Erich –llamó suavemente.

No hubo respuesta. ¿Se habría ido a la cabaña durante la noche? Había comenzado a pintar de nuevo, pero siempre regresaba a casa para cenar. E incluso si se había ido a la cabaña al atardecer, regresaba a la casa en uno u otro momento.

Le había preguntado acerca del panel que separaba su antiguo cuarto del dormitorio principal.

–Dios mío, Jen, lo olvidé por completo –había dicho él–. ¿Por qué supones que alguien lo ha estado abriendo? Apuesto a que Rooney entra y sale de este lugar más veces de las que imaginamos. Ya te previne respecto de intimar tanto con ella.

No se había atrevido a contarle que Rooney afirmaba haber visto a Caroline.

Ahora abrió por completo la puerta de la habitación que su marido usaba y alargó la mano en busca del interruptor de la luz. La cama estaba hecha. Erich no se encontraba allí.

Tenía que ir al hospital. Eran solo las cuatro de la madrugada. No habría nadie hasta las siete. A menos...

Caminando suavemente con los pies descalzos por el amplio vestíbulo, Jenny pasó ante las puertas cerradas de los otros dormitorios. Erich no emplearía ninguno de ellos, excepto...

Con cautela, abrió la puerta de la antigua habitación de su marido. El trofeo de la Little League encima de la cómoda brillaba a la luz de la luna. La cuna, ahora con un faldón de seda amarilla por encima con redecilla blanca, se encontraba cerca de la cama.

Los cobertores aparecían revueltos. Erich estaba dormido, con el cuerpo acurrucado en su posición fetal favorita. Su mano se alargaba hacia la cuna, como si se hubiese quedado dormido sujetándola.

Recordó algo que Rooney le había dicho:

«–Puedo ver a Caroline meciendo esta cuna durante una hora, con Erich armando alboroto en ella. Yo solía decirle que era afortunado por tener una madre tan paciente.»

–Erich –susurró Jenny tocándole el hombro.

Sus ojos se abrieron. Dio un respingo.

–Jenny... ¿qué ocurre?

–Creo que ha llegado la hora de ir al hospital.

Erich se levantó enseguida de la cama y la rodeó con los brazos.

–Algo me dijo que permaneciese esta noche aquí, cerca de ti. Me quedé dormido pensando en lo maravilloso que sería todo cuando nuestro hijo se encontrase en la cuna...

Hacía semanas que no la tocaba. Jenny no se había percatado del ansia que sentía por notar los brazos de él estrechándola. Elevó las manos hacia el rostro de su marido. En la oscuridad, sus dedos palparon la curva de la cara, la suavidad de los párpados. Se estremeció.

–¿Qué pasa, cariño? ¿Estás bien?

Jenny suspiró.

–No sé por qué, pero por un momento me asusté mucho. Podrías creer que este es mi primer bebé, ¿verdad?

La luz del techo de la sala de partos era brillante. Hería los ojos. Jenny se encontraba en un estado de duermevela. Erich, con una mascarilla y una bata igual que los médicos y enfermeras, la estaba observando. ¿Por qué Erich la miraba todo el rato?

Una última acometida de dolor. «Ahora –pensó–, ahora.» El doctor Elmendorf alzó un pequeño y lacio cuerpo. Todos se inclinaron sobre él.

–Oxígeno.

El bebé tenía que encontrarse bien...

–Dádmelo...

Pero sus labios no acababan de formar las palabras. No podía moverlos.

–Déjeme verlo –dijo Erich. Parecía ansioso, nervioso. Luego Jenny escuchó su susurro de decepción–: ¡Tiene el cabello igual que las niñas, *un pelo rojo oscuro*!

Cuando Jenny abrió de nuevo los ojos, la habitación estaba a oscuras. Una enfermera se encontraba sentada al lado de la cama.

–¿Y el bebé?

–Está muy bien –respondió la enfermera–. Solo nos ha dado un pequeño susto. Intente dormir.

–¿Y mi marido?

–Se ha ido a casa...

¿Qué había dicho Erich en la sala de partos? No podía recordarlo. Derivó hacia el sueño y salía a intervalos de él.

Por la mañana, un pediatra entró en la habitación.

–Soy el doctor Bovitch. Bien, señora Krueger, lamento decirle que los pulmones del bebé no están desarrollados por completo. Ha tenido problemas, pero podremos superarlos... Se lo prometo. No obstante, dado que su religión es la católica, anoche creímos que lo mejor era bautizarle.

–¿Tan mal está? Deseo verle.

–Podrá ir andando a la sala de pediatría dentro de un rato. Aún no podemos quitarle el oxígeno. Kevin es un hermoso bebé Krueger.

–¿Kevin?

–Sí. Antes de que el sacerdote le bautizase, le preguntó a su marido cómo pensaba llamarle. Es lo correcto, ¿verdad? Kevin MacPartland Krueger.

Erich se presentó con un ramo de rosas rojas.

–Oh, Jenny, dicen que lo conseguirá. Que el bebé lo superará. Cuando llegué a casa, me pasé toda la noche llorando. Pensé que no quedaban esperanzas.

–¿Por qué le has puesto Kevin MacPartland?

–Cariño, dijeron que no sobreviviría más de unas horas. Pensé que debíamos reservar el nombre de Erich para un hijo que viviera. Fue el único otro nombre que se me ocurrió. Pensé que te gustaría...

–Cámbialo...

–Naturalmente, querida. Figurará Erich Krueger quinto en su certificado de nacimiento...

La semana que permaneció en el hospital, Jenny se obligó a comer, economizó fuerzas, expulsando de ella aquella depresión que le quitaba las energías. Al cuarto día, sacaron de la incubadora al bebé y Jenny pudo tenerlo en brazos. Era tan frágil... Su ser se conmovió de ternura cuando la pequeña boca buscó su pecho. No había criado a Beth ni a Tina. Había sido demasiado importante el poder regresar al trabajo... Pero ahora concedería a este hijo todo su tiempo y energías.

La dieron de alta en el hospital a los cinco días. Durante las siguientes tres semanas, regresó cada cuatro horas durante el día para alimentarlo. Algunas veces, Erich la llevó en coche; otras, le prestó el coche.

–Todo sea por el bebé, cariño...

Las niñas pidieron que las llevase. Al principio armaron jaleo, pero luego se resignaron.

–Está bien –le dijo Beth a Tina–. Papá cuidará de nosotras y nos divertiremos con él.

Erich lo oyó.

–¿A quién queréis más, a mamá o a mí?

Y las elevó en vilo.

–A ti, papá –se rió Tina.

Jenny se percató de que la niña había aprendido las contestaciones que Erich deseaba escuchar.

Beth titubeó y miró a Jenny.

–Os quiero a los dos por igual.

Al fin, el día siguiente al de Acción de Gracias, Jenny pudo llevarse el bebé a casa. Con ternura, lo vistió, contenta de quitarle la áspera camisita de hospital y reemplazarla por otra nueva, lavada una vez para suavizar las fibras de algodón. Una larga y floreada camisita, el ropón azul de lana y un gorro, más la manta para cubrirle, de lana peinada con rebordes de satén.

Fuera hacía mucho frío. Noviembre había traído la nieve y helaba ininterrumpidamente. El viento ululaba entre los árboles, haciendo oscilar las desnudas ramas en un movimiento constante. El humo se elevaba de las chimeneas de la casa, de la oficina, y de las viviendas de Clyde y Rooney, cerca del cementerio.

Las niñas permanecieron inmóviles junto a su hermanito, cada una suplicando para poder tenerlo en brazos. Sentada al lado de ellas en el sofá, Jenny se lo dejaba coger por turnos.

–Con suavidad, con suavidad. Es muy pequeño...

Mark y Emily fueron a visitarla.

–Es una monada –declaró Emily–. Erich le está enseñando a todo el mundo las fotos.

–Gracias por las flores –dijo Jenny–, y tu padre y tu madre han enviado un bellísimo regalo. Telefoneé para darle las gracias a tu madre, pero al parecer no se encontraba en casa.

Aquel «al parecer» era una expresión elegida de forma deliberada. Estaba segura de que la señora Hanover se hallaba en casa cuando ella telefoneó.

–Están muy contentos por ti... y por Erich, como es natural... –se apresuró a añadir Emily–. Confío en que alguien aquí presente tenga algunas ideas...

Y se echó a reír mirando a Mark.

Este le devolvió la sonrisa.

«Nunca hagas observaciones de este tipo hasta que estés muy segura de ti misma», pensó Jenny. Trató de animar la conversación.

–Y bien, doctor Garrett, ¿qué le parece mi hijo? ¿Ganará algún premio en la feria del condado?

–Uno para los de buena casta, estoy seguro.

¿Había en su voz un tono de preocupación? ¿Piedad? ¿Veía algo tan frágil en el bebé como le ocurría a ella? Jenny estaba segura de que algo había...

Rooney era una niñera nata. Le gustaba dar al bebé el biberón suplementario después de que Jenny le diese el pecho. O se ponía a leer a las niñas cuando el bebé se encontraba durmiendo.

Jenny agradeció mucho su ayuda. El bebé la preocupaba. Dormía demasiado y estaba demasiado pálido... Sus ojos comenzaban a enfocarse en los objetos. Serían muy grandes, con aquel vestigio de forma almendrada que tenían los de Erich. Ahora eran de un azul de porcelana.

–Juraría que tienen unas chispas verdes –le dijo a su marido–. Seguro que son como los ojos de tu madre, Erich. ¿Te gustaría eso?

–Claro que me gustaría.

Erich hizo trasladar la cama con cuatro columnas a la pared sur del dormitorio principal. Jenny dejó abierta la partición entre aquella habitación y la pequeña. La cuna fue llevada allí. Así oiría al bebé en todo momento.

Erich aún no se había trasladado al dormitorio conyugal.

–Necesitas descansar un poco más, Jenny.

–Podrías venirte conmigo. Me gustaría...

–Aún no.

El bebé consumía todos sus pensamientos. Al finalizar el primer mes, había perdido doscientos gramos. El pediatra puso una cara muy seria:

–Aumentaremos la composición del biberón suplementario. Me temo que la leche de usted no es suficientemente rica para él. ¿Come de forma apropiada? ¿Algo la trastorna? Recuerde que una madre relajada significa un bebé más feliz.

Jenny se forzó a comer, a picotear, a beber batidos de leche. El bebé empezaba a tragar con ansia, pero luego se cansaba y se quedaba dormido. Se lo contó al doctor.

–Será mejor que hagamos unas pruebas...

El bebé permaneció en el hospital durante tres días y Jenny durmió en una habitación cerca de la *nursery*.

–No te preocupes por mis niñas, Jenny. Las cuidaré muy bien.

–Sé que lo harás, Erich.

Vivía para los instantes en que podía tener en brazos al bebé.

Una de las válvulas del corazón del niño era defectuosa.

–Necesitará que le operen más adelante, pero no podemos aún correr ese riesgo.

Se acordó de la maldición de Maude Ekers:

«–¡Maldito sea el bebé que lleva en la barriga!»

Sus brazos se inmovilizaron en torno del pequeño.

–¿Es una operación peligrosa?

–Cualquier operación tiene un riesgo potencial. Pero la mayoría de bebés la supera perfectamente.

Una vez más, Jenny se llevó el bebé a casa. La pelusilla de nacimiento había empezado a caerse, reemplazada por cabellos dorados.

–Tendrá tu cabello, Erich.

–Creo que será pelirrojo, como las niñas.

Llegó diciembre. Beth y Tina hicieron largas listas para Santa Claus. Erich colocó un gran árbol en el rincón cerca de la estufa. Y las niñas le ayudaron. Jenny, como siempre, tenía en brazos el bebé mientras observaba.

–Duerme mejor de esta manera –le explicó a Erich–. Parece siempre tan frío... Tiene mala circulación.

–A veces no comprendo cómo no puedes ocuparte de otra cosa que no sea él –observó Erich–. Tengo que decírtelo: Tina, Beth y yo nos estamos sintiendo un poco abandonados.

Llevó a las niñas a ver a Santa Claus en una avenida comercial.

–Vaya lista –comentó con indulgencia–. Tengo que escribir todo lo que piden. Lo que más parecen querer son cunitas y muñecas de bebés...

Luke había regresado a Minnesota para las fiestas. Él, Mark y Emily se presentaron la tarde del día de Navidad. Emily tenía un aspecto deprimido. Mostró una exquisita agenda de piel.

–Un regalo de Mark... ¿No es maravilloso?

Jenny se preguntó si habría estado esperando un anillo de compromiso.

Luke le pidió que le dejase coger al bebé.

–Es una pequeña belleza...

–Y ha engordado trescientos gramos –anunció Jenny con alegría–. ¿No es verdad, calabacita?

–¿Siempre le llamas calabacita? –preguntó Emily.

–Supongo que suena tonto... pero es que Erich me parece demasiado nombre para un bebé... Tendrá que crecer para llegar a alcanzarlo.

Alzó la mirada sonriente. Erich tenía expresión impasible. Mark, Luke y Emily intercambiaron miradas de desconcierto. Probablemente habrían leído la noticia del nacimiento en el periódico local, la noticia en que se daba su nombre de pila como Kevin. Pero ¿no se lo había explicado Erich?

Emily se apresuró a llenar aquel incómodo silencio. Inclinándose de nuevo sobre el bebé, comentó:

–Creo que tendrá el mismo color de pelo que las niñas...

–Oh, será rubio, como Erich... –Jenny sonrió de nuevo–. Dadle solo seis meses. Tendremos a un Krueger cabeza de estopa...

Tomó el bebé de manos de Luke.

–Te parecerás mucho a papá, ¿no es verdad, calabacita?

–Es lo que estaba comentando hace un momento –explicó Erich.

Jenny sintió que la sonrisa se helaba en su cara. ¿Querría decir lo que ella opinaba? Miró interrogativamente de un rostro al otro. Emily pareció incómoda. Luke miró al frente. Mark tenía expresión pétrea. Jenny sintió que la ira crecía en ella. Erich estaba sonriendo cálidamente al bebé.

De pronto tuvo la certeza de que Erich no había cambiado el nombre del certificado de nacimiento.

El bebé comenzó a lloriquear.

–Mi pobre cariñito... –le dijo. Se puso en pie–: Si me excusáis, tengo que... –Hizo una pausa y luego acabó en voz baja–: Tengo que cuidarme de Kevin...

Mucho después de que el bebé se quedase dormido, Jenny se sentó al lado de la cuna. Escuchó cómo Erich llevaba a las niñas al piso de arriba y les decía en voz baja:

–No despertéis al bebé. Daré a mamá el beso de buenas noches por vosotras... ¿No hemos tenido unas Navidades maravillosas?

Jenny pensó: «No puedo vivir así».

Al fin bajó a la planta baja. Erich había cerrado las cajas de los regalos y las había apilado alrededor del árbol. Llevaba la nueva chaqueta de terciopelo que ella había encargado para él en Dayton's. Aquel azul intenso le sentaba muy bien. «Todos los colores fuertes le van muy bien», pensó de forma objetiva.

–Jen, estoy muy contento con mi regalo. Confío en que hayas quedado complacida con el tuyo.

Le había comprado un chaquetón de visón blanco.

Sin aguardar respuesta, siguió poniendo en orden los regalos y luego prosiguió:

–Las niñas estaban ansiosas por esas cunitas, ¿no te parece? Nunca hubieras podido suponer cuánto las deseaban. Y el bebé... Todavía es muy joven para apreciarlos, pero antes de que pase mucho tiempo se divertirá con todos esos animales de juguete...

–Erich, ¿dónde está el certificado de nacimiento del bebé?

–Está en el archivo de la oficina... ¿Por qué?

–¿Qué nombre figura en él?

–El nombre del bebé: Kevin...

–Me dijiste que lo habías cambiado.

–Hubiera sido un terrible error.

–¿Por qué?

–Jenny, ¿no ha habido suficientes habladurías respecto de nosotros? ¿Qué crees que diría la gente de por aquí si corregimos el nombre del bebé? Dios mío, eso les proporcionaría tema para los siguientes diez años... No olvides que no llevábamos casados nueve meses cuando nació el niño.

–Pero *Kevin*... Le has puesto el nombre de *Kevin*...

–Ya te expliqué mis razones. Jenny, las habladurías están desapareciendo. Cuando la gente habla del accidente, ya no mencionan el nombre de Kevin. Hablan del primer marido de Jenny Krueger, del tipo que la siguió a Minnesota y, de alguna forma, fue a parar a la ribera del río. Pero deja que te diga esto... Si cambiamos ahora el nombre de pila del bebé, tratarán de adivinar el motivo durante los próximos cincuenta años. Y, por Dios bendito, entonces recordarán a Kevin MacPartland.

–Erich, ¿existe una razón mejor para que no quieras cambiar el certificado de nacimiento? ¿Está el bebé más enfermo de lo que imagino? ¿Es porque reservas el nombre para un niño que vivirá? Dímelo, Erich, por favor. ¿Estáis tú y el doctor ocultándome algo?

–No, no... –Se acercó a ella, con ojos tiernos–. Jenny, ¿no lo comprendes? Todo irá bien. Quiero que dejes de preocuparte. El bebé cada vez está más fuerte.

Había otra pregunta que Jenny quería hacerle.

–Erich, hay algo que dijiste en la sala de partos, eso de que el bebé tenía el pelo como las niñas. Kevin tenía el cabello así. Erich, dímelo, prométeme que no estás sugiriendo que Kevin fuera el padre del bebé. ¿Puedes acaso creer eso?

–Jenny, ¿por qué tendría que creerlo?

–Por lo que dijiste acerca de su pelo. –Sintió que su voz temblaba–. El bebé llegará a ser la imagen de ti. Aguarda y verás... Todo su pelo nuevo es rubio. Pero cuando los otros estaban aquí... La forma en que lo hiciste resaltar cuando dije que se parecerá a su padre. La forma en que comentaste: «Es lo que estaba comentando hace un momento». Erich, ¿verdad que no crees que Kevin sea el padre del bebé?

Jenny lo miró. La chaqueta de terciopelo azul confería un aspecto bruñido a su pelo rubio. Ella nunca había reparado en lo oscuras que eran sus pestañas y sus cejas. Recordó aquellos cuadros del palacio de Venecia, donde generaciones de dogos de rostros alargados y ojos ardientes miraban desdeñosos a los turistas. Los ojos de Erich reflejaban ahora parte de ese desprecio.

Su expresión se endureció.

–Jenny, ¿siempre me malinterpretarás? He sido tan bueno contigo... Te traje aquí, a ti y a las niñas, apartándoos de aquel miserable apartamento para que vivieseis en este maravilloso hogar. Te he regalado joyas, vestidos y pieles. Has podido tener todo aquello que deseabas y, sin embargo, permitiste que Kevin MacPartland se pusiese en contacto contigo y diste pie a un escándalo. Estoy seguro de que no existe una casa en esta comunidad en la que no se hable de nosotros todas las noches después de cenar. Te perdono, pero no tienes derecho a enfadarte conmigo, a poner en tela de juicio cada palabra que salga de mi boca. Y ahora vayamos arriba. Creo que ha llegado el momento de que vuelva al dormitorio conyugal...

Sus manos aferraron los brazos de la mujer. Todo su cuerpo se puso rígido. Había algo en él que infundía miedo... Confusa, Jenny apartó la vista.

–Erich –le respondió con el mayor cuidado–, ambos estamos muy cansados. Nos hemos encontrado bajo una gran tensión durante mucho tiempo. Creo que deberías comenzar a pintar de nuevo. ¿Te has dado cuenta de las pocas veces que has acudido a la cabaña desde que nació el bebé? Vete a tu habitación esta noche y despiértate temprano por la mañana. Pero abrígate bien; ahora probablemente hará allí mucho frío...

–¿Cómo sabes que hace frío? ¿Cuándo has ido?

Su réplica fue rápida y suspicaz.

–Erich, ya sabes que nunca he estado en la cabaña...

–Pero ¿cómo sabes...?

–Chist... Escucha...

En el piso de arriba se oyeron unos gimoteos.

–Es el bebé.

Jenny se dio la vuelta y subió a toda prisa las escaleras, con Erich detrás de ella. El bebé estaba agitando brazos y piernas. Su rostro se veía húmedo. Mientras lo observaban, comenzó a chuparse el puñito.

–Oh, Erich, mira, está llorando auténticas lágrimas...

Con ternura, Jenny se inclinó y lo cogió en brazos.

–Vamos, calabacita. Sé que estás hambriento, mi precioso corderito. Erich, creo que cada vez se está poniendo más fuerte...

Detrás de ella oyó cómo la puerta se cerraba. Erich había salido de la habitación.

30

Soñó con una paloma. En cierta forma, parecía terriblemente ominosa. Volaba por toda la casa y tenía que atraparla. No debía permitir que estuviese allí. Se desplazó a la habitación de las niñas y Jenny la siguió. Volaba frenéticamente, dando vueltas y más vueltas por la habitación. Se le escapó de las manos y voló hasta la habitación del bebé. Se posó en la cuna. Jenny comenzó a gritar, no, no, no...

Se despertó con lágrimas en el rostro y se precipitó hacia el bebé. Este dormía plácidamente.

Erich había dejado una nota en la mesa de la cocina: «He seguido tu consejo. Permaneceré pintando en la cabaña durante unos días».

Durante el desayuno, Tina hizo una pausa mientras tomaba sus cereales y preguntó:

–Mamá, ¿por qué no me hablaste cuando entraste anoche en mi cuarto?

Aquella noche, Rooney se detuvo para hacer una visita y fue ella la primera en darse cuenta de que el bebé tenía fiebre.

Rooney y Clyde habían estado cenando el día de Navidad con Maude y Joe.

–Joe se está poniendo muy bien –informó Rooney a Jenny–. El haberse ido a Florida al salir del hospital le ha sentado muy bien, y también a Maude. Ambos están morenos y saludables. Joe podrá quitarse el aparato ortopédico el mes próximo.

–Me alegro.

–No es de extrañar que Maude diga que está muy contenta de encontrarse ahora en casa. Me ha dicho que Erich ha sido muy generoso con ellos. Pero supongo que ya lo sabes. Ha pagado hasta el último centavo de las facturas médicas y les regaló además un cheque de cinco mil dólares... Escribió a Maude que se sentía responsable.

Jenny estaba dando las últimas puntadas a la colcha. Alzó la vista.

–¿Responsable?

–No sé qué quiso decir. Pero Maude me contó que siente mucho que el bebé no se haya desarrollado bien. Dice que recuerda haberte dicho cosas terribles...

Jenny recordó las palabras espantosas que Maude había proferido.

–Supongo que Joe admitió que aquella mañana tenía una fuerte resaca; insiste en que probablemente fue él quien mezcló el veneno con la avena.

–¿Joe ha dicho eso?

–Así es. De todos modos, creo que Maude deseaba que te pidiese disculpas en su nombre. Sé que cuando regresaron la semana pasada, Joe acudió en persona a hablar con el sheriff. Joe está realmente preocupado por todos los rumores que corren acerca de este accidente. Ya sabes, a causa de las tonterías que dijo sobre haberte visto. Afirma que no sabe por qué lo hizo.

«Pobre Joe –pensó Jenny–. Tratando de hacer un daño irreparable, y luego poniendo aún peor las cosas al sacarlas de nuevo a la luz.»

–Vaya, Jenny, ¿te das cuenta de que tu colcha está casi acabada? Y es bonita de veras. Has necesitado mucha paciencia.

–Estoy contenta de haber podido hacerla –replicó Jenny.

–¿La colgarás en el comedor, cerca de la de Caroline?

–Aún no lo he decidido.

Hoy no había pensado en muchas cosas, excepto en la posibilidad de que fuese sonámbula. En su sueño había tratado de expulsar a una paloma de la habitación de las niñas. Pero ¿había estado, realmente, en la habitación?

Se habían producido ya muchos episodios parecidos durante los pasados meses. La próxima vez que fuese a la consulta del doctor Elmendorf hablaría con él acerca de todo. Tal vez sí necesitase alguna forma de asesoramiento...

«Tengo tanto miedo», pensó.

Había comenzado a dudar si Erich la perdonaría alguna vez la notoriedad que le había hecho cobrar. No importaba lo esforzadamente que lo intentasen, pues nunca volvería a quedar todo en orden. Y a pesar de lo que Erich dijese, creía que, subconscientemente, no estaba seguro de que el bebé fuese su hijo. Jenny no podía vivir con aquella duda.

Pero el bebé era un Krueger y merecía la mejor atención médica que la fortuna de Erich pudiese conseguir para él.

Una vez se le hubiese hecho la operación al bebé y saliesen las cosas bien, en cuanto todo estuviese arreglado, Jenny se marcharía de esa casa. Trató de visualizar su vida en Nueva York, trabajando en la galería de arte, con la guardería, el tener que recoger a las niñas, el apresurarse hasta su casa para preparar la cena... No sería fácil. Pero nada era fácil y muchas mujeres conseguían salir airosas. Y cualquier cosa sería mejor que esta terrible sensación de aislamiento, ese sentimiento de perder contacto con la realidad.

Pesadillas. Sonambulismo. Amnesia. ¿Era posible que padeciera amnesia? Nunca había tenido problemas en el apartamento de Nueva York. Estaba agotada al finalizar la jornada y siempre se dormía. No podía dedicar a las niñas tiempo suficiente, pero ahora parecía como si careciese en absoluto de tiempo. Estaba tan preocupada por el bebé, que Erich había estado arrebatándole a Tina y Beth para salir a unas excursiones a las que ella no podía o no quería acompañarles...

«Quiero ir a mi hogar –pensó–. El hogar es un sitio en el que puedes cerrar la puerta y encontrarte en paz...»

Aquella tierra... Incluso ahora, con la nieve que caía y el viento soplando... A Jenny le gustaba la rudeza del invierno. Recordó la época en que estaba dispuesta a arreglar la casa. Había pensado quitar aquellas pesadas cortinas y aquella mesa ante la ventana, hacer amistades y organizar fiestas después de las vacaciones...

–Jenny, pareces tan cansada –le dijo Rooney de repente.

Trató de sonreír.

–Es solo...

Su voz se apagó.

–Esta es la mejor Navidad que he pasado desde que Arden se fue. Solo con ver a las niñas tan felices y poder ayudarte con el bebé...

Jenny se percató de que Rooney nunca llamaba al bebé por su nombre.

Alzó la colcha.

–Ya está, Rooney... Acabada.

Beth y Tina estaban jugando con sus nuevos rompecabezas de dibujos; Beth alzó la mirada.

–Es muy bonita, mamá. Eres una tejedora muy buena.

Tina aportó su granito de arena:

–Me gusta más que la que hay en la pared. Papá dijo que la tuya no iba a ser tan buena como la de la pared, y pensé que eso era lo que opinaba.

Inclinó la cabeza encima del libro con enfado.

Jenny no pudo por menos que sonreír.

–Oh, cariño, eres una actriz consumada...

Se acercó a ella, se arrodilló y la abrazó.

Tina devolvió con fuerza el abrazo.

–Oh, mamá...

«Les concedo tan poco tiempo desde que nació el bebé», pensó Jenny.

–Os diré una cosa –les manifestó–. Bajaremos a calabacita durante unos minutos. Si os laváis las manos, tendréis oportunidad de tenerlo en brazos.

Rooney interrumpió sus chillidos de deleite.

–Jenny... ¿puedo hacerlo yo?

–Naturalmente. Prepararé sus cereales...

Rooney volvió a la planta baja al instante, sujetando amorosamente al bebé envuelto en una manta. Tenía expresión de preocupación.

–Creo que tiene fiebre.

A las cinco llegó el doctor Bovitch.

–Será mejor que le llevemos al hospital.

–No, por favor...

Jenny trató de que su voz no le temblase.

El pediatra titubeó.

–Podemos aguardar hasta mañana –manifestó–. El problema es que... en los bebés la fiebre puede subir con mucha rapidez. Pero tampoco me agrada tener que sacarle con este frío. Muy bien. Veamos cómo se encuentra mañana por la mañana.

Rooney se quedó y preparó la cena. Jenny dio media aspirina infantil al bebé. Jenny, a su vez, estaba aterida.

¿Había pillado un resfriado o simplemente se hallaba entumecida por la ansiedad?

–Rooney, dame el chal, por favor.

Se lo puso por encima de los hombros y protegió con él al niño.

–Oh, cariño...

El rostro de Rooney estaba ceniciento.

–¿Qué pasa, Rooney?

–Se trata del chal. Al hacerlo no me di cuenta de que este color... con tu pelo oscuro... por un momento fue como ver aquel retrato de Caroline. Me hizo sentir mal...

Clyde llegó a las siete y media para acompañar a Rooney a casa.

–No quiere que salga sola de aquí por la noche –le confió Rooney a Jenny–. Dice que no le gustan mis tontas charlas después de haber andado sola por ahí.

–¿Qué clase de charlas tontas? –preguntó Jenny con aire ausente.

El bebé dormía y su respiración sonaba pesada.

–Ya sabes –prosiguió Rooney, casi con un susurro–. Una vez, en uno de mis ataques, en los que apenas profiero palabras, le dije a Clyde que había visto a Caroline muchas veces dando vueltas por aquí. Clyde se puso histérico.

Jenny se estremeció. Rooney parecía encontrarse tan bien... No había mencionado haber visto a Caroline desde el nacimiento del bebé.

Se oyó un portazo y Clyde entró en el vestíbulo de la cocina.

–Vamos, Rooney –dijo–, ya es hora... Quiero mi cena...

Rooney acercó los labios al oído de Jenny.

–Oh, Jenny, tienes que creerme, ella está aquí. Caroline ha regresado... Es comprensible, ¿no te parece? Desea ver a su nieto.

Durante las siguientes cuatro noches, Jenny colocó la cuna al lado de su cama. Un vaporizador hacía circular aire caliente y húmedo; una pequeña luz para la noche le hacía posible comprobar que el bebé estaba bien tapado y que respiraba con normalidad.

El médico regresó cada mañana.

–Debemos estar atentos a la aparición de cualquier síntoma de neumonía –explicó–. En un bebé, un constipado puede llegar a los pulmones en pocas horas.

Erich no regresó de la cabaña. Durante el día, Jenny bajó al bebé y lo colocó en la cuna grande al lado de la estufa. De este modo podía observarle todo el tiempo y, a la vez, estar con Beth y Tina.

La posibilidad de que fuese sonámbula asustaba a Jenny. «Dios mío, ¿puedo errar por ahí fuera, de noche?» A cierta distancia podía confundirse con Caroline, especialmente si llevaba el chal arrebujado. Y si era sonámbula, ello explicaría las alegaciones de Rooney de haber visto a Caroline, la pregunta de Tina de «¿Por qué no me hablas cuando entras en mi cuarto?», y la certeza absoluta de Joe de que la había visto entrar en el coche de Kevin.

El día de Nochevieja, la sonrisa del médico resultó alentadora.

–Creo que lo ha superado. Eres una excelente enfermera, Jenny. Ahora debes descansar un poco. Déjalo de nuevo en su cuarto. Si no le apetece comer durante la noche, no le despiertes...

Después de dar de mamar al bebé a las diez, Jenny llevó de nuevo la cuna de mimbre al cuarto del bebé.

–Te echaré de menos, calabacita –le dijo–. Pero es maravilloso que te hayas curado del resfriado.

Los ojos del bebé, de un profundo azul oscuro, la miraron solemnemente bajo sus largas y negras pestañas.

–¿Sabes que ya tienes ocho semanas de vida? –le preguntó–. Eres un chico mayorcito... –Le ató las cintas de su larga bata–. Ahora da todas las patadas que quieras –sonrió–. Estarás tapado aunque no quieras...

Durante un largo minuto lo estrechó contra ella, olisqueando el débil aroma a talco.

–Hueles tan bien... –susurró–. Buenas noches, calabacita...

Dejó el panel corredero abierto ligeramente y se metió en la cama. El Año Nuevo comenzaría dentro de unas pocas horas. Esa noche hacía un año que Fran y otras personas de su edificio habían acudido a su piso. Sabían que no se encontraba muy bien. Era el primer Año Nuevo que Nana no estaba con ella.

Fran había bromeado acerca de Nana.

«–Probablemente está en el cielo, asomada por una ventana y tocando una matraca.»

Se habían reído.

«–Será un buen año para ti, Jen –le había dicho Fran–. Lo siento en los huesos...»

¡Un buen año! Cuando finalmente regresase a Nueva York le diría a Fran que se hiciese revisar los huesos. Que sus vibraciones eran muy malas...

No obstante, el bebé restaba importancia a todos los sinsabores ocurridos durante ese año. «Me lo llevaré conmigo», pensó. *Era* un buen año.

Cuando se despertó, la clara y fría luz del sol avisaba que fuera el día era gélido. El pequeño reloj de porcelana de encima de la mesilla de noche señalaba las ocho menos cinco.

El bebé había dormido toda la noche, y se había pasado la hora de su toma de las seis. Bajó de la cama, corrió el tabique y se acercó a la cuna de mimbre.

Las largas pestañas arrojaban sombra sobre las pálidas mejillas. Una vena azul, en un lado de su naricita, se marcaba sobre la translúcida piel. Los brazos del bebé estaban por encima de su cabeza; sus manecitas se veían abiertas, con los dedos extendidos en forma de estrella.

Pero el bebé no respiraba...

Después recordó haber gritado, recordó haber corrido con el bebé en brazos, precipitarse en camisón y descalza a través de la nieve hasta la oficina. Erich, Clyde, Luke y Mark estaban allí. Mark cogió el bebé y le hizo la respiración boca a boca.

–Ha muerto apaciblemente en la cuna, señora Krueger –le explicó el doctor Bovitch–. Era un bebé muy enfermo. No sé si hubiera sobrevivido a la operación. Esto ha sido más sencillo para él.

Rooney no hacía más que lamentarse:

–¡Oh, no, oh, no...!

–Nuestro pequeñín –gimoteó Erich.

«*Mi* pequeñín –pensó ferozmente Jenny–. Si hasta le negaste tu nombre...»

–¿Por qué Dios se ha llevado a nuestro bebé al cielo? –preguntaban Tina y Beth.

Sí, ¿por qué?

–Me gustaría enterrarle con tu madre, Erich –le dijo Jenny–. Estaría menos solo si le dejásemos allí.

Los brazos le dolían y se sentía vacía.

–Lo siento, Jenny –respondió Erich–, pero no puedo turbar la tumba de Caroline...

Tras un oficio religioso, Kevin MacPartland Krueger fue enterrado cerca de los tres bebés que se habían perdido en otras generaciones. Con ojos secos, Jenny observó cómo era bajado el pequeño ataúd. La primera mañana en aquella granja se había quedado mirando las tumbas y se había preguntado cómo alguien podía soportar la pena de perder a un niño...

Y ahora la pena era suya.

Comenzó a sollozar y Erich la rodeó con los brazos, pero ella los apartó.

Luego se encaminaron hacia la casa. Mark, Luke, Clyde, Emily, Rooney, Erich, Jenny... Hacía mucho frío. Elsa estaba dentro. Había preparado unos emparedados. Sus ojos estaban rojos e hinchados. «Así que Elsa tiene sentimientos», pensó Jenny amargamente, y luego se sintió avergonzada.

Erich les condujo al salón. Mark se acercó a Jenny.

–Jenny, bébete esto. Te calentará...

El coñac le ardió en la garganta. No había probado el

alcohol desde el momento en que supo que se encontraba embarazada. Pero ahora ya no importaba...

Entumecida, se sentó y bebió el coñac poco a poco.

–Estás temblando –le dijo Mark.

Rooney lo oyó.

–Traeré el chal...

«El verde no –pensó Jenny–, no el que usé para arropar al bebé.»

Pero Rooney ya se lo estaba echando encima de los hombros y arrebujándola.

Los ojos de Luke estaban fijos en ella. Y Jenny sabía por qué. Trató de quitarse el chal.

Erich había permitido que Tina y Beth trajesen sus cunitas al salón para que pudiesen estar con los demás. Parecían muy asustadas.

Beth dijo:

–Mira, mamá, esta es la forma en que Dios cubre a nuestro bebé en el cielo.

Y amorosamente le subió al muñeco la manta hasta el mentón.

Había un silencio total en la habitación.

Luego se oyó la voz de Tina, dulce y clara.

–Y esta es la forma en que aquella dama –señaló al cuadro– cubrió al bebé la noche en que Dios se lo llevó al cielo.

Abrió las manos y las apretó sobre la cara del muñeco.

Jenny oyó un brusco y fuerte jadeo. ¿Había salido de sus propios labios? Todo el mundo estaba ahora mirando el cuadro, y luego, al mismo tiempo, las cabezas se volvieron y miraron con fijeza a la niña.

31

–Oh, no, no... –canturreó la voz de Rooney–. Caroline nunca hubiera lastimado al bebé, cariñito... –Se acercó a Tina–. Caroline siempre solía poner las manos en torno del rostro de Erich cuando era pequeño. Así... –Con delicadeza colocó las palmas en las mejillas del muñeco–. Y se hubiera reído y dicho: «*Caro, caro*». Eso significa querido...

Rooney se enderezó y miró alrededor. Sus pupilas estaban dilatadas.

–Jenny, es como te dije. Ha vuelto. Tal vez supo que el niño estaba enfermo y quiso ayudar.

La voz de Erich fue muy baja:

–Llévatela de aquí, Clyde...

Clyde cogió a Rooney por el brazo.

–Vamos... Y cierra la boca.

Rooney se apartó.

–Jenny, diles que he estado viendo a Caroline. Diles que te lo conté. Diles que no estoy loca.

Jenny trató de levantarse del sillón. Clyde estaba lastimando a Rooney; sus dedos se hundían en el delgado brazo. Pero sus piernas no podían sostenerla. Trató de hablar, pero las palabras no le salieron. Las pequeñas manos de Tina cubrieron la boca y la nariz del muñeco.

Fue Luke quien le hizo aflojar la presa a Clyde...

–Déjala, hombre... Por el amor de Dios, ¿no puedes ver que todo esto ha sido demasiado para ella? –Su tono resultaba tranquilizador–. Rooney, ¿por qué no te vas a casa y te acuestas? Ha sido un día terrible para ti...

Rooney no pareció oírle.

–La he estado viendo una y otra vez. A veces, por la noche, me escabullo después de que Clyde se queda dormido, porque quiero hablar con Caroline. Apuesto a que sabe adónde se fue Arden. Y la veo entrar en la casa. En una ocasión la vi junto a la ventana del cuarto del bebé. La luz de la luna brillaba encima de ella, tan claramente como la luz del día. Quiero que me hable alguna vez. Tal vez crea que tengo miedo. Pero ¿por qué debería tenerlo? Si Caroline se encuentra aquí, eso significa que, aunque Arden esté muerta, será capaz de regresar. ¿No es verdad?

Se apartó de Clyde y se acercó a Jenny. Poniéndose de rodillas colocó los brazos alrededor de esta.

–Eso significa que tal vez el bebé regresará también. ¿No sería maravilloso? Jenny, ¿me dejarás cogerlo en brazos cuando vuelva?

Eran casi las dos. Los pechos de Jenny estaban llenos de leche. El doctor Elmendorf los había vendado para detener la lactancia, pero, en las horas en que alimentaba al bebé, se le llenaban de nuevo. Dolían, pero estaba contenta de tener aquel dolor físico. Servía de contrapeso a la agonía de la pena. El frágil cuerpo de Rooney estaba temblando. Jenny alargó las manos y colocó los brazos en torno a sus delgados hombros.

–No va a regresar, Rooney –le contestó–. Ni Caroline ni Arden. Tina estaba soñando.

–Claro que lo estaba –profirió Mark con brusquedad.

Luke y Clyde hicieron levantar a Rooney.

–Necesita un sedante –explicó Luke–. La llevaremos en coche al hospital.

Él también parecía enfermo.

Emily y Mark se quedaron un poco más. Emily hizo dolorosos esfuerzos por hablar con Erich de su pintura.

–Tengo una exposición en Houston para febrero –le contó Erich–. Me llevaré conmigo a Jenny y las niñas. El cambio nos sentará bien a todos.

Mark se sentó al lado de Jenny para consolarla. Jenny sentía su compasión, y aquello la ayudaba.

Después de que Mark y Emily se fuesen, Jenny consiguió preparar una cena para las niñas y Erich. De alguna forma, reunió las fuerzas necesarias para preparar a las niñas antes de irse a la cama. Tina chapoteó en la bañera. Mientras la bañaba, Jenny recordó cómo acunaba al bebé en el hueco de su brazo. Luego cepilló los largos y gruesos rizos de Beth. El bebé estaba perdiendo su oscuro cabello. Hubiera sido rubio. «Dios mío, bendice a Nana y a nuestro bebé en los cielos», rogó.

En el piso de abajo, Erich tenía preparado un coñac.

–Bébete eso, Jenny. Te ayudará a relajarte.

La atrajo a su lado. Jenny no se resistió. Las manos de

él corrieron a través de su cabello. En una ocasión, aquel gesto la había electrizado.

–Jen, ya has oído al doctor. El bebé no hubiera resistido la operación quirúrgica. Se encontraba mucho más enfermo de lo que creíamos.

Jenny escuchó, deseando superar su entumecimiento. «No trates de hacerlo más fácil, Erich –pensó–. Nada de lo que puedas decir importa lo más mínimo.»

–Jenny, estoy preocupado. Emily es una chismosa y, ahora mismo, lo que Tina ha dicho lo debe de saber toda la ciudad. –La rodeó con los brazos–. Gracias a Dios, Rooney no es una testigo fiable y Tina es una menor... De otro modo...

Jenny trató de apartarse de él. Las manos de su marido la retuvieron con fuerza. Su voz sonó suave, hipnóticamente gentil:

–Jenny, estoy terriblemente preocupado por ti. Todo el mundo se ha dado cuenta de cuánto te pareces a Caroline. Se enterarán de lo que ha contado Tina. Oh, cariño mío, ¿no comprendes lo que dirán?

«Muy pronto me despertaré y me encontraré de regreso en el apartamento y Nana estará allí», pensó.

–Ahora, Jen, vuelves a hablar en sueños. Debes de haber tenido una pesadilla. Has forzado terriblemente la mente, querida.

Pero Jenny no se encontraba en el apartamento. Se hallaba en aquel salón gélido y atiborrado de muebles, escuchando la increíble sugerencia de que la gente pensaría que ella había matado a su propio bebé.

–El problema es, Jen, que *has sido* una sonámbula. ¿Cuántas veces han preguntado las niñas por qué no les hablabas cuando entrabas de noche en su habitación? Resulta del todo verosímil que estuvieses en el cuarto del bebé, tal vez acariciando la cara del niño. Tina no comprendió lo que vio. Tú misma le dijiste al doctor Elmendorf que sufrías de alucinaciones. Me lo contó todo.

–¿Te llamó?

–Sí. Está preocupado. Dice que te niegas a visitar a un psiquiatra.

Jenny miró más allá de él, hacia las cortinas. El encaje parecía una telaraña. En una ocasión había quitado esas cortinas, tratando ciegamente de cambiar la sofocante atmósfera de esta casa. Pero Erich las había vuelto a colocar. Ahora las cortinas parecían encerrarla, enredarla, sofocándola.

Cerró los ojos contra el recuerdo de las manitas de Tina cubriendo la cara del muñeco, presionándolas.

Alucinante. ¿Había imaginado su cara, la sensación de una cabellera colgando sobre el lecho? ¿Todas aquellas noches había estado imaginándolo?

–Erich, estoy muy confundida. Ya no sé nada. Incluso antes de todo esto me sentía mal. Pero ahora me voy a ir. Y me llevaré a las niñas.

–Imposible, Jenny. Estás trastornada. Por ti y por ellas, no puedes estar sola. Y no lo olvides: las niñas, legalmente, son Krueger. Son tanto hijas mías como tuyas...

–Yo soy su madre, su madre natural y tutora.

–Jenny, por favor, a los ojos de la ley tengo tantos derechos como tú. Y créeme, si intentas alguna vez abandonarme conseguiré la custodia. ¿Crees que un tribunal te la concederá, con la reputación que tienes en esta comunidad?

–¡Pero son *mías*! El bebé era tuyo y no quisiste darle tu nombre. Las niñas son mías y las quieres... ¿Por qué?

–Porque te quiero a ti. No importa lo que hayas hecho, no importa lo malvada que seas. Te quiero. Caroline ardía en deseos de abandonarme, pero a ti te conozco, Jenny. Nunca dejarás a las niñas. Y por esa razón siempre estaremos juntos. Vamos a empezar de nuevo. Regresaré al dormitorio conyugal esta noche.

–No lo harás.

–No tienes elección. Hemos de dejar atrás el pasado. Nunca volveré a mencionarte al bebé y te ayudaré si comienzas a tener sonambulismo. Cuidaré de ti. Si investigan la muerte del bebé, contrataré a un abogado.

La estaba poniendo en pie. Desamparada, ella dejó que la ayudara a subir las escaleras.

–Mañana volveremos a poner la habitación como estaba antes –le dijo–. Creeremos que el niño nunca nació.

Tenía que seguirle la corriente hasta que pudiera actuar. Se encontraban ya en el dormitorio. Erich abrió el cajón de abajo del gran armario. Sabía lo que Erich buscaba. El camisón aguamarina.

–Póntelo para mí, Jen. Hace tanto tiempo...

–No puedo.

Tenía miedo. Los ojos de Erich eran tan extraños... No conocía a ese hombre que podía decirle que la gente creía que era una asesina, que se olvidase de que el bebé había sido enterrado hacía unas horas.

–Sí puedes. Ahora estás muy delgada. Se te ve encantadora.

Jenny cogió el camisón y se dirigió al cuarto de baño. Había cambiado mucho y el camisón le sentaba de nuevo bien. Se miró en el espejo de encima del lavabo. Y comprendió por qué la gente pensaba que se parecía a Caroline. Sus ojos tenían la misma expresión triste y encantada que los de la mujer del cuadro.

Por la mañana, Erich abandonó la cama en silencio y comenzó a andar de puntillas por el cuarto.

–Estoy despierta –le dijo Jenny.

Eran las seis de la mañana. Hubiera sido la hora de dar de mamar al bebé.

–Trata de volver a dormirte, cariño.

Había cogido un grueso jersey de esquí.

–Iré a la cabaña. Debo acabar los cuadros para la exposición de Houston. Iremos juntos, cariño, nosotros dos y las niñas. Lo pasaremos estupendamente. –Se sentó en el borde de la cama–. Oh, Jen, te amo...

Ella se lo quedó mirando.

–Dime que me amas, Jen...

Obediente, ella respondió:

–Te amo, Erich.

Era una mañana desapacible. Incluso para la hora en que las niñas habían desayunado, el sol aún seguía oculto por jirones de oscuras nubes. El aire estaba helado, con negras sensaciones como antes de una tormenta.

Jenny vistió a Tina y Beth para dar un paseo. Elsa iba a quitar el árbol de Navidad y Jenny rompió unas pequeñas ramitas.

–¿Qué vas a hacer con esas, mamá? –le preguntó Beth.

–Pensé que podríamos ponerlas en la tumba del bebé.

El barro se había helado durante la noche. Las luminosas agujas de los pinos suavizaban la rigidez del pequeño montículo.

–Mamá, no estés tan triste –suplicó Beth.

–Trataré de no estarlo, ratoncita.

Se dio la vuelta. «Si pudiera, por lo menos, sentir algo –pensó–. Estoy vacía, terriblemente vacía...»

En el camino de regreso a la casa, vio el coche de Clyde por la carretera de la granja. Aguardó a que pasase para preguntarle por Rooney.

–No la dejarán regresar a casa durante un tiempo –le explicó–. Le están haciendo toda clase de pruebas, y afirman que tal vez debería ingresarla una temporada en un hospital especial. Ha dicho que no tenía objeto. Ha mejorado mucho desde que usted llegó aquí, señora Krueger. Supongo que nunca supe lo sola que se encontraba Rooney. Siempre temía abandonar la granja durante mucho tiempo. Por si acaso, de repente, Arden telefoneaba o regresaba. Pero últimamente ha empeorado de nuevo. Ya lo ve...

Clyde tragó saliva y se esforzó por contener las lágrimas.

–Señora Krueger, ha salido a la luz lo que Tina dijo. El sheriff ha estado hablando con Rooney. Le llevó una muñeca y pidió que le mostrase la forma en que Caroline solía acariciar el rostro del bebé, y cómo Tina dijo que la dama del cuarto había tocado al bebé. No sé qué está tramando.

«Yo sí lo sé –pensó Jenny–. Erich tiene razón. Emily no ha podido aguardar a contar la historia entre la gente de la ciudad...»

El sheriff Gunderson llegó tres días después.

–Señora Krueger, tengo permiso para exhumar el cadáver del bebé. El médico forense practicará la autopsia.

Jenny permaneció de pie y observó cómo las aguzadas palas abrían la tierra recientemente helada, y cómo el pequeño ataúd era cargado en un coche fúnebre.

Sintió que había alguien de pie a su lado. Era Mark.

–¿Por qué te torturas de ese modo, Jenny? No deberías estar aquí.

–¿Qué están buscando?

–Quieren asegurarse de que no hay hematomas o señales de violencia en el rostro del bebé.

Jenny se acordó de las largas pestañas proyectando sombras sobre las pálidas mejillas, de la pequeña boca, de la vena azul en un lado de su nariz... La vena azul. No se había percatado nunca de ella hasta aquella mañana fatídica.

–¿Te percataste de alguna clase de moretones? –le preguntó.

Mark conocía la diferencia entre un hematoma y una vena.

–Cuando intenté hacerle la respiración boca a boca, apreté con fuerza su rostro. Puede haber algunas...

–¿Les dijiste esto?

–Sí.

Jenny se volvió hacia él. El viento no era muy fuerte, pero cada ráfaga le producía escalofríos.

–Lo dijiste para protegerme. No era necesario.

–Dije la verdad –manifestó.

El coche fúnebre enfiló la enfangada carretera.

–Regresa a la casa –le aconsejó Mark.

Jenny trató de analizar sus sensaciones mientras caminaba dificultosamente al lado de Mark a través de la nieve que caía de nuevo. Era tan alto... Nunca se había percatado de lo acostumbrada que estaba a la relativamente escasa talla de Erich. Kevin había sido muy alto, más de metro ochenta. Y Mark... ¿Cuánto mediría? ¿Uno noventa?

Tenía dolor de cabeza y los pechos le ardían. ¿Por qué su cuerpo no dejaba de producir leche? Ya no era necesaria. Podía sentir cómo se le humedecía la blusa. Si Erich hubiese estado en la casa se habría sentido mortificado. Odiaba el desorden. Era tan limpio... y tan íntimo en sus cosas... Si no se hubiese casado con ella, los Krueger no se habrían visto arrastrados por el lodo...

Erich creía que Jenny había convertido su nombre en motivo de escándalo y, sin embargo, seguía alegando que la amaba. Le gustaba que Jenny se pareciese a Caroline. Esa era la razón de que siempre le pidiese que se pusiera el camisón aguamarina. Tal vez cuando actuaba como sonámbula trataba de parecerse a la madre de su marido para complacerle.

–Imagino que lo estoy intentando –dijo.

Su propia voz la desconcertó. No sabía que había hablado en voz alta.

–¿Qué dices, Jenny? *¡Jenny!*

Ella se caía, no podía impedir el derrumbarse. Pero algo la detuvo en el instante en que su cabello rozaba la nieve.

–¡Jenny!

Mark la cogió y la llevó en brazos. Ella confió en no resultar demasiado pesada.

–Jenny, estás ardiendo...

Quizá por eso no podía mantener equilibrados sus pensamientos. No era solo la casa. Oh, Dios, cómo odiaba aquella casa...

Jenny conducía un coche. Erich la sujetaba. Recordó ese coche. Era la camioneta de Mark. Llevaba libros...

–Sufre un shock de fiebre láctea –explicó el doctor Elmendorf–. La dejaremos aquí.

Era muy agradable flotar, tan bonito llevar una de aquellas batas de hospital... Odiaba el camisón aguamarina.

Erich entraba y salía de su habitación continuamente.

–Beth y Tina están bien. Te envían besitos.

Finalmente Mark trajo el mensaje que Jenny más ansiaba.

–El bebé está otra vez en el cementerio. No le molestarán más...

–Gracias.

La mano de él se cerró sobre la de Jenny

–Oh, Jenny...

Aquella noche había tomado dos tazas de té y una tostada.

–Me alegra ver que se recupera, señora Krueger.

La enfermera era muy amable.

¿Por qué aquella amabilidad le daba ganas de llorar? Estaba acostumbrada a dar por sentado que ella gustaba a la gente.

La fiebre se convirtió en una febrícula persistente.

–No la dejaré irse a casa hasta que hayamos eliminado por completo esa fiebre –insistió el doctor Elmendorf.

Ella lloró mucho. A menudo, cuando se adormecía se despertaba con las mejillas anegadas en lágrimas. El doctor Elmendorf comentó:

–Mientras esté aquí, me gustaría que el doctor Philstrom hablase con usted...

El doctor Philstrom era psiquiatra...

Se sentó al lado de su lecho, un hombrecillo que parecía un oficinista de banco.

–Tengo entendido que sufre pesadillas.

Todos deseaban demostrar que estaba loca.

–No he vuelto a tenerlas...

Y era cierto. En el hospital había comenzado a dormir toda la noche de un tirón. Cada día se sentía más fuerte, más ella misma. Aquella mañana incluso había bromeado con la enfermera.

La tarde fue más dura. No quería ver a Erich. El sonido de sus pisadas en el vestíbulo le volvió húmedas y pegajosas las manos.

Había traído a las niñas para que la vieran. No las dejaron entrar en el hospital, pero Jenny se acercó a la ventana y las saludó. Parecían melancólicas cuando le devolvieron el saludo.

Aquella noche tomó una cena completa. Quería recuperar las fuerzas. Ya no había nada que la retuviera en la granja Krueger. No había forma de que ella y Erich recuperasen lo que una vez habían tenido. Planearía la forma de marcharse. De algún modo, en aquel viaje, ella, Beth y Tina dejarían a Erich y tomarían un avión para Nueva York. Erich podría conseguir la custodia de las niñas en Minnesota, pero en Nueva York no se las entregarían.

Vendería el collar de Nana para conseguir un poco de dinero. Un joyero había ofrecido a Nana mil cien dólares por él hacía años. Si reunían una cantidad así, sería suficiente para mantenerse hasta conseguir un trabajo.

Lejos de la casa de Caroline, del cuadro de Caroline, de la cama de Caroline, del camisón de Caroline, del *hijo* de Caroline, sería de nuevo ella misma: capaz de pensar con calma, intentando reunir y luego dejar a buen recaudo todos aquellos espantosos pensamientos que no hacían más que abrumarla. Había tantos de ellos, tantas impresiones desagradables...

Jenny se quedó dormida, con una tenue sonrisa en los labios y una mejilla apoyada en las manos.

Al día siguiente telefoneó a Fran. Oh, bendita libertad, saber que nadie descolgaría la extensión que había en la oficina...

–Jenny, no has respondido a mis cartas. Pensé que me habías olvidado...

No se molestó en explicar que nunca las había recibido.

–Fran, te necesito. –Tan rápidamente como le fue posible, se lo explicó–: Tengo que salir de aquí.

La risa habitual de Fran desapareció.

–¿Las cosas van mal? Puedo oírlo en tu voz...

Más tarde se lo contaría todo. Ahora solo dijo:

–Sí, las cosas van mal...

–Confía en mí. Volveré a llamarte.

–Telefonea después de las ocho. Es cuando acaba la hora de las visitas.

Fran llamó a las siete y diez de la tarde siguiente. En cuanto sonó el teléfono, Jenny supo lo que había sucedido. Fran no había tenido en cuenta la diferencia de horario. Eran las ocho y diez en Nueva York. Erich estaba sentado junto a su cama. Sus cejas se alzaron mientras le tendía el teléfono. La voz de Fran era vibrante, alentadora.

–Tengo grandes planes...

–Fran, me alegra oírte.

Se volvió hacia él.

–Erich, es Fran, dile hola.

Fran comprendió la situación.

–Erich, ¿cómo estás? Me ha apenado saber que Jenny no se encuentra bien...

En cuanto colgaron, Erich preguntó:

–¿Qué planes, Jenny?

32

Jenny volvió a casa el último día de enero. Beth y Tina parecían unas extrañas, curiosamente silenciosas y agresivas.

–Siempre estás fuera, mamá... –la acusaron.

Pasaba más tiempo con ellas por las noches y los fines de semana en Nueva York, que aquí durante el año anterior.

¿Cuánto sospechaba Erich de la llamada de Fran? Jenny se había mostrado evasiva:

–Hacía siglos que no hablaba con Fran, por lo que decidí llamarla... ¿No resulta maravilloso que me telefoneara a su vez?

Había llamado a Fran después de que Erich se fuera aquella noche del hospital. Fran se mostró exultante.

«–Tengo una amiga que dirige una Escuela de Enfermeras cerca de Red Bank, Nueva Jersey. Es maravillosa y sabe mucho de jardines de infancia. Le dije que tú podías enseñar música y arte, y te dará un empleo si lo deseas. Ya te está buscando un apartamento...»

Jenny esperó el momento oportuno.

Erich estaba preparando la exposición en Houston. Comenzó a traer cuadros de la cabaña.

–A este le llamaré *La proveedora* –explicó mientras alzaba un óleo sobre un lienzo en tonos azules y verdes.

En lo alto de las ramas de un olmo se veía un nido. Una pajarita volaba hacia el árbol con un gusano en el pico. Las hojas protegían el nido, por lo que era imposible ver a los pajarillos. Pero, en cierto modo, el espectador sentía su presencia.

–La idea para este cuadro se me ocurrió aquella primera noche en la Segunda Avenida, cuando llegué a tu lado mientras llevabas a las niñas –le explicó Erich–. Tenías una expresión muy decidida y se podía decir que te mostrabas ansiosa de llevarte a las niñas a casa y darles de comer. –Su tono era afectuoso. La rodeó con los brazos–. ¿Te gusta?

–Es maravilloso.

La única ocasión en que no se ponía nerviosa con Erich era cuando contemplaba su obra. Este era el hombre del que se había enamorado, el artista cuyo maravilloso talento podía captar en un instante la sencillez de la vida diaria, y las complicadas emociones que llevaba aparejada aquella simplicidad.

Los árboles como telón de fondo. Reconoció la línea de pinos noruegos que crecían cerca del cementerio.

–Erich, ¿acabas de terminar esta pintura?

–Sí, cariño.

Jenny señaló algo.

–Pero este árbol ya no está. Hiciste cortar la mayor parte de los olmos que estaban cerca del cementerio, a causa del olmo holandés que enfermó la primavera pasada.

–Comencé a pintar el cuadro empleando ese árbol de fondo, pero no podía hacerle expresar lo que quería decir. Luego, un día vi a un pájaro que volaba con comida para sus crías y me acordé de ti. Tú inspiras todo lo que hago, Jenny.

Antes, una declaración como aquella hubiera derretido su corazón, pero ahora solo le causaba miedo. Invariablemente era seguida de una observación que la reduciría a unos nerviosos temblores durante el resto del día.

La observación no tardó en presentarse. Erich cubrió la pintura.

–Voy a enviar treinta lienzos. Los transportistas los recogerán mañana por la mañana. ¿Estarás aquí para asegurarte de que se los llevan todos?

–Naturalmente que sí. ¿Dónde más podría estar?

–No te pongas de uñas, Jenny. Pensé que Mark trataría de verte antes de irse.

–¿Qué quieres decir?

–Luke ha tenido un infarto en cuanto regresó a Florida. Pero eso no le da derecho a tratar de romper nuestro matrimonio.

–Erich, ¿de qué estás hablando?

–Luke me llamó el jueves pasado. Ha salido del hospital. Me sugirió que tú y las niñas le visitaseis en Florida. Mark se va hoy para pasar una semana con él. Luke ha tenido la osadía de pensar que yo te dejaría viajar a Florida con Mark...

–Qué amable de su parte...

Jenny sabía que el ofrecimiento había sido rechazado.

–No fue amabilidad para él. Luke solo deseaba que fueses allá para apartarte de mí. Y así se lo dije.

–¡Erich!

–No te sorprendas, Jenny. ¿Por qué crees que Mark y Emily han dejado de verse?

–¿Que han dejado de verse?

–Jenny, ¿por qué eres tan ciega? Mark le dijo a Emily que había comprendido que no estaba interesado en casarse, y que no era justo hacer perder el tiempo...

–No sabía eso.

–Un hombre no hace una cosa así, a menos que tenga a otra mujer en la cabeza.

–No necesariamente...

–Mark está loco por ti, Jenny. Si no hubiera sido por él, el sheriff habría ordenado una investigación acerca de la muerte del bebé. ¿Tampoco sabes eso?

–No, no lo sé.

Aquella calma difícilmente conseguida en el hospital la estaba abandonando. Tenía la boca seca y las manos sudorosas. Sentía cómo temblaba.

–Erich, ¿qué estás diciendo?

–Digo que había un hematoma cerca de la nariz del niño. El forense afirmó que probablemente fue anterior a la muerte. Mark insistió en que se había mostrado muy brusco cuando intentó revivir al bebé.

El recuerdo de Mark sosteniendo aquel pequeño cuerpecito destelló en su mente.

Erich se encontraba ahora de pie a su lado, con los labios contra su oído.

–Mark lo sabe. Tú lo sabes. Yo lo sé. El bebé tenía hematomas, Jenny.

–¿Qué estás diciendo?

–Nada, cariño. Ambos sabemos cuán delicada era la piel del bebé. La última noche agitaba los puños y probablemente se lastimó él mismo. Pero Mark mintió. Es igual que su padre. Todo el mundo sabe lo que sentía por Caroline. Incluso ahora, cuando viene aquí se sienta en el sillón de orejas para mirar el cuadro de Caroline. Iba a llevar a Caroline al aeropuerto aquel último día. Todo lo que Caroline tenía que hacer era chascar los dedos y él aparecía enseguida. Y ahora Mark cree que puede hacer lo mismo. Pero no es así. He llamado a Lars Ivanson, el veterinario de Hennepin Grove. Empezará a ocuparse de los animales. Mark Garrett no pondrá nunca más los pies en esta granja.

–Erich, no puedes estar hablando en serio.

–Oh, claro que puedo. Sé que no te lo propusiste, pero le alentaste, Jenny. Lo he visto. ¿Cuántas veces acudió al hospital?

–Dos veces. Una para decirme que el bebé estaba de nuevo en su tumba. Y otra vez para llevarme unas frutas que Luke había enviado desde Florida para mí. Erich, ¿no lo comprendes? Ves demasiado en las situaciones más simples e inocentes. ¿Y adónde conduce todo esto?

No aguardó respuesta. Salió del cuarto y abrió la puerta que daba al porche. El último sol se estaba deslizando detrás de los bosques. El viento vespertino hacía columpiar la mecedora de Caroline. No era de extrañar que Caroline se sentase allí. También ella se veía obligada a salir de la casa.

Aquella noche Erich se metió en la cama poco después que ella. Jenny se puso rígida, no quería aproximarse a él. Pero Erich, simplemente, se dio la vuelta y se puso a dormir. Jenny sintió con alivio que el cuerpo de su marido se quedaba laxo.

No vería más a Mark. Para cuando regresase de Florida, ella estaría en Nueva Jersey. ¿Tenía razón Erich? ¿Había estado alentando a Mark? ¿O era, simplemente, que él y Emily habían decidido que no estaban hechos el uno para el otro, y Erich, siempre suspicaz, había visto más cosas en todo eso?

«Por una vez –pensó–, Erich quizá tenga razón.»

A la mañana siguiente, Jenny preparó una lista de las cosas que necesitaba para el viaje. Esperaba que Erich discutiese acerca de su petición de un coche, pero, inesperadamente, se mostró indiferente.

–Pero deja a las niñas con Elsa –le ordenó.

Una vez su marido se fue a la cabaña, Jenny hizo un círculo en la sección de páginas amarillas donde figuraba un anuncio:

PAGAMOS EL PRECIO MÁS ALTO POR SU ORO.

La joyería se encontraba en unas galerías comerciales a dos ciudades de distancia. Les telefoneó y describió el collar de Nana. Sí, estaban interesados en comprarlo. Inmediatamente telefoneó a Fran. Esta no se hallaba en casa pero ella dejó un mensaje:

«–Llegaremos a Nueva York el siete o el ocho. No telefonees aquí.»

Mientras las niñas dormían la siesta, se apresuró a ir a la joyería.

Le ofrecieron ochocientos dólares por el collar. No era suficiente, pero no tenía elección.

Compró maquillaje, ropa interior y medias con la tarjeta de crédito que Erich le había dado.

El primer aniversario de bodas era el 3 de febrero.

–¿Por qué no lo celebramos en Houston, cariño? –le preguntó Erich–. Te daré allí tu regalo.

–Eso estaría muy bien.

Jenny no era tan buena actriz como para seguir la farsa de la celebración del aniversario matrimonial. «Pero, oh, Dios mío, haz que pase pronto...» Todo aquello le levantó el ánimo de una forma que hacía meses que no le ocurría. Tina y Beth correspondieron a ello. Se habían vuelto unas niñas muy tranquilas. Y ahora se animaron al hablar con ella.

–¿Os acordáis cuando estábamos en el avión e hicimos aquel maravilloso viaje? –les dijo–. Ahora iremos de nuevo en avión a una gran ciudad.

En aquel momento entró Erich.

–¿De qué estás hablando?

–Les cuento lo del viaje a Houston, lo divertido que será.

–Estabas sonriendo, Jenny. ¿Sabes cuánto tiempo hacía que no se te veía tan feliz?

–Muchísimo...

–Tina, Beth, venid con papá al supermercado. Os compraré unos helados...

Beth apoyó la mano en el brazo de Jenny.

–Quiero quedarme con mamá.

–Y yo también –añadió Tina.

–Pues en ese caso no iré –dijo Erich, al parecer poco deseoso de dejarla sola con las niñas.

La noche del día 5, Jenny hizo las maletas. Solo metió lo que parecía razonable para tres días.

–¿Qué abrigo debo llevar, el de pieles o el chaquetón? –le preguntó a Erich–. ¿Qué tiempo hace en Houston?

–Me parece que será mejor el chaquetón. ¿Por qué estás tan nerviosa, Jenny?

–No estoy nerviosa. Solo es que había perdido la costumbre de viajar. ¿Necesitaré un vestido largo?

–Tal vez uno. Aquella falda de tafetán y la blusa irán bien. Y lleva el collar.

¿Había un retintín en su voz? ¿Estaba jugando con ella? Trató de hablar con naturalidad.

–Es una buena idea.

Era un viaje en avión de dos horas desde Mineápolis.

–Le he pedido a Joe que nos lleve en coche hasta el aeropuerto –dijo Erich.

–¿Joe?

–Sí, ya puede trabajar de nuevo. Le contrataré otra vez...

–Pero Erich, después de todo lo que pasó...

–Jenny, todo aquello ha quedado atrás.

–Erich, después de las habladurías te propones contratarlo otra vez...

Se mordió los labios. ¿Qué importaba quién estuviese allí?

Rooney regresaría del hospital hacia el día 14. Habían persuadido a Clyde de que la dejase quedarse seis semanas. Jenny deseó poder decirle adiós. Tal vez podría escribirle y que Fran echase al correo la carta desde alguna ciudad, en uno de sus vuelos. No podía hacer nada más.

Al fin llegó el momento de marcharse. Las niñas iban con sus abrigos de terciopelo y sus sombreros a juego. A Jenny el corazón le dio un vuelco. «Las llevaré al Village para comer macarrones la misma noche en que lleguemos a Nueva York», decidió.

Desde la ventana del dormitorio apenas podía ver un trozo del cementerio. Después del desayuno se había acercado a la tumba del bebé para despedirse de él.

Erich había llevado las maletas al coche.

–Iré a buscar a Joe –le dijo–. Vamos, niñas. Dad a mamá una oportunidad de acabar de vestirse.

–Ya termino –respondió ella–. Espera un minuto.

Erich pareció no oírla.

–Apresúrate, mamá –la llamó Beth mientras ella y Tina bajaban a toda prisa las escaleras detrás de Erich.

Jenny se encogió de hombros. «Serán cinco minutos que aprovecharé para asegurarme de que lo tengo todo.» El dinero del collar se encontraba en el bolsillo de la chaqueta del traje que había guardado en la maleta.

De camino hacia el piso de abajo, echó un vistazo al cuarto de las niñas. Elsa había hecho las camas y arreglado la habitación. Ahora parecía inusualmente arreglada, como si las niñas ya no fueran a regresar.

¿Había sentido Erich lo mismo?

De repente se sitió turbada. Jenny se precipitó por las escaleras, poniéndose la chaqueta. Erich regresaría de un momento a otro.

Diez minutos después, salió al porche. Empezaba a enervarse. ¿Vendría ahora mismo? Siempre había acudido con mucho tiempo al aeropuerto. Se quedó mirando la carretera, esforzándose por ver cualquier señal del coche.

Al cabo de media hora telefoneó a los Ekers. Sus dedos trastearon con el disco. Por dos veces se equivocó al llamar y tuvo que comenzar de nuevo.

Maude respondió:

–¿Qué quiere decir con eso de si ya se han ido? Vi a Erich pasar en coche por aquí hace unos cuarenta minutos con las niñas... ¿Joe? ¿Joe les iba a llevar al aeropuerto? ¿Quién le ha dado semejante idea?

Erich se había marchado sin ella. Se había llevado a las

niñas y la había dejado. El dinero se encontraba en el equipaje que se había llevado Erich. De alguna forma, había conseguido descubrir sus planes.

Llamó al hotel de Houston.

–Quiero dejar un mensaje para Erich Krueger. Dígale que telefonee a su mujer tan pronto llegue.

El encargado de las reservas tenía una típica voz tejana:

–Debe de tratarse de un malentendido. Esas reservas fueron canceladas hace dos semanas.

A las dos, Elsa fue a verla.

–Adiós, señora Krueger –le dijo.

Jenny estaba sentada en el salón, contemplando el cuadro de Caroline. No volvió la cabeza.

–Adiós, Elsa.

Elsa no se fue enseguida. Su alargado cuerpo permaneció en el umbral.

–Lamento tener que dejarla.

–¿Dejarme?

Sacada de su letargo, Jenny se puso en pie.

–¿Qué quieres decir?

–El señor Krueger me dijo que él y las niñas se irían, que ya me haría saber cuándo regresarían.

–¿Y cuándo te contó todo eso, Elsa?

–Esta mañana, cuando subía al coche. ¿Se va a quedar aquí sola?

Había una curiosa mezcla de emoción en su estólida faz. Desde la muerte del bebé, Jenny había adivinado una compasión por parte de Elsa que nunca hubiera esperado.

–Supongo que sí –respondió en voz baja.

Durante varias horas, después de que Elsa se marchase, permaneció sentada en el salón aguardando. ¿Aguardando qué? Una llamada telefónica. Erich telefonearía, estaba segura.

¿Y cómo haría frente a aquella llamada? ¿Admitiendo que había planeado abandonarle? Eso Erich ya lo sabía.

Estaba segura de ello. ¿Prometiendo quedarse con él? No confiaría en esta promesa.

¿Dónde se había llevado a las niñas?

La estancia se fue oscureciendo. Debería encender alguna luz. Pero de alguna manera el esfuerzo resultaba demasiado agotador. Salió la luna. Brillaba a través de los encajes de las cortinas, arrojando un rayo parecido a una telaraña sobre el cuadro.

Finalmente, Jenny se dirigió a la cocina, se preparó café y se sentó al lado del teléfono. Sonó a las nueve. Su mano tembló y apenas pudo sostener el auricular.

–¿Sí?

Su voz fue tan baja que se preguntó si la oirían.

–¡Mamá! –La voz de Beth se oyó desde muy lejos–. ¿Por qué no has querido venir con nosotras? Nos lo prometiste.

–Bethie, ¿dónde estás?

Ruidos de interferencias al ser movido el teléfono. La voz de Beth fue sustituida por una protesta airada de Tina, que dijo:

–Quiero hablar con mamá. –Y al auricular–: Mamá, no hemos hecho un viaje en avión, y tú dijiste que lo haríamos.

–Tina, ¿dónde estás?

–Hola, querida...

Era la voz de Erich, cálidamente solícita. Tina y Beth gimoteaban como telón de fondo.

–Erich, ¿dónde estás? ¿Por qué has hecho esto?

–¿Que por qué he hecho qué, cariño? ¿Impedir que me arrebatases a mis niñas? ¿Salvaguardarlas del peligro?

–¿Peligro? ¿De qué estás hablando?

–Jenny, ya te dije que cuidaría de ti. De veras. Pero nunca permitiré que te lleves a mis niñas.

–No lo haré, Erich. Tráelas a casa...

–Eso no es suficiente. Jenny, ve al escritorio. Trae papel de escribir y una pluma.

Las niñas aún estaban llorando. Pero Jenny no oyó nada más. Sonidos de una carretera. El motor de un camión. Debía de llamar desde una cabina en la autopista.

–Erich, ¿dónde estás?

–Te he dicho que consigas papel y pluma. Yo te dictaré lo que debes escribir. Apresúrate, Jenny.

El escritorio eduardiano se cerraba con una gran llave dorada. Mientras intentaba hacerla girar, la sacó y se le cayó. Desconcertada, se inclinó y la recogió. El súbito aflujo de sangre le hizo sentir mareos. Mientras trataba de apresurarse hacia el teléfono, tuvo que apoyarse contra la pared.

–Estoy preparada, Erich.

–Es una carta dirigida a mí. Querido Erich...

Sosteniendo el auricular entre el hombro y la oreja, garrapateó las dos palabras.

Erich siguió despacio:

–Sé que me encuentro muy enferma. Me comporto constantemente como una sonámbula. Creo que he hecho cosas terribles que no puedo recordar. Mentí cuando dije que no había entrado en el coche con Kevin. Le pedí que viniese aquí para tratar de persuadirle de que nos dejase tranquilas. No quise golpearle con tanta fuerza.

De forma mecánica ella fue escribiendo, obsesionada por no enfurecerle. El significado de las palabras se fue filtrando poco a poco en ella.

–Erich, no quiero escribir esto. No es cierto.

–Déjame acabar. Limítate a escuchar.

Ahora habló con rapidez:

–Joe amenazaba con contar que me vio en el coche. Yo no podía permitir que hablase. He soñado que mezclé el veneno con la avena. Pero sé que no se trató de un sueño. Creí que aceptarías el bebé, pero sabías que no era tuyo. Creí que sería mejor para nuestro matrimonio que el bebé no viviese. Requería toda mi atención. Tina me vio con el bebé. Vio cómo apretaba mis manos contra su nariz y su boca. Erich, prométeme que nunca me dejarás a solas con las niñas. No soy responsable de mis actos...

La pluma se le cayó de los dedos.

–¡No!

–Cuando escribas y firmes esa declaración, Jenny, regresaré. La guardaré en una caja fuerte. Nadie sabrá nunca nada de ella.

–Erich, por favor. ¿De verdad crees lo que dices?

–Jenny, puedo permanecer varios meses fuera, años si es necesario. Ya lo sabes. Te telefonearé dentro de una semana o dos. Piensa en todo esto.

–No puedo.

–Jenny, sé lo que has hecho. –Su voz se hizo cálida–. Nos amamos el uno al otro, Jenny. Ambos lo sabemos. Pero no puedo arriesgarme a perderte y tampoco arriesgar contigo a las niñas.

Y colgó.

Jenny se quedó mirando el auricular y también al arrugado papel que tenía en la mano.

–Oh, Dios mío –dijo–, por favor, ayúdame. No sé qué hacer...

Llamó a Fran.

–No vamos a ir.

–Jenny, ¿por qué no? ¿Qué es lo que va mal?

La comunicación era deficiente. Incluso la fuerte voz de Fran sonaba remota.

–Erich se ha llevado a las niñas para un viaje. No estoy segura de cuándo regresarán.

–Jenny, ¿quieres que vaya ahí? He conseguido cuatro días de permiso.

Erich se pondría furioso si Fran se presentaba. Había sido la llamada telefónica de Fran al hospital la que le alertara respecto de los planes de su mujer.

–No, Fran, no vengas. Ni siquiera telefonees. Solo reza por mí. Por favor...

No podía dormir en el dormitorio principal. Ni tampoco en otro sitio del piso superior: el largo y oscuro vestíbulo, las puertas cerradas, el cuarto de las niñas al otro lado del dormitorio principal, la habitación donde el bebé había dormido durante aquellas semanas...

En vez de ello, se tumbó en el sofá al lado de la estufa de hierro y se tapó con el chal que Rooney había confeccionado. La calefacción se desconectó, automáticamente, a las diez. Decidió encender la estufa. La madera estaba en la cuna. La cuna se movió mientras alargaba las manos hacia ella. «Oh, calabacita», murmuró, recordando aquellos solemnes ojos que le habían devuelto la mirada con tanta fijeza, el puñito que se había cerrado en torno de su dedo.

No podía escribir aquella carta. La próxima vez que Erich tuviese un acceso de celos podría entregársela al sheriff. ¿Cuánto tiempo permanecería fuera?

Oyó al reloj dar la una... las dos... las tres... En algún momento se quedó adormecida. Un sonido la despertó. La casa crujía y gemía como si se asentase. No, lo que ahora oía eran pasos. Alguien andaba por el piso de arriba.

Tenía que saber quién era. Lentamente, paso a paso, Jenny fue subiendo las escaleras. Se arrebujó bien con el chal. El rellano estaba vacío. Se acercó al dormitorio principal y encendió una lámpara. Allí no había nadie.

La puerta de la antigua habitación de Erich estaba abierta, una rendija. ¿No la había visto cerrada? Entró y encendió la luz. Nadie.

Sin embargo, había algo, una sensación de presencia. ¿Qué era? El aroma a pino. ¿Era más fuerte de nuevo? No podía estar segura.

Se acercó a la ventana. Necesitaba abrirla, respirar aire fresco. Con las manos apoyadas en el alféizar, miró hacia abajo.

Una figura estaba de pie en el patio, la figura de un hombre que alzaba la mirada hacia la casa. La luz de la luna se reflejó en su rostro. Era Clyde. ¿Qué estaba haciendo allí? Le saludó.

Pero Clyde se dio la vuelta y echó a correr.

33

El resto de la noche siguió tumbada en el sofá, escuchando.

A veces se imaginaba oír sonidos, pasos, una puerta que se cerraba. Imaginación. Todo imaginación...

A las seis se levantó y se percató de que no se había quitado la ropa. El vestido de seda estampada que había pensado llevarse para el viaje, estaba horriblemente arrugado.

Una larga y caliente ducha despejó en parte su fatiga y entumecimiento. Con la gruesa toalla del bebé alrededor del cuerpo, se dirigió al dormitorio y abrió un cajón del armario. Cogió un par de tejanos desgastados que solía usar en Nueva York, se los puso y luego hurgó hasta encontrar uno de sus suéteres viejos. Erich había deseado que se desprendiese de todo, pero ella había guardado unas cuantas cosas. Resultaba importante ahora llevar algo que fuese auténticamente suyo, algo que se hubiese comprado ella misma. Recordó qué mal vestida se había sentido el día en que conoció a Erich. Llevaba aquel suéter barato que Kevin le había regalado y el collar de oro de Nana.

Jenny había llegado allí con aquella joya y con las niñas. Ahora no tenía el collar de oro de Nana y Erich se había apoderado de las niñas.

Jenny se quedó mirando el suelo de roble. Algo brillaba delante del armario ropero. Se inclinó y lo recogió. Era un trozo de visón. Acabó de abrir la puerta del ropero. El abrigo de visón estaba mal colocado en su percha. Una manga colgaba de una forma rara en el dobladillo. ¿Qué era aquello? Jenny procedió a ponerlo bien y de pronto retrocedió. Sus dedos se habían deslizado a través de la piel debajo del abrigo en la parte del cuello. Trozos de piel se habían adherido a sus dedos.

El abrigo había sido desgarrado por completo.

A las diez se dirigió a la oficina. Clyde estaba sentado ante el amplio escritorio, el que usaba Erich.

–Siempre me instalo aquí cuando Erich se encuentra fuera durante una temporada. Así las cosas son más fáciles.

Clyde parecía envejecido. Las pesadas arrugas en torno de sus ojos se veían más pronunciadas. Jenny aguardó a que le explicase por qué había estado mirando hacia la casa en medio de la noche, pero él no dijo nada.

–¿Cuánto tiempo estará fuera Erich? –le preguntó.

–No me lo ha dicho, señora Krueger.

–Clyde, ¿por qué estaba usted anoche delante de la casa?

–¿Me vio?

–Claro, naturalmente.

–¿Entonces la vio usted también?

–¿A quién?

Clyde estalló:

–Señora Krueger, tal vez Rooney no esté a fin de cuentas loca. ¿Sabe que sigue afirmando que ve a Caroline? Anoche no pude dormir. Al saber que no van a permitir a Rooney quedarse en casa más que unos días de vez en cuando, me pregunto si estaré haciendo por ella lo más correcto... De todos modos, me levanté... ¿Sabe usted, señora Krueger, que se puede ver una parte del cementerio desde nuestra ventana? Pues bien, vi que algo se movía allí. Y salí... –Clyde palideció–. Señora Krueger, vi a Caroline... Lo mismo que cuenta Rooney. Se dirigía desde el cementerio hacia la casa. La seguí. Aquel cabello, aquella esclavina que siempre llevaba... Entró por la puerta trasera. Traté de penetrar después de ella, pero la puerta estaba cerrada. Yo no llevaba encima mis llaves. Di unas vueltas por allí y me limité a aguardar. Al cabo de un rato vi encenderse la luz en el dormitorio principal y luego la del antiguo cuarto de Erich. Luego se acercó a la ventana, la abrió y me saludó...

–Clyde, era *yo* la que estaba en la ventana. Era *yo* la que lo saludé...

–Oh, Jesús... –susurró Clyde–. Rooney no hace más que decir que ve a Caroline. Tina habla acerca de la dama del cuadro. Creí que seguía a Caroline. Oh, Jesús...

Se la quedó mirando con horror.

–Y durante todo el tiempo, tal y como dice Erich, era a usted a quien veía...

–No era yo, Clyde –protestó–. Fui al piso de arriba porque oí que alguien andaba por allí.

Se calló, repelida por la incredulidad que reflejaba la cara de Clyde.

Salió corriendo hacia la casa. ¿Tenía razón Clyde? ¿Había estado paseando cerca del cementerio? Había estado soñando con el bebé. Y esta mañana había pensado en lo mucho que odiaba las ropas que Erich le había comprado. ¿Habría soñado todo esto y destrozado el abrigo? Tal vez, a fin de cuentas, no hubiese oído a nadie. Tal vez había andado sonámbula y se despertó cuando se hallaba en el piso de arriba.

Ella era la dama que vio Tina, la dama del cuadro.

Se hizo café y lo bebió muy caliente. No había comido desde el día anterior por la mañana. Se preparó un panecillo inglés y se esforzó en comerlo.

Clyde les contaría a los médicos que había visto a la mujer que creía que era Caroline. Diría que la siguió hasta la casa y que Jenny admitió que le había saludado.

Erich regresaría y se haría cargo de ella. Jenny redactaría aquella declaración y Erich cuidaría de ella. Durante horas permaneció sentada a la mesa de la cocina, luego se dirigió al escritorio y tomó papel de carta. Contaría también lo de anoche. Escribió: «Anoche debí de volver a andar sonámbula. Clyde me vio. Anduve desde el cementerio hasta aquí. Supongo que fui a la tumba del bebé. Me desperté en el dormitorio y vi a Clyde desde la ventana. Le saludé. Clyde estaba allí de pie, en la helada nieve».

Clyde había estado allí, de pie en la helada nieve.

La nieve.

Había llevado medias. Si hubiera estado fuera, sus pies aparecerían húmedos. Las botas que había planeado llevarse para el viaje estaban al lado del sofá, con el brillo recientemente sacado. No se habían estropeado por fuera.

Debió de haber imaginado la ráfaga de aire frío, imaginado las pisadas, se habría olvidado de que andaba sonámbula. Pero si había estado fuera, por la parte del cementerio, sus pies habrían quedado empapados, sus medias se hubiesen manchado...

Lentamente, rompió la carta y la fue desgarrando hasta convertirla en trocitos. Observó cómo los pedazos se desparramaban por la cocina. Por primera vez desde que Erich se había ido, comenzó a abandonar la sensación de desesperanza.

No había estado fuera. Pero Rooney había visto a Caroline. Tina también la había visto. Clyde la había visto a ella.

Y ella, Jenny, la había oído anoche en el piso de arriba. Caroline había desgarrado el abrigo de visón. Tal vez estaba furiosa con Jenny por causar a Erich tantos problemas. Tal vez se encontrase aún en el piso de arriba. Había regresado...

Jenny se levantó.

–¡Caroline! –gritó–. Caroline...

Tal vez Caroline no pudiese oírla. Subió por la escalera. El dormitorio principal estaba vacío. Percibió el débil aroma a pino que siempre había allí. Tal vez si empleaba alguna pastilla de jabón de pino, Caroline se sintiese más en su casa. Metió la mano en el bol de cristal, sacó tres pastillas y las dejó encima de la almohada.

El desván... Quizá se encontrara en el desván. Era allí donde debía de haber ido anoche...

–Caroline –llamó Jenny, tratando de engatusarla–, no tengas miedo. Ven, por favor. Tienes que ayudarme a recuperar a las niñas.

El desván estaba casi a oscuras. Anduvo de un lado a otro. El neceser de Caroline, con el billete y la agenda de citas. ¿Dónde estaba el resto de su equipaje? ¿Por qué Caroline había regresado a la casa? Había estado tan ansiosa por dejarla...

–Caroline –llamó en voz baja–, por favor, háblame...

La cuna de mimbre se hallaba en el rincón, cubierta

ahora con una sábana. Jenny se acercó a ella, la acarició con ternura y comenzó a mecerla.

–Mi amorcito –susurró–, oh, mi amorcito...

Algo se deslizó por la sábana y luego hacia su mano. Una delicada cadena de oro, un colgante con forma de corazón, con la filigrana de artesanía de sus hilos, con el diamante central que destellaba en la penumbra.

Jenny cogió el collar de Nana.

–Nana...

Pronunciar aquel nombre en voz alta fue como bañarse en agua helada. ¿Qué pensaría Nana de ella si la viera tratando de hablar con una mujer muerta? El desván le resultó claustrofóbico. Con el collar en la mano, corrió escaleras abajo, hacia la planta baja y luego a la cocina. «Me estoy volviendo loca», pensó. Aterrorizada, recordó haber pronunciado el nombre de Caroline.

Había que pensar en lo que Nana le diría que hiciese. «Todo parece mejor después de una taza de té, Jenny.»

Mecánicamente, preparó la tetera.

«¿Qué has comido hoy, Jen? No es bueno saltarse las comidas.»

Fue al frigorífico y sacó varias cosas para hacerse un emparedado. «Hay que comer», pensó. Y consiguió que le aflorase una sonrisa.

Mientras comía, intentó representarse que hablaba con Nana acerca de los sucesos de la noche anterior.

–Clyde dice que me vio pero mis pies no estaban mojados. ¿Pudo haber sido Caroline?

Enseguida escuchó la respuesta de Nana:

«–No existe nada parecido a los fantasmas, Jen. Cuando estás muerto, estás muerto.»

Entonces, ¿cómo había podido llegar el collar al piso de arriba?

«Averígualo.»

El listín telefónico se encontraba en la mesita situada

debajo del teléfono de pared. Sosteniendo el bocadillo, Jenny se inclinó y lo cogió. Hojeó en las páginas amarillas la sección de JOYERÍA, COMPRA Y VENTA. Localizó al joyero al que le había vendido el collar. Lo señaló con un rotulador fluorescente.

Marcó el número y pidió hablar con el encargado. Procedió a explicarse con rapidez.

–Soy la señora Krueger. Le vendí un collar la semana pasada. Me gustaría recuperarlo.

–Señora Krueger, por favor, no me haga perder el tiempo. Su marido estuvo aquí y me dijo que usted no tiene derecho a vender una joya familiar. Le permití comprarlo por lo mismo que le había pagado a usted.

–¿Mi marido?

–Sí, llegó a los veinte minutos de que usted me lo hubiese vendido.

Y colgó.

Jenny se quedó mirando el aparato. Erich había sospechado de ella. La había seguido aquella tarde, probablemente en uno de los vehículos de la granja. Pero ¿cómo había llegado el collar hasta el desván?

Se acercó al escritorio y tomó papel pautado. Hacía una hora había planeado redactar la declaración que Erich le había pedido. Ahora existía algo que necesitaba ver escrito en blanco y negro.

Se instaló en la mesa de la cocina. En la primera línea escribió: «No hay fantasmas». En la segunda: «No puedo haber estado fuera anoche». «Una más», pensó. En la siguiente línea escribió con letras mayúsculas: «NO SOY UNA PERSONA VIOLENTA».

«Hay que empezar por el principio –pensó–. Escribirlo todo. Todos los problemas comenzaron con aquella primera llamada telefónica de Kevin...»

Clyde no se acercó a la casa. Al tercer día fue ella la que se presentó en la oficina. Era 10 de febrero. Clyde estaba al teléfono hablando con un cliente. Se sentó y le observó. Cuando Erich estaba presente, Clyde tendía a colocarse en segundo término. Cuando Erich se encontraba fuera, la voz de Clyde adquiría un tono de autoridad. Escuchó cómo disponía la venta de un toro de dos años por el precio de cien mil dólares.

Cuando colgó, la miró con cautela. Resultaba obvio que recordaba su última conversación.

–Clyde, ¿no debe consultar con Erich cuando vende un toro por tanto dinero?

–Señora Krueger, cuando Erich está aquí, maneja el negocio como le place. Pero la verdad es que nunca se muestra muy interesado en dirigir esta granja o los huertos.

–Comprendo... Clyde, he estado pensando... Dígame, ¿dónde se hallaba Rooney la noche del miércoles, cuando usted pensó que veía a Caroline?

–¿Qué quiere decir con eso de dónde estaba Rooney?

–Solo eso... He llamado al hospital y he hablado con el doctor Philstrom. Es el psiquiatra que me visitó.

–Sé quién es. Es el médico de Rooney.

–Eso es... Usted no me contó que Rooney recibió un pase para pernoctar fuera la noche del miércoles.

–El miércoles por la noche Rooney estaba en el hospital.

–No, no fue así. Se encontraba con Maude Ekers. Era el cumpleaños de Maude. Se suponía que debían ir a una subasta de ganado y dio permiso a Maude para recoger a Rooney. Y Rooney creyó que usted estaba en St. Cloud.

–Lo estaba... Regresé a casa a eso de la medianoche. Había olvidado que Rooney pernoctaría en casa de Maude.

–Clyde, ¿no es posible que Rooney saliese sin ser advertida de casa de Maude y merodease por la granja?

–No, no es posible.

–Clyde, a menudo deambula por aquí de noche. Ya lo sabe. ¿No es factible que la viera envuelta en una manta, una manta que a cierta distancia pudiese pasar por una esclavina? Piense que Rooney tiene el pelo oscuro.

–Rooney no se ha deshecho el moño del pelo desde hace veinte años... Excepto, naturalmente...

Titubeó.

–¿Excepto qué?

–Excepto por la noche...

–Clyde, ¿no comprende lo que trato de decirle? Solo una pregunta más. ¿Guardó Erich un collar de oro en la caja fuerte u ordenó a alguien que lo colocase allí?

–Lo puso allí él mismo. Me dijo que usted no cuidaba bien de él y que no quería que se perdiese.

–¿Le contó a Rooney eso?

–Debí de mencionárselo de pasada, para hablar de algo...

–Clyde, Rooney conoce la combinación de la caja, ¿no es verdad?

Frunció el entrecejo con una mueca de preocupación.

–Debe de conocerla...

–¿Y se encuentra en su casa más veces de las que usted ha admitido?

–Está en casa de vez en cuando...

–Y es posible que vagara por aquí el miércoles por la noche. Clyde, abra la caja. Muéstreme mi collar.

Obedeció en silencio. Sus dedos hurgaron mientras marcaba la combinación. La caja se abrió. Introdujo la mano y sacó un pequeño cofre de seguridad, que abrió también. Luego lo alzó, esperando ver lo que andaba buscando.

Al fin dijo con un hilo de voz:

–El collar no está...

Dos noches después telefoneó Erich.

–¿Jenny? –Su voz parecía burlona.

–¡Erich! ¡Erich!

–¿Dónde estás, Jen?

–En el piso de abajo, en el sofá.

Jenny miró el reloj. Eran más de las once. Se había adormecido.

–¿Por qué?

–Arriba me siento muy sola, Erich.

Quería contarle lo que sospechaba acerca de Rooney.

–Jenny...

La ira que se percibía en la voz de su marido la despertó por completo.

–Quiero que estés en el sitio que te corresponde, en nuestro cuarto, en nuestra cama. Quiero que te pongas aquel camisón en especial. ¿Me oyes?

–Erich, por favor. ¿Cómo están Tina y Beth?

–Se encuentran muy bien. Léeme la carta.

–Erich, he descubierto algo. Tal vez estuvieses *equivocado*. –Demasiado tarde trató de retirar aquellas palabras–. Quiero decir que tal vez ambos no hemos comprendido...

–¿No has escrito la carta?

–Comencé a hacerlo. Pero Erich, lo que crees no es verdad. Ahora estoy segura de ello.

Erich colgó.

Jenny llamó a la puerta de la cocina de la casa de Maude Ekers. ¿Cuántos meses hacía que había estado allí? Desde que Maude le dijo que dejase a Joe tranquilo.

Maude había tenido razón en preocuparse por Joe.

Iba a llamar de nuevo, cuando la puerta se abrió. Joe estaba allí, un Joe mucho más delgado, con su rostro juvenil madurado por unas ojeras de cansancio.

–¡Joe! ¡Qué sorpresa!

El hombre alargó las manos. De forma impulsiva, Jenny se las tomó. En un rapto de afecto, le besó la mejilla.

–Oh, Joe...

–Jenny, quiero decir, señora Krueger...

Tímidamente se hizo a un lado para que pasase.

–¿Está tu madre aquí?

–Está trabajando. Yo he regresado a casa.

–Me alegra verte... Deseaba hablar contigo, pero ya sabes...

–Lo sé, Jenny. Te he causado muchos problemas. Me gustaría ponerme de rodillas por lo que dije la mañana del accidente. Supongo que todo el mundo pensó que tú... Vaya, que tú me habías lastimado... Le dije al sheriff que no sabía qué quería decir todo aquello. Quiero decir que creí estar muriendo y me preocupaba el que supieses que te había visto aquella noche...

Jenny tomó asiento al otro lado de la mesa de la cocina, enfrente de él.

–Joe, ¿quieres decir que me viste aquella noche?

–Al igual que traté de explicarle al sheriff y le dije al señor Krueger la semana pasada... y hubo algo que siempre me preocupó en lo de aquella noche...

–¿Qué era?

–La manera de moverte. Eres tan grácil, Jenny. Tienes un paso rápido, ligero, como un ciervo. Y quien anduviese aquella noche por el porche, lo hacía de forma *diferente*... Es difícil de explicar. Se encorvaba hacia delante, por lo que el cabello casi le cubría el rostro. Tú siempre andas muy erguida...

–Joe, ¿crees que aquella noche viste a Rooney llevando mi abrigo?

Joe pareció intrigado.

–¿Y eso cómo pudo ser? La razón de que yo me encontrase allí era que había visto a Rooney en la senda que conduce a la casa, y no quería tropezarme con ella. Rooney estaba allí, pero alguien más entró en el coche.

Jenny se pasó la mano por la frente. Aquellos últimos días había llegado a creer que Rooney era la clave de todo lo ocurrido. Rooney podía entrar y salir de la casa tan silenciosamente... Incluso podía haberles oído, a ella y a Erich, hablar de Kevin. Rooney podía haber realizado la llamada telefónica. Rooney conocía lo del tabique corredizo entre las habitaciones. Todo encajaba si Rooney, llevando el abrigo de Jenny, se había reunido con Kevin aquella noche.

Entonces, ¿quién llevaba el abrigo? ¿Quién había preparado aquel encuentro?

No lo sabía.

Pero por lo menos Joe creía que ella, Jenny, no era aquella persona.

Se levantó. No había razón para permanecer allí cuando Maude regresase a casa. Maude podía asustarse. Trató de sonreír.

–Joe, me alegro de haberte visto. Te hemos echado de menos. Es una buena noticia saber que estás trabajando de nuevo para nosotros.

–Quedé muy contento cuando el señor Krueger me ofreció el empleo. Y, como he dicho, le conté todo lo que te he referido a ti...

–¿Y qué dijo Erich?

–Me dijo que debía mantener la boca cerrada, que habría otra vez problemas si corría esta versión. Y le juré que no lo contaría a nadie. Pero naturalmente eso no significa que no pudiese contártelo a ti...

Procuró tener cuidado al ponerse los guantes. No podía permitirle ver lo conmovida que se encontraba. Erich le había pedido que firmase aquella carta, diciendo que había entrado en el coche con Kevin, incluso después de que Joe le hubiese contado que estaba seguro de haber visto a otra persona llevando su abrigo.

Tenía que reflexionar acerca de todo ello.

–Jenny, supongo que te ocasioné un daño terrible. Creo que hice difíciles tus relaciones con el señor Krueger.

–Joe, no te preocupes...

–Pero tengo que decírtelo, al igual que se lo confesé a mamá. Tú eres la clase de mujer a la que quiero encontrar cuando busque en serio a una chica. Se lo expliqué a mamá. Estaba muy preocupada porque siempre decía que mi tío hubiera llevado una vida muy diferente de no haber sido por Caroline. Pero incluso esto ha servido de algo. Mi tío no ha vuelto a beber una gota de alcohol desde mi accidente y van a unirse de nuevo.

–¿Quién va a unirse de nuevo?

–Mi tío estaba buscando esposa en el momento del accidente. Cuando John Krueger les dijo a todos que tío Josh había sido tan descuidado a causa de que Caroline lo tenía trastornado, su chica quedó tan destrozada que rompió el compromiso. Y luego mi tío empezó a beber. Pero ahora, después de tantos años, están saliendo de nuevo.

–Joe, ¿con quién sale tu tío?

–Con la chica con la que solía ir. Ahora es una mujer, como es natural. Ya la conoces, Jenny. Es tu ama de llaves, Elsa...

34

Así que Elsa había estado prometida con Josh Brothers. Y nunca se había casado. Qué resentimiento debía de haber sentido con el paso de los años contra los Krueger... ¿Y por qué había aceptado el empleo en la casa de la granja? La forma en que Erich la trataba era tan despectiva... Elsa podía haber tomado el abrigo de su armario. Elsa podía haberles oído hablar a ella y a Erich. Elsa podía haber sonsacado a las niñas cosas acerca de Kevin...

Pero ¿por qué?

Tenía que hablar con alguien; tenía que confiar en alguien...

Jenny se detuvo contra el viento. Había una persona en la que podía confiar, alguien cuyo rostro llenaba ahora su mente: podía confiar en Mark, y ya debería de haber regresado de Florida.

Tan pronto llegó a la casa, buscó el número de la clínica de Mark y le telefoneó. Estaban esperando de un momento a otro al doctor Garrett... ¿Quién le llamaba?

No quiso dejar su nombre.

–¿A qué hora puedo dar con él?

–Sus horas de clínica son entre las cinco y las siete de la tarde.

A continuación, le llamó a su casa.

Luego fue a la oficina. Clyde estaba cerrando el escritorio. Entre ellos había cierta sequedad.

–Clyde, ¿dónde está Rooney? –le preguntó.

–Voy a traerla mañana a casa... Pero, señora Krueger, me gustaría que se mantuviese apartada de Rooney. Es decir, que no le pida que vaya a su casa y tampoco la visite.

Parecía muy desgraciado.

–El doctor Philstrom afirma que Rooney puede volver a un estado de estrés, y eso haría que la internasen de nuevo...

–¿Y soy yo la que puede crear ese estado de estrés?

–Por lo que sé, Rooney no ha visto a Caroline rondar por el hospital.

–Clyde, antes de que cierre ese escritorio quiero que me dé un poco de dinero. Erich se fue tan precipitadamente que solo tengo unos dólares y necesito comprar algunas cosas. ¿Podría prestarme también su coche para ir a la ciudad?

Clyde hizo girar la llave y se la metió en el bolsillo.

–Erich fue terminante al respecto, señora Krueger. No quiere que usted conduzca, y me dijo que todo cuanto necesite hasta que él regrese, deberá pedírmelo a mí para que yo se lo consiga. Pero recalcó que yo no debía darle dinero. E insistió en que me costaría el empleo si le daba un dólar de los fondos de la granja o le prestaba algo de mi bolsillo.

La expresión de desconcierto de Jenny le hizo adoptar un tono más amistoso.

–Señora Krueger, si desea algo... Solo tiene que pedirme cuanto necesite...

–Necesito...

Jenny se mordió el labio, se dio la vuelta y abandonó la oficina. Corrió a lo largo del sendero, mientras la cegaban lágrimas de rabia y humillación.

Las sombras de la última hora de la tarde se extendían sobre los pálidos ladrillos de la casa de la granja. En la linde de los bosques, los altos pinos noruegos aparecían lujuriantes contra los desnudos arces y abedules. El sol, oculto detrás de unos negros nubarrones, rayaba el cielo con líneas bellamente frías de colores malvas, rosados y arándanos.

Un cielo invernal y una casa invernal... que se había convertido en su prisión.

A las siete y ocho, Jenny fue al teléfono para llamar a Mark. Su mano lo tocaba ya cuando de pronto sonó.

–¿Sí?

–Jenny, ¿estabas sentada encima del teléfono? ¿Aguardabas una llamada?

Seguía percibiéndose aquel matiz burlón en la voz de Erich.

Jenny sintió que las palmas se le humedecían. Instintivamente, agarró con más fuerza el auricular.

–Esperaba noticias tuyas... –¿Sonaba aquello suficientemente natural? ¿Se evidenciaba su nerviosismo?–. Erich, ¿cómo se encuentran las niñas?

–Muy bien, como es natural. ¿Qué has hecho hoy, Jenny?

–No mucho. Ahora que no viene Elsa, me encuentro un poco más atareada en la casa. Pero me gusta más así...

Cerrando los ojos, trató de elegir bien las palabras y luego prosiguió con jovialidad:

–Oh, he visto a Joe... –Se apresuró a continuar, no queriendo mentir, no deseando admitir que había ido a casa de los Ekers–. Está muy complacido de que lo hayas contratado de nuevo, Erich...

–Supongo que te contó el resto de la conversación que tuve con él...

–¿A qué te refieres?

–Me refiero a aquella tonta historia de haberte visto entrar en el coche, y luego decidir que no te había visto. Tú nunca admitiste que Joe te hubiese dicho que te viera aquella noche en el coche. Siempre pensé que había sido solo Rooney la que te había visto.

–Pero Joe dijo... Está seguro de que se trataba de otra persona que llevaba mi abrigo...

–Jen, ¿has escrito la carta?

–Erich, ¿no comprendes que hay un testigo que jura...?

–Lo que quieres decir es que tenemos un testigo que sabe que te vio y el cual, para congraciarse conmigo, para conseguir de nuevo su empleo, se muestra ahora deseoso de cambiar su versión. Jenny, deja ya de tratar de evitar la verdad. O bien tienes preparada esa carta para leérmela la próxima vez que telefonee, u olvídate de volver a ver a las niñas hasta que sean adultas...

Jenny perdió el control.

–No puedes hacer eso. Pediré un mandamiento judicial. Son mis hijas. No puedes arrebatármelas.

–Jenny, son tan mías como tuyas. Solo me las he llevado de vacaciones. Ya te previne que ningún juez te las confiaría. Tengo montones de testigos en la ciudad que jurarían que soy un padre maravilloso. Jenny, te amo lo bastante como para concederte una oportunidad para vivir con ellas, para permitirte cuidarlas. Pero no me presiones demasiado... Adiós, Jenny. Te llamaré pronto.

Jenny se quedó mirando el teléfono. En aquel momento se desvaneció la tenue confianza que había comenzado a albergar. «Déjate vencer –le decía una voz–. Escribe la carta. Léesela. Acaba con esto.»

No. Mordiéndose el labio marcó el número de teléfono de Mark.

Respondió al primer timbrazo.

–Doctor Garrett...

–¿Mark?

¿Por qué aquella profunda y cálida voz le hizo asomar lágrimas a los ojos?

–Jenny... ¿Qué ocurre? ¿Dónde estás?

–Mark... Tengo que hablar contigo... –Hizo una pausa y luego continuó–: Pero no quiero que nadie nos vea aquí. Si cruzo el campo del oeste, ¿vendrías a recogerme? A menos... quiero decir... si tienes otros planes, no te preocupes...

–Espérame cerca del molino. Estaré allí en quince minutos...

Jenny se dirigió al dormitorio principal y encendió la luz de lectura de la mesilla de noche. Dejó también encendida la lámpara de la cocina y otra más pequeña en el salón. Clyde sospecharía si la casa estaba completamente a oscuras...

Debía aprovechar la oportunidad de que Erich no le telefonearía en las próximas horas.

Salió de la casa y anduvo entre las sombras del establo y los heniles. Detrás de las cercas electrificadas vio las siluetas del ganado cerca de los graneros. Ahora no había pastos en el terreno cubierto por la nieve y solían permanecer cerca de los edificios, donde los alimentaban.

En menos de diez minutos llegó al molino y oyó el débil ruido de un coche que se aproximaba. Mark se detuvo, se inclinó y le abrió la portezuela.

Parecía comprender que deseaba alejarse de allí cuanto antes. Jenny no habló hasta que alcanzaron la carretera comarcal.

–Tenía entendido que te encontrabas en Houston con Erich, Jenny.

–No hemos ido.

–¿Sabe Erich que me has telefoneado?

–Erich está fuera. Y se ha llevado a las niñas.

Mark suspiró.

–Por eso papá...

Luego se calló. Jenny sintió su mirada, y fue agudamente consciente de la piel de él curtida por el viento, de su recio cabello color arena, de sus largos y hábiles dedos aferrados al volante. Erich siempre la hacía sentirse insegura; su sola presencia cargaba la atmósfera. La presencia de Mark causaba, exactamente, el efecto contrario desde aquella vez en que había visitado la casa de Mark. Por la noche, poseía la misma atmósfera acogedora que Jenny recordaba. El sillón de orejas, su tapicería de terciopelo, ligeramente desgastada, se hallaba colocado cerca de la chimenea. Había una mesa de roble para el café delante del sofá Lawson, donde se veían periódicos y revistas. Los estantes a cada lado de la chimenea estaban atestados de libros de todos los formatos y tamaños.

Mark le quitó el abrigo.

–La vida en la granja no te ha hecho engordar un gramo –comentó–. ¿Ya has cenado?

–No.

–Eso suponía.

Sirvió jerez para los dos.

–Mi ama de llaves hoy tiene su día libre. Estaba a punto de prepararme una hamburguesa cuando me telefoneaste. Enseguida vuelvo...

Jenny se sentó en el sofá, se inclinó, se sacó las botas y se arrellanó mejor. Ella y Nana habían tenido un sofá Lawson cuando ella era pequeña. Se recordaba acurrucada en un extremo del sofá, en las tardes lluviosas, leyendo feliz mientras las horas iban transcurriendo.

En pocos minutos, Mark regresó con una bandeja.

–Minnesota y sus manjares... –le sonrió–. Hamburguesas, patatas fritas, lechuga y tomate...

El aroma de la comida era delicioso. Jenny tomó un poco de todo y se percató de que estaba hambrienta. Sabía que Mark aguardaba a que le explicase el motivo de su llamada telefónica. ¿Cuánto debería contar? ¿Se quedaría Mark aterrado al saber lo que Erich opinaba acerca de ella?

Mark se sentaba en el sillón de orejas, con sus largas piernas extendidas hacia ella, ojos preocupados y la frente arrugada pensativamente... Jenny comprobó que no le importaba que la estudiase. De una forma rara, resultaba consolador, como si él pudiese analizar lo que estaba mal y conseguir enderezarlo. Su padre tenía exactamente aquella expresión. ¡Luke! No le había preguntado por él.

–¿Cómo está tu padre?

–Tirando, pero me dio un buen susto. No se sentía bien incluso antes de regresar a Florida. Luego tuvo aquel ataque. Pero ahora que está en su propia casa, parece encontrarse mucho mejor. Deseaba que le visitases, Jenny, y aún lo sigue queriendo...

–Me alegra saber que se encuentra mejor.

Mark se inclinó hacia delante.

–Háblame de ello, Jenny...

Ella se lo contó todo, mirándole de frente, observando aquellos ojos oscuros, contemplando las arrugas que se formaban alrededor de sus párpados y boca, estudiando la expresión de su rostro, el cual se fue suavizando mientras Jenny hablaba acerca de su bebé y la voz se le demudaba.

–Verás... Puedo comprender que Erich creyese que yo podía llegar a hacer cosas terribles. Pero ahora sé que no las hice. Por lo tanto, eso quiere decir que alguna otra mujer adopta mi personalidad. Estaba segura de que se trataba de Rooney, pero no puede ser ella. Y ahora me pregunto... si fue Elsa. Es inverosímil que haya mantenido en secreto un agravio durante veinticinco años... Erich era solo un chiquillo...

Mark no replicó. Su rostro serio reflejaba preocupación.

–¿Tú me crees capaz de hacer esas cosas? –estalló Jenny–. Dios mío... ¿eres igual que Erich? ¿Crees que...?

El párpado del ojo izquierdo de Jenny comenzó a moverse involuntariamente. Se llevó la mano al rostro para detener el tic; luego sintió que empezaban a temblarle las rodillas. Bajando la cabeza hacia su regazo, se abrazó las piernas. Ahora todo su cuerpo vibraba incontroladamente.

–Oh, Jenny...

Los brazos de Mark la rodearon. La cabeza de Jenny quedó contra la garganta de Mark y los labios de éste encima de su cabello.

–No he podido lastimar a nadie... No puedo firmar y decir que he...

Los brazos de Mark se endurecieron.

–Erich es un... inestable... Oh, Jenny...

Pasaron unos minutos antes de que el temblor se detuviese. Jenny procuró apartarse. Sintió que los brazos de él se aflojaban. Sin decir palabra, ambos se miraron; luego,

Jenny se volvió. Había una colcha de punto colocada en el respaldo del sofá. Mark la arrebujó con ella.

–Creo que a los dos nos sentaría bien un café...

Mientras se encontraba en la cocina, Jenny miró a la chimenea y observó cómo un leño se rompía, convertido en relucientes brasas. De repente se sintió exhausta. Pero era una clase diferente de fatiga, no algo tenso y entumecedor sino relajante, algo parecido a lo que se siente tras terminar una carrera.

Al descargarse en Mark, Jenny sintió que se quitaba un peso de encima. Mientras escuchaba el tintineo de las tazas y los platillos en la cocina, y olía el aromático café, oyendo las pisadas al andar entre el fogón y el armario, recordó la sensación producida por aquellos brazos...

Cuando Mark trajo el café se sintió capaz de hablar para intentar despejar aquella atmósfera cargada emocionalmente.

–Erich sabe que no quiero quedarme con él. En cuanto regrese con las niñas me iré...

–¿Estás segura de que quieres dejarle, Jenny?

–Sí, estoy segura. Pero primero quiero obligarle a traer de nuevo a las niñas. Son mis hijas...

–Tiene razón respecto a que, como su padre adoptivo, posee legalmente sobre ellas tanto derecho como tú. Por lo demás, Erich es capaz de permanecer fuera de forma indefinida. Déjame hablar con algunas personas. Tengo un amigo abogado especialista en leyes de la familia. Pero hasta entonces, cuando Erich telefonee, hagas lo que hagas, no le lleves la contraria; no le digas que has hablado conmigo. ¿Me lo prometes?

–Naturalmente.

Mark la llevó a casa en coche y detuvo el vehículo cerca del molino. Pero insistió en acompañarla a través de los silenciosos campos hasta la casa.

–Quiero asegurarme de que entras –le dijo–. Ve al piso de arriba y, si todo está en orden, corre las persianas de tu cuarto...

–¿Qué quieres decir con eso de si todo está en orden?

–Me refiero a que si Erich ha decidido regresar a casa esta noche y se ha dado cuenta de que habías salido, puede haber problemas. Te telefonearé mañana después de haber hablado con algunas personas.

–No lo hagas. Deja que te llame yo. Clyde se entera de cada llamada que recibo.

Cuando llegaron a la vaquería, Mark dijo:

–Te observaré desde aquí. Intenta no preocuparte.

–Lo intentaré. Lo único que me tranquiliza es que Erich adora a Tina y Beth. Será muy bueno con ellas. Por lo menos eso es un consuelo.

Mark le apretó la mano, pero no respondió. Rápidamente, Jenny avanzó por la senda hasta la puerta y luego a la cocina, a la vez que miraba alrededor. La taza y el platillo que había dejado secando en el fregadero estaban aún allí. Sonrió amargamente. Podía estar segura de que Erich no había vuelto. En caso contrario, habría puesto la taza y el platillo en su sitio...

Apresurándose a subir al piso de arriba, se dirigió al dormitorio principal y empezó a bajar las persianas. Desde una ventana vio desaparecer en la oscuridad la alta silueta de Mark.

Quince minutos después se encontraba en la cama. Aquel era el peor momento, cuando no podía atravesar el vestíbulo e ir a arropar a Tina y Beth. Trató de imaginarse todos los medios que Erich emplearía para divertirlas. Habían anhelado acudir a la feria del condado con él el verano anterior. Varias veces, Erich había pasado todo un día con ellas en el parque de atracciones. Era incansablemente paciente con las niñas.

Pero ambas chiquillas habían parecido descontentas cuando Erich las dejó hablar con ella aquella primera noche en que se las había llevado.

Naturalmente, ahora estarían acostumbradas a la ausencia de su madre, de la misma forma que les había ocurrido cuando Jenny tuvo que quedarse en el hospital.

Como le había contado a Mark, era un consuelo no tener que preocuparse por las niñas.

Jenny recordó la forma en que Mark le había apretado la mano cuando se lo dijo.

¿Por qué?

Toda la noche yació en la cama despierta. Si no era Rooney... si no se trataba de Elsa... ¿entonces quién?

Se levantó al amanecer. Trató de apartar todos aquellos continuos miedos, las terribles posibilidades que se le habían ocurrido durante la noche.

Tenía que encontrar la cabaña. Todos sus instintos le decían que el lugar por donde debía empezar era la cabaña...

35

Al amanecer comenzó a buscar la cabaña. A las seis de la madrugada encendió la radio para escuchar el informe del tiempo. La temperatura estaba bajando terriblemente; ya alcanzaba los once grados bajo cero. Soplaba un fuerte viento helado procedente de Canadá, se pronosticaba una dura tempestad de nieve que llegaría a la zona de Granite Place al día siguiente por la tarde.

Se preparó un termo de café para llevárselo y se puso otro suéter debajo de su traje de esquiar. Tenía tan doloridos los pechos... Al pensar tanto en el bebé durante la noche había comenzado a sentir punzadas. No podía permitirse ahora pensar en Tina y Beth. Solo podía rezar unas entumecidas y suplicantes palabras: «Cuida de ellas, por favor... No dejes que les ocurra nada...».

Sabía que la cabaña debía encontrarse a unos veinte minutos de camino desde la linde de los bosques. Comenzó por el lugar donde Erich siempre desaparecía entre los árboles, y anduvo de un lugar a otro desde aquel sitio. No importaba lo que aquello durase.

A las once volvió a casa, se calentó una sopa y se cambió los calcetines y mitones, cogió otra bufanda y salió de nuevo.

A las cinco, precisamente cuando las sombras iban a alcanzar la total oscuridad, descendió por un montículo y llegó junto a la pequeña cabaña con techo de cortezas, aquella que había sido el hogar del primer Krueger al llegar a Minnesota...

Tenía aspecto de clausurada. Pero ¿qué había esperado? ¿Que saliese humo por la chimenea, que las luces estuviesen encendidas, que...? Sí. Había albergado la esperanza de que Beth y Tina estuviesen allí con Erich...

Se quitó los esquíes y con el martillo rompió el cristal de una ventana; luego se introdujo en la cabaña. Estaba espantosamente helada, con el profundo frío de los lugares sin caldear a los que no da el sol. Parpadeando y ajustando su visión a la penumbra, Jenny anduvo hacia las otras ventanas, corriendo las persianas y mirando alrededor.

Vio una habitación de unos siete metros de largo, una estufa Franklin, una desgastada alfombrilla oriental, un sofá... Y pinturas...

Cada centímetro cuadrado de pared parecía estar cubierto con el arte de Erich. Incluso aquella escasa luz no podía ocultar el exquisito poder y belleza de su obra. Y como siempre, comprobar su genio la calmó. Los temores que había albergado durante la noche de repente parecieron ridículos.

Los temas elegidos eran apacibles: el henil en una tormenta de invierno; la liebre, con la cabeza alta y preparada para huir a los bosques; el ternero que buscaba a su madre... ¿Cómo una persona que pintaba así, con tanta sensibilidad y oficio, podía ser tan hostil, tan suspicaz...?

Estaba de pie delante de un archivador lleno de lienzos. Algo en el que estaba encima llamó su atención. Sin comprender, comenzó a hurgar entre los lienzos archivados. La firma en la esquina de la derecha no estaba en letras mayúsculas y garrapateada como la de Erich, sino delicadamente escrita con finas pinceladas, una firma más acorde con los apacibles temas de los cuadros: *Caroline Bonardi.* Y en cada uno de los lienzos.

Comenzó a examinar los cuadros de la pared. Los enmarcados llevaban la firma de ERICH KRUEGER. Los que carecían de marco, *Caroline Bonardi.*

Pero Erich había dicho que Caroline poseía muy escaso talento...

Sus ojos oscilaron de una a otra, de una pintura enmarcada con la firma de Erich, a otra sin enmarcar y firmada por Caroline. El mismo empleo de una luz difusa, el mismo pino como telón de fondo, la misma mezcla de colores. Erich estaba imitando la obra de Caroline.

No.

Los lienzos enmarcados. Aquellos eran los que él había pintado para la próxima exposición. Eran los que había firmado, pero no eran de él. El mismo artista era el autor de todos los cuadros. Erich estaba falsificando el nombre artístico de Caroline. Por ello se había inquietado tanto cuando ella le indicó que el olmo, en uno de sus supuestos nuevos cuadros, había sido cortado hacía varios meses.

Un esbozo al carboncillo pasó ante sus ojos. Se denominaba *Autorretrato.* Era una miniatura del *Recuerdo de Caroline,* probablemente el bosquejo preliminar que Caroline había hecho antes de comenzar a pintar su obra maestra.

Oh, Dios mío... Todo. Cada emoción que había atribuido a Erich a través de su obra no era más que una mentira.

Entonces, ¿por qué permanecía tanto tiempo allí? ¿Qué hacía en ese lugar? Vio la escalera y se precipitó por ella. El desván descendía con el techo y tuvo que inclinarse en el último escalón, antes de entrar por aquella estancia.

Cuando se enderezó, un resplandor coloreado de pesadilla desde la pared posterior asaltó su visión. Conmocionada, se quedó mirando su propia imagen. ¿Un espejo?

No. El rostro pintado no se movió mientras Jenny se aproximaba a él. La luz del atardecer que entraba por la rendija de la ventana jugueteó sobre el lienzo, lanzando sombras sobre él, al igual que un dedo fantasmal que señalase algo.

Una mezcla de escenas: escenas violentas, pintadas en colores violentos. La figura central, ella misma, con la boca retorcida de dolor, mirando hacia unos cuerpos parecidos a muñecos. Beth y Tina tendidas juntas en el suelo, con sus peleles azules enmarañados, con los ojos saltándoseles de las órbitas, con las lenguas fuera, con sus cinturones de pana tensados en las gargantas. Lejos, en la pared de detrás, una ventana con una cortina de color azul oscuro. Avizorando a través de la abertura de la cortina, aparecía el rostro de Erich, triunfante, sádico. Y a través de todo el lienzo en sombras verdes y negras, una figura deslizante, mitad mujer y mitad serpiente, una mujer con el rostro de Caroline, con la esclavina a su alrededor como la escamosa piel de una serpiente. La figura de Caroline se inclinaba sobre una surrealista cuna de mimbre, una cuna suspendida de un agujero del cielo, mientras las manos de la mujer, grotescas y de enorme tamaño, como las aletas de una ballena, cubrían el rostro del bebé, con las manos del niñito apoyadas encima de su cabeza, con dedos cual estrellas, extendidos sobre la almohada.

La figura de Caroline con su abrigo castaño, reflejado en el parabrisas de un coche, con otro rostro a su lado. La cara de Kevin, exagerada, mirando grotescamente asustada, con su amoratada sien abombada en el parabrisas. La figura de Caroline, con su capa puesta, que sujetaba un caballo encabritado, guiándolo para que descendiera sobre aquella figura con cabello de arena del suelo. Joe. Joe escabulléndose de las pezuñas.

Jenny oyó su penetrante quejido, los gritos de protesta. No era Caroline la que era mitad mujer y mitad serpiente, sino el rostro de Erich que se avizoraba a través del enmarañado cabello oscuro, los ojos de Erich que contemplaban salvajemente a Jenny en el lienzo.

No. Oh, no. Aquellas retorcidas, torturadoras revelaciones de ese arte... una encarnación diabólicamente brillante, al lado de la cual la maestría al pastel del talento de Caroline se extinguía hasta la insignificancia.

Erich no había pintado los lienzos que se atribuía como propios. Pero los que sí había pintado eran fruto de una mente retorcida. Eran espeluznantes, terribles de su poder, maléficos y obra de un loco...

Jenny se quedó mirando su propia imagen, las caras de sus niñas, sus ojos implorantes, mientras el cinturón estrangulaba cada vez más sus blancos y pequeños cuellos.

Por fin, se forzó a arrancar el lienzo de la pared con sus ojos absortos en él, como deslumbrados ante los fuegos del infierno.

De alguna forma consiguió ponerse los esquíes y comenzó el regreso a través del bosque. Empezaba a caer la noche y la oscuridad se extendía por doquier. El lienzo, que retenía el viento como una vela, la hacía tambalearse y rozar contra los árboles. El viento se burlaba de los constantes gritos de auxilio que nacían de su garganta. «¡Ayudadme! ¡Ayudadme!»

Perdió la senda, dio vueltas en la oscuridad, vio de nuevo los perfiles de la cabaña. No. Oh, no...

Se congelaría allí, moriría en aquel lugar antes de poder encontrar a alguien que detuviese a Erich, si no era ya demasiado tarde. Había perdido la noción del tiempo, no sabía cuánto rato había estado cayéndose, tropezando y levantándose de nuevo, una y otra vez; cuánto tiempo llevaba sujetando contra el cuerpo aquel maldito lienzo, cuánto tiempo había gritado pidiendo socorro. Solo sabía que su voz se quebraba en ahogados sollozos cuando de pronto vio un destello entre unos árboles y se percató de que se encontraba en la linde del bosque.

El destello que había percibido era el reflejo de la luna sobre la piedra de granito de la tumba de Caroline.

Con un último y terrible esfuerzo, siguió esquiando. La casa se encontraba a oscuras, solo la débil luz de la luna en cuarto creciente revelaba su silueta. Pero las ventanas de la oficina tenían luz. Se encaminó hacia allí, con el lienzo restallando más violentamente, ahora que no había árboles que amortiguasen el fuerte viento.

Ya no podía gritar; no se percibía ningún sonido, excepto los gemidos guturales de su garganta; sus labios aún formaban las palabras: «¡Ayudadme! ¡Ayudadme!».

En la puerta de la oficina trató de hacer girar el picaporte con sus manos heladas, intentó desprenderse de los esquíes, pero no consiguió que se soltaran los tirantes. Finalmente, golpeó en la puerta con sus palos de esquí hasta que se abrió y se derrumbó en brazos de Mark.

–¡Jenny! –Su voz se quebró–. ¡Oh, Jenny!

–Agárrese, señora Krueger.

Alguien le estaba quitando los esquíes de los pies. Conocía aquel fornido cuerpo, aquel recio y terminante perfil. Se trataba del sheriff Gunderson.

Mark trataba de soltarle los dedos del lienzo.

–Jenny, déjame ver esto... –Y luego su asombrada voz–: Dios mío...

La propia voz de Jenny sonó como un gruñido:

–Erich... Erich lo ha pintado. Mató a mi bebé. Se vistió como Caroline. Beth, Tina... Es posible que las haya matado también.

–¿Que Erich ha pintado esto?

La voz del sheriff reflejaba incredulidad.

Jenny se volvió hacia él.

–¿Ha encontrado a mis niñas? ¿Por qué está usted aquí? ¿Están mis hijas muertas?

–Jenny...

Mark la sujetó con fuerza, interrumpiendo el flujo de palabras.

–Jenny, yo llamé al sheriff porque no estabas aquí. Jenny, ¿dónde has encontrado esto?

–En la cabaña... Y muchas pinturas... Pero no son de Erich... Las pintó Caroline.

–Señora Krueger... ¿Tiene algo que decirme? ¿Algo que de repente haya recordado?

Jenny comenzó a sollozar.

–Jenny –imploró Mark–, no es culpa del sheriff. Debí haberme dado cuenta... Papá había comenzado a sospechar...

El sheriff estaba estudiando el lienzo, con un rostro de improviso deshinchado, con la piel colgándole de sus arrugas. Sus ojos estaban fijos en el ángulo superior derecho de la pintura, en la cunita suspendida de un agujero en el cielo y en la grotesca figura, parecida a Caroline, que se inclinaba sobre ella.

–Señora Krueger, Erich fue a verme. Dijo que comprendía que corrían habladurías acerca de la muerte del bebé. Me urgió a que solicitara una autopsia.

Se abrió la puerta. «Erich está aquí –pensó Jenny–. Oh, Dios mío, Erich...» Pero se trataba de Clyde, que entró con expresión asustada y desaprobadora.

–¿Qué diablos está ocurriendo aquí?

Se quedó mirando el lienzo.

Jenny observó su curtido rostro, que había palidecido.

–Clyde, ¿quién está ahí? –llamó Rooney.

Sus pisadas se aproximaron, crujiendo sobre la nieve helada.

–Esconda esa cosa –suplicó Clyde–. No dejen que la vea. Aquí...

La metió en un armario.

Rooney apareció en el umbral de la oficina, con el rostro un poco más lleno y ojos grandes y calmados. Jenny sintió que aquellos delgados brazos la rodeaban.

–Jenny, cuánto te he echado de menos...

A través de sus entumecidos labios, Jenny consiguió responder:

–Yo también te he echado mucho de menos...

Había comenzado por acusar a Rooney de todo lo sucedido. Había descartado cuanto Rooney le había contado, como si perteneciese a la imaginación de una mente enferma...

–Jenny, ¿dónde están las niñas? ¿Puedo saludarlas...?

La pregunta fue como una bofetada en pleno rostro.

–Erich está fuera con las niñas.

Sabía que su voz era temblorosa.

–Vamos, Rooney. Ya las verás mañana. Sería mejor que te fueses a casa. El doctor dijo que te metieses en la cama –la apremió Clyde. La tomó del brazo y la empujó fuera, mirando por encima del hombro–. Enseguida vuelvo...

Mientras aguardaban, Jenny consiguió relatarles su búsqueda por la cabaña.

–Fuiste tú, Mark, quien me hizo sospechar. Yo te dije que las niñas estarían bien con Erich y tú no respondiste nada... Más tarde, en la cama comprendí que estabas preocupado por ellas... Y comencé a pensar... Si no era Rooney, ni Elsa, ni yo... Y mi mente me dijo: «Mark teme por las niñas». Entonces pensé en Erich. Debía de ser Erich. Aquella primera noche... me hizo poner el camisón de Caroline... Deseaba que yo fuese Caroline... Incluso se fue a dormir a su antigua cama. Y el jabón de pino que colocó en las almohadas. Supe que lo había hecho él. Y Kevin... Debió de escribir, o telefonear, para explicar que vendría a Minnesota... Erich siempre estaba jugando conmigo. Erich debía de saber que me había visto con Kevin. Habló acerca de los kilómetros de más en el cuentakilómetros del coche. Debió de haber oído las habladurías de la mujer en la iglesia...

–Jenny...

–No, déjame contarlo... Me hizo volver a aquel restaurante. Cuando Kevin amenazó con oponerse a la adopción, le dijo a mi ex marido que viniese. Esa es la razón de que la llamada figurase en nuestro teléfono. Erich y yo tenemos la misma talla cuando yo llevo tacones. Con mi abrigo y una peluca negra... pudo parecerse a mí lo suficiente hasta entrar en el coche. Debió de golpear a Kevin. Y Joe. Estaba celoso de Joe. Podía haber llegado antes a casa aquel día; sabía lo del raticida. Y mi bebé... Odiaba a mi bebé... Tal vez a causa de su pelo rojo. Desde el principio, cuando le dio el nombre de Kevin, debía de estar planeando matarle.

¿Procedían aquellos roncos y secos sollozos de ella? No podía dejar de hablar. Tenía que soltarlo todo...

–Algunas noches creí sentir a alguien que se inclinaba sobre mí. Había abierto el panel corredizo. Debía de llevar peluca. La noche en que fui a tener el bebé le desperté. Toqué sus párpados. Fue aquello lo que me asustó. Era lo mismo que sentía cuando alargaba las manos en la oscuridad... Aquel suave párpado y las gruesas pestañas...

Mark la estaba acunando en sus brazos.

–Era mi hijo... mi hijo...

–Señora Krueger, ¿podría encontrar el camino de regreso a la cabaña?

El tono del sheriff era apremiante.

–Sí, si comenzamos desde el cementerio...

–Jenny, no puedes... –protestó Mark–. Seguiremos tus huellas.

Pero no podía dejarles ir sin ella. De alguna forma les condujo, a Mark, al sheriff y a Clyde. Encendieron las lámparas de petróleo, que iluminaron la cabaña con un suave resplandor, que solo acentuó el mordiente frío. Se quedaron mirando la delicada firma de los cuadros: *Caroline Bonardi.*

Luego comenzaron a buscar en los armarios. Pero no había documentos personales; en las alacenas solo había platos y cubertería.

–¡Debe de guardar en alguna parte sus materiales de pintura! –estalló Mark.

–Pero si el desván está vacío... –replicó desesperanzada Jenny–. No hay nada allí, excepto los lienzos, y el lugar es tan pequeño...

–No puede ser pequeño –objetó Clyde–. Es del tamaño de la casa. Debe de haber una partición.

Había una zona de almacenamiento que ocupaba la mitad de aquel trastero, accesible por una puerta en un rincón, una puerta que Jenny no había advertido en la habitación en penumbra. Esa zona tenía una serie de archivadores para lienzos; docenas y docenas de pinturas de

Caroline; allí había un caballete, un armario con artículos de pintura, y dos maletas. Jenny se percató de que hacían juego con el neceser que había encontrado en el desván de la casa. En una maleta había una larga capa verde y una peluca oscura.

–La esclavina de Caroline –dijo Mark en voz baja.

Jenny comenzó a hurgar entre los armarios. Pero solo contenían artículos de pintura: carboncillos, trementina, pinceles y lienzos. Nada, nada que pudiera indicar adónde había ido Erich.

Clyde comenzó a buscar dentro de un cajón con lienzos que estaba cerca de la puerta.

–¡Mire aquí!

Su grito estaba empañado de horror. Había sacado un lienzo que tenía los lóbregos tonos verdes del agua estancada. Un collage surrealista de Erich cuando niño y de Caroline. Las escenas se sucedían, se superponían unas a otras. Erich con un palo de hockey en la mano; Caroline inclinada sobre un ternero; Erich la empujaba; el cuerpo de ella caía en el depósito de agua; sus ojos que miraban hacia su hijo. El extremo del palo de hockey empujando hacia el depósito la lámpara del techo. El rostro infantil de Erich con apariencia demoníaca, riendo ante la agonizante figura que estaba en el agua.

–Él mató a Caroline... –gimió Clyde–. Cuando tenía solo diez años mató a su propia madre...

–¿Qué dice?

Todos se dieron la vuelta. Rooney se encontraba en el umbral del desván, una Rooney con ojos muy abiertos y ya no sosegados.

–¿Cree que yo no puedo decir algo al respecto? –preguntó.

Estaba mirando uno de los lienzos que sostenía Clyde, pero más allá de las pinturas encontradas en el cofre. Incluso con las distorsiones, Jenny reconoció el rostro de Arden. Arden avizorando por la ventana de la cabaña. Una figura con una capa y cabello oscuro y el rostro de Erich detrás de ella. Unas manos alrededor del cuello de Arden, con unos dedos despegados de las manos. Arden yaciendo en una tumba encima de un ataúd, mientras la tierra era arrojada con una pala sobre su brillante falda azul, con el nombre de la lápida detrás de su cabeza: CAROLINE BONARDI KRUEGER. Y en la esquina aquella zigzagueante firma: ERICH KRUEGER.

–Erich mató a mi niñita... –gimió Rooney.

De algún modo consiguieron regresar hasta la casa. Mark sujetaba a Jenny con fuerza; un silencioso Mark, que no intentaba ofrecer inútiles palabras de consuelo.

Una vez en la oficina, el sheriff Gunderson descolgó el teléfono.

–Existe la posibilidad de que todos creamos que lo que él ha hecho es la fantasía de una mente enferma. Pero hay una forma de asegurarnos de todo ello, y no podemos desperdiciar un minuto en averiguarlo.

El cementerio fue de nuevo violado. Unos focos bañaron las lápidas con una luz brillante. Las palas se hundieron en el helado suelo de la tumba de Caroline. Rooney lo observaba todo con una sorprendente calma.

Al mirar hacia allí, vieron trozos de lana azul mezclados con la tierra.

La voz del sepulturero habló desde el interior de la tumba.

–Arden está aquí. Dios mío, aparten a su madre...

Clyde abrazó a Rooney, obligándola a retirarse.

–Por lo menos ahora lo sabemos –dijo.

Ya de vuelta en la casa, Mark preparó café. Jenny le preguntó a Mark cuándo había comenzado a sospechar que las niñas se encontraban en peligro al lado de Erich.

–Jenny, después de que te dejé anoche en tu casa, llamé a papá. Sabía lo trastornado que había quedado con lo que

Tina había dicho, de cómo la dama del cuadro había cubierto al bebé. Admitió que había *sabido* que, de niño, Erich era un psicópata. Caroline le había confiado la obsesión que tenía Erich hacia ella. Le había descubierto observándola mientras dormía, guardando el camisón de ella debajo de la almohada, envolviéndose con su esclavina. Lo llevó a un médico, pero John Krueger se negó a permitirle que le sometiese a un tratamiento. John afirmó que ningún Krueger padecía problemas psicológicos; que era únicamente Caroline quien le había echado a perder; que la raíz del problema radicaba en que ella pasaba demasiado tiempo con él. Caroline se encontraba entonces al borde de una depresión nerviosa, e hizo lo único que le fue posible: renunció a la custodia, en el entendido de que John enviaría a Erich a un internado. Caroline confiaba en que una atmósfera diferente le ayudaría. Pero después de que ella murió, John rompió su promesa. Erich no recibió jamás ningún tipo de ayuda. Cuando papá se enteró de lo que Tina decía acerca de la dama del cuadro, cuando oyó que Rooney contaba haber visto a Caroline, comenzó a sospechar. Creo que el comprobarlo fue lo que le produjo su ataque al corazón. Deseé que hubiese confiado en mí... Naturalmente, carecía de pruebas. Pero esa fue la razón de que me dijese que apremiase a Erich para que te permitiese, a ti y las niñas, ir a visitarle.

–Señora Krueger... –La voz del sheriff reflejó vacilación–. El doctor Philstrom, del hospital, se encuentra aquí... Le hemos pedido que echara un vistazo a lo que se encuentra en la cabaña. Desea hablar con usted.

–Jenny, ¿puede contarme exactamente lo que Erich dijo la última vez que telefoneó? –le preguntó el doctor Philstrom.

–Estaba enfadado porque intenté explicarle que tal vez estuviese equivocado respecto de mí.

–¿Mencionó a las niñas?

–Dijo que estaban bien.

–¿Cuánto tiempo hace desde que les permitió hablar contigo?

–Nueve días.

–Comprendo... Jenny, al parecer Erich pintó este último lienzo antes de marcharse con las niñas. Y se ven en él un montón de detalles.

Un destello de esperanza.

–¿Quiere decir que pueden no estar muertas?

–No quiero alentarla injustificadamente. Pero Erich aún sigue fantaseando con vivir con usted, en tenerla bajo su total dominio una vez posea la confesión firmada. Sabe que sin las niñas no podrá retenerla. Así, hasta que se dé cuenta de que la reconciliación carece de esperanzas, existe aún una posibilidad, solo una posibilidad...

Jenny se puso en pie. «Tina, Beth. Si estuvieseis muertas, lo sabría. De la misma forma que supe que Nana no pasaría de aquella última noche, y de que algo le iba a suceder al bebé.»

Pero Rooney no lo había sabido. Llevaba diez años aguardando a que Arden regresase a casa. Y, durante todo ese tiempo, el cadáver de Arden había estado enterrado en un lugar que podía verse desde las ventanas de Rooney...

Cuán a menudo había visto a Rooney de pie sobre la tumba de Caroline... ¿Era que algo la compelía a dirigirse allí? ¿Algo profundamente inmerso en su subconsciente le había dicho que también estaba visitando la tumba de Arden?

Preguntó al doctor Philstrom acerca de esto, se lo preguntó muy seria, escuchando su propia voz que parecía la de una chiquilla.

–¿Es esto *posible,* doctor?

–No lo sé, Jenny. Creo que Rooney, instintivamente, sospechaba que Arden no se habría marchado de forma deliberada. Conocía bien a su hija.

–Quiero a mis niñas –dijo Jenny–. Y las quiero ahora... Cuánto debe de odiarme Erich para querer hacerles daño.

–Está hablando de un hombre por completo irracional –replicó el doctor Philstrom–. Un hombre que la deseaba a causa de su desconcertante parecido con su propia madre, pero que ahora la odia por reemplazarla; que no podía confiar en su amor hacia él, porque se percibía a sí mismo como alguien a quien no se podía amar y que vivía con un pavor mortal a perderla.

–Vamos a tomar medidas, señora Krueger –le dijo el sheriff–. Ya hemos repartido su fotografía por todas las ciudades de Minnesota y en todos los estados fronterizos. Conseguiremos la cobertura de la televisión. Alguien debe de haberles visto. Registraremos todas las propiedades de Erich. Sabemos que estuvo allí, por lo menos una vez, y eso fue solo cinco horas después de telefonearle a usted. Nos concentraremos en un radio de cinco horas en coche a partir de este lugar.

En ese momento sonó el teléfono. El sheriff Gunderson alargó la mano para descolgarlo. Pero instintivamente Jenny se adelantó.

–¿Sí?

Su voz sonó insegura... ¿Sería Erich? «Oh, Dios mío, ¿puede ser Erich?»

–Hola, mamá.

Era Beth...

36

–¡Beth!

Jenny cerró los ojos y apretó los nudillos contra la boca. Beth aún estaba viva. Planeara lo que planease Erich hacerles, aún no había ocurrido. No podía apartar de su memoria el recuerdo del cuadro, con Beth y Tina rígidas como muñequitas, con sus cinturones de pana estrangulándolas.

Sintió las manos de Mark, aquellas fuertes manos en los hombros, dándole ánimos. Despegó un poco el auricular para que él escuchase también.

–Hola, Beth, cariño... –Trató de parecer desenfadada y alegre. Resultaba muy duro no gritar: «Beth ¿dónde estás?»–. ¿Lo pasas bien con papá?

–Mamá, eres muy mala. Entraste anoche en nuestro cuarto y no quisiste hablar con nosotras. Y tapaste con brusquedad a Tina...

La voz de Beth era lo suficiente aguda para que Mark la oyese. Jenny vio agonía en sus ojos, y supo que se reflejaba también en los suyos. «Tapaste con brusquedad a Tina.» No, por favor. Dios mío... No. El bebé. Y ahora Tina...

–Tina chilló muy fuerte...

–¿Que Tina chilló...?

Jenny trató de combatir las oleadas de vértigo. No debía desmayarse.

–Déjame hablar con ella, Bethie. Os quiero mucho, ratoncitas...

Beth comenzó a sollozar.

–Yo también te quiero, mamá. Por favor, ven pronto...

–Mamá... –se oyó el impotente sollozo de Tina–. Me hiciste daño. Tenía la manta encima de la cara...

–Tina, lo siento... Lo siento mucho...

Jenny trató de que su voz no se demudase.

–Lo siento, Tina...

Se oyó un ruido mientras apartaban el teléfono y luego los quejidos de Tina.

–Jenny, ¿por qué estás tan trastornada? Las niñas han estado soñando. Es solo que te echan mucho de menos, lo mismo que yo, cariño...

–Erich... –Jenny supo que estaba gritando–. ¿Dónde estás, Erich? Por favor, te lo prometo. Firmaré aquella confesión. Firmaré cualquier cosa. Pero por favor, necesito a mis niñas...

Sintió el apretón de la mano de Mark en sus hombros, precaviéndola.

–Me refiero a que necesito a mi familia, Erich. –Se forzó a que su voz sonase calmada, se mordió los labios para no suplicarle que no las lastimara–. Erich, podemos ser tan felices... No sé por qué hacía aquellas cosas tan extrañas dormida, pero prometiste cuidarme.

–Ibas a abandonarme. Solo fingías amarme...

–Erich, regresa a casa y hablaremos. O permíteme enviarte la carta. Dime dónde estás...

–¿Has hablado con alguien acerca de nosotros?

Jenny miró a Mark, que movió la cabeza, aconsejándole que dijese que no.

–¿Y por qué tendría que ir a contarle a nadie nuestras cosas?

–Ayer telefoneé tres veces por la tarde. Y no estabas...

–Erich, necesitaba tomar un poco de aire fresco. Esquié un rato, quiero poder esquiar junto a ti otra vez. Nos divertimos mucho, ¿te acuerdas?

–Intenté telefonear a Mark anoche. Y tampoco estaba en casa. ¿Te encontrabas con él?

–Erich, yo estaba en casa. Siempre he estado esperándote.

Ahora gritaba Tina. Como fondo, Jenny oyó de nuevo aquellos ruidos de carretera, como camiones de gran tonelaje al cambiar las marchas en una pendiente. ¿Podía haber estado Erich anoche en la granja? Y si era así, ¿había acudido a la cabaña? No, si hubiese estado en la cabaña y hubiera visto la ventana con el cristal roto, se habría percatado de que la había registrado alguien y ahora no telefonearía.

–Jenny, pensaré en regresar. Simplemente quédate en casa. No salgas. No esquíes. Quiero que estés exactamente ahí. Y algún día volveré y seremos de nuevo una familia. ¿Lo harás, Jenny?

–Sí, Erich, sí. Te lo prometo.

–Mamá, quiero hablar con mamá... –imploró Beth–. Por favor, por favor...

Se oyó un brusco clic.

Jenny escuchó mientras Mark contaba la conversación. Solo intervino cuando el sheriff preguntó:

–Pero ¿por qué habrán pensado las niñas que se trataba de usted?

–Porque él tiene mis maletas –respondió Jenny–. Probablemente puso en ellas algunas de mis batas... Tal vez aquella roja que he echado en falta. Llevará consigo una peluca morena. Cuando los niños están medio dormidos, ven lo que quieren ver. Doctor Philstrom, ¿qué hará Erich?

–Jenny, todo es posible. No puedo negarlo. Pero sospecho que, mientras albergue esperanzas de que usted se quedará con él, las niñas seguirán a salvo...

–Pero Tina... anoche...

–Ya ha recibido la respuesta. Trató de telefonearle por la tarde y usted estaba fuera. Intentó telefonear a Mark por la noche y tampoco pudo dar con él. Resulta extraño cómo un psicópata desarrolla casi un sexto sentido. Algún instinto le dijo que estaban juntos. En su frustración, estuvo al borde de hacer daño a Tina.

Jenny tragó saliva.

–Sonaba tan extraño, casi sin ilación. ¿Y si decide volver ahora mismo? Tal vez regrese esta noche. Conoce hasta el último recoveco de su propiedad. Puede esquiar hasta aquí, o traer un coche que no conozcamos, o llegar andando por la ribera del río. Si ve a alguien por aquí que no sea de la casa, será el fin... Todos deben marcharse. Si se da cuenta de que han removido la tumba de Caroline, sabrá que han encontrado el cadáver de Arden. ¿No lo comprenden? No pueden darle al caso ninguna publicidad. No pueden enviar su fotografía por ahí... Ni traer a extraños a esta casa. Si se acerca a la cabaña y ve la ventana con el cristal roto... y todos esos trozos de tela clavados en los árboles...

El sheriff Gunderson miró a Mark y el doctor Philstrom.

–Muy bien. Mark, ¿puedes pedirle a Rooney y a Clyde que vengan aquí? Me pondré en contacto con la oficina del forense... Aún están trabajando en el cementerio.

Rooney se encontraba sorprendentemente tranquila. Jenny sabía que el doctor Philstrom la observaba con atención. Pero la preocupación de Rooney parecía solo dirigida hacia Jenny. La abrazó y apretó su mejilla contra la de ella.

–Lo sé. Oh, querida, lo sé...

Clyde había envejecido diez años durante las pasadas horas.

–El cuadro –dijo Jenny–. Debemos dejar otra vez ese lienzo en su sitio. Se encontraba en la pared larga del desván.

–Lo he guardado en el armario de la oficina –respondió el doctor Philstrom–. Pero me parece que sería mejor que la señora Toomis conviniese en quedarse en el hospital hasta que todo esto haya acabado.

–Quiero estar con Clyde –replicó Rooney–. Deseo quedarme con Jenny. Me encuentro muy bien. ¿No lo ve? Yo lo sé todo...

–Rooney se quedará conmigo –repuso Clyde tajantemente.

El sheriff Gunderson se acercó a la ventana.

–Este lugar es un entramado de pisadas y marcas de neumáticos –explicó–. Lo que necesitamos es una buena tormenta de nieve que lo cubra todo. Crucen los dedos...

La tormenta empezó a principios de la noche. Los copos de nieve comenzaron a cubrir la casa, los graneros y los campos. El viento sopló y los esparció, amontonándolos con rapidez y haciéndolos crecer contra los árboles y los edificios.

A la mañana siguiente, en piadosa acción de gracias, Jenny observó la relumbrante blancura del exterior. La tumba exhumada tenía encima una capa de nieve y todas las huellas que conducían a la cabaña habían sido borradas. Si Erich regresaba no albergaría ninguna sospecha; ni siquiera él, que instantáneamente sentía la presencia de un libro fuera de su sitio, o un jarrón que se hubiese desplazado unos centímetros, encontraría nada que le sugiriese la presencia de intrusos en la cabaña.

Durante la noche, abriéndose paso por las peligrosas carreteras, el sheriff Gunderson y dos de sus ayudantes regresaron. Uno de ellos conectó los teléfonos a un dispositivo que controlaba las llamadas telefónicas que se produjesen y luego proporcionó a Jenny un walkie-talkie y le enseñó a usarlo. El otro hombre hizo copias de todos los documentos que Clyde había sacado de los archivos y de las declaraciones de impuestos, que indicaban las posesiones de Krueger: escrituras, contratos de alquiler, edificios de oficinas, almacenes. Todos los originales fueron dejados otra vez en los archivos y las copias serían estudiadas detenidamente por los investigadores, en busca de posibles lugares donde se ocultase Erich.

Jenny se negó de plano a que un policía se quedase en la casa.

–Si Erich regresa y se percata de que aquí hay alguien más... No quiero arriesgarme.

Los largos y angustiantes días comenzaron a transcurrir. Había encontrado la cabaña el día 15. En la mañana del 16, habían exhumado la tumba y Erich había telefoneado. La tormenta de nieve concluyó el día 18. Las líneas de teléfono quedaron bloqueadas durante el día 17 y parte del 18. ¿Y si Erich había intentado telefonear?

Sabría que no era culpa de Jenny el que no pudiese hablar con ella. Toda la zona de Granite Place, donde se hallaba la granja, resultó afectada con mayor violencia que el resto del país.

«Que no esté enfurecido –rogó–. No permitas que lo paguen las niñas.»

Por la mañana del día 19, vio a Clyde acercarse a la casa. Ya no caminaba erguido. Se encorvaba mientras andaba por la recientemente abierta senda, cabizbajo, no solo para protegerse del viento sino como si soportase un invisible peso.

Entró por la cocina y comenzó a dar fuertes pisadas para sacudirse el frío.

–Erich acaba de telefonear...

–Clyde, ¿por qué no me ha pasado la llamada? ¿Por qué no me ha dejado hablar con él?

–No deseaba hablar con usted. Solo quería saber si las líneas habían estado cortadas ayer por la noche. Me preguntó si usted había salido. Señora Krueger... está extraño... Me dijo que yo tenía un tono raro. Le repliqué que no sabía a qué se refería; que había estado muy atareado tratando de alimentar al ganado después de la tormenta. Eso pareció satisfacerle. Luego contó que el otro día... ¿Recuerda que llamó poco después de que encontrásemos a Arden?

–Sí.

–Dijo que había estado pensando en ello. Dijo que debería haberme encontrado en aquel momento en el despacho, que la llamada tenía que haber sido atendida primero allí. Es como si estuviese observándonos. Parece saber todo lo que hacemos.

–¿Y qué le respondiste?

–Le dije que aquella mañana había ido a buscar a Rooney al hospital y que no había estado en la oficina, por lo que, por la noche, las llamadas siguieron pasando a la casa. Luego me preguntó si Mark había estado metiendo las narices por aquí; esa fue la forma en que lo dijo.

–¿Y qué le respondiste?

–Que el doctor Ivanson había inspeccionado a los animales y que si debía haber avisado a Mark... Me respondió que no...

–Clyde, ¿mencionó a las niñas?

–No, señora... Solo me dijo que había estado telefoneando y que deseaba que usted permaneciese en la casa aguardando la llamada. Intenté seguir hablando con él para que pudiesen rastrear dónde se encontraba, pero habló muy deprisa y colgó enseguida.

Mark telefoneaba cada día.

–Jenny, deseo verte...

–Mark, Clyde tiene razón. Erich se muestra raro y preguntó por ti. Por favor, mantente alejado.

Por la tarde del día 25, Joe acudió a la casa.

–Señora Krueger, ¿está bien el señor?

–¿Qué quieres decir, Joe?

–Me ha telefoneado para saber si había estado viéndola. Le dije que solo la encontré por casualidad una vez. No le conté que usted había ido a nuestra casa. Ya sabe lo que quiero decir. Me dijo que deseaba que volviese a trabajar para él cuando ya estuviese dispuesto, pero que si me acercaba a usted o incluso se enteraba de que la llamaba Jenny y la tuteaba, me dispararía con el mismo fusil que empleó para matar a mis perros. Dijo perros, lo cual significa que mató también al otro. Parecía fuera de sí. Creo que no será bueno, ni para usted ni para mí, que yo continúe por aquí... Dígame qué debo hacer...

«Parecía fuera de sí.» Y ahora amenazaba a Joe de una forma abierta. La desesperación que sentía anestesió el terror de Jenny.

–Joe, ¿le has dicho a alguien esto, se lo has contado a tu madre?

–No. No quiero preocuparla.

–Joe, te suplico que no se lo cuentes a nadie. Y si Erich vuelve a telefonear, mantente muy calmado y normal con él. Dile que el médico desea que aguardes unas semanas más, pero no le digas que te niegas a trabajar para él. Y, Joe, por el amor de Dios, no le digas que has vuelto a verme.

–Algo va muy mal, ¿verdad?

–Sí...

Carecía de objeto negarlo.

–¿Dónde están, él y las niñas?

–No lo sé.

–Comprendo... Juro ante Dios que puede confiar en mí, señora Krueger.

–Sé que puedo... Y si telefonea de nuevo, házmelo saber enseguida, por favor...

–Lo haré...

–Y, Joe... es posible que regrese... Si le ves a él o al coche, necesito que me lo comuniques al instante.

–Lo haré. Elsa vendrá a cenar a casa con tío Josh. Habla mucho de usted, cuenta lo encantadora que ha sido...

–Pues nunca actuó como si yo fuese de su agrado.

–Tenía miedo del señor Krueger. Le dijo que supiera cuál era su sitio y que mantuviese la boca cerrada, y que se asegurase de que nada se movía o se cambiaba de sitio en la casa...

–Nunca comprendí por qué trabajaba para nosotros, dada la forma en que Erich la trataba.

–Es por el dinero... Elsa afirma que trabajaría para el diablo por un salario tan elevado...

Joe apoyó la mano en el pomo de la puerta.

–Y en cierto modo ha estado trabajando para el diablo, ¿no es así?

«Febrero no es el mes más corto del año –pensó Jenny–. Parece durar una eternidad.» Aquellas horas de la noche, tumbada en la cama, observando la oscuridad. Cada noche se ponía el camisón de Caroline y guardaba una pastilla de jabón de pino debajo de la almohada, para que la cama conservara siempre aquella sutil fragancia.

Si Erich aparecía alguna noche, en silencio y furtivamente, si entraba en la habitación, el camisón y la fragancia a pino le harían sentirse seguro...

Cuando se dormía, soñaba con las niñas. En sueños, la aguardaban. La llamaban «Mamá, mamá» y se precipitaban sobre la cama, apretando sus pequeños cuerpos contra ella, pero cuando trataba de rodearlas con los brazos, Jenny despertaba...

Nunca soñaba con el bebé. Era como si el compromiso que había asumido en la conservación del leve hálito de vida en aquel cuerpecito perteneciese ahora a Tina y Beth. Había memorizado la confesión; una y otra vez pasaba ante su mente. «No soy responsable...»

Durante el día, nunca se alejaba del teléfono. Para pasar el tiempo, empleaba la mayor parte de las mañanas dedicada a la limpieza de la casa. Quitaba el polvo, enceraba, fregaba, barría, pulía la plata. Pero nunca empleaba la aspiradora por miedo a no oír el teléfono.

Por las tardes se presentaba Rooney, una silenciosa y diferente Rooney para la cual la espera había concluido.

–Estaba pensando en que deberíamos confeccionar unas colchas para las camas de las niñas –sugirió–. Mientras Erich siga pensando que puede regresar aquí y formar de nuevo una familia contigo y las niñas, no les hará el menor daño. Pero mientras tanto debes tener atareadas las manos. De otro modo te volverías loca. Por lo tanto, empecemos con las colchas...

Rooney subió al desván para traer la bolsa de retales de tejido que aún quedaban. Y comenzaron a coser. Jenny pensó en la leyenda de las tres hermanas que tejían, medían y cortaban trozos de tiempo. «Pero somos solo dos en vez de tres –pensó–. Erich es el tercero. Es él quien puede cortar el hilo de la vida.»

Rooney clasificaba los trozos de tejido en ordenados montones encima de la mesa de la cocina.

–Vamos a hacerlas muy brillantes y alegres –explicó–, no debes emplear colores oscuros.

Volvió a meter en la bolsa los retazos que había desechado.

–Este era de un mantel viejo que tenía la señora Krueger. Y este es de la madre de John. Caroline y yo solíamos reírnos de que a alguien pudiesen gustarle unas cosas con una apariencia tan deprimente. Y esta lona era de una pieza que había comprado para hacer un mantel para la mesa de las meriendas campestres. Fue durante el verano en que Erich tenía cinco años. Y, oh, no sé por qué no tiré el resto de este tejido azul. ¿Te acuerdas que te conté que hice las cortinas para aquella gran habitación trasera? Cuando estaban colocadas parecía que estabas metida en una cueva. Toda la habitación se hallaba tan oscura...

Lo metió en el saco.

–Nunca sabías qué podías tocar por allí...

Comenzaron a coser. A Jenny le parecía que, al acabarse sus esperanzas, Rooney había perdido intensidad. Todo lo decía en el mismo registro monocorde.

–Una vez que encontremos a Erich, celebraremos un auténtico funeral por Arden. Lo más duro para mí es pensar en el pasado y recordar cómo Erich me alentó a que creyese que Arden aún vivía. Clyde siempre dijo que no podía haberse escapado. Debí haberlo sabido. Supongo que lo supe. Pero cada vez que comenzaba a decir que creía que mi Arden se encontraba ya en el cielo, Erich me decía: «No lo creo así, Rooney». Fue muy cruel al mantener mis esperanzas de esta forma... De ese modo nunca dejó curarse la herida... Te lo digo de verdad, Jenny, no merece vivir...

–Rooney, por favor, no hables de ese modo.

–Lo siento, Jenny.

El sheriff Gunderson telefoneaba cada noche.

–Hemos registrado todas las fincas y terrenos de Erich. También hemos entregado fotos a la policía de esas zonas, con la advertencia de que no las hagan públicas, y que si le ven a él o al coche no le detengan. No se encuentra en ninguna de sus propiedades.

Trató de ofrecerle un cauteloso consuelo.

–Dicen que la falta de noticias es una buena noticia, señora Krueger... Ahora mismo las niñas pueden estar jugando en una playa de Florida, tostándose al sol...

«Dios quiera que así sea.» Pero Jenny no creía en ello.

Mark telefoneaba cada noche. Hablaban solo durante un minuto o dos.

–Sin novedad, Jen.

–Oh, Mark...

–No quiero ocupar la línea. Cuelga, Jenny.

Y colgaba. Jenny trataba de establecer alguna pauta para pasar sus días. Las noches, ya fuesen insomnes o pobladas de pesadillas, la mantenían en la cama hasta el amanecer. Hacía días que no salía de la casa. A primera hora de la mañana había un programa de televisión sobre ejercicios de yoga. Fielmente, se sentaba delante del aparato a las seis y media y, mecánicamente, seguía la prescrita rutina del día.

A las siete llegaba el *Buenos días, América*. Se obligaba a escuchar las noticias y entrevistas. Un día, mientras miraba, proyectaron en la pantalla fotos de niños desaparecidos. Algunos de ellos llevaban perdidos muchos años. Amy... Roger... Tommy... Linda... José... Uno tras otro, cada uno de ellos representaba un corazón roto. Algún día añadirían a Elizabeth y Christine («conocidas como Beth y Tina») a la lista.

«–Su padre adoptivo se las llevó consigo el seis de febrero, hace tres años. Si alguien tiene noticias...»

Las noches tenían también un ritual. Se sentaba en la cocina y leía, o trataba de ver la televisión. Por lo general, accionaba el mando al azar, y sin verlas, soportaba comedias, partidos de hockey y viejas películas. Trataba de leer, pero páginas después se percataba de que no había entendido ni lo más mínimo.

La última noche de febrero resultó particularmente inquieta.

El silencio de la casa resultaba extrañamente inquietante. La risa enlatada durante un programa acerca de una pareja que se tiraba baratijas a la cabeza, le hizo apagar el televisor. Permaneció sentada mirando sin ver nada. Sonó el teléfono. Desanimada lo descolgó.

–Diga...

–Jenny, soy el pastor Barstrom de los Luteranos de Sión... ¿Cómo se encuentra?

–Muy bien, gracias.

–Confiamos en que Erich le haya hecho llegar nuestro pésame por la pérdida de su bebé. Deseaba visitarla, pero Erich sugirió que pospusiera el verla. ¿Está Erich ahí?

–No. Se encuentra fuera. Pero no sé cuándo piensa regresar.

–Comprendo... ¿Le recordará que nuestro centro para ciudadanos mayores está casi al completo? Como donante de mayor enjundia, deseaba asegurarme de que supiera que el día de la inauguración será el diez de marzo. Es un hombre muy generoso, Jenny.

–Le diré que ha telefoneado usted. Buenas noches, pastor.

El teléfono volvió a sonar a las dos menos cuarto. Estaba tumbada en la cama, con un par de libros a su lado, confiando en que la ayudarían a pasar la noche.

–Jenny...

–Sí...

¿Era Erich? Tenía una voz muy diferente, aguda, tensa.

–Jenny, ¿con quién estabas hablando por teléfono a eso de las ocho? Sonreías mientras hablabas.

¿A eso de las ocho? Trató de parecer pensativa, intentando no gritar «¿Dónde están Beth y Tina?».

–Pues... –Hizo una pausa para retrasar el asunto. ¿El sheriff Gunderson? ¿Mark? No podía mencionar a ninguno de los dos. El pastor Barstrom–. Erich, ha telefoneado el pastor Barstrom. Deseaba hablar contigo, invitarte a la apertura del centro para ciudadanos de la tercera edad...

Las manos le sudaban, la boca le temblaba mientras aguardaba su comentario. Que se mantuviese al teléfono. Tal vez de aquella forma pudiesen localizar la llamada.

–¿Estás segura de que se trataba del pastor Barstrom?

–Por supuesto, Erich. –Se mordió el labio–. ¿Cómo están las niñas?

–Muy bien...

–Déjame hablar con ellas.

–Están muy cansadas. Ya las he metido en la cama. Esta noche parecías muy agradable, Jenny...

Ella comenzó a temblar.

–Sí. Estuve ahí. Miraba por la ventana. Debías haberte imaginado que me encontraba ahí. Si me amases, te lo habrías imaginado...

En la oscuridad, Jenny miró aquel cuenco de cristal, mágico, verde.

–¿Y por qué no entraste?

–No quería hacerlo. Solo deseaba asegurarme de que aún continuabas ahí, aguardándome.

–Te estoy aguardando, Erich, y también a las niñas. Si no quieres venir por aquí, déjame ir a mí y estar contigo.

–No... Aún no... ¿Te encuentras en la cama, Jenny?

–Sí, claro...

–¿Y qué camisón llevas puesto?

–El que te gusta. Lo llevo muchas noches...

–Tal vez debí haberme quedado.

–Hubiera deseado que lo hicieras.

Se produjo una pausa. Como fondo se oía sonido de tráfico. «Debe de llamar siempre desde el mismo teléfono. *Ha estado fuera, mirando por la ventana.*»

–No le dijiste al pastor Barstrom que estoy loco por ti.

–Claro que no. Ya sabe lo mucho que nos amamos el uno al otro.

–Jenny, he tratado de telefonear a Mark pero su línea estaba ocupada. ¿Estabas hablando con él?

–No, no lo he hecho.

–¿Realmente estuviste hablando con el pastor Barstrom?

–¿Por qué no le telefoneas y se lo preguntas?

–No. Te creo, Jenny, seguiré intentando ponerme en contacto con Mark. He recordado que tiene un libro mío y quiero que me lo devuelva. Corresponde al tercer estante de la biblioteca, el cuarto desde el extremo derecho.

La voz de Erich empezó a cambiar, se hizo más gimoteante, más apenada. Había algo raro en aquello. Ya lo había escuchado otra vez. Aquellos gritos agudos que le habían espetado sus acusaciones.

–¿Es Mark tu amante? ¿Le gusta nadar? Puta. Sal de la cama de Caroline. Sal de ahí ahora mismo...

Luego se oyó un clic.

Y a continuación el tono de marcar, un claro e impersonal zumbido que pareció irradiar desde el auricular hasta su propia mano...

37

El sheriff Gunderson telefoneó veinte minutos después.

–Jenny, hemos localizado parcialmente la llamada. Tenemos la zona desde donde llamó. Se encuentra en los alrededores de Duluth.

Duluth, en el norte del estado. A unas seis horas en coche desde allí. Eso significaba que, si había permanecido en aquella zona, había salido de allí al mediodía para llegar a tiempo de espiarla por la ventana a las ocho de la noche...

¿Quién había permanecido con las niñas durante las horas en que se había encontrado fuera? ¿O las había dejado solas? ¿O ya no estaban vivas? No había hablado con ellas desde el día 16, hacía ya casi dos semanas.

–Está desquiciado –replicó Jenny sin entonación.

–Sí, creo que es así –asintió el sheriff.

–¿Qué puede usted hacer?

–¿Quiere que lo hagamos público? ¿Que pasemos la noticia a las emisoras de televisión y los periódicos?

–Dios mío, no. Eso sería condenar a las niñas.

–Entonces mantendremos hombres rastreando la zona de Duluth y un detective acudirá a su casa. Su propia vida puede encontrarse en peligro.

–No, eso no. Él se enteraría...

Había pasado la medianoche. El 28 de febrero se convertía en el 1 de marzo. Jenny recordó la infantil superstición que había tenido. Si te quedabas dormido diciendo «liebre, liebre» en la última noche del mes, y te despertabas por la mañana diciendo «conejo, conejo», conseguirías tu deseo. Nana y ella habían hecho un juego de todo aquello.

–Liebre, liebre –dijo Jenny en la silenciosa habitación. Alzó la voz–: Liebre, liebre... –De pronto, gritó–: Liebre, liebre, quiero a mis niñas, quiero a mis niñas...

Sollozando, se derrumbó sobre las almohadas.

–Quiero a Beth, quiero a Tina...

Por la mañana, tenía los ojos tan hinchados que apenas podía ver. Se vistió, fue al piso de abajo y preparó café. Solo con pensar en comida se sentía enferma.

Cogiendo su chaquetón de esquí salió fuera y anduvo hasta la ventana del lado sur de la casa, la que daba a la cocina. Se veían pisadas delimitadas en la nieve debajo de la ventana, pisadas que habían llegado desde los bosques y que habían regresado a los bosques. Mientras permanecía sentada en aquella habitación, Erich había estado allí de pie, con el rostro contra el cristal, observándola.

El sheriff telefoneó de nuevo al mediodía.

–Jenny, le he pasado la cinta al doctor Philstrom. Cree que sería mejor hacer pública la búsqueda de las niñas. Pero la decisión ha de tomarla usted.

–Déjeme pensarlo.

Deseaba preguntárselo a Mark.

Rooney llegó a las dos.

–¿Quieres coser un rato?

–Supongo que sí...

Plácidamente, Rooney eligió un sillón al lado de la estufa y sacó las dos piezas en que estaba trabajando.

–Pues le vamos a ver pronto –comentó.

–¿A quién?

–A Erich, por supuesto. Ya conoces aquella promesa que hizo a Caroline, de que siempre acudiría el día del cumpleaños de Erich. Desde que murió Caroline, hace veintiséis años, Erich ha estado siempre en este lugar el día de su cumpleaños. Como le viste el año pasado, vagabundeando por aquí como a la busca de algo...

–¿Y crees que vendrá este año?

–Nunca ha olvidado ninguno.

–Rooney, por favor, ayúdame, no se lo menciones a nadie. No hables a Clyde ni a nadie acerca de esto.

Complacida por ser tratada como una conspiradora, Rooney asintió con entusiasmo.

–Le esperaremos, ¿verdad, Jen?

Jenny no podía confiar ni siquiera a Mark esta información. Cuando este le telefoneó, le pareció bien que el sheriff buscase la colaboración con los medios de comunicación, pero Jenny se negó.

Finalmente, dijo:

–Dame una semana más, por favor, Mark.

La semana terminaría el 9 de marzo. Y el cumpleaños de Erich era el 8.

Erich regresaría el día 8. Jenny estaba segura de ello. Si el sheriff y Mark sospechaban que iba a venir, insistirían en emplazar policías por los alrededores de la granja. Pero Erich se percataría de ello.

Si las niñas se encontraban aún con vida, esta era la última oportunidad de conseguir que regresasen. Erich estaba perdiendo todos los lazos con la realidad.

Durante la semana siguiente, Jenny se movió casi como en un trance, y cada uno de sus pensamientos fue una continua plegaria: «¡Oh Dios misericordioso, sálvalas!». Sacó la caja de marfil que contenía las cuentas del rosario de Nana. Jenny cerró la mano alrededor del rosario. Ahora no podía concentrarse en ninguna oración.

–Nana, vamos, dilo por mí ...

El día 2... el 3... el 4... el 5... el 6... «Que no nieve otra vez. Que las carreteras no estén impracticables...» El día 7. El día 7 por la mañana sonó el teléfono. Se trataba de una llamada de persona a persona desde Nueva York. Era el señor Hartley.

–Jenny, cuánto tiempo sin hablar contigo. ¿Cómo estáis tú y las niñas?

–Bien, muy bien...

–Jenny, lo siento pero tenemos un terrible problema. Se trata de Wellington Trust, ¿te acuerdas de los que compraron la *Cosecha de Minnesota* y *Primavera en la granja*? Pagaron una fortuna por esos cuadros, Jenny.

–Sí...

–Pues bien, hicieron una limpieza de las pinturas. Y, Jenny, siento decirte esto, pero Erich falsificó su firma. Los cuadros llevan debajo la de Caroline Bonardi. Me temo que se producirá un terrible escándalo, Jenny. Los de la Wellington celebrarán mañana por la tarde una reunión extraordinaria. Y a continuación ofrecerán una conferencia de prensa. Y para la noche de mañana todos los periódicos no hablarán más que de este notición...

–¡Deténgales! ¡Debe detenerles!

–¿Detenerles? Jenny, ¿cómo puedo hacer una cosa así? La falsificación de obras de arte es un delito muy grave. Cuando se pagan cantidades de seis cifras por un nuevo artista, y cuando ese artista ha ganado los premios de mayor prestigio en su especialidad, no puedes mantener silencio respecto de una falsificación. Lo siento. Esto ha escapado de mis manos. Ahora mismo están haciendo investigaciones para descubrir quién es Caroline Bonardi. Como amigo, deseaba que estuvieses enterada de todo.

–Se lo diré a Erich. Gracias, señor Hartley.

Mucho rato después de haber colgado, Jenny seguía sentada frente al aparato. No había forma de detener el relato de los hechos. Todos los periodistas comenzarían a hablar de Erich. Las investigaciones no tardarían demasiado tiempo en descubrir que Caroline Bonardi era la hija del pintor Everett Bonardi y la madre de Erich Krueger. Y una vez comenzasen a examinar los cuadros, determinarían que todos ellos tenían ya más de veinticinco años de antigüedad.

Se fue a la cama temprano, con la esperanza de que era muy probable que Erich acudiese a la casa en las horas de oscuridad, más que de día. Se bañó como había hecho aquella primera noche, solo que esta vez vertió sales de baño de pino en la bañera. La fragancia del pino llenó el cuarto. Dejó que su cabello colgara en el agua para que así absorbiera mejor aquel aroma. Cada mañana lavaba el camisón aguamarina. Por lo tanto, se lo puso, deslizó una pastillita de jabón de pino debajo de la almohada e inspeccionó el dormitorio. Nada debía encontrarse fuera de su sitio, nada debía turbar el sentido del orden que poseía Erich. Las puertas del armario ropero estaban cerradas. Movió un poco el juego de cepillos y peines. Las persianas estaban perfectamente bajadas. Luego plegó el brocado color arándano extendido por encima del borde de encaje de las sábanas.

Por fin, se metió en la cama. El walkie-talkie que le había proporcionado el sheriff, y que llevaba en el bolsillo del tejano, formaba un bulto debajo de la almohada. Lo metió en el cajón de la mesilla de noche.

Hora a hora, escuchaba el tictac del reloj mientras este señalaba el paso de la noche. «Por favor, Erich, ven», suplicó. Deseaba que viniese. El aroma de pino le atraería.

Pero cuando las primeras luces del sol comenzaron a filtrarse a través de las persianas, seguía sin haber la menor señal de su presencia. Jenny se quedó en la cama hasta las ocho. La llegada del nuevo día solo incrementó su horror. Había estado tan segura de que, durante la noche, oiría unas débiles pisadas, que la puerta comenzaría a abrirse, que Erich estaría mirándola, mirando a Caroline...

Ahora solo tenía unas horas antes del telediario.

El día era nublado, pero la radio no dio previsiones de nevada. No estaba segura de cómo debía vestirse. Erich era tan suspicaz... Si aparecía y no la encontraba con los pantalones y un suéter, podía acusarla de estar esperando a otro hombre.

Apenas se preocupaba ya de mirarse en el espejo. Aquella mañana se estudió a sí misma: vio conmocionada sus prominentes pómulos, aquella acosada expresión en sus ojos, en la forma en que le había crecido el cabello, que ahora le caía por debajo de los hombros. Se lo recogió en la nuca con un pasador. Recordó aquella noche en que se había mirado en ese espejo y, mientras quitaba el vapor condensado, había contemplado el rostro de Erich, aquellas extendidas manos de Erich que sostenían el camisón aguamarina. Los instintos de Jenny la habían prevenido de algo acerca de él aquella noche, pero no les había prestado atención...

En la planta baja pasó revista a cada detalle de cada habitación. Limpió las superficies de los mármoles y apliques en la cocina. Apenas había empleado la cocina más que para prepararse una lata de sopa durante las pasadas semanas, pero Erich deseaba que todo estuviese reluciente como un espejo. En la biblioteca, pasó el trapo por los estantes y se percató de que, en el tercero, cuatro libros contando desde el extremo, había un hueco, tal y como Erich había dicho.

¡Qué raro resultaba que se hubiese resistido tanto tiempo a la verdad, que se hubiese negado a enfrentarse a lo más obvio, que hubiese perdido al bebé, y tal vez a las niñas, por no querer ver qué clase de persona era Erich!

Las nubes oscurecieron la casa hacia el mediodía; empezó a soplar el viento a las tres, emitiendo un quejumbroso ruido a través de las chimeneas, pero, al mismo tiempo, apartó las nubes, por lo que, a últimas horas de la tarde, el sol volvió a surgir, iluminando los campos nevados y haciéndolos brillar de una forma cálida. Jenny anduvo de ventana en ventana, observando el bosque, mirando la carretera que conducía a la ribera del río, forzando la vista para ver si alguien estaba al acecho bajo el protector saliente del granero.

A las cuatro observó cómo los trabajadores contratados comenzaban a marcharse, hombres a los que nunca había llegado a conocer. Erich jamás les permitía acercarse a la casa. Y ella nunca se acercaba a ellos. La experiencia de Joe había sido suficiente...

A las cinco, encendió la radio para escuchar las noticias. La briosa voz del comentarista informó acerca de los nuevos recortes al presupuesto, otra reunión en la cumbre de Ginebra, el intento frustrado de asesinato del nuevo presidente de Irán.

«Y ahora un comunicado que acaba de llegar. El Wellington Trust Fund ha anunciado una asombrosa falsificación de obras de arte. El conocido artista de Minnesota, Erich Krueger, que se había convertido en el más importante pintor norteamericano desde Andrew Wyeth, ha estado falsificando su nombre en la obra que presentaba como propia. El verdadero artista es Caroline Bonardi. Ha quedado determinado que Caroline Bonardi era la hija del difunto y conocido pintor de retratos Everett Bonardi, y madre del propio Erich Krueger.»

Jenny apagó la radio. En cualquier momento, el teléfono comenzaría a sonar. Al cabo de unas horas los periodistas revolotearían por allí. Erich les vería, tal vez hubiese escuchado las noticias de la radio y sabría que todo había acabado. Y se tomaría su venganza final sobre Jenny, si es que aún no lo había hecho.

Desesperada, salió de la cocina. ¿Qué podía hacer? ¿Qué podía hacer? Sin saber adónde iba, entró en el salón. El sol de la tarde se extendía por la estancia, iluminando el retrato de Caroline. Experimentó una desolada piedad hacia aquella mujer que había conocido aquella misma desconcertante impotencia. Se puso a estudiar el cuadro: Caroline sentada en el porche, arrebujada en aquella capa verde, con los delgados zarcillos de su cabello rozándole la frente. La puesta del sol, la pequeña figura de un Erich muchacho que corría hacia su madre.

La figura que corría hacia ella...

Los rayos del sol se difundían a través del cuarto. Sería una brillante puesta de sol, con nubes rojas, anaranjadas, púrpuras y negras que irradiaban luces de tintes diamantinos.

La figura que corría hacia ella...

Erich se encontraba allí fuera, en algún lugar del bosque. Jenny estaba segura de ello. Y solo había una forma de obligarle a abandonarlo.

El chal que Rooney había confeccionado para ella... No, no era lo suficientemente grande, pero si llevaba también algo más... ¿La manta del ejército que había pertenecido al padre de Erich y que se encontraba en la cómoda de cedro? Era casi del mismo color que la capa de Caroline.

Tras subir a la carrera los dos tramos de escaleras que la separaban del desván, abrió la cómoda de cedro y apartó los antiguos uniformes de la Segunda Guerra Mundial. En el fondo se encontraba la manta, de color caqui, pero con una forma no muy diferente a la de una capa. ¿Unas tijeras? Había unas en la cesta de la costura.

El sol estaba bajando cada vez más. En pocos minutos se hundiría en el horizonte.

En el piso de abajo, con manos temblorosas hizo un agujero en medio de la manta, un agujero para meter por él la cabeza, y se arrebujó la prenda alrededor. Luego se la echó por encima de los hombros. La manta caía en torno de ella, cubriéndola hasta los pies como una capa.

Su cabello era más largo que el de Caroline, pero en el cuadro Caroline se lo había dejado suelto con una especie de coleta. Jenny se detuvo delante del espejo de la cocina, se hizo unos pequeños rizos con los dedos y luego los sujetó con un pasador. Caroline tenía la cabeza un poco inclinada hacia un lado; apoyaba las manos en el regazo, la mano derecha encima de la izquierda...

«Soy Caroline –pensó–. Debo andar igual que Caroline, sentarme igual que ella. Voy a mirar la puesta de sol como ella siempre hacía. Y miraré a mi niñito que llegará corriendo hacia mí.»

Abrió la puerta del porche y, sin apresurarse, salió al duro y frío aire. Tras cerrar la puerta, se acercó a la mecedora y la situó de frente a la puesta de sol. Y después se sentó en ella.

Recordó mover la manta para que se plegase encima del brazo izquierdo de la mecedora, tal como aparecía en el cuadro. Inclinó la cabeza en el ángulo correcto hacia la derecha. Dobló las manos sobre el regazo, hasta que la mano derecha encajó encima de la palma izquierda. Y luego, lenta, muy lentamente, comenzó a mecerse en la mecedora.

El sol se deslizó por detrás de la última nube. Ahora era un intenso globo, muy bajo en el cielo, a punto de caer por el horizonte; iba bajando, bajando, bajando, y el cielo se difuminaba de colores.

Jenny siguió meciéndose.

Colores púrpuras, rosáceos, carmesíes, anaranjados, dorados y las ocasionales nubes que ondulaban como gasas, con el viento soplando con suficiente fuerza para hacerlas avanzar, y también oscilar los pinos en la linde del bosque...

Meciéndose, atrás y adelante. «Observa el sol. Todo lo que importa es la puesta de sol. El chico muy pronto saldrá de los bosques para reunirse con su madre... Vamos, chico. Ven, Erich.»

Oyó un gemido que fue haciéndose más fuerte.

–¡Oh, demonios... demonios de la tumba...! ¡Alejaos!

Una figura salía pesadamente de los bosques. Una figura que sujetaba un fusil. Una figura envuelta en una oscura capa verde, con un largo cabello negro que el viento enmarañaba, una figura de ojos fijos y rostro desfigurado en una mueca de miedo...

Jenny se levantó. La figura se detuvo, alzó el fusil y apuntó.

–¡Erich, no dispares!

Jenny corrió hasta la puerta y giró el picaporte, que se había atascado. Alzando la manta del ejército, tratando de no tropezar con sus extremos, echó a correr, zigzagueando por los escalones del porche, y luego a través del campo, mientras oía el sonido de los disparos a su espalda. Una ardiente sensación la alcanzó en el hombro derecho y una cálida punzada se extendió por su brazo. Titubeó pero no había ningún sitio hacia donde escapar.

Aquel grito la seguía:

–¡Diablos! ¡Diablos!

La vaquería se alzaba a la derecha. Erich nunca había ido allí, no desde que Caroline murió. Frenéticamente, abrió la puerta que conducía a la antecámara donde se guardaban las cubas de la leche.

Erich la seguía de cerca. Jenny se precipitó al granero mismo. Las vacas que estaban allí ya habían sido ordeñadas. Permanecían en sus cubículos, observando con benigno interés, paciendo la paja de los pesebres.

A ciegas, Jenny corrió hasta el extremo del establo, tan lejos como pudo llegar. Vio el depósito del agua y el redil para los nuevos terneros. El depósito se hallaba seco. Se dio la vuelta para enfrentarse a Erich.

Este se situó a solo tres metros de distancia. Se detuvo

y comenzó a reír. Apoyó el arma contra el hombro y apuntó con la misma precisión que había mostrado cuando disparara contra el cachorro de Joe. Quedaron mirándose como imágenes en un espejo, con las mismas capas verde oscuro, el mismo largo cabello negro. El pelo de él también aparecía sujeto en una coleta, con sus rizos rubios escapando por debajo de la peluca, dando la impresión de que tenía unos ricitos en la frente.

–¡Diablos! ¡Diablos!

Jenny cerró los ojos.

–Oh, Dios mío...

Oyó el disparo del arma y luego un chillido que se convirtió en un gemido. Pero no de sus labios. Jenny abrió los ojos. Era Erich el que se estaba derrumbando en el suelo, el que sangraba por la nariz y por la boca, el que tenía la mirada extraviada mientras la peluca se teñía de sangre.

Detrás de él, Rooney bajó una pistola.

–Esto es por Arden –le dijo en voz baja.

Jenny se dejó caer sobre sus rodillas.

–Erich, ¿las niñas aún están vivas?

Sus ojos no veían, pero asintió:

–Sí...

–¿Hay alguien con ellas?

–No... Solas...

–Erich, ¿dónde están?

Sus labios trataron de formar unas palabras.

–Están...

Alargó la mano en busca de la de ella y atrapó el pulgar de Jenny.

–Lo siento, mamá... No quería... no quería... hacerte daño...

Sus ojos se cerraron. Su cuerpo se convulsionó en un último y violento estertor, y Jenny sintió cómo se aflojaba la presión sobre su mano.

38

La casa estaba atestada de gente, pero Jenny veía a todo el mundo como vagas sombras contra una pantalla. El sheriff Gunderson, la gente de la oficina del forense, que marcaban con tiza la silueta del cadáver de Erich y lo retiraban, los periodistas que habían acudido después de que se supiese la noticia de la falsificación artística, y que se habían quedado para aquel artículo aún mucho más jugoso. Llegaron a tiempo de hacer fotografías a Erich, envuelto aún en la capa, con la peluca salpicada de sangre y aquella expresión de paz en su cara, propia de la muerte.

Se les permitió ir a la cabaña y fotografiar y filmar los preciosos cuadros de Caroline, así como los torturados lienzos de Erich.

–Cuanta más sensación de urgencia hemos dado a la investigación, más gente ha querido ayudar –explicó Wendell Gunderson.

Mark estaba allí. Fue él quien le quitó la manta y la blusa, limpió la herida, la desinfectó y la vendó.

–Esto bastará de momento. Solo es una herida superficial, gracias a Dios...

Jenny se estremeció de dolor ante el toque de aquellos largos y delicados dedos. Si había alguna ayuda posible, esta llegaría a través de Mark.

Encontraron el coche en el que había llegado Erich escondido en una de las sendas para tractores de la granja. Había alquilado el coche en Duluth, a seis horas de distancia en automóvil. Por lo menos había dejado a las niñas hacía trece horas. Pero ¿dónde?

Durante toda la noche, la carretera apareció atestada de coches. Llegaron Maude y Joe Ekers. Maude se inclinó sobre Jenny.

–Lo siento... –dijo.

Unos minutos después, Jenny la oyó trastear al lado del fogón. Y luego se percibió aroma a café.

Apareció el pastor Barstrom.

–John Krueger se preocupaba tanto por Erich... Pero nunca me explicó el porqué. Y desde entonces Erich parecía estarlo haciendo todo muy bien.

El informe del tiempo pronosticaba que una tormenta avanzaba hacia Minnesota y las Dakotas.

Una tormenta. «Dios mío... ¿Tendrán el adecuado cobijo mis hijas?»

Clyde se acercó a ella.

–Jenny, necesito tu ayuda. Están hablando de llevarse otra vez a Rooney al hospital.

Al fin, salió de su letargia.

–Rooney me salvó la vida –dijo con firmeza–. Si no hubiese disparado contra Erich, yo estaría muerta.

–Explicó a uno de los periodistas que lo había hecho por Arden –dijo Clyde–. Jenny, ayúdame. Si la encierran, no podrá soportarlo. Me necesita. Y yo la necesito a ella.

Jenny se levantó del sofá, se apoyó contra la pared y fue en busca del sheriff. Este estaba telefoneando.

–Distribuya más avisos –decía–. Póngalos en todos los supermercados, en cada gasolinera, y por toda la frontera con Canadá.

Cuando colgó, Jenny le dijo:

–Sheriff, ¿por qué trata de llevarse a Rooney al hospital?

La voz del sheriff sonó suave:

–Jenny, trate de pensar en ello. Rooney intentó matar a Erich. Estaba esperándole con una pistola.

–Intentaba protegerme. Sabía el peligro que corría. Me salvó la vida.

–Muy bien, Jenny. Veré lo que puedo hacer...

Sin decirle nada, Jenny rodeó a Rooney con los brazos. Rooney había amado a Erich desde el momento en que nació. A pesar de lo que hubiera dicho, no había disparado contra él a causa de Arden. Había matado a Erich para salvarle la vida a Jenny. «Yo no hubiera podido matarle a sangre fría –pensó–. Ni tampoco Rooney.»

La noche pasó con lentitud. Se registraron de nuevo todas las propiedades de Erich. Se recibieron docenas de falsas pistas. La nieve empezó a caer, unos oscilantes y mordientes copos.

Maude preparó unos emparedados. Jenny no pudo tragar nada. Pero al fin bebió un poco de consomé. A medianoche, Clyde se llevó a Rooney a casa. Maude y Joe se marcharon.

El sheriff comentó:

–Estaré en mi despacho toda la noche. La llamaré si nos enteramos de algo.

Solo Mark se quedó.

–Debes de estar cansado –le dijo Jenny–. Vete a casa...

Mark no le respondió. En vez de ello, fue a buscar mantas y almohadas. Obligó a Jenny a tumbarse en el sofá, al lado de la estufa, y puso un nuevo leño en la chimenea. Luego se acomodó en un sillón.

En la penumbra, Jenny se quedó mirando la cuna llena de maderos que se hallaba al lado del sillón. Se había negado a rezar después de la muerte del bebé. No se había percatado de lo amarga que se había mostrado. Pero ahora... ahora aceptó su pérdida. «Pero, por favor, déjame a las niñas.»

¿Se podía romper un acuerdo con Dios?

En algún momento de la noche, Jenny comenzó a adormecerse. Pero los latidos de su hombro la mantuvieron al borde del estado de vigilia. Sentía que se removía incansablemente, emitiendo apagados gemidos de dolor. Y luego todo se tranquilizó y el dolor y el desasosiego desaparecieron. Al cabo de un rato, cuando abrió los ojos, se encontró inclinada contra Mark, con el brazo de este rodeándola y arropada en la colcha. Algo jugueteaba con ella. Algo en su subconsciente trataba de salir a la superficie, algo desesperadamente importante. Tenía que ver con aquel último lienzo en que Erich la observaba, con su rostro avizorando a través de una ventana.

A las siete, Mark dijo:

–Voy a preparar tostadas y café.

Jenny subió al piso de arriba y tomó una ducha, haciendo muecas de dolor cuando el chorro de agua le alcanzaba el esparadrapo que llevaba en el hombro.

Rooney y Clyde estaban en la sala cuando bajó. Tomaron café juntos mientras miraban por la televisión las noticias nacionales. Las fotos de las niñas aparecían en *Hoy* y en *Buenos días, América.*

Rooney había traído los retales.

–¿Quieres coser, Jenny?

–No, no puedo.

–A mí me ayuda. Estamos haciendo unas colchas para las camas de las niñas –le explicó a Mark–. Cuando encontremos a las niñas...

–¡Rooney, por favor!

Clyde intentó acallarla.

–Mirad... Ved qué bonitos y brillantes colores... Nada de cosas oscuras en mis colchas... Oh, aquí está el reportaje.

Se quedaron viendo cómo la reportera empezaba su informe:

«–Una falsificación artística, que ayer por la tarde convulsionó el mundo del arte, ha demostrado ser una parte muy pequeña de una historia mucho más dramática. Erich Krueger...»

Observaron el rostro de Erich en la pantalla. La foto era la misma del opúsculo de la galería: el cabello rizado y de un dorado bronceado, los oscuros ojos azules, la media sonrisa. Presentaron filmaciones de la granja, una instantánea de cuando comenzaban a retirar el cadáver. Ahora Tina y Beth sonreían en la pantalla.

«–Y esta mañana, estas dos niñas se han perdido... –explicó la reportera–. Al morir, Erich Krueger le dijo a su mujer que sus niñas estaban aún vivas. Pero la policía no está tan segura de ello. El último lienzo que pintó parece sugerir que Tina y Beth están muertas.»

En la pantalla apareció el último cuadro. Jenny miró a las laxas figuras como muñecas, a su propia y torturada imagen que miraba, a Erich observándolas desde la ventana, y riendo mientras echaba hacia atrás la cortina.

Mark apagó el televisor.

–Le dije a Gunderson que no les dejase tomar fotos en la cabaña.

Rooney se había puesto en pie de un brinco.

–¡Debiste haberme mostrado ese cuadro! –gritó–. ¿No lo comprendes? Las cortinas... ¡Las cortinas azules!

¡Las cortinas! Era aquello lo que había estado acosando la memoria de Jenny. Rooney desparramó los retales en la mesa de la cocina, aquel tejido azul oscuro, con su débil dibujo aún visible en el cuadro.

–Rooney, ¿dónde las puso Erich?

Todos preguntaron lo mismo: *¿Dónde?*

Rooney, totalmente consciente del precioso conocimiento que albergaba, tiró de la manga de Mark, diciendo muy excitada:

–Mark, ya sabes... El pabellón de pesca de tu padre. Erich siempre solía ir allí contigo. Tú no tenías cortinas en el cuarto de huéspedes. Dijo que tenía demasiada claridad. Y yo le di estas hace ocho años.

–Mark, ¿pueden estar allí? –preguntó Jenny.

–Es posible. Papá y yo no hemos estado en ese pabellón desde hace un año. Erich tenía una llave.

–¿Y dónde se encuentra el pabellón?

–Está en la zona de Duluth, en una pequeña isla. Eso encaja... Solo que...

–¿Solo qué?

Jenny pudo oír el ruido de la nieve que caía contra la ventana.

–El pabellón carece de calefacción.

Clyde tradujo en palabras el miedo que todos sintieron:

–¿Esa casa no tiene calefacción y me estás diciendo que las niñas tal vez se encuentren en este momento allí?

Mark se precipitó hacia el teléfono.

Treinta minutos después, el jefe de policía de Hathaway Island les devolvió la llamada.

–Las hemos encontrado.

Con agonía, Jenny escuchó la pregunta de Mark:

–¿Están bien?

Jenny se acercó al auricular para escuchar la respuesta.

–Sí, pero por los pelos. Krueger había amenazado con castigarlas si intentaban salir de la casa. Pero llevaba tanto tiempo fuera, y el lugar estaba tan helado, que la chica mayor decidió correr el riesgo. Consiguió abrir la puerta. Acababan de abandonar la casa en busca de su madre, cuando las encontramos. No hubieran resistido ni media hora con esta tormenta. Aguarde un momento.

Jenny escuchó cómo movían el auricular y luego dos voces que decían:

–Hola, mamá.

Los brazos de Mark la sostuvieron con fuerza mientras Jenny prorrumpía en sollozos.

–Ratoncita, Tinker Bell... Os quiero. Os quiero tanto...

39

Abril estalló sobre Minnesota como una época de plenitud. La neblina roja formó un halo en torno de los árboles, a medida que empezaban a formarse pequeños capullos. Los ciervos corrieron por los bosques; los faisanes comenzaron a pavonearse por las carreteras; el ganado erró muy lejos por los pastizales; la tierra se suavizó y la nieve empezó a fundirse en los surcos, alimentando los manantiales mientras se abrían paso hacia la superficie.

Beth y Tina empezaron de nuevo a montar a caballo; Beth muy erguida y cuidadosa, y Tina siempre dispuesta a azuzar a su poni y precipitarlo al galope. Jenny cabalgaba en *Fire Maid* al lado de Beth; Joe, muy cerca de Tina.

Jenny podía pasar suficiente tiempo con las niñas: de nuevo podía besar sus mejillas, estrechar sus gordezuelas manitas, escuchar sus plegarias, responder a sus preguntas sin fin. O escuchar sus dolorosas confidencias.

–Papá me daba mucho miedo. Solía ponerme las manos encima de la cara, de esta forma... Parecía divertirle mucho...

–Papá no quería hacerlo. No pretendía lastimar a nadie. Lo que no podía era ayudarse a sí mismo.

Durante mucho tiempo había deseado regresar a Nueva York, abandonar ese lugar para siempre. Pero el doctor Philstrom le desaconsejó hacerlo:

–Estos ponis son la mejor terapia para las niñas...

–No puedo pasar otra noche en esa casa...

Mark proporcionó la respuesta: la casa de la escuela en el extremo oeste de su propiedad, que hacía años había sido su propia vivienda.

–Cuando papá se trasladó a Florida, me quedé con la finca principal y alquilé esa casita, pero se encuentra vacía durante seis meses.

Era una casa encantadora, con dos dormitorios, una amplia cocina, un pintoresco salón, todo lo suficientemente pequeño para que, cuando Tina gritaba en sus sueños poblados de temores, Jenny la oyese al instante.

–Estoy aquí, Tinker Bell. Vuelve a dormirte...

Le contó a Luke sus planes de convertir la granja Krueger en una Sociedad Histórica.

–Piénsalo, Jenny –le dijo–. Vale una fortuna y Dios sabe que te has ganado el derecho a poseerla.

–Tengo suficiente sin ella. No me gustaría volver a vivir allí otra vez.

Cerró los ojos para evitar el recuerdo de la cuna de mimbre en el desván, del panel corredero detrás de la cabecera de la cama, la escultura en forma de lechuza, el retrato de Caroline...

Rooney la visitaba con frecuencia, conduciendo orgullosamente el coche que Clyde le había comprado, una Rooney muy alegre que ya no necesitaba esperar en casa el regreso de Arden.

–Puedes encajar cualquier cosa, Jenny, si se da el caso. Pero el no saber constituye la peor desgracia.

La gente de Granite Place comenzó a telefonearla.

–Ya es hora de que te demos la bienvenida, Jenny.

Y la mayoría de ellos añadían:

–Lo sentimos tanto, Jenny...

Y le compraron esquejes y semillas.

Sus dedos hurgaban en aquella suave y húmeda tierra mientras plantaba todo aquello en su jardín.

De pronto oyó el sonido de la desvencijada camioneta por la entrada de vehículos...

Las niñas corrieron a saludar al tío Mark. Y Jenny tuvo la dichosa sensación de que, al igual que la tierra, estaba preparada para otra estación, para comenzar de nuevo...

Título de la edición original: *A Cry in the Night*
Traducción del inglés: Lorenzo Cortina,
cedida por Plaza & Janés Editores, S. A.
Diseño: Joaquín Monclús
Fotografía de la cubierta: Cover

Círculo de Lectores, S. A. (Sociedad Unipersonal)
Travessera de Gràcia, 47-49, 08021 Barcelona
www.circulo.es
1 3 5 7 9 2 0 1 2 8 6 4 2

Depósito legal: B. 45392-2002
Fotocomposición: gama, s. l., Barcelona
Impresión y encuadernación: Printer industria gráfica, s. a.
N. II, Cuatro caminos s/n, 08620 Sant Vicenç dels Horts
Barcelona, 2002. Impreso en España
ISBN 84-226-9402-6
N.° 43497